*Das Leben, von dem sie träumten*

*Shamim Sarif*

# *Das Leben, von dem sie träumten*

Roman

Aus dem Englischen
von Andrea Krug

*Krug & Schadenberg*

*Für Hanan, Ethan und Luca – für die Erkenntnis,*
*die Ihr mir beschert habt: dass jeder Augenblick des Lebens*
*wundersam und wunderschön sein kann.*

*Danksagung*

Die folgenden Menschen waren für den Entstehungsprozess dieses Buches von unschätzbarem Wert:

Meine Schwester Anuschka, die mich nach Moskau begleitete und mir Nazim Walimohamed vorstellte, der mir großzügig seine Zeit schenkte und mir wichtige Kontakte vermittelte. Marina Rabinskaja übernahm die Rolle der Fremdenführerin und erwies sich als eine großartige Übersetzerin. Sie half mir außerdem, Menschen zu finden, die mich an ihren Erinnerungen an die Zeit unter Chruschtschow teilhaben ließen. Galina Dronova, Juri Bichkow und Zinaida Gurewitsch unterstützten mich mit ihrem detaillierten Wissen über die fünfziger Jahre, und ich konnte von ihrem Gespür für wichtige Zwischentöne und Details dieser Periode profitieren. Michael Weinstein half mir bei einigen Gläsern Wodka in Moskau, die Romanhandlung auf ihre Glaubwürdigkeit zu überprüfen. Ich danke außerdem Yasmine Naber, die mich hier in London mit Varvara Underwood bekannt machte, und Zinaida Chnitko, die sich die Zeit nahm, die im späteren Verlauf des Schreibprozesses auftauchenden Fragen zu beantworten.

Dank geht auch an meinen Agenten Euan Thorneycroft für seine ausgezeichneten richtungweisenden Kommentare und an Rosie de Courcy für ihr feinfühliges Lektorat. Ebenso möchte ich David Pitblado und Katharine Priestley für ihr großartiges Endlektorat danken.

Meiner Partnerin Hanan Kattan gegenüber empfinde ich unendliche Dankbarkeit für alles und nicht zuletzt für ihre gründliche, scharfsinnige Lektüre. Ich schätze mich überaus glücklich, eine so engagierte, sensible Leserin an meiner Seite zu haben, die weiß, was ich sagen möchte und sich nicht scheut, es offen zu benennen, wenn ihr etwas nicht gelungen scheint. Es ist eine undankbare Aufgabe, aber ich danke ihr dafür!

*Sie spricht zu ihrer Liebe halb im Schlaf,*
*In dunkler Stunde,*
*Im Flüstern halber Worte:*
*Die Erde regt sich im Winterschlaf,*
*Lässt Gras und Blumen sprießen*
*Trotz des Schnees,*
*Trotz des fallenden Schnees.*

Robert Graves

# Kapitel 1

*Boston, November 2000*

Sie sitzt schon geraume Weile auf dieser Bank im Innenhof dieses Bürokomplexes – zwanzig Minuten, schätzt sie –, und einen Moment ist sie dankbar dafür, dass das große Karree ihr Schutz bietet vor dem eisigen scharfen Wind, der auf dem Weg hierher durch sie hindurchzufahren schien. Nur das zarte reine Blau des Himmels hält sich dort oben zwischen den Dächern der Gebäude. Der Platz ist einladend gestaltet, und doch empfindet sie die klobige Höhe der umgebenden Häuser als erdrückend. Die glänzend lackierten Sitzgelegenheiten, die unwirklich makellosen spätherbstlichen Blumenbeete, der plätschernde Springbrunnen als Sinnbild der Erholsamkeit – all das lässt sie diesen konzerneigenen Ruheplatz mit leichtem Widerwillen betrachten. Sie beschließt, nicht auf die Uhr zu gucken – noch nicht – und richtet ihre Aufmerksamkeit wieder auf den Roman. Sie ist auf Seite fünf (von siebenhundertdreiundvierzig) und beschließt, die Seite noch einmal zu lesen, weil sie kein einziges Wort aufgenommen hat.

Beim zweiten Lesen ist es kaum spannender, und sie fragt sich, ob sie mit ihren einundsechzig Jahren nicht das Recht hat, Bücher, die sie nicht auf Anhieb fesseln, nicht weiterlesen zu müssen, schließlich hat sie selbst unter günstigsten Umständen nicht mehr viel Zeit auf dieser Welt. Ihr Mann hat ihr unwirsch geraten, Proust zu lesen, um sich an seiner gedanklichen Raffinesse zu erbauen und seine Formulierkunst zu bewundern. Sie ist intelligent genug und feinsinnig genug, um beides zu schätzen, selbst in der kurzen Passage, die sie gelesen hat, aber etwas fehlt hier. Unwillkürlich legt sie die Hand aufs Herz. Vielleicht kommt es später noch, wenn sie dem Roman eine Chance gibt. Sie wirft einen kurzen, leicht schuldbewussten Blick auf ihre Handtasche, wie ein Kind, das versucht, nicht nach einem verbotenen Spielzeug zu schauen. Ihre Handtasche enthält zwei dünne Bücher: einen Roman von Hemingway und einen Band mit Erzählungen von Salinger. Ihr Mann hält von beiden nicht viel; Salinger insbesondere bringt er sarkastische Verachtung entgegen. Einerlei, ihr gefällt er, sie bewundert seine klaren einfachen Sätze. Sie hatte gezögert, die Geschichten erneut zu lesen, nachdem Professor Johnson vehement versichert hatte, sie besäßen keinen bleibenden Wert, doch zu ihrem Vergnügen stellte sie fest, dass sie es unbeschadet überstanden hatten und so packend und unpathetisch und sauber geschrieben waren, wie sie beim ersten Lesen gedacht hatte.

Ihr Blick kehrt zu dem vor ihr aufragenden Gebäude zurück. Die endlosen Vierecke aus dunklem Glas und blitzendem Stahl sind wenig einladend, undurchsichtig; sie verbergen alles, was hinter ihnen vorgeht. Sie hält sich selten im Geschäftsviertel auf. Dieser Teil der Stadt ist ihr nicht vertraut; er hat nichts mit dem Boston zu tun, das sie liebt. Ihr Boston ist die Welt der roten Backsteinhäuser und der Straßen, die von Bäumen gesäumt sind, die im Sommer kühlen Schatten spenden und im Winter nackt und stolz dastehen. Das ruhige, breite Glitzern des Charles River und die mitreißende Energie des Back Bay Bezirks. Die kleinen Fachgeschäfte in der Newbury Street, die kopfsteingepflasterten Straßen von Beacon Hill und das ferne Rauschen des Verkehrs, das den Kontrapunkt bildet zu der beschaulichen Stille der öffentlichen Grünanlagen. Die Cafés rund um die vielen Campusanlagen der Universitäten, in denen man unverhofft auf eine Lesung stößt oder ein Konzert. Sie löst den Blick von dem Gebäude vor sich, meidet noch immer das Buch in ihren Händen und schaut trostsuchend zu dem einsamen Baum, der aus dem Beton erwächst. Er hat die Hälfte seiner Blätter verloren, aber die verbleibenden weisen noch immer tiefdunkle Rot- und Brauntöne auf: die verbleichenden Farben des Herbstes in New England, der in diesem Jahr spät gekommen und nun fast zu Ende ist.

Sie vernimmt ein surrendes Geräusch und blickt sich um, kann aber die Quelle nicht ausmachen. Außer ihr ist niemand in diesem Innenhof. Dann spürt sie das Vibrieren zu ihren Füßen. In ihrer Handtasche. Sie greift hinein, holt ihr Handy heraus und schlägt den Proust zu. Das Telefon zuckt in ihrer Hand wie etwas, das sich in Schmerzen windet. Sie konzentriert sich darauf – keines der Symbole auf den Tasten erschließt sich ihr. Sie drückt eine schwarze Taste, dann eine grüne, dann hält sie es ans Ohr. Nichts.

»Sie kennen sich nicht damit aus, stimmt's?«

Sie wendet den Kopf. Neben ihr steht Alexander Iwanow und schaut sie an. Er ist sorgfältig gekleidet; er trägt einen teuren, aber dezenten Cashmere-Mantel und einen rostroten Schal, der sein silbergraues Haar unterstreicht. Er lüftet den Hut, als sie sich ihm zuwendet, doch sie ist viel zu überrascht, um die höfliche Geste zu bemerken.

»Für mich sehen die Tasten alle gleich aus«, entgegnet sie. Sie lässt das Handy zurück in ihre Tasche fallen.

»Sie sollten Ihre Tochter bitten, es Ihnen zu zeigen, Estelle.«

»Vielleicht heute beim Mittagessen«, sagt sie. Er erwidert nichts daraufhin, und sie fragt sich, ob sein Schweigen etwas zu bedeuten hat, schließlich knüpft es an die Tatsache an, dass von Melissa keine Spur zu sehen ist. Sie rückt ein Stück beiseite, als sie merkt, dass sie die ganze Bank in Beschlag genommen hat, und er setzt sich, in gebührendem Abstand, und lächelt sie an. Seine Augen sind groß und dunkelbraun und altersweich – die warmen Farbbrunnen besitzen eine gewisse Stofflichkeit, denkt sie, wie alter Samt.

»Ich freue mich, Sie wiederzusehen«, sagt er. »Bei unserer ersten Begegnung hatten wir keine Gelegenheit, uns länger zu unterhalten.« Er hat einen leichten Akzent und spricht mit einer Präzision, die klar definiert und zugleich musikalisch ist. Der Buchstabe L erhält ein besonderes Gewicht, bemerkt sie, wenn er ihren Namen ausspricht.

»Es war sehr freundlich von Ihnen, mich neulich in Ihrem Büro warten zu lassen«, erwidert sie.

»Warum haben Sie heute nicht vorbeigeschaut? Es ist kalt hier draußen.«

»Ich bin gern an der frischen Luft«, antwortet sie schlicht. Sie versucht nicht, die vage Abneigung, die sie dem Gebäude entgegenbringt, zu erklären – sie ist diesem Mann erst ein Mal begegnet, und es ist unwahrscheinlich, dass er ihre wunderlichen Anwandlungen versteht, zumal er der Besitzer des betreffenden Gebäudes ist. »Außerdem – wenn die Sitzung vorbei ist …«

»Sie ist noch in vollem Gange. Ich bin ausgebüxt.«

Sie fragt sich, wie jemand aus den Verhandlungen, die sich um den Verkauf seines eigenen Multimillionendollar-Imperiums drehen, ausbüxen kann, als sein Telefon klingelt.

»Das sind sie vielleicht«, sagt Alexander. Sie blickt wieder zu dem Baum hinüber, um etwas zu tun zu haben, während sie versucht, der klaren Stimme am anderen Ende der Leitung nicht zu lauschen. Es geht um abschließende Fragen und ob er nicht an den Verhandlungstisch zurückkehren wolle. »Nein, eigentlich nicht«, antwortet er. »Warum legt ihr nicht eine Mittagspause ein? Ich glaube, Melissa hat eine Verabredung.«

Stille am anderen Ende, Beratschlagung wahrscheinlich, dann ist die metallische Stimme wieder da. »Sie sagt, es sei nichts Wichtiges. Sie würde lieber die Sache hier zum Abschluss bringen.«

Sie sieht, dass er das Telefon fest ans Ohr gepresst hat, um zu verhindern, dass die Worte durch die kühle Luft zu ihr durchdringen.

»Na schön. Ich bin in zwei Stunden zurück«, sagt er kurzangebunden. »Seht zu, dass ihr bis dahin fertig seid, ja?« Er klappt das Telefon zu und schaltet es aus. Er sieht Estelle an, und einen Moment lang verständigen sie sich stumm miteinander. Sie weiß, was geschehen ist, und sie möchte es ihm ersparen, taktvolle Worte finden zu müssen, um ihr zu sagen, dass ihre Tochter sie versetzt.

»Ich habe letzte Woche den Artikel in der *Business Week* gelesen«, sagt sie. »›The King of Catering‹.«

»Schlagzeilen ...« Er schüttelt den Kopf.

»Ich fand es interessant«, erwidert sie. »Vor allem Ihren Hintergrund. Ihr Leben in Russland.«

Er nickt kurz und höflich, sagt aber nichts weiter. Estelle überlegt, das Thema weiterzuverfolgen, denn die wenigen Sätze über Alexanders früheres Leben wiesen auf eine Geschichte hin, die spannend zu sein versprach. Sie entscheidet sich dagegen – schließlich kennt sie ihn nur flüchtig. Sie holt ihren Hut aus der Tasche. Gleich wird sie gehen.

»Es tut mir leid, dass Ihre Verabredung mit Melissa geplatzt ist«, sagt er. Er zögert, dann huscht ein rasches Lächeln über sein Gesicht, das ansonsten leicht besorgt, ja nervös ist. »Hätten Sie Lust, stattdessen mit mir zu Mittag zu essen?«

Estelle hält inne, und während sie noch überlegt, beschließt sie, nicht zu versuchen, den Hut vor seinen Augen aufzusetzen. Stattdessen benutzt sie ihn, um ihre Hände darunter zu wärmen. »Sollten Sie nicht lieber wieder hineingehen?«

»Wozu? Sie alle wissen, was zu tun ist.«

Sie hebt eine Augenbraue. »Das hoffe ich. Sie mag meine Tochter sein, aber ich muss zugeben, dass Melissa einem Piranha in nichts nachsteht, wenn es darum geht, ein Geschäft unter Dach und Fach zu bringen.«

Er lacht. Die ungeschminkte Beurteilung ihrer Tochter überrascht ihn, und er versichert ihr, dass ihm das nichts ausmache und dass hartes Verhandeln zum Geschäft gehöre.

Ein kurzes Schweigen entsteht zwischen ihnen – ein Augenblick, in dem er zu überlegen scheint, ob er etwas enthüllen oder erklären soll. Er schaut an der gläsernen Fassade des Gebäudes hoch. »Dort oben sind sie. Im fünfundzwanzigsten Stock.«

Wieder blickt sie nach oben. Es handelt sich um genau die Art von abweisendem Gebäude, das sie gewöhnlich mit ihrer Tochter in Verbindung bringt: schlicht, sauber, funktional.

»Da habe ich vor fünfzehn Minuten noch gesessen, nach außen hin abgekapselt und zum Fenster hinausgeschaut wie ein rastloser Schuljunge, der sich nicht auf den Matheunterricht konzentrieren kann. Ich habe nichts als den Himmel gesehen und da hinten die Stadt und Back Bay. Als ich schließlich in die Gegenwart zurückkehrte, hatte mir jemand eine Frage gestellt. Ich hatte keine Ahnung, worum es ging. Es war mir auch egal. Also habe ich mich entschuldigt und bin gegangen.«

»Es ist wohl nicht einfach, mitanzusehen, wie jemand anders die Leitung der eigenen Firma übernimmt.«

»Gut möglich, dass es damit zu tun hat. Aber es tut mir nicht leid, meinen Abschied zu nehmen. Es ist an der Zeit.« Er reibt sich die Hände, um sie zu wärmen, und sieht Estelle verschmitzt an. »Also, kommen Sie zum Essen mit zu mir? Melissa hat mir letztes Mal schon versprochen, wir würden zusammen essen. Sie können mir beim Ausbüxen Gesellschaft leisten.«

»Das ist nett von Ihnen, aber es ist nicht nötig …«

»Martha, meine Haushälterin, ist da, falls Sie eine Anstandsdame für nötig erachten«, fährt er fort.

»Glauben Sie mir, es ist Jahrzehnte her, dass ich mir Sorgen gemacht habe, Männer könnten bei meinem bloßen Anblick von unkontrollierter Leidenschaft überwältigt werden«, versichert sie ihm. »Seien Sie unbesorgt – ich habe keine Angst vor Ihnen.«

»Gut. Dann also abgemacht?« Er steht auf, als wäre es keine Frage mehr.

Sie verspürt einen feinen Stich bei dieser Anmaßung, doch ihre Neugier, was diesen Mann angeht, ist gewachsen. Sie liebt nichts mehr als eine gute Geschichte. Außerdem ist ihr kalt, und sie ist hungrig, und ihr steht nicht der Sinn danach, in die trostlosen Räume ihrer Wohnung zurückzukehren oder allein in einem Restaurant zu sitzen.

Wieder zückt er sein Telefon. »Ich kann Melissa anrufen und sie bitten, sich zu uns zu gesellen, wenn sie fertig sind.«

Sie ist ihm dankbar für sein Einfühlungsvermögen – dass ihre Tochter weiß, wo sie ist und sich später vielleicht zu ihnen gesellt, gibt ihr ein gewisses Maß an Sicherheit, den letzten Anstoß, den sie braucht. Sie brechen gemeinsam auf, überqueren die Sonnenflecken, die in den Innenhof fallen. Einige goldbraune Blätter schweben vor ihnen zu Boden, und die Art, wie Alexander nach einem von ihnen greift, hat etwas Anrührendes, der Anblick seiner Hand – ein wenig gekrümmt und gezeichnet vom Alter und den Bostoner Wintern, vermutlich auch von den Wintern in Russland –, die sich unwillkürlich danach streckt, ein vereinzeltes Blatt zu grüßen, das vor seinen Augen herabschwebt. Er sieht zu, wie es sich auf dem Boden niederlässt, leicht wie eine Feder. Dann führt er Estelle zum Haupteingang des Gebäudes, wo der Türsteher sich an den Hut tippt und ein Taxi heranpfeift.

Sie gleitet auf die rote Vinylbank, und auch Alexander ist schon halb im Wagen, hält dann jedoch inne, um dem Türsteher ein Trinkgeld zu geben. Er öffnet seine Brieftasche – eine weiche braune Ledermappe, die die ersten Spuren der körnigen Weichheit aufweist, die das Alter mit sich bringt. Er nimmt einen Geldschein heraus und reicht ihn dem Mann, doch Estelles Aufmerksamkeit gilt einer Fotografie in der offenen Brieftasche. Sie sieht sie nur eine Sekunde lang, vielleicht zwei. Es ist eine alte Schwarzweißaufnahme, vielleicht sogar ein wenig unscharf, aber die Frau auf dem Bild ist faszinierend – und sie ist jung und sehr schön. Das zumindest kann Estelle erkennen, auch wenn die Frau blinzelt, weil die Sonne sie blendet. Das Foto hat etwas –

etwas Verführerisches, etwas, das sie in diesem kurzen Moment weder ergründen noch benennen kann, doch es kommt ihr vor wie eines jener Bilder, die eine ganze Haltung und Atmosphäre einfangen und einen jeden innehalten lassen, um nach Möglichkeit einen zweiten Blick darauf zu werfen. Als Alexander schließlich einsteigt, streicht sein Daumen rasch und leicht über das Bild, dann fällt sein Blick auf Estelle, und die Brieftasche klappt zu, und die Frau ist fort.

Er nennt dem Fahrer die Adresse, und Estelle räuspert sich, zögert aber, die Frage zu stellen, die ihr auf der Zunge liegt. Alexander sieht sie an, erwartungsvoll, ein offener Blick aus diesen höflichen braunen Augen, denen sie nichts entnehmen kann. Sie lehnt sich zurück, richtet den Blick nach vorn, und das Taxi fährt los.

Sein Haus ist ein altes rotes Backsteingebäude aus einer Zeit, als hohe Decken und großzügig geschnittene Zimmer üblich waren. Aus einer Zeit, in der eine wachsende Stadt es sich erlauben konnte, sich Raum zu nehmen.

»Es ist schön, ein Haus wie dieses zu sehen, das nicht in einzelne Wohnungen aufgeteilt wurde.«

»Viele Stufen«, erwiderte er. »Hält meine alten Knochen geschmeidig.«

»Wir wohnen gar nicht so weit voneinander entfernt. Wir leben in einem Sandsteinhaus – einem wunderschönen Gebäude, in dem wir allerdings bloß eine Wohnung haben. Klein, aber dafür mitten in der Stadt.«

Das versteht er – er hat immer mitten in der Stadt gelebt, selbst in Moskau besaß er dieses Privileg. Die meisten Menschen, die sich eine größere Wohnung wünschten – oder überhaupt eine eigene Wohnung –, waren gezwungen, in Chruschtschows neue Mietskasernen zu ziehen – hastig hochgezogen, grau und hellhörig, in den Außenbezirken der Stadt. Und viele Menschen waren glücklich damit: Diese Wohnblocks verschafften ihnen mehr Raum, als sie je zuvor gehabt hatten. Im Zentrum von Moskau waren die Zimmer winzig und überfüllt, es sei denn, man erwarb sich Parteiverdienste oder arbeitete für die Regierung.

Er hält Estelle die Tür auf, und sie betritt eine holzgetäfelte Eingangshalle, die sie augenblicklich an ein englisches Landhaus erinnert. Doch statt Ahnenporträts an den Wänden findet sich eine Auswahl an Kunstwerken, einige abstrakt, andere figurativ, alle relativ modern. Sie ist halb auf das Erscheinen eines Butlers gefasst, aber das einzige Lebenszeichen ist das gedämpfte Brummen eines Staubsaugers im oberen Stock. Während Alexander ihre Mäntel und Schals aufhängt, betrachtet sie die Kunstwerke. Es gibt einige Gemälde, von denen sie sich sofort angezogen fühlt. Seltsamerweise sind es abstrakte Bilder, die Art von nichtgegenständlicher Kunst, die sie normalerweise nicht anspricht. Doch diese Bilder hier rufen eine seltsame Stimmung in ihr wach, ein Gefühl von verlorener Liebe oder tiefer Trauer, das sie verstört. Sie betrachtet die Gemälde genauer und versucht zu ergründen, auf welche Weise es ihnen gelingt, solche Empfindungen zu wecken. Sie will sich an Alexander wenden, als er zurückkehrt, findet aber nicht die richtigen Worte, um auszudrücken, was sie denkt, ohne prätentiös oder wirr zu klingen.

»Sind Sie sicher, was das Mittagessen angeht? Ich möchte Ihnen keine Umstände bereiten«, sagt sie. »Wir können genauso gut irgendwo ein Sandwich essen gehen.«

»Ich bin ganz sicher. Kochen ist eine Art Therapie für mich. Es wird nur etwas Einfaches geben.«

Estelle folgt ihm ins Wohnzimmer, einen großen hellen Raum mit Ledersesseln und -sofas, einer Bücherwand und einem Flügel. Wie aus einem Roman, denkt sie. Die Fenster erstrecken sich von der Decke bis zum Boden und gehen auf einen kleinen Garten hinaus. Sie schaut nach draußen, während Alexander aus der Küche nebenan eine Flasche Wein holt. Die Büsche und Bäume haben ihre Fülle selbst jetzt im Spätherbst noch nicht verloren, und sie erkennt, dass die üppige, romantische Anmutung des leicht verwildert wirkenden Gartens sorgsam kultiviert ist. Alexander kehrt mit einer Flasche zurück und öffnet sie geschickt, konzentriert. Estelle wirft ihm einen fragenden Blick zu und geht zum Flügel hinüber. Sie betrachtet die Fotos, die darauf stehen, und nimmt eines in die Hand. »Eine sehr attraktive Frau.«

»Lauren – meine Nichte«, sagt er. »Sie ist Malerin. In der Eingangshalle hängen einige Bilder von ihr.«

Estelle dreht sich um. Ihr Interesse ist geweckt. »Wirklich? Ich fand sie erstaunlich. Aber ich weiß nicht warum. Ich habe keine Ahnung von Kunst und was sie ausmacht und dennoch ...«

»Ja?«

»Und dennoch ... wenn ich mir meine Bestimmung hätte aussuchen dürfen, dann wäre ich gern Schriftstellerin geworden.«

So, nun hat sie ihn ausgesprochen, den Wunsch, den sie stets für sich behalten hat.

Er schnuppert kurz an dem Wein und konzentriert sich. Als er Estelle ein Glas anbietet, nimmt sie es, schwenkt es leicht, so wie er es gemacht hat, und atmet das Aroma tief ein. Das Bouquet ist weich und rauchig, ein zutiefst tröstlicher Geruch nach getrockneten Früchten, Gewürzen und warmem Tabak, kein Ver gleich mit dem einfachen Tafelwein, den sie gewohnt ist.

»Was hat Sie daran gehindert?«, fragt er. »Ich meine, Schriftstellerin zu werden.«

Sie zuckt zusammen, dann trinkt sie schnell einen Schluck. »Sie haben gut reden. So einfach ist das nicht.«

»Warum nicht?«

Sie antwortet nicht sofort. Als sie dann leise zu sprechen ansetzt, merkt sie, wie er sich vorbeugt, um ihre Worte zu verstehen. »Wenn es so einfach ist, dann habe ich viel zu viel Zeit vergeudet.«

Es ist eine klare, offene Aussage, und sie ist ihr beinahe peinlich.

»Schreiben Sie jetzt?«

Sie hat sich wieder gefangen. »Ein wenig. Hin und wieder.« Sie klingt abschätzig. »Nicht genug, denke ich.« Ihr Blick kehrt zum Flügel zurück, und dann entdeckt sie sie. Die Frau, die ihr vorher schon ins Auge gefallen war, auf dem Foto in seiner Brieftasche. Estelle nimmt das Foto in die Hand. »Und das hier?«, fragt sie.

»Katja. Meine verstorbene Frau«, antwortet er. Sein Blick schweift unwillkürlich zum Garten, fort von dem Foto und fort von Estelles fragendem Gesicht; der Himmel zieht sich zu und erzeugt ein düsteres schweres Licht, das ihn an die Vergangenheit erinnert. Diese fahle, erdrückende Atmosphäre ist so sehr mit den Tagen unmittelbar nach Katjas Tod verknüpft, selbst jetzt noch, dass er sie nur schwer ertragen kann. Er geht zur Tür und fragt in munterem Ton: »Darf ich Sie bitten, mir in die Küche zu folgen?« Er verneigt sich übertrieben. »Und gibt es etwas, das Sie nicht essen?«

»Sauerkraut«, antwortet Estelle prompt. »Wenn ich eines nicht ausstehen kann, dann ist das Kohl. Insbesondere wenn er eingelegt ist und sich verkleidet und so tut, als wäre er ganz was anderes.«

»Das war's dann wohl mit meinem Hauptgericht«, erwidert er.

Die Küche ist groß, wie es von jemandem in seiner Branche zu erwarten ist und verschafft ihr sofort ein Gefühl der Unzulänglichkeit. Lackierte Holzschränke erzeugen eine heimelige Atmosphäre; sie umrahmen einen großen blitzenden Herd, der den Gutteil einer Wand einnimmt. Darüber befindet sich ein Gestell aus Holz und Stahl, an dem blitzblanke Töpfe und Pfannen und Durchschläge hängen. An der Wand direkt über dem Herd hängen große Kochlöffel und sonstige Utensilien an Metallhaken: winzige Pfannen und Siebe, Stampfer und Reiben und viele andere Gerätschaften, deren Verwendung ihr schleierhaft ist. Hier ist keine Spur von der nachlässigen Unordnung auszumachen, die sich bei ihr daheim ständig einschleicht, egal wie sehr sie sich bemüht, die Dinge an ihrem angestammten Platz zu halten. Hier herrscht wohlgeordnete Fülle. Mit schnellen Bewegungen bindet er sich eine halbe Schürze um. »Ich habe mir den ganzen Morgen gewünscht, hier in der Küche zu stehen. Danke, dass Sie mir die Gelegenheit bieten.«

»Gern geschehen. Ich wünschte, ich könnte Ihre Begeisterung fürs Kochen teilen, aber dem ist nicht so. Und deshalb habe ich mir immer geschworen, einen Mann zu heiraten, der kochen kann.«

Das ist die Gelegenheit, auf die er gewartet hat. Aus irgendeinem Grund hat er gezögert, sie direkt zu fragen, ob sie verheiratet ist. »Ihr Mann kann also kochen?«

»Nein«, antwortet sie lachend. »Das kann er nicht.«

Er wiegt die Tomaten in den Händen. Sie geben dem leichten Druck seiner Berührung ein wenig nach; die tiefrote Haut zeigt winzige Fältchen der Überreife. Zufrieden übergießt er sie mit kochendem Wasser, wartet einen Moment, bis die Haut platzt, um sie dann zu häuten und zu hacken. Er gibt sie in die Pfanne, in der bereits gepresster Knoblauch und feingehackte Zwiebeln schmoren und die Küche mit einem Aroma erfüllen, das Estelle augenblicklich hungrig macht. Sie sieht zu, wie die frischen Tomatenstücke in der Pfanne schmurgeln und sich mit den glasigen Zwiebeln mischen.

»Was kann ich tun?«, fragte Estelle.

»Sie können den Parmesan reiben.« Er reicht ihr ein großes Stück Käse mit grobem Anschnitt und kräftigem Duft.

Sie schnuppert daran. »Mein Gott, wie köstlich. Und ich dachte, er käme fertig gerieben aus der Kuh ...«

»Schämen Sie sich!«, erwidert er. »Hier.« Er schneidet ein Stück Käse ab und bietet es ihr an. »Kosten Sie.«

Sie nimmt es vorsichtig und steckt es in den Mund.

Dann ergreift er ihr Glas Wein. »Und nun trinken Sie einen Schluck dazu.«

Sie ist sich der Berührung ihrer Hände nur zu bewusst, als er ihr das Glas reicht. Der Käse schmeckt kräftig und würzig, mit Aromanuancen, die anders sind als alles, was sie je zuvor gekostet hat. Er wendet sich ab, als wolle er ihr Zeit und Raum geben, die Kostprobe zu genießen, und wäscht Basilikumblätter unter dem Wasserhahn. Der Wein legt sich weich über den Nachgeschmack des Parmesans in ihrem Mund, vertieft ihn und rundet ihn ab. Sie widersteht der Versuchung, die Augen zu schließen, um sich auf die übrigen Sinne zu konzentrieren, und sieht stattdessen zu, wie er das Basilikum zerpflückt und in die Sauce gibt. Er hält inne und hält ihr eine Handvoll Blättchen unter die Nase. Sie riecht daran und lächelt, bestätigt das Aufsteigen des Kräuterduftes. Sie sieht zu, wie er fortfährt und sich über die Pfanne beugt, trinkt einen weiteren Schluck Wein und ist dankbar, einen Moment für sich zu haben, um die Entdeckungen, die sie den ganzen Morgen über gemacht hat, auf sich wirken zu lassen.

Sie beginnen ihr Mahl mit gedünstetem Spargel. Sie essen mit den Fingern, nehmen die Stangen behutsam auf und tunken sie in die zerlassene Butter.

»Ich glaube, ich bin noch nie zuvor jemandem begegnet, dem Essen so viel bedeutet wie Ihnen, Alexander.«

»Es sind nur frische, einfache Zutaten«, sagt er. »In Russland war ich an fades Essen gewöhnt, zumindest zeitweise, aber hier gibt es keine Entschuldigung dafür. Und ich hatte Glück. Meinen ersten Job hier in Amerika fand ich im Lebensmittelladen meines Schwagers. Ich hatte also den ganzen Tag mit Nahrungsmitteln zu tun.«

»Dann haben Sie also wirklich mit nichts angefangen?«

Mit weniger als nichts, dachte er. Kein Geld und keine Aussichten waren noch das Geringste. Ein Herz, so tot wie ein vom

Feuerbrand befallener Baum, war schwerer zu verwinden. »Ja«, antwortet er.

Sie sieht ihn mit durchdringendem Blick an, aber er will den Kummer in seinen Augen nicht in Worte fassen.

»Ich erinnere mich noch genau daran – bis heute«, fährt er fort. »Als Russe hatte ich noch nie so viel zu essen gesehen. So viele frische Lebensmittel. So viele wundervolle Brot- und Käsesorten und so viel Obst und Fleisch auf einmal. Sicher, im Vergleich zu den Feinkostläden und Supermärkten von heute war das gar nichts, aber damals ... Ich dachte damals, wir hätten einfach alles. Mehl und Zucker kamen in großen Säcken und wurden in Papiertüten abgewogen.«

»Daran kann ich mich auch noch erinnern.« Estelle lächelt.

»Nach einiger Zeit habe ich angefangen, im Laden zu backen. Kuchen, Torten, Gebäck. Wir haben alles stückweise verkauft.«

Nach und nach hatten sie weitere Gerichte hinzugefügt – Fleischpasteten mit knuspriger Kruste, gehaltvolle Linsensuppen. Die Angestellten aus den umliegenden Geschäften und Büros fingen an, bei ihnen zu Mittag zu essen, und Alexander beobachtete sie von der Küche im hinteren Teil des Ladens aus und registrierte das Lächeln einer Verkäuferin, wenn ihr das Suppenaroma in die Nase stieg, oder den alten Mann, der nicht warten konnte, bis er draußen war, sondern noch im Laden genüsslich in seine Pastete biss.

»Von da an nahm es seinen natürlichen Lauf«, fährt er mit einem ironischen Lächeln fort, »und ich landete bei Catering und Canapés.« Er sprenkelt geriebenen Käse auf die heiße Pasta und trägt sie zum Tisch.

»Wer waren Ihre Kunden?«

»Überwiegend gutbetuchte Frauen. Viele Familien aus Beacon Hill.«

»Da habe ich auch mal gewohnt.«

»Tatsächlich?«

Sie macht eine wegwerfende Geste. »Das ist sehr lange her.«

Er beobachtet sie. Er kann nicht anders – sie hat etwas an sich, das ihn zwingt, sie anzusehen, selbst wenn sie schweigt. Er mustert ihr Gesicht – die hohen Wangenknochen sind klar konturiert, aber mit dem Alter ein wenig runder geworden. Ihre Augen sind von einem ungewöhnlichen Hellblau, so lebendig, dass sie knistern wie Neon. Das ist ihm schon bei ihrer ersten Begegnung aufgefallen. Er hatte sie für einige Minuten in sein Büro gebeten, damit sie dort auf ihre Tochter warten konnte. Melissa war noch im Konferenzraum gewesen, wo die zähen Verhandlungen um die Bedingungen, zu denen sie seine Firma übernehmen würde, noch im Gange waren. Er hatte Estelle auf Anhieb gemocht. Ihre Unterhaltung war über den Austausch von Höflichkeiten nicht hinausgegangen, aber ihre rasche Auffassungsgabe, der ironische Unterton ihrer Antworten ließen auf eine lebhafte Persönlichkeit schließen, ein Eindruck, der von ihren ungewöhnlichen Augen unterstrichen wurde. Melissas Augen hingegen sind grau, vielleicht nach ihrem Vater. Er sucht in Estelles Gesicht nach dem kühlen, unergründlichen Ausdruck ihrer Tochter, findet jedoch keine Spur davon.

»Was ist?«

»Ich habe versucht herauszufinden, ob Melissa Ähnlichkeit mit Ihnen hat.«

Estelle zuckt die Achseln. »Keine große. Sie hat vielleicht meine Nase, aber der Rest kommt nach ihrem Vater.«

Die Pasta ist, wie alles, das sie bisher gekostet hat, eine Offenbarung. Die Bissfestigkeit der Penne unter der süßen, aromatischen Tomatensauce. Die Ausgewogenheit von frischem Basilikum und sämigem kräftigem Parmesan. Sie lehnt sich auf ihrem Stuhl zurück und kommt sich beinahe unanständig vor, so überwältigt ist sie von dem satten Genuss. Sie nimmt noch eine weitere köstliche Gabel voll, als Alexander sie fragt, ob sie je einen Beruf ausgeübt habe. »Erst als ich Mitte zwanzig war. Ich hatte es nicht nötig zu arbeiten. Mein Vater war wohlhabend, und damals war das nicht üblich. Man wartete einfach darauf zu heiraten.«

»Und das haben Sie dann getan?«

»Nicht gleich, nein.« Mit einem Stück frischer Brotkruste tunkt sie die restliche Sauce auf ihrem Teller auf. »All diese jungen Harvard-Absolventen, die zu uns zu Besuch kamen ...« Bei der Erinnerung verzieht sie das Gesicht.

»Also haben Sie angefangen zu arbeiten?«

»Ja, zum Entsetzen meines Vaters. Ich hielt es nicht mehr aus, herumzusitzen und Tee zu trinken und mich für Dinnerpartys zurechtzumachen. Also habe ich mir eine Stelle besorgt. Weiß Gott, wie mir das gelungen ist. Ich konnte weder Maschineschreiben noch ein Diktat aufnehmen ... Ich konnte nichts von all den Dingen, die junge Frauen damals brauchten, um Arbeit zu finden, obwohl ich ziemlich schnell gelernt habe. Ich habe an der Universität von Boston gearbeitet. Als Sekretärin für verschiedene Professoren. Die meisten im Fachbereich Anglistik.«

»Warum im Fachbereich Anglistik?«, wirft er ein.

Sie zögert. »Ich glaube, weil ich Bücher schon immer geliebt habe. Ihren Geruch, das Gefühl, über ihre Seiten zu streichen, die Vorstellung, dass ganze Welten, in die ich nie zuvor eingetaucht war, zwischen ihren Seiten enthalten wären. Ab und zu hatte ich einen Aufsatz oder einen Artikel zu tippen und las etwas vollkommen Unerwartetes über ein Buch, das ich kannte. Oder zu kennen meinte. Wegen dieser Aufsätze habe ich viele Romanklassiker ein weiteres Mal gelesen.«

»Wann haben Sie aufgehört zu arbeiten?«

»Nach meiner Heirat. Mein Mann war der letzte Professor, für den ich gearbeitet habe. Irgendwann war er ständig auf Reisen, und er wollte mich dabeihaben.«

»Hätten Sie es vorgezogen weiterzuarbeiten?«

»O nein.« Sie lacht und spürt eine Wärme in den Wangen, die

hoffentlich nicht zu sehen ist. »Damals nicht. Ich war dermaßen verliebt in ihn. Ich konnte den Gedanken, von ihm getrennt zu sein, nicht ertragen. Außerdem habe ich ihm noch eine ganze Weile bei seiner Forschung geholfen und seine Texte für ihn getippt … Und dann kam Melissa, und ich habe aufgehört zu arbeiten. Als sie älter war, habe ich wieder angefangen, ein bisschen für ihn zu lesen und zu tippen, was ich bis heute tue. Es war ein ganz gewöhnliches Leben.«

»Keineswegs. Sie hätten gleich nach dem College einen passenden vielversprechenden jungen Mann heiraten können. Stattdessen haben Sie gearbeitet, was damals, wie Sie sagen, nicht selbstverständlich war, und am Ende haben Sie einen Professor geheiratet. Ich vermute, aus Leidenschaft, nicht um gut versorgt zu sein. Klingt, als hätten Sie sich keineswegs an die gesellschaftlichen Regeln gehalten.«

Estelle errötet. Es macht sie verlegen, dass sein Interesse an ihr groß genug ist, um ihr Leben auf diese Weise zu deuten. Gleichzeitig freut sie sich darüber. Sie selbst hat ihre Entscheidungen nie in dem unkonventionellen Licht betrachtet, das er darauf geworfen hat.

»Erzählen Sie mir von Ihrem Schreiben.«

»Ach, das«, sagt sie, und zum ersten Mal bemerkt er eine gewisse Schüchternheit bei ihr. »Ich bin nichts als eine aufstrebende Romanschreiberin. Auf der Suche nach einer wirklich interessanten Hauptfigur.«

»Ich dachte, Autoren wären immer auf der Suche nach einem guten Stoff, einem guten Thema.«

»O nein«, erwidert sie, diesmal mit einer gewissen Überzeugung. »Die Themen sind fast immer dieselben, meinen Sie nicht? Liebe, Leidenschaft, Tod, Verrat.«

Sie nimmt das winzige Zögern wahr und fragt sich, ob sie etwas Falsches gesagt hat, aber dann blickt er auf und lächelt zustimmend.

Sie kehren ins Wohnzimmer zurück, nehmen in tiefen weichen Ledersesseln Platz, jeder ein zweites Glas Wein neben sich, und Estelle überlegt, wie sie das Gespräch wieder auf sein Leben in Russland lenken kann. Er hat sie während des Essens mit freundlichen Fragen bombardiert, aber irgendetwas in seinem Blick oder seiner Haltung lässt sie zögern, es ihm gleichzutun. Schließlich weist sie auf das Foto auf dem Flügel. »Ihre Frau war sehr schön.«

»Finden Sie?«

»Finden Sie nicht? Diese lebendigen Augen.«

»Ich bin in meinem ganzen Leben nie wieder jemandem wie ihr begegnet.«

Er wendet sich – wie günstig, denkt sie – der Dessertplatte zu, auf der sich ein Rest aufgebackener Aprikosenkuchen vom Vortag befindet.

»Sie sieht sehr glücklich aus. Auf dem Foto.«

War sie glücklich gewesen? Er überlegt. Vielleicht, zeitweise. Aber bei Katja war Glück kein anhaltender Zustand gewesen. Es war mehr ein flüchtiges Gefühl gewesen, eine Folge von kleinen Fluchten aus der Welt, in der sie lebte. »Ihr Leben war ziemlich schwierig«, sagt er unverbindlich. Mag sein Gast, die aufstrebende Romanautorin, auch auf der Suche nach einer interessanten Hauptfigur sein – er fühlt sich nicht verpflichtet, sie ihr zu liefern. Er schneidet zwei großzügig bemessene Stücke Kuchen ab.

»Ich sollte wohl an meine Figur denken und höflich ablehnen«, sagt Estelle, »aber in meinem Alter – was soll's?« Sie dankt ihm und nimmt wieder Platz, den Teller auf den Knien balancierend. »Sie sprachen gerade von Ihrer Frau …«

»Katja. Ja. Wir sind in den letzten Jahren von Stalins Herrschaft aufgewachsen, wissen Sie. Er starb dreiundfünfzig. Es gab heftige innerparteiliche Kämpfe, viele wollten das Sagen haben, aber Ende der fünfziger Jahre kam Chruschtschow an die Macht.« Wohl wahr, wenn es auch nicht viel besagt, ein Ablenkungsmanöver, um den Fokus zu verschieben.

Estelle beugt sich interessiert vor. »Erzählen Sie mir von Stalins Gewaltherrschaft. War das nicht die Zeit, als Tausende von Menschen verhaftet und ermordet wurden?«

»Als die Wellen der Verhaftungen vorüber waren, ging es in die Millionen. Zig Millionen sogar, wenn man die Menschen mitrechnet, die auf dem Land verhungert sind. Vollkommen unnötig, nach politischen Vorgaben mit entsetzlichen Auswirkungen.«

»Aber aus welchem Grund?«

Alexander schüttelt den Kopf. »Das ist ja das Schreckliche. Es gab keinen wirklichen Grund. Verfolgungswahn vielleicht. Der Wunsch, Macht und Kontrolle um jeden Preis zu erhalten. Stalin war ein grausamer Mann, und er regierte mit Hilfe von Angst. Wer sich ihm widersetzte, starb. Unter solchen Umständen widersetzen sich die wenigsten.«

»Aber wenn so viele Menschen sterben, wenn so viele ohne Grund ihre Familie verlieren ... Hat das die Menschen nicht aufgestachelt, sich zur Wehr zu setzen?«

Alexander überlegt. Seine Augen sind fast geschlossen, so sehr bemüht er sich, sich in die damalige Zeit zurückzuversetzen. Er war noch ein Kind gewesen, in den schlimmsten Jahren zumindest. Warum hatten die Menschen sich nicht zur Wehr gesetzt? Wie viel Leid muss ein Volk erdulden, bevor es revoltiert? Diejenigen, die sich zur Wehr setzten, und viele, die es nicht taten, wurden ins Gefängnis gesteckt, gefoltert, getötet. So oder so. Er wendet den Kopf ab.

»Ist es ihr so ergangen?«

»Katja? Nicht direkt. Wir waren noch Kinder, als Stalin an der Macht war. Chruschtschow war schon anders. Auch er machte, was er wollte, aber er legte nicht diese Willkür an den Tag. Es war möglich, Kritik zu äußern. Zumindest in gewissem Maße.«

Er steht auf unter dem Vorwand, Wein nachschenken zu wollen. Plötzlich kommt ihm die Langeweile der Geschäftsverhandlungen, aus denen er geflohen ist, tröstlich und ungefährlich vor.

Seine Bewegungen sind sorgsam und gemessen, er spielt auf Zeit. Zeit, das Gleichgewicht zurückzugewinnen, in die Gegenwart zurückzufinden, fort von dem Ort, an dem Katjas Name wie von selbst auftaucht und viel zu häufig.

»Darf ich fragen, wann Ihre Frau gestorben ist?«

»Neunzehnhundertneunundfünfzig.«

»Ah. Das ist wirklich sehr lange her.«

»Sie war sehr jung. Wir waren sehr jung.«

»Haben Sie Kinder?«

Er schüttelt den Kopf.

»Bedauern Sie das?«

»Ich bedauere nichts. Nicht das Geringste.« Er lächelt, und sie sieht, dass sein Lächeln nur seine Lüge kaschiert.

Er setzt sich wieder. Er erinnert sich, wie er nachts neben seiner Frau gelegen hat, eingehüllt in die Dunkelheit, die nicht vom Licht der Straßenlaternen durchbrochen wurde, und sich ihr Kind vorstellte – ihr Baby –, und wie er begann, diese Vorstellung zu lieben, fast so, als hätte es tatsächlich existiert.

Er befürchtet, dass sie ihn fragen wird, was geschehen ist. Warum Katja gestorben ist. Selbst nach all diesen Jahrzehnten hat er noch keinen Weg gefunden, keine schlichte, dezente Weise, in beschönigenden Worten zu erklären, was ihr widerfahren ist. Es wäre um vieles einfacher, könnte er einen annehmbaren Grund anführen. Eine Krankheit, einen tragischen Unfall. Aber er weiß immer noch nicht, was man sagt, wenn es weder das eine noch das andere war.

Estelle ist im Begriff, ihn zu fragen, wie er und Katja sich kennengelernt haben, als sie seine fahrigen Bewegungen bemerkt und wie seine Augen ihren Blick meiden. Sie lehnt sich in ihren Sessel zurück. Es tut ihr leid, dass sie das Thema so beharrlich verfolgt hat. Es ist unhöflich von ihr, ihn als Gast in seinem Haus in Unbehagen zu versetzen. Sie überlegt noch, wie sie das Thema wechseln kann, als er das Wort ergreift.

»Es ist komisch«, sagt er. »Obwohl es so lange her ist, erinnere ich mich manchmal immer noch daran, wie ich mich in den ersten Wochen, nachdem ich Katja kennengelernt hatte, gefühlt habe. An die Aufregung, den Taumel, die süße Qual, jemandem begegnet zu sein, dessen Existenz man nie für möglich gehalten hätte. Es ist wundervoll, jemanden von Herzen zu lieben.« Er hebt den Kopf. »Das ist das, woran ich mich am besten erinnere, wenn ich an Katja denke: wie sehr ich sie geliebt habe.«

Das zumindest stimmt, denkt er. Alles andere, den Verrat, die Albträume, das böse Erwachen, die Schuldgefühle, all das hat er im Laufe der Jahre beiseite gepackt, in den hintersten Winkel seines Geistes verbannt. Kein Bedauern. Nicht das geringste.

## Kapitel 2

*Moskau, März 1956*

Es ist warm und voll in dem Raum. Die meisten von ihnen sind jung, ungefähr in seinem Alter, und ihr Stimmengewirr erfüllt die abblätternden hohen Wölbungen der Decke über ihren Köpfen. Da sind Lichter und Lachen und Gläser, die beim Anstoßen wie Musik klingen; ein unvertrautes Gefühl von Überfluss, ja Dekadenz, das an diesem Abend in gewissen Momenten eine willkommene Illusion erzeugt. In gewissen Momenten, aus gewissen Blickwinkeln, die Augen halb geschlossen, sieht er, dass der lange schmale Raum in dieser Wohnung, die Mischas Freunden gehört, ein wenig von der Eleganz und dem Leben zurückgewonnen hat, die ihn in einer anderen, einer vorrevolutionären Zeit vielleicht sehr oft erfüllt haben.

In seinem Rücken befindet sich ein kleines Fenster, und als er unter seiner Jacke einen kalten Luftzug spürt, dreht er sich um, und der unwirkliche Glanz des Schnees, der die Düsternis draußen erhellt, weckt seine Aufmerksamkeit und lässt ihn genauer hinschauen. Unten auf der Straße sieht er einen kleinen Jungen und eine alte Frau. Beide tragen große Bündel auf dem Rücken. Beide sehen klein und zerbrechlich aus unter ihrer Last, und er beobachtet sie wohl eine Minute, bis sie um die Ecke des Gebäudes biegen und aus seinem Blickfeld verschwinden. Vermutlich tragen sie Holz nach Hause, um ihre Wohnung zu heizen. Oder ihr Zimmer. Er sieht auf die Uhr. Es ist zehn.

Es wird heiß auf der Party. Alexander schiebt einen Finger unter Kragen und Krawatte und fährt an seinem schlanken Hals entlang.

»Du siehst aus wie ein Regierungsbeamter«, hatte Mischa mit einer ordentlichen Portion Sarkasmus zu ihm gesagt, als er ihn abholte. »Hast du keine legere Kleidung? Wir gehen doch nicht zu einer Cocktailparty deines Außenministeriums.«

»Ich komme direkt von der Arbeit«, hatte Alexanders knappe Antwort gelautet, bevor er den Spott in Mischas Augen entdeckte. Dann hatte er gelacht. »Arbeiten wir letzten Endes nicht alle für die Regierung?«

Ein leichter Rauchschleier schwebt nach oben, angezogen von den gleißenden provisorischen Lampen, die in den Zimmerecken angebracht sind, und er beobachtet Mischa, der ihm gegenübersteht, wie er redet, auf seine eigenen Worte konzentriert und dann auf das, was die Umstehenden erwidern. Ein aufgeregtes Stimmengewirr herrscht im Raum, denn die ersten Einzelheiten von Chruschtschows Geheimrede sind in Moskau durchgesickert, sind durch die Ritzen in den Bürofenstern gekrochen, sind in Wohnungen gedrungen, in denen Nachbarn durch die dünnen Wände mitangehörte Bemerkungen weitererzählt haben. Die Rede war auf dem XX. Parteitag unter Ausschluss der Öffentlichkeit gehalten worden, aber Alexander freut sich, dass die Menschen im Land von der schonungslosen schockierenden

Anklage ihres neuen Staatsoberhaupts gegen seinen Vorgänger Stalin erfahren. Das Gefühl von Offenheit, von Freiheit, das in den vergangenen Wochen einige von ihnen auf der Arbeit beschwingt hat, wird sich bald auch auf andere übertragen. Wie kann das schlecht sein?

Mischa wendet sich ihm zu, als hätte er die Gedanken seines Freundes gelesen. »Und was hältst du von der mutigen Rede des Genossen Chruschtschow, mein Freund? Dass dieser ›Personenkult‹ sich nie wiederholen dürfe?«

Er zieht an seiner Zigarette, bevor er fortfährt. »Dass der alte Stalin nichts als ein übellauniger, blutrünstiger Schlächter war?« Mischa lächelt dünn, legt den Kopf in den Nacken und stößt einen langen Rauchstreifen aus.

Alexander raucht nicht. Als Heranwachsender hat er geraucht, aber als junger Mann stört ihn der zurückbleibende Geschmack von Teer, der hartnäckige Geruch von Rauch in seiner Kleidung. »Ich glaube, es wird auch Zeit«, erwidert Alexander. »Die Menschen werden sehen, dass sich die Dinge jetzt ändern. Grundlegend ändern.«

Mischa klopft ihm auf den Rücken. »Du bist ein solcher Idealist, Sascha.« Wieder lächelt er, aber sein Lächeln ist gezwungen, und als er weiterspricht, ist seine Stimme so leise, dass niemand außer Alexander ihn versteht. »Hast du vergessen, dass unser geliebter Erster Sekretär Nikita Sergejewitsch während des Terrors die ganze Zeit dabei war und mitgemacht hat?« Der leise Tonfall ist eine Vorsichtsmaßnahme, die hier nicht nötig sein mag, aber Mischa kann sich, wie sie alle, nur schwer daran gewöhnen, laut zu sprechen, wenn von gewissen Themen die Rede ist.

Alexander zuckt die Achseln, wie um zu sagen: »Du hast mich schließlich gefragt«, und Mischa lacht. Jetzt lächeln auch seine Augen, nicht nur sein Mund: Er sieht glücklich aus.

»Spürst du den Wandel denn nicht, Mischa? Auf Regierungsebene, bei den Menschen, in der Luft? Es gibt Hoffnung. Vielleicht wird das Sowjetsystem jetzt so funktionieren, wie es sollte – wie es funktionieren kann. Und was immer er in der Vergangenheit getan haben mag, zumindest versucht er jetzt, all das zu ändern.«

»Aber kommen die Menschen mit dem Wandel klar? Die meisten von ihnen verehren den alten Mann immer noch – jetzt wo er tot ist, mehr denn je.«

»Für sie war er eben einfach unsterblich. Obwohl er ihnen die Männer, die Väter und Familien genommen hat, war Stalin ihr Gott, den sie angebetet und dem sie sich gefügt haben. Er selbst hat sich ja entsprechend stilisiert und sich jeglicher Kritik entzogen. Chruschtschow ist anders, das sieht man. Er versteht die Menschen. Jetzt wird alles anders«, sagt Alexander schlicht.

»Vielleicht. Vielleicht wird jetzt alles anders. Vielleicht spüre ich es tatsächlich.« Mischa hebt die Hände über den Kopf und deklamiert: »Hoffnung! Freiheit! Wahrheit!« Einige angetrunkene Gäste um ihn herum applaudieren, bevor sie sich wieder ihren Gläsern zuwenden. Er holt tief Luft und trinkt einen Schluck. »Ach, ich habe hart an dieser zynischen Maske gearbeitet, Sascha. Es wird mir leid tun, sie einfach so fallenzulassen. Zwing mich nicht dazu, es jetzt gleich zu tun.«

Alexander lächelt seinen Freund an. Er kann sich nicht an einen Mischa ohne die Maske des Zynikers erinnern – nicht einmal als sie noch Schuljungen waren. Schon als Jugendlicher hatte er sie stets sorgsam kultiviert, und in den Augen seiner Freunde verlieh sie ihm damals eine gewisse Reife. Selbst heute noch sichert sie ihm, zusammen mit seinem außerordentlich guten Aussehen, die Aufmerksamkeit einer Menge Frauen. Alexander dreht sich um, denn Mischas Blick gleitet über seine Schulter hinweg. Zwei junge Frauen stehen hinter ihm. Er tritt beiseite und erlaubt seinem Freund, sein Glück bei ihnen zu versuchen. Er selbst lässt den Blick durch den Raum schweifen, während Mischa und die beiden Frauen ins Gespräch kommen.

In einer Ecke des Raumes tanzen einige Paare zu der Musik dreier Männer, die eng beieinandersitzen, die Stirn konzentriert in Falten gelegt, mit wiegenden Köpfen, während die Finger alte überlieferte Weisen auf einer Gitarre, einer Fiedel, einer kleinen Flöte spielen. Die Musik ist schneller geworden im Laufe des Abends, sie hat langsam an Tempo gewonnen und besitzt jetzt einen Rhythmus, der mitreißt und ansteckend ist. Alexander bemerkt, dass fast alle Anwesenden im Takt der Musik mit dem Fuß wippen oder mit den Fingern schnippen, um das Fehlen von Schlagzeug oder Tamburin wettzumachen. Als sein Blick zu Mischa zurückkehrt, fällt ihm etwas ins Auge, und er sieht genauer hin.

Sie sitzt mit zwei weiteren jungen Frauen auf einigen Stühlen, die willkürlich an den Wänden aufgestellt sind. Alexander mustert sie aufmerksam – er versucht zu ergründen, warum sein Blick an ihr hängengeblieben ist. Sie ist wunderschön, gewiss, aber da ist noch etwas anderes, vielleicht die stolze Haltung von Kopf und Schultern, die sie von den Frauen um sie herum unterscheidet. Sie unterhält sich angeregt, erzählt einen Witz oder eine Geschichte, und ihre Freundinnen lachen, und sie lacht ebenfalls, aber ihr Lachen ist kontrolliert – sie beobachtet gleichzeitig die Reaktion ihrer Zuhörerinnen. Er bemüht sich, ihre Stimme herauszuhören, aber er ist zu weit weg, und die Menschen um ihn herum sind zu laut. Er blickt sich um, mit dem Ausdruck eines Menschen, der soeben erwacht ist, und er merkt, dass er nicht weiß, wie lange er sie angestarrt hat. Jetzt tritt ein junger Mann zu ihr und spricht mit ihr; er versucht sein Glück und nimmt Alexander die Sicht.

»Sascha! Wo bist du in Gedanken? Komm, wir holen uns noch was zu trinken.« Mischa klopft ihm freundschaftlich auf die Schulter und folgt seinem Blick quer durch den Raum, um zu sehen, welcher Anblick seinen Freund in eine Statue verwandelt hat. »Die Blonde?«, fragt er verwundert. Er kennt niemanden, der, was Frauen anbelangt, so wählerisch ist wie sein bester

Freund, und diese junge Frau sieht aus wie viele andere, die Alexander unweigerlich abweisen würde.

»Nein.« Alexander tritt ein, zwei Schritte beiseite, um an dem jungen Mann vorbeisehen zu können, der immer noch vor ihr steht. Er zieht Mischa mit sich, und sie beide betrachten die feingliedrige, dunkelhaarige Frau. Mischas Augenbrauen heben sich, und er lacht ein wenig, zögerlich. »Wenn du im Begriff bist, dich zu verlieben, Sascha, dann nicht in die da.«

»Warum nicht?«

Mischa antwortet nicht, und Alexander sieht ihn an.

»Kennst du sie?«

»Ein wenig. Nicht sehr gut«, antwortet Mischa achselzuckend. »Wir sind zusammen aufgewachsen. Meine Eltern kannten ihre Eltern. Sie waren Universitätsdozenten. Sie wurden abgeholt. Vor Jahren. Während des Krieges.« Dann folgt eine abschließende Bemerkung, die er, hätte der viele Alkohol nicht sein Hirn benebelt, für sich behalten hätte. »Für sie kam Chruschtschows Rede zu spät.«

Alexander runzelt die Stirn. »Aus welchem Grund?«

Mischa schnaubt fast vor Lachen. Ein Übermaß an Wodka spitzt seine Gefühle zu und lässt ihn ausposaunen, was sie alle längst wissen. »Aus welchem Grund! Aus dem gleichen Grund wie alle anderen. Sie wurden zu ›Volksfeinden‹ erklärt. Es gab keinen Grund, verdammt noch mal. Irgendwelche Arschlöcher, die mit ihnen zusammengearbeitet haben, waren wahrscheinlich scharf auf ihre Jobs oder ihre Wohnung oder was weiß ich und haben sie angeschwärzt.«

»Sie kamen ins Gefängnis?«

»Nein. Sie haben je acht Gramm gekriegt.« Es war schon eine Weile her, dass Alexander diesen Ausdruck gehört hatte – den Slangausdruck für die Hinrichtung mit einem gezielten Kopfschuss. Mischa zieht ein letztes Mal an seiner Zigarette und verlagert das Gewicht, als sei er plötzlich rastlos.

Alexander blickt wieder zu den Stühlen hinüber, wo sie sitzt. Es scheint, als sei der junge Mann abgeblitzt – er schlendert, seine Verlegenheit nur mühsam verhehlend, zu seinen lachenden Freunden zurück, während die junge Frau nun der Musik lauscht und ihre Aufmerksamkeit auf den Gitarrenspieler richtet. Der Musiker hat flinke Finger, die wie warmes Wasser über die vibrierenden Saiten gleiten. Alexander wendet sich wieder Mischa zu. Ihm ist etwas in den Sinn gekommen. »Hast du ... Ich meine, bist du ...?«

Mit dem leeren Glas in der Hand macht Mischa eine abwehrende Geste.

»Nein, nein, überhaupt nicht. Sie ist hübsch, aber ein ziemliches Kaliber. Nicht meine Kragenweite. Lass dich nicht aufhalten. Wenn's denn sein muss.«

Alexander zieht seinen Krawattenknoten wieder bis zum Kragen hoch und macht sich auf den Weg quer durch den Raum, mitten durch die herumwirbelnden Tanzenden, wie ein Mann, der in einen aufgepeitschten See gesprungen ist, entschlossen, es ans andere Ufer zu schaffen.

»Sie heißt Katja«, ruft Mischa ihm nach, aber Alexander lässt nicht erkennen, ob er es gehört hat. Er setzt seinen Weg fort, unbeirrbar wie ein Schlafwandler.

Auf halbem Weg zu ihr sieht er sich zufällig in einem hohen, einst imposanten, nun jedoch halbblinden Wandspiegel. Er hält nicht inne, ist jedoch verblüfft vom Anblick des flotten, Zuversicht ausstrahlenden jungen Mannes, der ihn ansieht. Sein Haar ist kurz und akkurat, seine Augen groß, mit langen Wimpern, das kräftige Kinn hat einen Bartschatten. Die beherrschte, entschlossene Gestalt ist ihm fremd, denn innerlich klopft sein Herz so laut, dass er die Musik nicht länger hört, und im Mund hat er den trockenen Geschmack der Nervosität. Dann steht er vor ihr, und sie sieht zu ihm auf und mustert ihn genauso eindringlich wie eben noch den Mann mit der Gitarre. Alexander sagt nichts, und sie wartet darauf, dass er das Wort an sie richtet, aber nach einer knappen steifen Verbeugung streckt er ihr bloß die Hand hin. Er ist sich vage bewusst, dass ihre Freundinnen kichern, sein Ernst irritiert sie, und sofort kommt er sich lächerlich vor, wie er dasteht mit erwartungsvoll ausgestreckter Hand, erst recht, als er begreift, dass sie sie nicht ergreifen wird. Doch als er sich anschickt, sie zurückzuziehen, streckt sie ihre Hand aus. Er senkt den Blick, sieht ihre schlanken Finger leicht in seiner Hand liegen und schließt seine Finger um ihre. Der Augenblick kommt ihm unendlich romantisch vor, doch als er ihr ins Gesicht sieht, liest er amüsierte Zurückhaltung in ihren Augen und ist auf der Stelle ernüchtert. Dann hebt er die Hand, sachte, und sie fügt sich und folgt ihm in die Mitte des Raumes, wo getanzt wird, und sie bewegen sich im Einklang miteinander. Er spürt sie kaum in seinen Armen, sie ist leicht und schwerelos wie ein Schatten, und er sieht sie an und merkt, dass es daran liegt, dass sie sich mit selbstverständlicher Eleganz, einer natürlichen Anmut bewegt. Er muss sich zwingen weiterzutanzen, statt stehenzubleiben, um ihr zuzusehen. Er spürt ihre Hitze an seiner Handfläche und bemüht sich, ihr ein angemessener Partner zu sein, mitzuhalten, obwohl er nicht recht weiß wie, weil er kaum die Musik hört, so laut pocht ihm das Herz in den Ohren.

Als das Stück zu Ende ist, ist sie diejenige, die ihn fortzieht. Sie sind noch einen Augenblick stehengeblieben, nachdem die Musik verklungen ist, denn sie hat darauf gewartet, dass er sie von der Tanzfläche führt, aber der stille, ernste junge Mann schien gar nicht zu merken, dass das Lied zu Ende war. Sie beißt sich auf die Lippe; sie weiß nicht recht, was tun. Bislang hat er noch kein einziges Wort zu ihr gesagt, was sie seltsam findet, und obwohl sie seine forsche Entschlossenheit bis dahin anziehend fand, spürt sie nun, wie ihre übliche Zurückhaltung wiederkehrt. »Danke«, sagte sie höflich zu ihm, mit einer Spur Abweisung in der Stimme, die ihn zum Sprechen bringt.

»Trinken Sie etwas mit mir?«

Sie wirft einen Blick auf die Gruppe, mit der sie eben noch zusammengesessen hat. Sie hat keine Lust, zu ihrem Scherzen und Kichern und Klatschen zurückzukehren – noch nicht. Sie sieht Alexander an und nickt. Wieder ergreift sie seine Hand, und diesmal führt er sie ans andere Ende des Raumes, wo ein langer Tisch als Bar dient. Sie kommen an Mischa vorbei, und Katja lächelt ihn an, aber sie bleibt nicht stehen, um mit ihm zu reden, denn in Gedanken ist sie woanders und nimmt ihn nur am Rande wahr, wie ein vertrautes Gemälde, an dem sie bei einem eiligen Gang durch eine Galerie vorbeikommt. Als sie den Tisch erreichen, bittet sie die junge Frau, die die Flaschen in ihrer Obhut hat, ihnen zwei Gläser einzuschenken.

Das eine Glas reicht sie Alexander, das andere nimmt sie selbst. »Sie sind der merkwürdigste Mensch, der mir je begegnet ist. Und doch ...« Sie zögert.

»Und doch?«

»Sie haben etwas an sich, das mir beinahe vertraut vorkommt.«

Sie runzelt die Stirn und hebt das Glas wie nach einem Trinkspruch. Sie trinkt die kühle Flüssigkeit in einem Zug. Er bietet ihr sein volles Glas an, aber sie nimmt es nicht.

»Warum finden Sie mich merkwürdig?«

»Weil das jetzt praktisch die ersten Worte sind, die Sie zu mir gesagt haben.«

»Und was kommt Ihnen vertraut vor?«, fragt er.

»Ich weiß nicht.«

»Vielleicht mein Geruch?«

Sie blickt ihn misstrauisch an. »Was wollen Sie damit sagen?«

»Ich will damit sagen, dass Gerüche eine starke Wirkung auf Menschen ausüben, und oft liegt es am Geruch, wenn man nicht genau sagen kann, warum einem ein Mensch oder ein Ort Unbehagen bereiten.«

Das ist der längste Satz, den er bisher gesagt hat, und ihr gefallen der Klang und das Timbre seiner Stimme – sie ist freundlich und beruhigend. »Wollen Sie mich dazu bringen, an Ihnen zu riechen?«

»Nein.« Er lacht. »Nur wenn Sie möchten.«

»Nein, danke. Manche Dinge hebt man besser für die Zukunft auf.«

Sie hat keine Ahnung, warum sie das gesagt hat. Das mit der Zukunft. Ohne groß nachzudenken, ist es ihr einfach so herausgerutscht, und jetzt lächelt er. Er sieht glücklich aus, als hoffe er, sie wiederzusehen. Plötzlich lächelt auch sie. Sie fühlt sich irgendwie zu ihm hingezogen – vielleicht liegt es an seinen Augen, die offen und ehrlich und intelligent erscheinen. »Wie alt sind Sie?«, fragt sie.

»Möchten Sie raten?«

»Nein«, erwidert sie und verdreht die Augen. »Ich möchte es einfach nur wissen. Aus Ihrem Aussehen kann ich nicht schließen, ob Sie achtzehn oder dreißig sind.«

»Ich bin fünfundzwanzig.«

»Genau wie ich.« Sie nickt, als ob sie das in gewisser Weise befriedigend fände, und dann schließt sie die Augen. In die Haut zwischen den Augen ist eine Falte der Konzentration eingemeißelt. Alexander betrachtet sie. Dann bittet er die junge Frau an der Bar, ihnen noch zwei Gläser einzuschenken.

Als Katja die Augen wieder öffnet, sieht sie, dass der junge Mann mit fest geschlossenen Augen vor ihr steht und sehr konzentriert wirkt. Sie lacht. »Was tun Sie da?«

»Ich versuche zu sehen, worauf Sie sich so unvermittelt konzentriert haben.«

»Und? Was meinen Sie?«

»Die Musik?«, versucht er sein Glück, und lächelnd nickt sie. Die Musiker spielen jetzt leiser und werden fast übertönt von den immer lauteren Stimmen, die der Alkohol und das Lachen freisetzt, aber die Musik ist noch immer da, im Hintergrund, und sie klingt weich und voller Gefühl. Ein älterer Mann hat sich zu dem Trio gesellt und mit seiner Balalaika eine melancholische Weise angestimmt, die wie eine lange Spirale blauen Rauches über die Köpfe der Gäste schwebt.

»Ich liebe dieses Lied«, sagt Katja, so leise, dass Alexander sie kaum hört.

»Ich auch. Erinnert es Sie auch an Ihre Kindheit?«

»Ja, das tut es.« Sie wendet den Blick ab. »Meine Großmutter hat das immer gesungen. Sie hat meinen Vater gebeten, sie auf dem Klavier zu begleiten, und dann hat sie es meinem Bruder und mir vor dem Einschlafen vorgesungen.«

»Lebt sie noch?«

Katja schüttelt den Kopf, ohne weitere Erklärung. Alexander lässt den Blick über die taube Menge schweifen und schaut dann wieder in die unergründlichen Augen der jungen Frau vor ihm. »Niemand außer uns scheint es zu hören.«

»Vielleicht spielt er es nur für uns«, sagt sie.

»Ja, vielleicht«, erwidert er und bittet sie wieder zum Tanz, denn sie scheint kurz davor, in Tränen auszubrechen, wie sie so dasteht, einsam und allein, und lauscht.

Seine Aufforderung holt sie aus einer tiefen Versunkenheit, aus unerwünschten, unwillkommenen Erinnerungen – nein, es sind keine Erinnerungen, denkt sie. Es ist ein Gefühl, das ohne Vorwarnung Besitz von ihr ergriffen hat: das Gefühl, ein Kind und warm und geborgen zu sein, und alles ist so, wie es sein sollte, nichts ist verzwickt oder schwierig. Vom Abendessen hängt noch der Geruch von Zwiebeln und Bratkartoffeln in der Luft, und sie sitzt zwischen Juri und ihrer Mutter, nah bei ihnen, und sieht zu, wie ihr Vater spielt und ihre Großmutter singt und fühlt sich geborgen und glücklich.

»Möchten Sie tanzen?«, fragt er noch einmal.

Sie schüttelt sich kurz und verneint, höflich, denn sie fürchtet, dass sie anfangen wird zu weinen, wenn sie sich noch länger auf das Lied konzentriert, und sei es auch nur beim Tanzen. Ich muss etwas sagen, denkt sie, ich muss irgendetwas Witziges oder Geistreiches oder Intelligentes zu diesem freundlich aussehenden jungen Mann sagen. Ihn fragen, was er macht, wo er wohnt, was er denkt, fühlt, weiß. Genau das sollte ich tun. Er entspricht nicht dem, was ich hier heute Abend erwartet hatte.

Sie öffnet den Mund, um zu sprechen, und er beugt sich erwartungsvoll vor, doch es kommt nichts. Die perfekt geschwungenen Lippen bleiben einen Moment leicht geöffnet, aber sie bringt kein Wort heraus. Ich kann nicht sprechen, stellt sie fest. Wenn ich spreche, fange ich an zu weinen. Es muss am Alkohol liegen. Was haben sie getrunken? Sie blickt zu der Bar hinüber und sieht die zweite Runde Gläser dort stehen, gefüllt bis zum Rand, die feuchten Böden nehmen dem roten Papier, das den Tisch bedeckt, die Farbe. Eine Hand taucht in ihrem Gesichtsfeld auf, und lange Finger mit eckigen Nägeln schließen sich um das eine Glas, heben es hoch und bieten es ihr an. »Noch eines? Oder hast du genug?« Mischa lächelt grimmig. Neben ihm steht Alexander, aufmerksam, höflich.

»Ich glaube, ihr kennt euch?«

Mischa nickt. Seine Augen, gerötet vom vielen Alkohol, lassen Katja nicht los. »Sie ist wie eine kleine Schwester für mich«, sagt er zu Alexander. »Und deshalb warne ich sie vor Männern wie dir.«

Alexander lacht. »Bin ich so schlimm?«

»Du bist zu gut, mein Freund. Viel zu gut.«

Katja nimmt das Glas und stürzt es hinunter, während Mischa zusieht. Sie ist ruhelos, ärgerlich auf Mischa, weil er sich einmischt, weil er das zarte Erinnerungsgespinst, das sie hier mit diesem jungen Mann gewoben hat, zerreißt. Jetzt sind sie gezwungen, miteinander zu scherzen und über Witze zu lachen, die nur witzig sind, wenn man genug Wodka getrunken hat.

»Woher kennt ihr euch?«, fragt Katja.

»Wir sind in dieselbe Klasse gegangen«, antwortet Mischa. »Ich war der attraktive, brillante, beliebte Junge und er nicht.«

»Und warum hast du dich dann mit ihm angefreundet?«

»Ich hatte Mitleid mit ihm.«

»Bist du sicher, dass es nicht andersherum war?« Ihre Stimme klingt scharf, ohne die leiseste Spur von Scherzhaftigkeit, und Mischa grinst, um seinen Ärger zu kaschieren.

Sie sieht Alexander an. Er lächelt nachsichtig über seinen Freund, aber in seinen Augen liegt eine Spur Distanziertheit, die vermuten lässt, dass auch er das Gespräch langweilig findet.

Mischa blickt von einem zur anderen, und durch den Wodkanebel, der sich in seinem Kopf zusammengebraut hat, erkennt er, dass sein Charme im Augenblick nicht verfängt. Er holt tief Luft, ohne dass die anderen beiden es bemerken. Egal, denkt er. Darum kümmere ich mich später. Dies ist nicht der beste Augenblick. Ohne ein weiteres Wort drückt er Alexander kurz die Schulter und beugt sich vor, um Katja auf die Wange zu küssen. Und dann ist er fort, so plötzlich, wie er gekommen ist, und die beiden sind wieder allein inmitten der anderen Gäste.

Alexander reicht ihr ein weiteres Glas, und sie nimmt es, doch als das Brennen des puren Wodkas ihr die Kehle hinabrinnt, zuckt sie zusammen und hustet. Er reibt ihr den Rücken, um ihr Unbehagen zu lindern, und sie lehnt sich an ihn und legt den Kopf an seine Schulter. Kaum hat er begriffen, dass sie sich tatsächlich an ihn lehnt, dass er unter seiner Hand auf ihrem Rücken ihren Körper spüren kann, richtet sie sich so unvermittelt auf, dass er zusammenfährt. »Was ist?«

»Ich kenne Sie kaum.«

Dem kann er nicht widersprechen, also schweigt er.

»Ich möchte nach Hause«, sagt sie.

»Bleiben Sie. Bitte.« Er folgt ihr, denn sie hat sich bereits von der Bar abgewandt, und als sie ihn ansieht, liest sie wache Besorgnis in seinen Augen.

»Warum, wenn ich müde bin?« Sie sieht jetzt viel stärker aus, weniger zerbrechlich. Mischas Auftauchen hat ihr Zeit gegeben, sich zu sammeln, und er weiß, dass die mürrische Frage ihr nur helfen soll, die Fassung zurückzugewinnen, nachdem sie sich so weit hat gehen lassen, sich an einen fremden Mann anzulehnen. Sie weiß es auch. Es zieht sie nicht in die triste kalte Wohnung, in der sie mit ihrer Freundin Maja und deren Mutter lebt.

»Darf ich Sie nach Hause begleiten?«

Sie schüttelt den Kopf. »Danke, aber das ist nicht nötig. Meine Wohngenossin steht da drüben. Wir gehen zusammen.« Er wendet sich nach der blonden jungen Frau um, die zuvor mit ihr zusammengesessen hat.

»Wollen Sie nicht wenigstens noch ein paar Minuten bleiben?«

»Ich bin müde«, sagt sie, aber ihre Stimme klingt nun weicher. Sie ist körperlich erschöpft und hat auch mental kaum noch die Energie, sich gegen die Anziehung zu wehren, die von diesem Mann ausgeht und so unerwartet und verstörend ist.

»Wenn Sie müde sind, sollten Sie gehen«, erwidert er. »Ich wollte nur, dass Sie bleiben, weil ich gern mit Ihnen reden, mit Ihnen zusammensein möchte.« Er schluckt und zwingt sich dann fortzufahren. »Aber vielleicht ein andermal?«

Das Warten: das Warten auf ihre Antwort, während die durstige Menge, die sich um sie herum an der Bar drängt, immer lauter wird. Er registriert die hervorquellenden Augen und die geröteten Wangen der Menschen ringsum; er beobachtet, wie sie laut rufend versuchen, denjenigen, der den Wodka einschenkt, auf sich aufmerksam zu machen, egal wer es ist; er sieht, wie sie sich zuprosten und trinken, und er runzelt die Stirn und heftet den Blick auf Katjas Gesicht, auf ihren Mund, so dass er ihre Antwort lesen kann, falls sie in dem Lärm untergeht.

»Besuchen Sie mich«, sagt sie zu ihm, die Stimme über die anderen ringsum erhoben.

Er nickt und wartet erneut.

»Bei mir zu Hause. Morgen«, sagt sie und nennt ihm ihre Adresse.

Er wiederholt sie, dankbar für ihr Vertrauen, und sie geht unverzüglich, schlängelt sich zwischen den Trinkenden und den Tanzenden hindurch davon. Er tut einen Schritt, wie um ihr zu folgen, doch dann bleibt er stehen. Er spürt, dass seine Zeit mit ihr für diesen Abend vorüber ist. Er wünscht nur, er hätte sich mit denkwürdigeren, romantischeren Worten von ihr verabschiedet, statt bloß ihre Adresse laut, fast verzweifelt zu wiederholen. Er wendet sich wieder der Bar zu und sieht, dass Mischa ihn beobachtet. Mischa sieht weg, rümpft die Nase, als hätte er gerade einen unangenehmen Geruch wahrgenommen, und dann bestellt er noch drei Wodka.

Er hatte die Absicht, sie mit den beiden Frauen zu trinken, die er eben verlassen hat, aber als die drei Gläser eingeschenkt sind, verwirft er seinen Plan und trinkt sie alle drei selbst.

## Kapitel 3

*Boston, Dezember 2000*

Einige Wochen nach ihrem gemeinsamen Mittagessen bekommt er eine Postkarte von Estelle. Sie ist an sein Büro adressiert; die Ansicht eines palmengesäumten, in Sonnenlicht getauchten Boulevards liegt keck und unerwartet oben auf der ansonsten eher profanen Post auf seinem Schreibtisch. »Viel Sonne und viel Facelifting (nicht bei mir) hier in L.A.«, steht da. »Mache gerade eine Pause in der Sonne, während Frank auf einer literaturwissenschaftlichen Tagung einen Vortrag hält. Danke vielmals für das Mittagessen. Bin am 22. zurück – zu Weihnachten. Kommen Sie zum Tee? Estelle.«

Heute ist der zweiundzwanzigste. Er freut sich, dass sie sich gemeldet hat, denn er hat ihren gemeinsamen Nachmittag genossen, auch wenn er am Ende ein wenig irritiert war: Mit ihren lächelnden Augen und ihren ruhigen Fragen hat sie die glatte Oberfläche seiner in ihm versiegelten Vergangenheit aufgestört. Während jenes Mittagessens gab es Augenblicke, in denen er spürte, wie der sorgsam gefilterte, klare stille Teich seiner Erinnerungen erschüttert und die Klarheit von unerwartet aufgewirbelten Teilchen eingetrübt wurde.

Er lehnt die Karte gegen den Bildschirm seines Computers, die beschriebene Seite nach vorn, und geht in den verglasten Konferenzraum hinüber. Seine Vizepräsidenten sind bereits da, ebenso wie Melissa Johnsons kleines Team. Tag für Tag treffen Melissas Mitarbeiter in korrekter Geschäftskleidung ein, wohingegen Alexander und seine Angestellten zumeist recht leger gekleidet sind. Alexanders Konzernzentrale bietet ein entspanntes Arbeitsumfeld. Die Angestellten haben von ihren Kindern gemalte Bilder an die Wände gepinnt. Sessel und Sofas zwischen den Schreibtischen laden zu zwanglosen Gesprächsrunden ein. Im Gang hinter den Konferenzräumen befindet sich ein großer Küchentresen wie in einem Café. Dort können sich die Angestellten den ganzen Tag über Getränke, Snacks und Kostproben neuer Gerichte holen. Während längerer Sitzungen kommt regelmäßig ein Assistent herein und bringt frischgebackenen Kuchen oder ofenwarme Muffins.

Es irritiert Alexander, dass die Laptops aller Anwesenden bereits aufgeklappt sind und erwartungsvoll summen. Ihm erscheint der Eifer aufgesetzt. Der Geschäftsabschluss hätte im Prinzip schon vor etlichen Tagen erzielt werden können und sollen. Doch Melissa hat sich in einigen entscheidenden Punkten als unnachgiebig erwiesen. Sobald die Probleme sich abzeichneten, hat er sich den Verhandlungen für zwei volle Wochen entzogen – eine Taktik, die darauf abzielte, sie zu Kompromissen zu nötigen –, aber Melissa scheint Nerven wie Drahtseile zu haben und erweist sich bei jedem seiner Schritte als ebenbürtig. Rückblickend sieht er ein, dass eine Frau, die in so jungen Jahren wie Melissa Johnson in der Geschäftswelt so weit gekommen ist, die Kunst der Verhandlung wahrscheinlich weit besser beherrscht als er. Während der letzten Verhandlungsrunden ist ihm mit einiger Klarheit bewusst geworden, dass er in den vergangenen Jahrzehnten, in der ganzen Zeit, in der er sein Imperium errichtet hat, weitgehend geschützt gewesen ist. Er hat stets den Mehrheitsanteil der Firma gehalten; er hat sie immer so führen können, wie er wollte, und er neigte dazu, sich mit gleichgesinnten Menschen zu umgeben. Er hat bisher nie eine Firma erworben oder veräußert; er hat nie die rücksichtslosen Spiele spielen müssen, in denen Seinesgleichen so gut geschult sind. In den vergangenen Wochen ist er sich vorgekommen wie ein Gentleman-Amateur, der in eine Art Geschäftsolympiade geraten ist, in der alle anderen Teilnehmerinnen und Teilnehmer aufs Beste trainiert sind und nur ihr Ziel vor Augen haben – eine Geisteshaltung, die er nicht recht nachvollziehen kann.

Er nimmt Platz, greift zu der Kanne auf dem Tisch und schenkt sich eine Tasse Kaffee ein. »Guten Morgen«, sagt er in den Raum hinein und bekommt zur Antwort ein begrüßendes Gemurmel. »Wo ist Melissa?«

»Sie ist auf der Toilette, Mr. Iwanow. Sie wird jeden Augenblick hier sein.«

Er nickt und wendet sich dem Fenster zu. Er schaut hinaus, während sie warten.

Melissa Johnson lehnt den Kopf gegen das kühle Glas des langen Spiegels über dem Waschtisch und schließt die Augen vor dem Deckenlicht. Der unterschwellige Schmerz in der Mitte ihrer Stirn, der sie seit den frühen Morgenstunden begleitet, hat sich jetzt auf die linke Kopfhälfte ausgedehnt und zu einem tiefen

Pochen verstärkt. Sie weiß, dass er sich binnen ein, zwei Stunden zu einer Migräne auswachsen wird, wenn sie nichts dagegen unternimmt. Nicht jetzt, denkt sie, bitte nicht jetzt. Sie kann die anderen kaum warten lassen, während sie davoneilt, um sich ein Medikament zu besorgen. Es wäre unprofessionell und, schlimmer noch, sie alle würden wissen, dass sie sich elend fühlt und es zweifellos als ihren Vorteil betrachten. Alexander Iwanow, so glaubt sie, lauert nur darauf, eine Schwäche zu entdecken, um den Deal zu seinen Gunsten abzuschließen. Sie lässt die Schultern kreisen, ein kläglicher Versuch, die verkrampften Muskeln zu lockern, und sie versucht sich an ihre letzte Migräne zu erinnern. Plötzlich fällt es ihr wieder ein, in allen Einzelheiten: Sie waren im Begriff, den Telecom-Deal abzuschließen; sie hatten die ganze Nacht durchgearbeitet, und sie hatte weder zu Abend gegessen noch gefrühstückt. Ihr Blutzucker war in den Keller gerauscht. Aber das lag mindestens zwei Jahre zurück. Seitdem hat sie die Finger von Rotwein und rotem Fleisch gelassen, Schokolade und Kohlenhydrate streng rationiert. Sie absolviert jeden Morgen ihr Fitnessprogramm, und ihr Trainer hat ihr, das war das Wichtigste von allem, einige Entspannungsübungen gezeigt, die unauffällig genug sind, um sie sogar während eines geschäftlichen Termins anwenden zu können.

Sie öffnet die Augen und richtet sich wieder auf. Sie spritzt sich ein wenig Wasser ins Gesicht. Dann steht sie da und umklammert den Rand des Waschbeckens. Heute, wo sie so nah dran ist, das Geschäft mit Alexander endlich zum Abschluss zu bringen, ist sie dermaßen angespannt, dermaßen besorgt, dass sie sich prompt eine Migräne einhandelt, und das ist höchst ärgerlich. Es zeugt nicht gerade von innerer Stärke, von Zuversicht, und sie ist eine Frau, die sich rühmt, über beides in reichlichem Maße zu verfügen. Sie holt tief Luft und stößt sie dann mit wiederholtem Ausatmen durch die Nase aus – kurz, scharf, geräuschvoll.

Hinter ihr ertönt eine Toilettenspülung, und Melissa fährt zusammen. Im Spiegel sieht sie, wie sich die Tür einer Kabine öffnet und eine junge Frau erscheint. Dunkles Haar, dunkle Augen, hübsch. Maßgeschneiderte Hosen, eine weich fallende Bluse mit offenem Kragen, der den Blick freigibt auf einen modischen Lederhalsschmuck. Kein Jackett. Um die Dreißig, denkt Melissa, einige Jahre jünger als sie. Assistentin auf Managementebene oder vielleicht unterstes Management. Wahrscheinlich um die sechzigtausend im Jahr.

»Hallo«, sagt die Frau. »Alles in Ordnung mit Ihnen?«

»Ja, danke.«

»Klang, als hätten Sie Atemprobleme.«

Melissa räuspert sich. »Nein. Das war ein Reinigungsatmen. Kommt aus dem Yoga.«

»Ah.« Die Frau wäscht sich die Hände. Sie nimmt so viel Seife, dass der Schaum über den Rand des Waschbeckens fliegt. Melissa wartet darauf, dass sie geht, aber sie trocknet sich die Hände und holt einen kleinen Kulturbeutel hervor. »Was reinigen Sie?«, fragt sie.

Die Frage bringt Melissa zu dem pulsierenden Schmerz in ihren Schläfen zurück. Sie hebt die Hand so beiläufig wie möglich an den Kopf. »Ich habe höllische Kopfschmerzen.«

»Spannungskopfschmerz?«

Melissa nickt.

»Soll ich Ihnen Tabletten besorgen?«

Melissa ist fast beschwingt vor Erleichterung. »Ich wäre Ihnen dankbar.«

Die junge Frau lässt ihre Tasche auf dem Waschtisch zurück und verschwindet. Eine halbe Minute später ist sie wieder da und reicht Melissa zwei in Folie eingeschweißte Tabletten.

»Danke«, sagt Melissa. Sie schaut auf die Tabletten hinunter. *»Aspirin?«*

»Ja.«

Melissa schließt die Augen. »Danke.« Das Wort kommt wie ein Hauch, denn die Enttäuschung und der Versuch, sich zusammenzureißen, verschlingen all ihre Energie. Mit einem knappen Nicken wendet sie sich ab und geht.

»Wie möchten Sie fortfahren, Mr. Iwanow?«, fragt Melissa. Diese Direktheit entspricht ihrem Stil: In einem Meeting wie diesem kostet höfliches Geplauder mehr, als es einbringt.

»Bringen wir es unter Dach und Fach«, erwidert er im gleichen Tenor. »Ich bin sicher, dass wir alle miteinander gern vor Weihnachten zum Abschluss kommen würden.«

»Die Feiertage sind für mich noch nie von Bedeutung gewesen«, entgegnet sie. »Meines Erachtens ist die Hauptsache, dass wir zu einer Win-win-Lösung gelangen. Und wenn das heißt, über Weihnachten zu arbeiten, tun wir das.«

Alexander nickt und versucht sich einen harten Anstrich zu geben, während er in Wahrheit müde ist. Drei Tage vor Weihnachten wäre er lieber ganz woanders. Er würde viel lieber in Supermärkten und Feinkostgeschäften stöbern und über nichts weiter nachsinnen als darüber, was er als Nächstes kochen könnte. Außerdem würde Lauren bald eintreffen, um die Feiertage mit ihm zu verbringen. Die Vorstellung von Gewürzen und Früchten und Braten hat sich in seinem Kopf festgesetzt und erfüllt ihn mit festlicher Vorfreude. Doch dieses Gefühl verflüchtigt sich nur allzu schnell im Brennpunkt von Melissas Laserblick.

Es klopft, und die Tür öffnet sich. Die junge Frau aus der Damentoilette erscheint. Melissa wirft einen flüchtigen Blick auf ihre Hand in der vagen Hoffnung, dass die Frau sie gesucht hat, um ihr ein stärkeres Medikament zu bringen, etwas, das ihre Kopfschmerzen wirksam bekämpft, aber noch bevor sie ihren Gedanken zu Ende bringt, sieht sie, wie Alexander sich eifrig erhebt und die Frau in die Arme schließt, die seine Umarmung erwidert.

»Ich hatte dich erst morgen erwartet«, sagt er zu ihr, und sein Gesicht rötet sich vor Freude.

»Ich konnte früher weg. Tut mir leid, dass ich hier so reinplatze ... Betty meinte, ich könnte einfach reinschauen ...« Sie lässt die Augen durch den Raum schweifen, in dem alle Blicke auf sie gerichtet sind. »Jedenfalls habe ich keinen Hausschlüssel, deshalb musste ich erst mal herkommen.«

»Das ist Lauren Grinkow, meine Nichte«, erklärt er Melissa und ihrem Team. Die meisten seiner Angestellten kennen Lauren.

Melissa ordnet den Namen zu. »Teilhaberin«, sagt sie. »Neunundvierzig Prozent.«

Lauren starrt sie an. Melissa blickt unverhohlen zurück. Sehr aufrecht, aber anscheinend vollkommen gelassen sitzt sie da, als ob das Unternehmen ihr bereits gehörte. Von ihren dunkelblonden Haaren mit den perfekten Highlights und ihren klaren grauen Augen abgesehen erinnert nichts an die angespannte, wenngleich höfliche Frau, der Lauren fünf Minuten zuvor begegnet ist. Es folgt keine Begrüßung, kein Zeichen des Wiedererkennens. Die drei Worte, die Melissa geäußert hat, geben Lauren das Gefühl, aller menschlichen Eigenschaften beraubt zu sein und auf das reduziert zu werden, für das sie hier und jetzt in diesem Konferenzraum, bei dieser Verkaufsverhandlung steht. Sie legt ihre Handtasche beiseite und streckt die Hand aus. Wenn es so ist, wird eben sie für ein Mindestmaß an Höflichkeit sorgen. »Und Sie sind?«

»Melissa Johnson.«

»Ah. Die potentielle Käuferin.«

»Ja.«

»Freut mich, Sie kennenzulernen.« Die Bemerkung ist mehr als ein bisschen spitz. Lauren mustert Melissa. »Alles in Ordnung?«

Melissa erscheint nun nicht mehr ganz so gelassen. »Ja, danke, alles in Ordnung.«

Lauren schaut zu ihrem Onkel hinüber. Alexander sieht sie

auffordernd an – eine Einladung, sich zu ihnen zu gesellen. Sie nimmt an seiner rechten Seite Platz und bedankt sich mit einem Lächeln für die Tasse Kaffee, die er ihr hinstellt.

»Unsere Verhandlungen sind ins Stocken geraten«, sagt Alexander. »Und ich wollte Melissa gerade vorschlagen, dass wir beide versuchen sollten, nach Möglichkeit ein wenig kompromissbereiter zu sein.«

»An welchem Punkt zum Beispiel?« Melissas Augen sind aufmerksam auf ihn gerichtet.

Von einer Assistentin bekommt Alexander einen Ausdruck gereicht, auf dem mehrere Punkte in rot gedruckt sind. Sein Blick gleitet über die Liste und kehrt dann zu Punkt eins zurück. »Die Obdachlosen-Initiativen. Das war ein Punkt, dem Ihr Unternehmen zu Beginn unserer Verhandlungen zugestimmt hat – dass Sie die Einrichtungen fortführen, die wir gegründet haben, um die Obdachlosen von der Straße zu holen.«

»Wir haben zugestimmt, mindestens fünfzig Prozent der momentan bestehenden Unterkünfte zu erhalten. Wenn es finanziell drin ist, auch mehr.«

»Es sind nicht bloß Unterkünfte«, wendet Lauren spontan ein. Sie hat eigentlich nicht vorgehabt, sich in die Verhandlungen einzumischen – vor allem weil sie der Ansicht ist, von den Geschäften ihres Onkels nicht genug zu verstehen. Seine Leidenschaft für Essen, für die Entwicklung von Rezepten hat sie stets bewundert, aber die Feinheiten des Managements, des Wachstums, der Firmenstruktur haben sie nie sonderlich interessiert. In diesem Fall jedoch geht es nicht um Zahlen: Von diesem Aspekt des Unternehmens versteht sie etwas. Sie weiß auch, dass Melissa Johnson sie provoziert, und sie verspürt den Drang, sie ebenfalls ein wenig zu provozieren, um herauszufinden, was für eine Art Frau sich hinter dem forschen, flotten Äußeren verbirgt. Melissa wendet sich ihr abwartend zu. Sie ist beherrscht; es gibt keine Anzeichen für Kopfschmerzen oder Reinigungsatmen oder sonst etwas, das als Schwäche ausgelegt werden könnte.

»Die Menschen können diese Einrichtungen aufsuchen, um sich zu waschen und sich neu einzukleiden und dort zu wohnen, während sie versuchen, Arbeit zu finden«, fährt Lauren fort. »Sie bekommen Unterstützung für ihre Bewerbungsgespräche, und wenn sie Arbeit finden, können sie noch solange bleiben, bis sie in der Lage sind, für ihre Miete aufzukommen. Es sind nicht bloß Schlafgelegenheiten. Die Einrichtungen helfen Menschen, von der Straße wegzukommen. Wenn überhaupt, dann brauchen wir noch mehr davon.«

»Bei allem nötigen Respekt – ich habe die Aufgabe, ein Unternehmen zu führen, keine Wohltätigkeitsorganisation«, erwidert Melissa.

»Wir ebenfalls«, entgegnet Lauren scharf. »Aus dem Grund wollen Sie uns doch kaufen, nicht wahr?«

»Hierbei handelt es sich doch um Marginalien«, sagt Melissa an die versammelte Runde gewandt. Ihr scheint daran gelegen, Lauren auszuweichen, ihrem hochmütigen Blick zu entkommen.

»Nicht für die Menschen, die Hilfe benötigen.«

Zum ersten Mal sieht Alexander, wie Melissa zögert, und es überrascht ihn. Laurens ernsthafter Einwand gehört zu der Art, die Melissa mit einer spitzen Bemerkung vom Tisch gewischt hätte, wenn er ihn vorgebracht hätte. Er schaut seine Nichte an. Ihr Kopf ist erhoben, ihre dunklen Augen blitzen. Melissa lässt sich einen Moment Zeit, bevor sie antwortet – was Vorstandssitzungen anbelangt ist sie erfahren genug, um zu wissen, dass eine patzige Antwort Lauren nur dazu verhelfen wird, die Oberhand zu bekommen.

»Sie haben recht – sie besitzen ein sehr profitables Unternehmen«, sagt sie schließlich. »Und es steht Ihnen vollkommen frei, von Ihrem Gewinn so viel Sie wollen für wohltätige Zwecke zu spenden. Doch mir steht es ebenso frei – vorausgesetzt ich erwerbe Ihr Unternehmen –, nichts zu spenden, wenn ich nicht möchte. Ich respektiere Ihre Entscheidungen, ja ich finde sie sogar bewundernswert, aber es sind und bleiben Ihre Entscheidungen. Nicht meine.«

Es ist eine logische Erwiderung, und Lauren kann nicht umhin, zustimmend zu nicken.

Alexander räuspert sich. »Der philanthropische Aspekt ist immer ein entscheidender Bestandteil unserer Unternehmensphilosophie gewesen, Melissa. Er ist ein bedeutsames Merkmal unserer Firmenidentität«, sagt er. »Konkret gesagt, ich glaube, ich habe anfangs darauf hingewiesen, wie wichtig es ist, dass derjenige, wer immer uns auch übernimmt, diese Initiativen fortführt. Wie groß ist die Chance, dass Sie alles beibehalten wie es ist?«

»Alles?«

»Die Obdachlosen-Einrichtungen, die Kunst-Stiftung, die Mikrokredite für Existenzgründungen von Immigranten …«

»Bei Kosten von acht Millionen Dollar im Jahr? Das ist nicht sehr wahrscheinlich.«

»Aber nicht unmöglich?« Lauren schenkt ihr ein aufmunterndes, ja geradezu strahlendes Lächeln.

Melissa blinzelt und pocht mit ihrem Kugelschreiber auf den Tisch. Sie ruft sich in Erinnerung, dass diese Frau hier vermutlich den Cash-Flow nicht von einem Bankauszug unterscheiden kann. »Tut mir leid, aber das ist unmöglich. Vielleicht sollten wir fortfahren.«

Obwohl dies zweifelsohne zum Auf und Ab geschäftlicher Verhandlungen gehört, fällt es Lauren schwer, Melissas Antwort nicht als persönlichen Affront zu empfinden. Zu ihrer wachsenden Beunruhigung merkt sie zudem, wie ihr Onkel ins Zaudern gerät. All das, wofür er gearbeitet und woran er geglaubt hat, kann doch nicht so einfach abgeschrieben werden? Sie sieht, dass Melissas Kopfschmerzen wieder im Anmarsch sind. Für einen Moment begegnen sich ihre Blicke, dann wendet Lauren sich an ihren Onkel.

In Gedanken hat Alexander bereits einen Ausweichplan entwickelt. Einen Plan, bei dem eines seiner Tochterunternehmen die Kontrolle über die Wohltätigkeitseinrichtungen behält. Dafür müsste der Verkaufspreis ein wenig höher angesetzt werden, und er würde eine kleine prozentuale Beteiligung am künftigen Umsatz verlangen. Er überlegt, ob er Melissa diesen Plan jetzt unterbreiten soll, als er den Blick seiner Nichte auffängt. Was er darin liest, überrascht ihn, und gleichzeitig findet er eine gewisse Bestätigung, denn sie sind einer Meinung. Schweigen tritt ein, während er gedankenversunken seinen Kugelschreiber betrachtet. Niemand rührt sich, keine Kaffeetassen klirren, das leise Schaben von gebügelten Baumwollhemden an Ledersesseln ist verklungen. Nur das Summen der Laptops bildet eine Geräuschkulisse im Raum. Er sieht Melissa an. »Tut mir leid, aber ohne die Wohltätigkeitseinrichtungen werden wir zu keiner Übereinkunft gelangen.«

Mit beträchtlichem dramatischem Flair zieht Lauren den Reißverschluss ihrer Handtasche zu, trinkt den letzten Schluck Kaffee und schiebt ihren Stuhl zurück.

Melissa blickt ruhig von ihr zu Alexander und lässt sich ihren Impuls nicht im Geringsten anmerken: den Wunsch, ihren hämmernden Kopf auf den Tisch sinken zu lassen und resigniert die Augen zu schließen. »Gut«, sagt sie, und bevor irgendjemand sonst das Wort ergreifen kann, entschuldigt sie sich und ist verschwunden.

Nun, wo Lauren da ist, herrscht eine lebendige, beschwingte Atmosphäre in dem großen Haus. Im oberen Stockwerk läuft eine Jazz-CD, der peppige Sound perlt zu ihm in die Küche hinunter. Er wischt sich die Hände ab und macht sich auf den Weg nach oben. Die Tür zum Badezimmer steht offen, das Bad ist leer, aber noch von Feuchtigkeit erfüllt, von Dunst und Duft. Die Musik kommt aus den Zimmern, die er immer für Lauren bereithält; auch hier steht die Tür offen. Er nähert sich ihr leise und langsam, er möchte diesen Augenblick genießen, die Freude, dass seine Nichte früher daheim ist, als er gehofft hatte. Und wie er durch den Korridor geht, verliert er sich in Träumen und sieht sich in einer Welt, in der er stets zu einem Menschen heimkehrt, der mit ihm zusammenlebt, der auf ihn wartet und auf seine sich der Haustür nähernden Schritte horcht. Es ist ein angenehmes Gefühl, ein Gefühl, das ihn ganz und gar durchdringt und ihn zugleich verwirrt, wie das sachte Erwachen aus einem wundersamen Traum einen überwältigen und aus dem Lot bringen kann.

Kurz vor der offenen Tür hält er inne. Durch den Spalt an den Türangeln kann er sie sehen. Umperlt von Musik liegt Lauren auf dem Bett, reglos, bis auf ihren Lidschlag. Er klopft laut an die Tür, und Lauren setzt sich sofort auf.

»Du siehst nachdenklich aus«, sagt er.

Sie wischt seine Bemerkung beiseite und schwingt die Beine vom Bett. »Es ist schön, hier zu sein. Wie zu Hause.«

»Gut. Dies ist dein Zuhause, das weißt du. Ich wünschte, du wärst immer hier.«

»Ich würde dich verrückt machen.« Sie lächelt.

»Du meinst, *ich* würde *dich* verrückt machen«, erwidert er. »Sag nichts. Ich weiß Bescheid. Dein ›pingeliger Onkel‹.«

»Das streichst du mir immer wieder aufs Brot, Onkel Alex«, sagt sie. »Es war nett gemeint. Außerdem würde ich gern eine Weile hierbleiben, wenn es dir recht ist.«

Sie weicht seinem Blick aus. Er ahnt den Grund sofort. »Und Carol? Wie geht es ihr?«

Lauren wendet sich ab und braucht eine Weile, um den Lederriemen ihrer Armbanduhr um ihr zerbrechlich wirkendes Handgelenk zu schließen.

»Ich weiß es nicht«, antwortet sie, den Blick noch immer gesenkt. »Ich habe sie schon ein paar Wochen nicht gesehen.«

Er wartet, aber sie sagt nichts weiter. »Das tut mir leid«, sagt er schließlich.

»Das muss es nicht. Es lief schon eine ganze Weile nicht mehr gut mit uns. So ist es für uns beide am besten. Ich glaube, ich bin einfach überrascht, wie sehr sie mir fehlt. Jetzt, wo sie fort ist.«

Ihre Stimme klingt belegt und ungewöhnlich tief, und das verrät ihm, dass sie den Tränen nahe ist. »Es ist also endgültig aus?«

»Ja, aber das ist in Ordnung.« Sie hebt den Blick und schaut ihn an. »Du kennst mich ja. Heute hier, morgen da.«

Sie bereut ihre Worte, kaum sind sie ausgesprochen. Es ist die Art flapsiger Bemerkung, mit der sie bei Menschen, die sie nicht gut kennen, davonkommen würde, aber die freundlichen Augen ihres Onkels durchschauen sie. Während der Sitzung einige Stunden zuvor hat er ihre Gedanken lesen können, und er kann es auch jetzt, aber natürlich ist er zu rücksichtsvoll, um etwas zu sagen. »Wie dem auch sei, ich dachte, es könnte nicht schaden, New York mal eine Weile den Rücken zu kehren.«

»Mir ist nichts lieber, als dich hier zu haben«, versichert er ihr und nimmt ihre Hand, um seinen Worten Nachdruck zu verleihen. »Und nach deinem Auftritt heute Morgen zu schließen, kannst du mir eine echte Hilfe sein, was den Verkauf anbelangt.«

»Welchen Verkauf? Hab ich ihn denn nicht vermasselt?«

Alexander schüttelt den Kopf. »Ich glaube, du hast die Verhandlungen womöglich gerettet. Warten wir's ab.«

»Ich hoffe es. Dir den Deal zu vermasseln war das Letzte, was ich wollte.«

»Unseren Deal«, korrigiert er sie. »Und die Entscheidung habe ich getroffen.«

Es ist bezeichnend für ihn, dass er versucht, ihr die Verantwortung für etwas, das sich als kapitaler Fehler erweisen mag, abzunehmen. »Lass uns runtergehen und was essen«, sagt sie. »Ich sterbe vor Hunger.«

Unten kramt sie in ihrer Tasche und reicht ihm dann eine Flasche Wein. Er hält sie auf Armeslänge von sich, um das Etikett lesen zu können, ohne seine Brille suchen zu müssen.

»Lauren!« Es ist eine erstklassige Rebsorte und ein ausgezeichneter Jahrgang. Er weiß, dass er sie ein Vermögen gekostet haben muss.

»Ich wollte dir eben etwas Schönes mitbringen. Ich habe noch einen – einen Burgunder – für das Weihnachtsmenü.«

»Du solltest nicht so viel Geld ausgeben.«

»Ach was! Ich verdiene gut mit meinen Bildern.« Sie zuckt die Achseln. »Ich bekomme inzwischen ziemlich viele Anfragen von Privatpersonen. Alle wollen sich selbst an der Wand hängen sehen. Offenbar wurde ich in einem Artikel in *Vanity Fair* oder im *Observer* oder so lobend erwähnt. Und deshalb bin ich dieser Tage sehr gefragt. Ich habe viel Zeit in den Häusern der High Society von New York verbracht. Ich könnte dir Geschichten erzählen ...«

»Komm, trink ein Glas Wein, und dann erzählst du mir alles.«

Sie lacht, ein tiefes, zufriedenes Lachen, und ergreift seine Hand – die liebevolle Geste einer Mutter, die ein Kind auf den rechten Weg bringt. »Ich muss Diskretion wahren, weißt du.«

»Tatsächlich? Das werden wir nach einem Glas Wein mal testen.«

Sie sieht zu, wie er den Wein achtsam und mit gebührendem Respekt dekantiert. Dann löst er eine Pâté de foie gras aus der Dose und schneidet frisches Brot auf, während er sie bittet, den Salat zu waschen.

»Dressing?«, fragt sie.

»Ich habe noch selbstgemachte Vinaigrette von gestern Abend. Oder soll ich frische machen?«

»Das *ist* frisch. Du würdest tot umfallen, wenn du sehen könntest, welches Fertigzeug ich sonst über meinen Salat kippe.«

Sie tragen ihr Abendessen ins Wohnzimmer hinüber und richten es auf dem Tisch an, der zwischen zwei Sesseln steht. Dann kehren sie zum Thema Verkaufsverhandlungen zurück.

»Onkel Alex, bist du eigentlich sicher, dass du überhaupt verkaufen willst?«

In den vergangenen Wochen hat er immer wieder über diese Frage nachgedacht. Genießerisch trinkt er einen Schluck Wein. »Du weißt ja, nach Katja war meine Arbeit, der Aufbau des Unternehmens mein Lebensinhalt. Aber in den letzten Jahren habe ich mich nicht mehr so getrieben gefühlt. Nicht mehr so wie früher. Vielleicht komme ich einfach nur in die Jahre, aber in meinem Alter möchte ich keine Zeit mehr mit Dingen zubringen, die mich nicht begeistern. Das muss ich wahrhaftig nicht.«

»Und was begeistert dich im Augenblick?«

»Im Moment bin ich zufrieden, wenn ich einfach bloß kochen und es langsam angehen lassen kann. Ich bin müde, Lauren. Vielleicht kannst du mir ein, zwei Dinge über Kunst beibringen. Wie lange haben wir schon vor, zusammen all die Museen und Galerien zu besuchen?«

Lauren nickt zustimmend. Die Wärme von Kaminfeuer und Wein breitet sich in ihren Muskeln aus, löst und lockert sie, und ihr Kopf fühlt sich schwer an. Um das Gefühl abzuschütteln, steht sie auf und wandert im Zimmer umher. Ihr Blick bleibt wie immer an dem Foto von Katja hängen, das auf dem Flügel steht. Ihre Tante. Die jüngere Schwester von Laurens Vater Juri. Lauren kam spät und gänzlich unerwartet auf die Welt, zu einer Zeit, als ihre Eltern sich schon längst damit abgefunden hatten, keine Kinder zu bekommen. Ihre Mutter war siebenunddreißig, ihr Vater schon fünfzig, als sie geboren wurde. Ein kleines Mädchen in einem heruntergekommenen, dicht besiedelten Viertel im Süden Bostons, deren Vater ihr Geschichten von seinem früheren Leben in der Sowjetunion erzählte, und oftmals kreisten diese Geschichten um Erinnerungen an seine eigenen Eltern und seine Schwester Katja und um seine Sehnsucht nach ihnen. Aus seinen

Geschichten kannte sie ihre Tante als aufgeweckte s, beherztes junges Mädchen, die ihrem eher trägen älteren Bruder immer einen Schritt voraus war. Die Geschichten ihres Vaters ließen Katja in Laurens Phantasie lebendig werden – eine faszinierende Gestalt, die sie anspornen konnte, wenn sie sich die beiden Geschwister bei ihren Eskapaden in den stillen Seitenstraßen eines Moskauer Vororts vorstellte. Sie war die schillernde Heldin in einer exotisch-fremden Umgebung, die alle Eigenschaften besaß, die der heranwachsenden Lauren wichtig waren – Wagemut, Eigensinn, Humor und eine gewisse Gewandtheit.

Erst sehr viel später hat Alexander ihr ein treffenderes, reiferes Bild ihrer Tante vermittelt. Aus ihrer Kindheit erinnerte sie sich an den Mann ihrer Tante nur wenig – er war still und freundlich gewesen, ohne in ihrem Leben jedoch eine bedeutsame Rolle zu spielen. Bis zum Tod ihrer Eltern. Juri erlitt einen Herzinfarkt, und kurz darauf starb ihre Mutter an Krebs, und als sie in dem darauffolgenden Gefühl der Leere zu versinken drohte, entdeckte sie, dass Alexander da war, ihr die Hand hinstreckte und ihr emotionalen Halt bot. Voller Dankbarkeit erlaubte sie ihm, in ihr Leben zu treten, sich ihr zu nähern, ihr zu vertrauen und sie zu lieben.

Lauren hatte verstanden, dass sein ursprüngliches Interesse an ihr zumindest zum Teil ihrer direkten Blutsverwandtschaft mit der großen Liebe seines Lebens geschuldet war. Doch er brauchte nicht lange, um sie um ihrer selbst willen schätzen zu lernen: Ihre Beziehung vertiefte sich rasch, und es dauerte nicht lange, bis er sie liebte wie sein eigenes Kind. Wenn die Linie ihres Kinns oder die Farbe ihrer Augen oder die Neigung ihres Kopfes ihn hin und wieder schmerzlich an seine verstorbene Frau erinnerte, so wunderte er sich nicht, und er nahm es hin. Lauren fand noch nie, dass sie ihrer Tante besonders ähnlich sah, aber ihr Haar und ihre Augen sind dunkel, sehr dunkel. Diese Merkmale, zusammen mit der schlichten Tatsache, dass Katja in jungen Jahren starb, ungefähr in Laurens heutigem Alter, tragen vermutlich dazu bei, die flüchtige Ähnlichkeit zu betonen.

Alexander war sich stets bewusst, dass die tragischen und geheimnisumwobenen Aspekte von Katjas Geschichte ihrem Schicksal in den Augen seiner Nichte einen gewissen Glanz verliehen, denn Lauren besaß genügend Abstand von den Ereignissen und Emotionen jener Zeit, um sie unwirklich erscheinen zu lassen. Und Katja hatte ihr kurzes Leben mit solch einer Leidenschaft und Überzeugung gelebt, dass jede junge Frau fasziniert gewesen wäre. So war es vielleicht unvermeidlich, dass Lauren sich nach und nach über den Unwillen ihres Onkels, seine Vergangenheit auszugraben, hinwegsetzte und nach Russland fuhr, um die Orte aufzusuchen, an denen er und Katja aufgewachsen waren. Für Lauren ist es eine Reise von großer Tragweite gewesen, eine Rückkehr zu den Wurzeln, eine Reise, die im Zeichen all jener Romantik und Aufregung stand, die die Entdeckung einer neuen Stadt und einer vollkommen anderen Kultur mit sich bringen. Sie hat die üblichen Museen und Galerien und den Kreml besucht, doch das, was ihr am besten in Erinnerung geblieben ist, was sie innerlich noch immer genießt, wenn sie an die Reise zurückdenkt, sind die kleinen stillen Augenblicke. Sie erinnert sich, wie sie an der Straßenecke vor dem Haus stand, in dem Alexander und Katja einst gelebt hatten. Sie hat sich vorgestellt, wie sie dorthin zurückkehrten, müde von der Arbeit. Sie stellte sich vor, wie sie zu einem Spaziergang am schneeverkrusteten Fluss aufbrachen. Sie fuhr mit der Metro, mit der ihre Tante vielleicht zur Arbeit gefahren war. Oder zu den vielen anderen geheimen Orten. Sie hat Archive besucht, die vielleicht mehr Licht auf ihr Leben und ihren Tod werfen mochten, hat aber nur eine knappe, nüchterne Zusammenfassung gefunden, die dem, was sie bereits wusste, nichts hinzufügte. Sie hat sogar, wenn auch ohne große Hoffnung, nach Alexanders und Katjas altem Freund Mischa gesucht. Der ihr das Leben, das die drei damals geführt hatten, vielleicht hätte näher bringen und ihr erklären können, warum sich die Dinge so entwickelt hatten. Sie hat Alexander gebeten, sie zu begleiten, aber er hat Ausflüchte gemacht und abgewunken. Ohne sich näher mit den Gründen für sein Nein zu befassen, hat er Laurens Faszination einfach ihrer künstlerischen romantischen Ader zugeschrieben und es dabei belassen.

»Ich wünschte, du hättest sie gekannt«, sagt Alexander leise, als er sieht, wie Lauren Katjas Foto betrachtet.

»Das wäre schön gewesen.«

Alexander fährt sich mit der Hand über den Kopf. Er ist erschöpft und fühlt sich von Melancholie, von unerfüllter Sehnsucht ergriffen.

Lauren kehrt zum Kamin zurück, und beide sitzen einige Minuten schweigend da. Als sie ihm schließlich einen Blick zuwirft, sieht sie, dass er eingeschlafen ist. Leise räumt sie die Teller ab, und als sie zurückkommt, wird er mit einem abrupten Nicken wieder wach.

»Du bist eingeschlafen«, sagt sie.

»Ich habe nur meine Augen ausgeruht«, erwidert er, und sein Lächeln verrät ihnen beiden, dass er lügt. »Was machen wir jetzt?«

»Ich werde noch ein bisschen lesen«, antwortet sie. »Und du gehst ins Bett.«

Er protestiert, aber sie ist unerbittlich und sie weiß mit seinem Widerstand umzugehen. Mit einiger Anstrengung, die er zu verbergen sucht, erhebt er sich aus seinem Sessel.

»Bist du sicher?«

»Ein gutes Buch, ein Glas Wein, ein anständiges Feuer im Kamin und ich bin im siebten Himmel«, erwidert sie.

Sie begleitet ihn zur Treppe. Die getäfelte Halle wirkt kühl nach der Wärme des Kaminfeuers. Er gibt ihr einen Gutenachtkuss. Sie sieht ihm nach, wie er die Stufen hinaufgeht. Dann kehrt sie ins

Wohnzimmer zurück. Auf halbem Weg zu ihrem Sessel bleibt sie unvermittelt stehen. Dann geht sie zum Flügel hinüber. Sie setzt sich auf den rissigen Lederhocker und lässt die Hände über die Tasten gleiten. Das Elfenbein fühlt sich weich, fast puderig an, und ihre Finger finden den richtigen Anschlag wie von selbst, erinnern sich, dass ein zarter Druck genügt, um den vollen Ton und die Nuance einer jeden Note hervorzubringen. Sie spielt vielleicht zwanzig Minuten, überlässt sich einer Reihe von melancholischen Stücken, die sie deprimiert stimmen. Sie richtet sich auf und betrachtet wieder Katjas Foto. Sie mustert es genau, mit einem Blick für jedes Detail, der jetzt kein Gefühl enthält, nur die kühle Gründlichkeit des künstlerischen Auges. Sie registriert Winkel, Schatten, Licht, Ausdruck. Mehrere Minuten lang ist sie auf diese Weise vertieft, bis sie schließlich mit einem kleinen Seufzen zurückweicht, einem Seufzen, das befriedigt und bedauernd zugleich klingt.

## Kapitel 4

*Moskau, März 1956*

Am Morgen nach der Party gibt es in ganz Moskau nicht genügend Wasser, um Mischas Durst zu löschen. Seine Kehle brennt, als er ein weiteres Glas trinkt. Dieser unstillbare Durst ergreift stets Besitz von ihm, wenn er zu viel getrunken hat – dieser Durst und das Gefühl, dass sein Magen hohl ist, ausgebrannt, als wäre er mit Säure gescheuert worden. Er blickt an seinem flachen Bauch hinunter, an dem sich die Muskeln abzeichnen, fest und kräftig wie der Rest seines Körpers. Er sieht gesund und fit aus – er ist auch gesund, meistens jedenfalls, selbst wenn sein Körper an einem solchen Morgen eine Weile braucht, um sich daran zu erinnern. Aber sechs, sieben große Gläser kaltes Wasser, ein paar Tassen starken Tees und ein bisschen Schwarzbrot bringen ihn wieder zu sich; danach wird er sich gründlich waschen, den kurzgeschorenen Lockenkopf über der Spüle unter den Wasserhahn stecken und die geschmeidige Öligkeit des Seifenschaums um Ohren und Stirn genießen.

Zwanzig Minuten später ist er angezogen. Dunkle Hose und ein schwarzer Rollkragenpullover, der sich an seine schlanke Gestalt schmiegt. Darüber einen langen dünnen Mantel. Auf einen Hut verzichtet er. Er verbringt den ganzen Tag im Luftfahrtinstitut. In den überheizten Räumen wird ihm wärmer und wärmer, und als er am Ende des Tages nach draußen tritt, genießt er den beißenden Angriff der kalten Abendluft, die ihm über den Kopf streicht. Er ist nicht anfällig für Erkältungen, er war nie kränklich – nur wenn man den russischen Winter wie einen Feind betrachtet, dem man ausgeliefert ist, erwischt es einen jedes Mal.

Sie wartet in einer Bar in der Nähe ihrer Wohnung auf ihn. Mischa sieht sie drinnen sitzen und ein Glas Tee trinken, und beim Näherkommen verlangsamt er seine Schritte. An diesem Abend ist das Innere der Bar unwirklich hell erleuchtet, wie eine Festkulisse mitten in der zunehmenden Dunkelheit der feuchtkalten, von Schneematsch gesäumten Straßen. Und im Zentrum der Lichter, der Wärme und des Rauches sitzt Katja allein an einem kleinen Tisch. Er beobachtet sie aufmerksam, während er sich ihr nähert, und lächelt, als sie aufblickt und ihn entdeckt. Er geht schnurstracks zur Bar und bestellt zwei Wodka. Dann küsst er sie auf die Wange.

»Ich will keinen Wodka«, sagt sie. »Ich habe gestern Abend zu viel getrunken.«

»Ich weiß«, erwidert er prompt, mit mildem Spott.

Sie wartet auf eine Erklärung.

»Ich habe dich noch nie so mit jemandem erlebt.«

Sie vermutet, dass er auf Alexander anspielt und ist einen Moment pikiert über seine Direktheit. Dann verärgert. Was geht es ihn an, wie sie sich auf einer Party benimmt? Sie hat schon eine unwirsche Entgegnung parat, verkneift sie sich dann aber. Er hat Alexander nicht ohne Grund erwähnt.

Mischa redet nicht lange um den heißen Brei. »Er gehört der Regierung an«, erklärt er. »In gehobener Position. Hast du das nicht gemerkt?«

Schweigen.

»Ah, ja«, antwortet sie dann. »Natürlich …«

Ihr gleichmütiger Tonfall kaschiert Katjas Schrecken. Schrecken darüber, dass der Mann, den sie so anziehend und attraktiv fand – überraschenderweise –, direkt für das System arbeitet, das sie verabscheut. Und noch mehr überrascht es sie, dass sie das nicht sofort begriffen hat. Jetzt, wo sie darüber nachdenkt, sieht sie die Zeichen: den ordentlichen blauen Anzug, die Angepasstheit, die nichtssagende Korrektheit seiner Umgangsformen, seiner Kleidung bis hinunter zu den sorgfältig polierten Schuhen. All diese Dinge hätten sie warnen sollen. Sie hätte es sehen müssen. Im Endeffekt waren sie doch alle gleich, diese politischen Schweine, äußerlich wie innerlich.

»Ich hab dir ja gesagt, dass ich zu viel getrunken habe«, sagt sie, und ihr ironischer Ton soll den Stich der Enttäuschung verbergen, den es ihr versetzt hat. Sie hat ihn wirklich gemocht, eine Weile zumindest. »Er ist so jung«, ergänzt sie.

»Ich weiß. Und nett. Ein bisschen langweilig, aber nett.«

Er hat inzwischen beide Wodka getrunken. Er steht auf und zahlt, und Katja zieht ihren Mantel an. Sie hat verstanden, dass sie ihr Gespräch besser draußen fortsetzen. »Benutzt du ihn?«, fragt sie, und in der dichten Feuchtigkeit, die draußen in der Luft liegt, klingt ihre Stimme verändert.

Mischa lächelt. »Alexander lässt sich nicht so einfach benutzen. Er ist integer. Und er würde den Braten sofort riechen, wenn ich versuchen würde, ihn auszuhorchen. Außerdem ist er gerade erst in eine Position gelangt, in der er von wirklichem Nutzen sein kann.«

Die Pause, die nun folgt, erscheint ihr wie eine Bewährungsprobe. Er wartet auf ihre Antwort, auf die richtige Antwort, und es sollte ihr nicht allzu schwerfallen, sie zu geben. Vielleicht kommt es ihr nur ein bisschen schwer vor, weil Alexander ihr gefallen hat. Sie schluckt den letzten Geschmack von Enttäuschung, der in ihrem Mund verblieben ist, hinunter und gibt ihre Antwort. »Eine gute Gelegenheit, wie mir scheint.«

Er wendet sich ihr mit einem kleinen Lächeln zu und mustert ihr Gesicht. »Richtig. So ist es. Wenn du einen kühlen Kopf bewahrst. Wenn du dich nicht zu ihm hingezogen fühlst.«

»Du kennst mich, Mischa.«

»Ja, ich kenne dich.« Er bleibt stehen und erwidert ihren Blick. »Deshalb war ich überrascht. Gestern Abend. Ich habe dich noch nie so mit jemandem erlebt.«

Sie seufzt. »Er hat mir gefallen. Aber als Regierungsangestellter steht er für alles, was ich bekämpfe. Es ist kein Dilemma für mich. Es gibt nur schwarz oder weiß.«

»Gut.«

»Aber er kommt heute Abend. Um mich zu besuchen. Ich hab gesagt, dass es mir recht wäre«, fährt sie fort und bemüht sich um größtmögliche Ungezwungenheit.

»Du verschwendest keine Zeit, wie?«

»Ich glaube nicht, dass dich das etwas angeht.«

Er hebt eine Augenbraue, lässt ihre Bemerkung aber unkommentiert durchgehen, und schweigend setzen sie ihren Weg Seite an Seite fort. Tief in ihrem leeren Magen verspürt Katja einen leichten Stich Angst und das Aufflammen von Erregung. Dies könnte eine Chance für sie sein, eine Gelegenheit, etwas zu bewirken. Ihre eigene Quelle anzuzapfen, nicht nur die Informationen anderer weiterzuleiten.

»Hör zu«, sagt Mischa und klingt nun ganz geschäftsmäßig. »Wenn du das hinkriegst, wäre das wunderbar. Stell dir nur vor. Aber es ist nicht leicht, sich mit jemandem einzulassen, bloß um ihn auszuhorchen. Du musst gefühlsmäßig stark sein. Klar. Unbeirrbar. Arbeit ist Arbeit.«

»Ich weiß.«

»Ich hoffe es.«

Sie widersteht dem Impuls, sich abzuwenden. Offenbar muss sie noch mehr Überzeugungsarbeit leisten, wenn sie diesen Auftrag haben will. »Mischa, er ist süß. Aber wo ich nun weiß, wer er ist, kann ich mich gar nicht in ihn verlieben. Es ist unmöglich. Es würde meiner tiefsten Überzeugung zuwiderlaufen. Wenn du willst, dass ich den Auftrag übernehme, dann tue ich das.«

Er verspürt leichten Ärger bei ihrem Eingeständnis, dass sie sich in gewissem Maß, ja überhaupt von Alexander angezogen fühlt. Was Frauen anbelangt, hegt er dank seiner Arroganz gewisse Erwartungen, was bedeutet, dass er stets leicht überrascht ist, wenn sie jemand anderen als ihn in Betracht ziehen. Doch ihr ernster, entschiedener Ton besänftigt ihn, und das entgeht ihr nicht. Er ist nicht der Typ, der sich offen äußert; er zieht es vor, Spielchen zu spielen und sich nach Möglichkeit neutral und undurchschaubar zu geben. Doch sie kennt ihn gut genug, um seinen beschleunigten Schritt und seine Aufgekratztheit zu deuten, als er seine Anweisungen gibt. »Sehr schön. Sieh zu, dass du ihn in den nächsten Monaten an die Angel kriegst. Lern ihn kennen, erlaube ihm, dich ein wenig kennenzulernen, genug, um sich in dich zu verlieben. Und vor allem: Bring ihn dazu, dir zu vertrauen. Er ist ein guter Mensch, und er hat in seinem Leben noch keine großen Enttäuschungen erfahren. Er ist jung, so wie wir«, fügt er hinzu, und seine Stimme wird leiser, vielleicht sogar zögernd. »Er ist vertrauensselig.«

Sie haben die Kreuzung hinter ihrer Wohnung erreicht, und er bleibt stehen. »Ich verlasse dich hier«, sagt er. »Denk eine Weile darüber nach. Verabrede dich mit ihm und überleg es dir. Du musst dir ganz sicher sein.«

»Ich bin mir ganz sicher.«

Er lächelt. Die angenehme Spannung einer neueröffneten Möglichkeit, eines neuen Kontakts; die Erregung eines neuen Spiels. Frische Energie durchströmt ihn. Heute Abend wird er ausgehen und feiern. Etwas trinken und eine junge Frau mit schönen Augen finden, mit der er flirten und ins Bett gehen wird. »Dann viel Glück«, sagt er. »Lass mich wissen, wie es läuft. Halt mich über jeden Schritt auf dem Laufenden.«

Sie nickt, lässt sich von ihm mit kalten Lippen auf die Wange küssen und wendet sich um. Sie überquert die Straße, und ihr schwirrt der Kopf von der Verschiebung, die eben stattgefunden hat. Innerhalb weniger Minuten hat sich der Fokus ihres Abends und vielleicht sogar ihr Leben verändert. Die berauschende Erregung der Anziehung, die Hoffnung auf eine Romanze, auf Liebe ist zu der bitteren, aber realen Möglichkeit vergoren, Regierungsgeheimnisse aus erster Hand zu stehlen und nicht bloß als Übermittlerin zu dienen. Und das ist es schließlich, wonach sie immer gestrebt hat. Jetzt beginnt die wirkliche Arbeit, Katja, sagt sie sich. Du schaffst das. Mach dich ans Werk.

*Ein Monat später*

Katja blinzelt in das helle Morgenlicht. Durch die wirbelnden Schneeflocken kann sie den Weg zur Schule kaum erkennen. Dieser Frühlingsschnee sieht nicht nach Schneesturm aus: Es ist fast windstill, und der Schneefall selbst ist nicht schwer, aber ihr ist ein wenig benommen zumute, und das blendende Weiß, das die Straßen bereits bedeckt, verstärkt dieses Gefühl. Sie geht in die richtige Richtung – trotz allem kennt sie schließlich den Weg zu ihrer Arbeitsstelle. Um sie herum landen dicke Flocken gefrorenen Wassers sachte auf dem Boden, auf ihrem Kopf und ihren

Armen, ein oder zwei setzen sich auf ihre Wimpern. Sie kneift die Augen zusammen, um besser zu sehen. Der Schnee tanzt schwerelos um sie herum; wenn sie versucht, einzelne Flocken im Blick zu behalten und ihrem Fall zu folgen, stellt sie fest, dass sie sie umwirbeln, sie täuschen und necken, einem choreographierten Weg folgen, nach unten trudeln und wieder nach oben wirbeln und innehalten, um kaltfeuchte Küsse auf ihre unbedeckten Ohren zu hauchen.

Sie denkt kurz an Alexander. Vor vier Wochen haben sie sich kennengelernt, und seitdem hat sie ihn einige Male gesehen. Nicht so oft, wie er es sich gewünscht hat, aber genau so sollte es ihrer Ansicht nach sein: Sie stellt seinen Eifer auf die Probe. Gestern Abend hat er sie wieder besucht, und sie hat ihm von sich erzählt. Das ist ihre Strategie: etwas von sich preiszugeben, nicht in ihn zu dringen, noch nicht. Und obwohl sie ihn ein wenig zu seiner Person befragt hat, zeigte er kein Interesse, ausführlich über sich zu sprechen – in der Hinsicht scheint er anders zu sein als die meisten Menschen, die sie kennt. Stattdessen hat er ihr eine Menge Fragen gestellt – über ihre Arbeit, ihren Alltag, ihre Gedanken, ihre Hoffnungen und Befürchtungen. Zu den ersten beiden Themen hat sie Auskunft gegeben. Ich arbeite in der Schulverwaltung. Ich bin Schuldirektorin. Und ich stehe um die und die Uhrzeit auf und esse dieses und jenes zu Mittag, und nachmittags mache ich dies und das, und schlafen gehe ich um die und die Uhrzeit. Der Rest konnte später kommen, oder überhaupt nicht. Heute Abend erwartet er sie, diesmal in seiner Wohnung. Sie lächelt in sich hinein. Obwohl sie ihm kaum etwas von wirklicher Bedeutung erzählt hat, verspürt sie eine Art von Befreiung, wenn sie mit ihm spricht. Ihr ist jede Art von Selbstentblößung fremd, so dass die schlichte Tatsache, mehrere Stunden in Gesellschaft eines Menschen zu verbringen, der einzig auf sie konzentriert ist, einzig daran interessiert, was sie interessiert, ihr ein unvertrautes Gefühl von Erleichterung, von Leichtsinn verschafft. Was wäre, wenn sie durch dieses Schneegestöber ihren Heimweg nicht fände? Wenn diese foppenden, tanzenden, taumelnden Flocken ihr die Sicht nähmen und sie aus dem Gleis brächten, sie in die Irre und in die unabänderliche endlose Weiße der Wüste führten und sie nie wieder nach Hause fände? Die lange, lange Schneise reinen Schnees, die sich vor ihr erstreckt, wird sich auf ewig fortsetzen, und ihr dreht sich der Kopf von dem verführerischen, schmerzhaften kalten Weiß, das sie umgibt, keine Menschen, kein Leben, kein Ende abzusehen.

An der Straßenecke bleibt sie verwirrt stehen und stellt fest, dass sie neben anderen Menschen steht. Dunkle Gestalten, in Mantel und Hut, im Schneegestöber nur schemenhaft auszumachen. Sie ist wieder in der Stadt, wieder auf der Straße, die ihr vollkommen vertraut ist; sie ist aus der verschneiten sibirischen Tiefebene ihrer Phantasie zurückgekehrt. So, denkt sie, während sie mit den anderen Schemen die Straße überquert, ich werde weiterhin in dieser für mich neuen Welt leben; ich werde ihn heute Abend sehen, und er wird mich sehen, und wir werden dieses Spiel, uns gegenseitig besser kennenzulernen, fortsetzen.

Fünf Minuten später befindet sie sich in dem widerhallenden Betonflur der Schule. Ihre Alltagsgedanken kehren zurück, als das strahlende Weiß ihrer Phantasie Stück für Stück von den verschiedenen Grautönen im Gebäude übermalt wird. Die Treppen, der Flur, die schweren Metalltüren. Die grauen Schränke und Stühle und ihr metallener Schreibtisch. Ihre graue Schreibmaschine mit dem Metallgehäuse. Die graue Haut einiger Lehrerinnen und Lehrer. Das graue Haar der Oberlehrerin, die Katja alle paar Monate fragt, ob sie nicht lieber unterrichten möchte. Ob sie dem Verwaltungstrakt nicht lieber adieu sagen und vor einer Klasse wissbegieriger Schüler stehen würde.

Nicht bei dem Wissen, das ich ihnen vermitteln müsste, denkt sie, während sie wieder einmal höflich ablehnt. Die Kinder würden Sie lieben, fährt die Oberlehrerin fort; sie lieben Sie jetzt schon. Sie ist schwer und untersetzt, und ihr kantiges grobes Gesicht nickt Katja ermutigend, wenngleich hoffnungslos zu. Ja, denkt Katja, aber die Kinder sind unschuldig und naiv. Sie mögen mich, weil ich hübscher bin als die meisten ihrer Lehrerinnen und weil ich jung bin. Sie würden für mich schwärmen, die kleinen Mädchen und Jungen. Alles andere ist ihnen egal. Oder?

Sie hat ihre Augen gesehen, die Augen der Kinder, die diese Schule besuchen, und sie hat einen Hunger darin entdeckt und eine Bewunderung, die sie erschrecken. Diese unverhüllten Gefühle in ihren Augen. Lächle sie an, und sie erwidern dein Lächeln. Schrei sie an, und sie ziehen sich zurück. Schlag sie, und sie ducken sich. Welch unverhohlene Macht diese ergrauenden Lehrer haben. Sie möchte nicht daran teilhaben, nicht unmittelbar. Hinter den Kulissen tut sie, was sie tun muss. Lehrpläne, Stundenpläne, Etats aufstellen. Eine Arbeit so gut wie jede andere, um ihren Lebensunterhalt zu verdienen und ihre Tage auszufüllen. Aber dieser Abhängigkeit, dieser Ergebenheit möchte sie nicht jeden Tag ins Auge sehen, dieser Unschuld, deren scharfe Kanten bereits von Staat und Eltern abgeschliffen wurden.

Sie hasst sich selbst, wenn sie solchen Gedanken nachhängt, aber ihre Gedanken sehen selten anders aus. Sie selbst hat sich geduckt und sich nach der Liebe zu vieler verschiedener Tanten und Onkel und Freunde gesehnt, bei denen sie ihre Kindheit und Jugend verbracht hat. Die meiste Zeit über war sie sogar von ihrem einzigen Bruder getrennt gewesen. Niemand hatte zwei Waisen aufnehmen wollen. Zwei zusätzliche Mäuler, mit denen die dünnen Suppen und die seltene Fleischmahlzeit zu teilen wären. Zwei weitere Paar Füße, für die man anständige Schuhe kaufen müsste. In ihrer Einsamkeit, in der sie sich nach der Liebe ihrer Eltern und der Gesellschaft ihres älteren Bruders sehnte, lernte sie, die Zufriedenheit, die sie brauchte, in ihrem Kopf und ihrem Herzen zu suchen. Sie brachte Stunden damit zu, ihre Vorstellungskraft zu entfalten, und lernte, in ihrer Phantasiewelt zu leben, um ihrer beängstigenden Einsamkeit zu entkommen. Sie verbrachte ganze Nächte in ihrer Innenwelt; sie lernte, sich mit ihrer eigenen Gesellschaft zu begnügen, die Sehnsucht nach anderen Menschen fortzuschieben und einzig auf sich selbst zu vertrauen. Ein gutes Training, wie sich herausstellte, aber nicht die einfachste Art zu leben. Alexander versucht bereits, sich einen Weg in ihr Innenleben zu bahnen. Bei dem Gedanken schüttelt sie den Kopf. Sie betritt das Büro und lächelt Swetlana zur Begrüßung zu, die unbehaglich auf ihrem Stuhl herumrutscht. An ihrem Schreibtisch angelangt, beginnt Katja die Briefe und Mitteilungen zu sichten, die sich seit dem Vortag angesammelt haben.

Ausnahmsweise vergeht der Tag schnell, und Katjas Finger tanzen flink über die klappernden Tasten ihrer Schreibmaschine.

»Das kann ich doch für dich machen«, sagt Swetlana.

»Ich habe dir für heute schon mehr als genug aufgehalst«, erwidert Katja. Außerdem mag sie es, die Tasten unter ihren Fingern zu spüren und zu sehen, wie sich die Wörter auf dem Papier vor ihr bilden. Sie arbeitet in einem besänftigenden Rhythmus, der allmählich ihre unbewussten Empfindungen freisetzt, und ertappt sich dabei, wie ihre Gedanken immer wieder zu Alexander wandern.

Erschrocken blickt sie hoch. Von ihrer offenen Tür aus starren zwei runde blaue Augen in einem ovalen Gesicht sie an. Sie schwimmen in Tränen. Der Junge ist vielleicht fünf oder sechs Jahre alt, und sein Knie blutet. Sie steht auf, geht zu ihm und kniet neben ihm nieder. »Bist du gefallen?«

Er nickt, und die Tränen fließen über und laufen ihm über die Wangen. Sie streicht ihm liebevoll über den Kopf. Dann steht sie auf und holt rasch eine Schachtel mit Pflaster und Verbandsmull.

»Soll ich ihn zur Krankenschwester bringen?«, fragt Swetlana und erhebt sich halb von ihrem Stuhl.

»Ich kümmere mich schon um ihn«, erwidert Katja.

»Aber alle Unfälle müssen der Krankenschwester gemeldet werden …«

Swetlanas Stimme verklingt unschlüssig, als Katja sie ungläubig anblickt. »Es ist keine Sünde, die Dinge ab und zu etwas anders zu handhaben, Swetlana«, sagt sie mit einem leichten Lachen in der Stimme. Swetlana schweigt und presst die Lippen zusammen.

Katja schneidet ein kleines Stück Pflaster ab und klebt es auf das verbundene Knie. »So, das hätten wir. Jetzt ist es schon besser, nicht?«

Der Junge blickt unsicher nach unten.

»Du bist ein tapferer junger Mann, stimmt's?«, fährt Katja fort.

Der Junge blickt sie misstrauisch an. Ihr freundlicher Ton kommt für ihn unerwartet, und er dreht sich plötzlich um und läuft davon. Katja blickt ihm nach. Es versetzt ihr einen Stich ins Herz, und gleich darauf blitzen ihre Augen vor Zorn. Nicht der Junge macht sie zornig, sondern alles, was ihn veranlasst hat, sie zurückzustoßen. Sie sitzt schon fast wieder an ihrem Schreibtisch, doch dann stößt sie den Stuhl abrupt zurück. Swetlana blickt mit großen Augen auf, aber da hat Katja schon die Tür aufgerissen, die mit einem metallischen Krachen gegen die Wand prallt, und ist verschwunden.

Sie rennt den Flur entlang. Er ist still und verlassen. Die Kinder sitzen in ihrer letzten Unterrichtsstunde. Doch als sie den Flur hinunterflitzt und um die Ecke biegt, findet sie ihren kleinen Jungen, den Jungen mit dem verletzten Knie. Fast hat er sein Klassenzimmer erreicht. Er starrt die Frau an, die auf ihn zueilt, und sie bleibt stehen, und sie schauen einander an. Katja überlegt. Noch ein freundliches Wort, und er wird vermutlich wieder davonlaufen. »Komm her!«, sagte sie dann und verleiht ihrer Stimme Autorität, obwohl sie plötzlich unsicher ist, was sie da eigentlich tut, wenn sie diesem fremden Kind nachläuft.

Der Junge runzelt die Stirn. Dann setzt er sich in Bewegung und kommt langsam auf sie zu. Er bleibt vor ihr stehen, und sie blickt mit verschränkten Armen auf seinen Scheitel hinab. »Bitte«, sagt sie. »Bitte lauf nicht vor mir davon.« Ihre Stimme ist jetzt leise und freundlich.

Sie fährt ihm rasch mit den Fingern durchs Haar, liebkosend, glättend. Dann dreht sie sich um und geht davon. Sie hört, wie ihre Schritte von den hohlen Wänden widerhallen. Sonst hört sie nichts. Sie blickt sich um, und der Junge steht immer noch da und sieht sie an. Seine weichen Augen sind groß, erfüllt von zaghafter Bewunderung, von Aufregung. Sie schließt ihre Augen. »Geh in deine Klasse zurück«, sagt sie und lässt es wie eine Anordnung klingen. Er läuft davon und verschwindet in seinem Klassenzimmer.

»Wo bist du gewesen?« Swetlanas zaghafte Stimme reizt sie.

»Auf dem Klo!«, faucht sie.

»Oh.«

Katja hegt den starken Verdacht, dass die Hauptaufgabe im Leben ihrer Sekretärin – zumindest hier in der Schule – darin besteht, sie zu überwachen. Entweder gehört sie zu jenen Menschen, deren Leben so öde und trist ist, dass sie aus lauter Langeweile allen anderen nachspionieren, oder irgendjemand hat ihr die konkrete Anweisung erteilt, Katja im Auge zu behalten. Das wäre nicht ungewöhnlich, wenn man bedenkt, dass Katjas Eltern unter Stalin als Volksfeinde hingerichtet wurden, und die Tatsache, dass ihr Bruder Juri später in die Vereinigten Staaten geflohen ist, hat ihre Situation nicht gerade verbessert. Doch Katja liebt Herausforderungen, und so hat sie ihre Kampagne, innerhalb der Partei um Akzeptanz und Glaubwürdigkeit zu werben, schon als Leninpionier begonnen. In ihrer schicken Schuluniform mit weißer Bluse und rotem Halstuch (die beste Kleidung, die sie besaß) hat sie in Reih und Glied gestanden und mit großem Ernst geschworen, allzeit für die Ideale von Lenin, Stalin, der Partei und des Landes einzutreten. Sie erinnert sich noch heute an das donnernde Brausen Hunderter junger Stimmen um sie herum, das in der Versammlungshalle widerklang. Bald darauf hat sie ungerührt eine Erklärung unterschrieben, mit der sie sich von ihren Eltern lossagte. Das wurde ihr im Alter von dreizehn Jahren in Erfüllung ihrer staatsbürgerlichen Pflicht abverlangt. Es brachte ihr innerhalb der Partei einige Punkte auf dem Weg zur »Heldin der Sowjetunion« ein. Schon damals wusste sie, dass sie den Tod ihrer Eltern rächen würde, auch wenn sie noch keine Ahnung hatte, wie sie das bewerkstelligen sollte. Das *Wie* war immer die Frage gewesen, nicht das *Ob*.

Sie schaut kurz zu Swetlana hinüber. Ihre hellen braunen Augen sind golden durchwirkt und auf den ersten Blick eindrucksvoll, aber sie sind stets in Bewegung, huschen hierhin und dorthin, sehen alles, und Swetlanas zarte Mauseohren stehen stets auf Lauschen. Es gibt vielerlei Verwendung für bescheidene, zuverlässige Menschen wie sie: bei den Nachbarschaftsorganisationen, den Betriebsvertretungen, der Polizei – sie alle nutzen Beobachtungen von Menschen wie Swetlana für ihre Zwecke.

Die Schulklingel ertönt, und das dumpfe Scharren von Stühlen in dreißig Räumen um sie herum dringt durch die dicken, massiven Wände ihres Büros. Katja sieht zu ihrer Kollegin hinüber und lächelt. Die junge Frau freut sich. Schüchtern erwidert sie Katjas Lächeln, doch hinter dem Leuchten in ihren hellen Augen ist eine Verzweiflung erkennbar, die Katja einen Schauer über den Rücken jagt. Sie wendet sich wieder ihrem Schreibtisch zu und lauscht. Jenseits der Bürotür schlurfen Hunderte von Fußpaaren durch den Gang. Kein Gerenne nach der Tür – nicht einmal die Aussicht, diesen Ort zu verlassen, weckt bei den Kindern Begeisterung, denkt Katja. Sie versucht sich wieder auf ihre Arbeit zu konzentrieren. Die letzten Stunden des Tages, wenn die Kinder fast alle fort sind, kommen ihr stets am längsten vor.

Manche Kinder bleiben länger; sie nehmen an Musik- oder Sportgruppen teil. Sie haben entweder eine förderungswürdige Begabung oder sie brauchen einen Ort, an dem sie warten können, bis der eine oder andere Elternteil von der Arbeit kommt. Um diese Zeit haftet dem Gebäude etwas Unvollständiges an, so als ob ihm das ruhige Herz fehle. Katja blickt auf ihren Schreibtisch hinunter und versucht zu arbeiten.

»Hast du die Bücher fortgeschafft?«, fragt Katja eine Weile später.

»Ja.« Swetlana sieht niedergeschlagen aus. »Ich weiß, Order ist Order, aber ...« Sie hält inne, als hätte sie etwas Beschämendes preisgegeben.

»Was?«, fragt Katja nach.

»Ich finde es schrecklich!«, platzt Swetlana heraus. »Gute Lehrbücher wegzuwerfen, weil sie den Genossen Stalin zu sehr preisen.«

Katja zügelt ihre amüsierte Missachtung, aber in ihren Augen blitzt ein hinterhältiges Schimmern auf. »Man würde es nicht für möglich halten, nicht wahr?«

»Genau. Ich weiß, dass Genosse Chruschtschow ihn nicht verherrlichen möchte, aber Stalin war ein wahrhaft großer Mann.«

Katja wirft einen flüchtigen Blick auf die Wanduhr hinter sich. Es ist fast sechs, und sie fängt an, ihre Sachen zusammenzupacken.

»Es ist erst fünf vor«, sagt Swetlana zuvorkommend.

»Ich kann die Uhr lesen«, erwidert Katja. »Ich gehe nach Hause.«

Swetlana verfolgt Katjas rasche, geschmeidige Bewegungen. Die Bewunderung, die sie ihrer schönen Vorgesetzten mit der großen schlanken Gestalt und den tiefschwarzen Augen und Haaren entgegenbringt, ist im Laufe des vergangenen Jahres in Neid umgeschlagen, ja sogar Abneigung. Swetlana ist auf ihre Art auch hübsch und so hilfsbereit wie man nur sein kann, und sie hat versucht, Katjas Zuneigung zu gewinnen, aber ohne Erfolg.

»Bis dann, Swetlana.«

»Bis dann, Katja.« Es entsteht eine Pause, lang genug für einen Themenwechsel, aber nicht lang genug für Katja, um zu entkommen.

»Hast du heute Abend etwas vor?«, fragt Swetlana, und ihre zuckrige Freundlichkeit erzeugt bei Katja eine Gänsehaut.

»Nein.« Sie ist mit Alexander verabredet. Sie wird ihn in seiner Wohnung besuchen, und er wird ihr ein Abendessen kochen. Aber das ist privat. Auch wenn es nichts mit ihrer geheimen Arbeit zu tun hat – Katja ist niemand, die ihr Innenleben preisgibt, ihre Gedanken und Gefühle, nicht einmal ihren wenigen Freundinnen und Freunden gegenüber.

»Nein«, wiederholt sie. »Und du?«, fragt sie höflich, obwohl es sie nicht im Geringsten interessiert.

»Ich lese noch einmal Genosse Stalins Reden. Jeden Abend ein paar Seiten«, erwidert Swetlana.

Das verspricht ja ein anregender Abend zu werden, denkt Katja, aber ihre Augen zeigen weiterhin ihr höfliches Lächeln. »Sie sind sehr interessant«, sagt sie. »Sehr schön.«

»Nicht wahr? Sie –«

»Ich muss los.«

»Gehst du nach Hause, Katja?«

»Das sagte ich bereits«, kommt die knappe Antwort.

»Oh.« Swetlana senkt den Blick auf ihre Buchhaltung. »Es ist bloß … Du gehst nicht immer gleich nach der Arbeit nach Hause, oder?«

Katja unterdrückt ihre spontane Reaktion – nämlich die junge Frau intensiv zu mustern, um die Bedeutung ihrer Worte zu ergründen. Stattdessen hält sie den Blick gesenkt und sucht nach ihrer Mütze. Als sie sie gefunden hat, zieht sie sie hervor. Sie blickt Swetlana seufzend an. »Hast du keine anderen Sorgen?«

Sie tritt ein, zwei Schritte vor, so dass sie in dem erdrückenden Büro, das sie miteinander teilen, noch näher bei der jungen Frau steht; dann setzt sie ihre Mütze auf und zieht Mantel und Handschuhe an, langsam und methodisch zieht sie jeden einzelnen Wollfinger über ihre schlanken Finger. Ihr Blick ist jetzt weicher, tanzend, mit einer Spur Koketterie darin, und ihre Augen lassen Swetlanas nicht los. Es ist ein billiger Trick, das weiß Katja, aber sie hält unbeirrt Blickkontakt, bis die andere die Augen abwendet, den Blick dann aber doch unweigerlich zurücklenkt. Swetlana ist verwirrt. Katja hat etwas an sich, das ihr Herz schneller schlagen lässt. Ihr ist ganz flau zumute.

»Bis morgen, Swetlana«, sagt Katja, und dann geht sie.

»Bis morgen.« Die Stimme ein Flüstern, voller Hoffnung.

Warum spielst du solche Spielchen?, fragt Katja sich. Wenn sie gefährlich ist, wird sie nur noch gefährlicher, wenn du sie auf diese Weise herausforderst. Aber sie hält sich nicht länger mit diesem Gedanken auf. Als sie nach draußen kommt, schneit es immer noch, und vergnügt tritt sie in die wirbelnden Flocken. Sie denkt flüchtig an den Jungen im Flur und dann an den Abend, der vor ihr liegt.

Sein Wohnblock ist natürlich neu, hoch und breit, mit Blick über den Fluss. Der Bau ist keine zwanzig Jahre alt und wurde speziell für Regierungsangestellte errichtet, insbesondere für privilegierte. Alexanders Räume sind licht und sehr warm; die überheizte Luft kommt ihr vor wie aus den Tropen gestohlen. Die Wohnung ist hell erleuchtet von Lampen, Kerzen, Wandleuchtern. Katja kommt aus der frühabendlichen Dunkelheit und betritt unversehens eine völlig andere, viel einladendere, viel angenehmere Welt. Sie überlässt ihm ihren Mantel und erhascht den sauberen Shampooduft seines Haares, als er sich vorbeugt, um sie auf die Wange zu küssen. Während er ihnen ein Glas Wodka einschenkt, sieht sie sich um. Wie viel Strom kostet es, dieses Gebäude zu erhellen? Und wie viel Gas, um es zu heizen? Doch wer würde hier nicht wohnen wollen?

»Woran denken Sie?« Er reicht ihr ein Glas.

»Daran, wie hell es hier drinnen ist.«

»Ein Privileg, das ich außerordentlich genieße«, erwidert er. »Ich hasse die Dunkelheit.«

»Wie ein kleiner Junge?« Sie lächelt.

»Nun, nicht die Dunkelheit im engeren Sinne. Ich meine vielmehr das triste graue Winterlicht. Diese ewige Dämmerung. So in der Art.«

»Ja«, sagt sie. »Ich weiß, was Sie meinen. Es kann ziemlich bedrückend sein.«

Sie steht in der Küche und sieht ihm zu. Es gibt Hühnchen. Ein ganzes, unzerteilt. Es brutzelt zusammen mit Kartoffeln in dem schwarzen Ofen. Sie sieht Alexander zu, wie er Wintergemüse klein schneidet und in ein Essigdressing wirft, zusammen mit ein bisschen Öl und Salz. Sie bietet an zu helfen, aber er lehnt ab. »Ich mache das gern.«

Sie sieht, dass das stimmt. Seine Finger bewegen sich anmutig, wiegen das Messer, schieben die Streifen von Möhren, Kohl und Rote Bete zusammen, rühren in köchelnden Töpfen.

»Sie sehen sehr glücklich aus.«

Er hält im Rühren inne und sieht sie an. Seine großen braunen Augen blicken ernst und freundlich. »Ich bin glücklich«, sagt er. »Ich bin glücklich, weil wir uns begegnet sind. Und weil Sie jetzt hier sind.«

»Danke.« Seine Offenheit macht sie verlegen. Offenheit ist sie nicht gewohnt, und sie geht ein paar Schritte und beugt sich zum Ofen hinunter. Sie öffnet die Tür und betrachtet den vor sich hin brutzelnden Vogel.

Beim Essen erzählt er ihr, dass er die rechte Hand eines Ministers ist, eine gute Stelle, eine Vertrauensposition. Katja zeigt nur geringes Interesse. Sie will im Augenblick nicht darüber nachdenken. Ihre erste Aufgabe besteht darin, ihn kennenzulernen, ihm das Gefühl zu vermitteln, er kenne sie, und ihn dazu zu bringen, sich in sie zu verlieben. Später wird Zeit genug sein, diese praktischen Dinge herauszufinden. Im Moment ist sie ganz auf ihren Teller konzentriert. Das Fleisch ist zart und zergeht auf der Zunge; es besitzt einen Geschmack, wie er ihr noch nie begegnet ist und hat nichts mit den zähen Suppenhühnern gemein, die sie bislang gegessen hat. »Das ist ein unglaubliches Essen«, sagt sie. Er bedankt sich.

»Für *wen* arbeiten Sie, Alexander?«, fragt sie dann, und in ihren Augen liegt ein Funkeln, als amüsiere sie sich köstlich.

»Für einen Minister der Regierung«, wiederholt er.

»Die Qualität dieses Hühnchens lässt darauf schließen, dass es sich um Chruschtschow persönlich handeln muss«, scherzt sie.

Er lacht. »Das Hühnchen war kein Privileg. Zumindest nicht direkt. Sie kennen doch Mischa?«

»Ja, natürlich«, antwortet sie. »Wir sind zusammen aufgewachsen und waren befreundet, wenn auch nicht besonders eng.«

»Wir waren als Jungen die dicksten Freunde. Er war ein Genie in Physik und Mathematik. Die Fächer, die ich nicht ausstehen konnte. Er hat mir bei den naturwissenschaftlichen Hausaufgaben geholfen und ich ihm bei Geschichte und Literatur. Er ist bis heute einer meiner engsten Freunde. Der engste überhaupt, vermutlich.«

Sie erwidert nichts darauf, und er muss sich zwingen, sich von der dunklen Schönheit ihrer Augen, die ihn beobachten, zu lösen.

»Jedenfalls gehört seine Großmutter einer Kolchose draußen auf dem Land an, und sie hält sich ein paar Hühner und einige Schweine und Ziegen. Sein Vater kam vor einigen Tagen in die Stadt, und ich hatte ihm Geld für das beste Hühnchen gegeben, und er hat es im Zug mitgebracht. Unter seiner Jacke versteckt. Flügelschlagend, zweifellos. Und so kam es hierher.«

Sie lächelt über seine Geschichte. »Treiben Sie immer solchen Aufwand, wenn es ums Essen geht?«

»Es sind außergewöhnliche Umstände«, entgegnet er. »Aber es stimmt, ich habe Freude an gutem Essen – wenn ich es denn bekommen kann. Das Leben ist voller kleiner Freuden, wenn man sich hin und wieder die Zeit nimmt, sie zu genießen.«

»Die meisten Menschen tun das nicht«, erwidert sie und gibt damit so viel über sich preis, wie ihr nur möglich ist.

»Warum glauben Sie das?«, fragt er. Nicht weil er anderer Ansicht ist, sondern weil er hören möchte, was sie denkt, weil er sie aus der Reserve locken möchte.

Sie trinkt einen Schluck und überlegt. »Die Menschen sind zu sehr darin verhaftet, an die Vergangenheit oder die Zukunft zu denken. Die Gegenwart wird nicht näher betrachtet. Sie wird als gegeben genommen.«

»Vielleicht weil viele Menschen mit ihrem Los unzufrieden sind. Sie hoffen auf eine bessere Zukunft. Das ist das Versprechen, das dieses Land ihnen gegeben hat.«

Sein Mitempfinden für Menschen, die schlechter gestellt sind als er, erstaunt sie, aber sein Politikergeschwätz über verheißungsvolle Versprechen ärgert sie. »Dieses Versprechen macht man schon seit vielen Jahren.«

»Was schlagen Sie vor?«

Sie hat bereits vier Orte in seiner Regierungswohnung ausgemacht, an denen Wanzen verborgen sein könnten, aber was sie wirklich denkt, geht ihn ohnehin nichts an. »Das Schlimmste ist immerhin vorbei«, erwidert sie.

»Ja. Das Schlimmste ist vorbei. Nach dem langen Winter kommt nun das Tauwetter.« Das Eis schmilzt. Chruschtschows berühmte Tauwetter-Periode nach der gnadenlosen Eiszeit von Stalins Herrschaft. Alexander zerlegt den Rest des Hühnchens, und mit einem dankbaren Lächeln hält sie ihm den Teller hin und lässt sich noch ein Stück geben.

An diesem Abend erzählt er ihr nicht mehr, für welchen Minister er arbeitet, aber Mischa hat es ihr ohnehin schon gesagt.

Sie ist plötzlich unruhig – nervös, gereizt. Sie macht ein paar tiefe, kontrollierte Atemzüge, die ihm nicht auffallen werden, und versucht nachzudenken. Was ist los mit ihr? Sie grübelt. Wenn sie sich selbst gegenüber ehrlich ist, muss sie zugeben, dass sie noch nie jemanden so gemocht hat wie Alexander. Es ist spät, sie ist müde, und sie möchte das ewige Beobachten und Auswerten in ihrem Kopf abstellen, die Frage vergessen, wie sie ihm seine Geheimnisse entlocken könnte, auch wenn sie weiß, dass sie sich verwundbar macht, wenn sie nur einen Moment nachlässig ist. Jetzt sind sie draußen; nach dem Abendessen gehen sie durch die breiten verschneiten Straßen spazieren. Sie ist erst seit wenigen Wochen dabei, und schon hat sie Skrupel. Er weckt ungeahnte, ungewöhnliche Gefühle in ihr. Es wäre so leicht, ihn zu achten, ihn liebenswürdig zu finden, vielleicht weil er selbst diese Eigenschaften besitzt.

»Ich mag meine Arbeit«, sagt er, als sie ihn danach fragt.

»Leidenschaftlich?«

»Nein. Wie kann man einer Sache, die nicht selbstgewählt ist, Leidenschaft entgegenbringen?«

»Warum machen Sie dann nicht etwas anderes?«

»Geht das denn hier – in der Sowjetunion?«, fragt er mit leiser Stimme zurück. Er reicht ihr die Hand, als sie über eine Schneeverwehung klettern, um näher an den von weichem Reif bedeckten Fluss zu gelangen. Sein Griff ist fest, und er versucht nicht, ihre Hand länger als nötig zu halten. Unter einer Straßenlaterne bleiben sie stehen, und Katja blickt über das kühle Blauweiß des gefrorenen Wassers zur einen Seite und die vornehme breite Straße auf der anderen Seite, wo die Lichter und der Schnee die Häuser in ein gelbes Licht tauchen. So stellt sie sich einen menschenleeren Boulevard in Paris vor.

Er folgt ihrem Blick und versucht zu sehen, was sie sieht.

»Es ist wunderschön«, sagt sie.

»Ja.«

Und eine Welt entfernt von dem Moskau, in dem ich lebe und das den meisten Menschen vertraut ist, denkt sie.

Sie sind bis zu dem Platz vor dem Kreml gelaufen. Dort ist seit dem frühen Abend frischer Schnee gefallen, der noch fast unberührt ist. Die Reinheit dieses verharschten weißen Teppichs verleiht dem Platz etwas Magisches, und der Schnee hat die goldenen Kuppeln und Spitzen der fernen Kremltürme, die sich hoch über die Mauern erheben, wie mit Zucker überzogen. Alexander ergreift ihre Hand, als sie die vor ihnen liegende Pracht auf sich wirken lassen, und ihr wird warm, trotz der hier draußen herrschenden Kälte. Sie wirft einen raschen Blick auf das Gebäude, das vor ihnen aufragt. Es ist eine Angewohnheit von ihr, eine Ermahnung, und plötzlich hat sie das Gefühl, sie nötiger zu brauchen denn je.

»Gefällt Ihnen das Gebäude?«, fragt er.

»Nein. Kennen Sie es?«

Er weiß, dass sich die Flügel, die sich zu beiden Seiten des grauen monolithischen Hauptgebäudes erstrecken, im Stil leicht unterscheiden. Es wirkt trotz seiner Massivität unausgewogen.

»Der Architekt, der es entworfen hat, hat Stalin zwei verschiedene Pläne vorgelegt«, erzählt sie ihm. »Und sie wurden beide abgezeichnet. Oder vielleicht auch keiner der beiden. Irgendetwas in der Art – die Einzelheiten habe ich vergessen. Jedenfalls hatte der Mann zu große Angst nachzufragen, welchen Entwurf Genosse Stalin denn nun tatsächlich wollte. Also hat er den einen Flügel so gebaut und den anderen so.«

»Stimmt das?«, fragt er.

Sie zuckt die Achseln und lächelt, aber ohne Heiterkeit. »Ich glaube. Es *könnte* jedenfalls stimmen, und letztlich ist es das, was zählt.«

Darauf weiß er nichts zu erwidern, also schweigt er, und sie setzen ihren Weg fort, knirschende Schritte auf dem vereisten Pflaster.

»Erzählen Sie mir von Ihrer Schule. Ich möchte gern mehr erfahren«, sagt er.

Natürlich, denkt sie. Über deine Arbeit kannst du mir kaum viel erzählen. Nicht jemandem, den du nicht kennst und dem du nicht vertraust. Noch nicht.

»Nein«, erwidert sie. »*Ich* möchte etwas über *Sie* erfahren. Wie sind Sie an diese Stelle gekommen? Sie sind so jung und so ...«

»Und so was?«

»Nett.« Sie lacht. »Erzählen Sie – bitte.«

»Na schön«, willigt er ein. »Kommen Sie auf eine Tasse Tee mit zu mir und ich erzähle Ihnen alles.«

Ein Bild seines Vaters gleitet vom Rande, wo es sich gewöhnlich befindet, ins Zentrum von Alexanders Bewusstsein. Ein Bild von ihm, das ihn aufgeregt, zornig, leidenschaftlich zeigt, sprühend vor Ideen und Zuversicht. Er war und ist ein guter Mensch, ehrlich und mitfühlend. Zur Zeit der Revolution war er sehr jung, der Sohn eines Kaufmanns, der von seinem Vater ein gutes Geschäft geerbt hatte. Als die Revolution begann, wurde sein angeborener Idealismus von den Möglichkeiten, die Lenin und seine Gefolgsleute aufzeigten, beflügelt. Zu der Zeit trat er der Partei bei. Den Wohlstand und die Sicherheit, in denen er aufgewachsen war, gab er auf, leichten Herzens und ohne Stolz auf seinen Verzicht. Er sah keinen Sinn darin, für ein besseres, egalitäres Russland zu streiten, wenn er selbst nicht bereit war, den ersten Schritt zu tun. Er arbeitete viel und hart und stieg in den Rängen des regionalen Komsomol, der Nachwuchsorganisation der Partei, auf, bis er schließlich für die Zentralregierung tätig wurde. Wenn er auf Korruption und Ungerechtigkeit stieß, erklärte er dies zu den unvermeidlichen Begleiterscheinungen jedweden menschlichen Unterfangens. Beides würde nicht lange währen, konnte nicht mehr lange währen in der neuen Sowjetunion.

Stalin wurde ihm zum Verhängnis. Nicht im direkten Sinne.

Er wurde weder entlassen noch verbannt oder getötet. Doch gegen Ende, als Stalins Herrschaftsmethoden unverkennbar und nicht länger zu erklären waren, hatten sich stumme Zweifel in Herz und Geist eingenistet, Zweifel an allem, woran er so viele Jahre geglaubt hatte. Die allgegenwärtige Angst, die in der Luft zu schnuppern war wie Rauchschwaden, der Terror, das kleinmütige Ausspionieren von Familie und Freunden nahmen Ausmaße an, die nicht mehr zu übersehen, nicht wegzudiskutieren waren. Er begriff, dass fast alle, die er kannte, von Kollegen bis zu Freunden, aus den falschen Motiven handelten. Sie sagten nur das, was erwartet wurde oder erforderlich war; ihre Arbeit wurde von ihrer Angst gespeist, nicht von ihrer Überzeugung. Sein Vater zerbrach beinahe daran, erzählte Alexander ihr. Er arbeitete weiter, aber seine Leidenschaft erstarb, wie ein Marschlied, das verklingt, wenn die Parade sich entfernt. Als Stalin starb und die politischen Winkelzüge seiner Rivalen beendet waren, brachte ihm der Aufstieg Chruschtschows ein wenig Erleichterung. Er nutzte seine verbliebenen Kontakte und unterstützte Alexander bei seiner Karriere auf Regierungsebene. »Er hat mir gesagt, er habe gehofft, noch zu seinen Lebzeiten etwas zu bewirken, aber nun setze er seine Hoffnungen in mich.«

»Und ist er mit Ihrer Arbeit zufrieden?«

»Ich glaube schon.«

»Aber Sie besitzen nicht die Leidenschaft, die ihn getrieben hat.«

»Nein. Leidenschaft ist etwas sehr Seltenes, und jeder findet sie, wenn überhaupt, woanders.«

Katja öffnet den Mund, um zu antworten, besinnt sich dann aber eines Besseren. Warum sollte ich mir Gedanken um diesen jungen Mann und seine Familie machen? Und dennoch kann sie nicht anders.

»Sagen Sie's«, bittet er, denn er hat ihr Zögern bemerkt. »Was immer es ist, sagen Sie's mir.«

»Wie können Sie herausfinden, wo Ihre Leidenschaft liegt, wenn Sie den Traum Ihres Vaters leben?«

Später, als er allein in der Küche ist und einen starken Tee kocht, damit ihnen beiden nach dem Spaziergang wieder warm wird, hört er sie diese Frage erneut stellen. Er hat sie beim ersten Mal nicht beantworten können, und wenn er ehrlich ist, haben ihre Worte ihn erschreckt, ihr Reden von Leidenschaft und von Träumen und dem Verfolgen von Wegen. Es ist anders als alles, worüber er je zuvor nachgedacht hat, und in seinem Denken hat sich etwas verschoben – irgendetwas ist an seinen Platz geglitten, obwohl er nicht sagen kann, was genau es ist. Während er über ihr Gespräch da draußen im Schimmer der verschneiten Straßen nachsinnt, schwankt er zwischen Verlegenheit und Euphorie angesichts ihres klaren scharfen Geistes und wie sie ihn binnen Minuten durchschaut und ihm Dinge aufgezeigt hat, die er sich nicht einmal selbst eingestanden hatte. Ihm hingegen haben seine Fragen, das Interesse, das er an ihrem Leben gezeigt hat, kaum mehr Einblick in ihre Person verschafft – er kennt sie noch immer wenig besser als bei ihrer ersten Begegnung.

Als sie kurz darauf in kleinen Schlucken ihren Tee trinkt, erwähnt er ihre Eltern, eine behutsame Frage, aber sie schüttelt den Kopf. »Sie sind beide tot.«

Er nickt und wartet, um ihr zu verstehen zu geben, dass er das bereits weiß, aber es scheint, als habe sie nicht den Wunsch, näher darauf einzugehen. Er wechselt das Thema, fragt etwas anderes. »Irgendwelche Brüder oder Schwestern?«

»Einen Bruder«, antwortet sie, und es ist kaum mehr als ein Flüstern. »Juri. Er ist fort. Vor vier Jahren.«

Wieder erschrickt Alexander innerlich. Es kommt selten vor, dass jemandem die Flucht gelingt, denn das ist es, was sie meint. Es ist nicht möglich, das Land auf legale Weise zu verlassen – man kann nur flüchten, und ein Fluchtversuch ist selten erfolgreich.

Er ist im Begriff, nach dem Wie und Warum zu fragen, aber ihr Blick ist dunkel, und er möchte sie nicht aufregen. Die Flucht ihres Bruders muss ihr das Leben erschwert haben – nicht nur dass sie ihn verloren hat: Das Misstrauen ist automatisch auch auf sie übertragen worden, wie eine kratzige Decke, die sie stets mit sich schleppen muss.

Sie nimmt von der Marmelade, die wie üblich auf der Untertasse zum Glas Tee gereicht wird, und behält sie auf der Zunge, während sie trinkt. Dann erst blickt sie ihn wieder an. »Wissen Sie, dass sie verhaftet worden sind?« Ihre Stimme klingt sachlich, aber ihre Augen sind traurig. Aber das sind sie oft, denkt er. »Meine Eltern, meine ich.«

»Ja. Wie alt waren Sie da?«

»Zwölf.«

»Noch ein Kind«, sagt er ruhig, und sie verflucht ihn innerlich, denn wieder verspürt sie das seltsame Gefühl, das sie schon bei ihrer ersten Begegnung am Abend auf der Party überkommen hat. Das Gefühl, dass sie unmöglich länger alles zusammenhalten kann, dass sie jeden Moment anfangen muss zu schreien oder zu weinen oder beides. Es muss an ihm liegen, denkt sie. Er ist in diesem Fall das Bindeglied. Es muss an ihm liegen. Mit einem Ruck fixiert sie sein Gesicht, und mit nach außen hin nicht sichtbarer Willensanstrengung sagt sie kühl: »Sie waren Anti-Stalinisten, und sie haben keinen Hehl daraus gemacht. Sie kannten das Risiko, das sie eingingen.«

Er sieht sie ungläubig an. »Aber es waren Ihre Eltern. Und es ist kein Fehler, eine Meinung zu vertreten …«

»Doch. Damals schon. Und das wussten sie. Und sie sind bei ihrer Überzeugung geblieben und haben sie publik gemacht.«

»Haben Sie nicht genauso gedacht wie Ihre Eltern?«

»Nein. Ich war noch ein Kind, als sie abgeholt wurden. Ich habe mir keine großen Gedanken gemacht, außer um die Schule und Spielen.«

»Und das hat Sie nicht gegen den Staat aufgebracht? Oder gegen das System? Später?«

Stellt er sie auf die Probe? Prüft er ihre Glaubwürdigkeit? Ihr Misstrauen spült über sie hinweg wie eine eisige Welle und reißt sie aus dem behaglichen, entspannten Zustand, in den er sie eingelullt hat. Gelockt hat. Jetzt, wo sie ihm leichtes Misstrauen entgegenbringt, ist es einfacher. Jetzt weiß sie wieder, wo sie steht und wer sie ist. »Nein, es hat mich nicht gegen den Staat aufgebracht. Ich bin als Erwachsene zu meiner Überzeugung gelangt. Ich habe sie überdacht und weiß, dass sie wahr und vernünftig ist.«

»Und so sind Sie bis heute eine gute Kommunistin?«

Sie zuckt die Achseln. »Natürlich. Die Verbrechen oder Fehler, die ein Mann begangen haben mag, diskreditieren nicht die ganze Theorie, oder?« Und ich habe danach gestrebt, die perfekte Kommunistin zu sein, denkt sie, damit der Makel der Überzeugung meiner Eltern und der Tat meines Bruders nicht auf mich abfärbt. Und wenn sie mich ein bisschen genauer beobachten und das meine Arbeit erschwert, dann macht es sie zugleich auch befriedigender.

»Nein, aber es waren doch Ihre Eltern! Können Sie es so emotionslos betrachten, wo Ihnen doch Ihre eigene Mutter genommen wurde? Katja?«

Warum spricht er ihren Namen auf diese Weise aus? Sie schließt die Augen und spürt wider Willen, wie heiße Tränen unter ihren Lidern brennen.

Er betrachtet sie einen Augenblick, und es tut ihm leid, dass er die gespielte Tapferkeit unter der ruhigen Ratio nicht durchschaut hat. Dann sinkt er neben ihr auf die Knie, streicht ihr übers Haar und legt ihr schließlich den Arm um die Schultern. »Es tut mir leid«, flüstert er, wieder und wieder. »Es tut mir leid.«

Sie schiebt seinen Arm fort, freundlich, aber bestimmt. »Es ist vorbei«, sagt sie, und als sie ihn anblickt, sind ihre Augen klar und ruhig, und ihre Stimme ist fest. »Es ist vorbei, Sascha.« Zum ersten Mal nennt sie ihn bei der Koseform seines Namens. »Ich denke kaum noch daran.«

Sie erlaubt ihm nicht, sie den ganzen Weg bis zu ihrer Wohnung zu begleiten. An der Metrostation besteht sie darauf, dass er sie allein lässt und heimgeht. Es widerstrebt ihm – er würde sie gern sicher nach Hause geleiten, und außerdem würde er gern noch mehr Zeit mit ihr verbringen und seien es nur zwanzig Minuten in der U-Bahn. Aber sie ist aufgewühlt von den Emotionen, die in ihr hochgekommen sind, als sie noch in seiner Wohnung saß. Gegen Ende des langen gemeinsamen Abends gab es einen Augenblick, in dem sie spürte, wie sie sich entspannte, einen Augenblick, in dem sie spürte, dass sie glücklich wäre, wenn sie nie fortmüsste, dass sie zufrieden wäre, wenn sie einfach dort bei ihm bleiben könnte, bei diesem jungen Mann, der noch immer kaum mehr als ein Fremder für sie ist. Sie hat diese innere Schwäche sofort registriert, und binnen fünf Minuten hatte sie eine überzeugende Begründung gefunden, warum sie sofort aufbrechen musste, und sie hatte ihren Mantel angezogen und war gegangen, und Alexander eilte neben ihr her, zumindest bis zur Metrostation.

Sie braucht Zeit zum Nachdenken, und als sie müde und zusammengesunken in der U-Bahn sitzt und ihr Körper den ruckenden Bewegungen des Waggons folgt, fragt sie sich, wie ihr nächster Schritt aussehen wird. Alexander mag sie, sie müsste blind sein, um das nicht zu sehen, und das ist genau das, was sie sich gewünscht hat. Je mehr er sie mag, desto mehr wird er bereit sein, ihr zu vertrauen. Es wird natürlich noch Zeit kosten und Vorsicht und Fingerspitzengefühl, aber sie wird es schaffen.

Der Zug verlangsamt die Fahrt beim Eintauchen in die Schwärze eines Tunnels, und sie blinzelt gegen die plötzliche Dunkelheit an. Der Schlüssel liegt darin, ihn als Mittel zum Zweck zu betrachten, nicht als Menschen. Sie nickt, als der Zug in die Helligkeit ihrer Station einfährt. Sie steht auf und wartet an der Tür. Vergiss seine Freundlichkeit und seine schönen Augen und sein offenes Lächeln. Er ist Mittel zum Zweck; es ist ein wichtiger Zweck, und er ist kein Mensch. Sie steigt aus dem Zug und läuft rasch die Treppe hinauf. Am Stationsausgang wartet die eisige Nachtluft auf sie, und die Kälte bringt sie zu sich zurück. Sie holt tief Luft und eilt nach Hause.

## Kapitel 5

*Boston, Dezember 2000*

An Heiligabend gehen sie die Newbury Street entlang. Der Morgenhimmel ist dämmerig, wolkenverhangen, eine Atmosphäre wie am späten Nachmittag. Alexander ist dankbar für die Lichter in den Schaufenstern, die bunten Birnchen, die sich an Balkonen und Geländern entlangwinden, den Mokkaduft, der aus den Coffeeshops nach draußen in die kühle Luft zieht. Er lässt Lauren in einer kleinen Galerie zurück und kauft seine letzten Geschenke ein.

Als sie sich schließlich am Copley Square zum Mittagessen treffen, strahlt, ja leuchtet sie geradezu – ihr Gesicht verrät Aufregung, und die Kälte hat ihr Blut beschleunigt, so dass sie von Energie und Wärme durchströmt wird, trotz der Kälteschwaden, die vom stahlfarbenen Himmel herabfegen. Er beobachtet, wie sie das Pflaster überquert und ist froh, dass sie über die Feiertage bei ihm ist; er ist glücklich, dass er an ihrer Lebendigkeit teilhaben kann, und er ist entzückt über die Freude, die in ihren Augen aufscheint, als sie ihn draußen vor dem Restaurant stehen sieht, eingemummelt in seinen gelben Kaschmirschal. Gleich darauf sind sie drinnen, umfangen von trockener Wärme; sie unterhalten sich über die Weihnachtsmusik hinweg und trinken einen Whiskey. Der Alkohol durchströmt ihn, schickt dünne Ausläufer von Hitze durch Brust und Bauch. Mit einem zufriedenen Seufzer stellt er sein Glas hin. »Wie war's in der Galerie?«

»Oh, schön.«

Er merkt, dass sie ihm etwas verheimlicht, dass sie etwas zu unterdrücken sucht, ohne großen Erfolg, denn Augen und Mund verbünden sich und verraten sie. »Was heckst du aus, junge Dame?«

»Nichts. Ich muss noch letzte Hand an dein Geschenk anlegen. Nach dem Mittagessen mache ich es fertig.«

»Oh, gut«, erwidert er. »Ich bin sicher, es ist riesig. Ich werde dir beim Tragen helfen.«

Sie schüttelt den Kopf. »Nein, nein. Du gehst heim. Ich werde es abholen, und wir sehen uns dann zu Hause.«

»Packen wir heute Abend die Geschenke aus oder morgen?«

»Wie du willst.«

»Immerhin ist Heiligabend.«

»Also heute Abend. Nach dem Essen.«

Lauren schwankt ein wenig unter dem Gewicht des Pakets und kämpft mit der Eingangstür. Als sie das Bild über die Schwelle ins Haus ihres Onkels trägt, hat sie zum ersten Mal ein ungutes Gefühl. Mit schmerzenden Armen bleibt sie in der Eingangshalle stehen und lehnt das Geschenk gegen die Wand. Es ist riesig, mit einer übergroßen Schleife und Geschenkband verschnürt. In der Galerie fand sie, die Schleife sei ein glanzvoller Akzent, aber hier in der warmen Dunkelheit von Alexanders Haus und im Licht ihrer neuen Unsicherheit erscheint ihr die goldene Schleife kitschig. Sie streckt die Hand aus und zieht daran, aber der Knoten ist fest und löst sich nicht. Sie legt Handschuhe und Schal ab und beißt sich nachdenklich auf die Lippe.

»Lauren?« Er ruft nach ihr, aus der Küche natürlich. Sie hört, wie Töpfe über den Herd geschoben werden und der Wasserhahn aufgedreht wird.

»Ich komme!«

Doch da ist er schon im Flur; er hat eine blaue Schürze umgebunden und hält ein Küchenhandtuch in den Händen. Sie dreht sich um und betrachtet ihn mit den Augen der Künstlerin, denn noch befindet sie sich in diesem besonderen geistigen Zustand, und sein Alter versetzt ihr einen Schock. Nicht dass er älter aussieht als am Tag zuvor oder als vor sechs Monaten, aber jetzt nimmt sie ihn als alten Mann wahr – sein silbernes Haar, das noch das Muster seines Kamms bewahrt hat, seine von Adern gezeichneten, leicht gekrümmten Hände, die hellen Flecken, die sich unter den grauen Härchen auf seinen Unterarmen abzeichnen. Sie begrüßt ihn und wirft einen Blick auf ihre eigene Hand, die sie ihm auf die Schulter legt; sie registriert die Knochenstruktur und das Spiel seiner Muskeln und Adern. Sie möchte sie zeichnen.

»Ist das für mich?«

»Natürlich«, erwidert sie.

»Darf ich es jetzt auspacken?« Er gibt sich ungeduldig, doch sie weiß, dass seine leichte Aufgeregtheit durch die Vorfreude nur gesteigert wird.

»Nach dem Essen«, antwortet sie und führt ihn in die Küche zurück.

Eine Stunde vor dem Abendessen ist sie oben, eingetaucht in ein heißes Bad, das sie, wie er weiß, frühestens nach Ablauf einer halben Stunde verlassen wird. Er denkt voller Freude an die neuen Kerzen, die er in ihrem Badezimmer verteilt hat, und er weiß, dass sie jede einzelne angezündet hat. Da sie nur zu zweit sind, hat er sich für Rind statt Truthahn entschieden, und der Braten ist beinahe fertig – sein würziger Saft sickert langsam in die Kasserolle, in der die Kartoffeln rösten. Der Wein ist dekantiert, das Gemüse köchelt, bräunt oder gart vor sich hin – je nachdem.

Als das Telefon klingelt, überlegt er, es zu ignorieren, aber es klingelt beharrlich weiter. Schließlich greift er zum Handapparat und nimmt das Gespräch an.

»Frohe Weihnachten!«

Er erkennt Estelles Stimme auf Anhieb. »Wünsche ich Ihnen ebenso. Wie war es in Kalifornien? Haben Sie sich letztlich doch das Gesicht straffen lassen?«

»Soll das heißen, dass ich das nötig habe?«, entgegnet sie.

»Natürlich nicht. Ich habe bloß an Ihre Postkarte gedacht.«

»Ich muss sagen, dass L.A. nicht viel zu bieten hat – bis auf Silikonimplantate und Orangensaft vielleicht. Wie geht es Ihnen? Melissa hat mir erzählt, dass der Deal wahrscheinlich geplatzt ist.«

Er registriert das Wort »wahrscheinlich«. Vielleicht gibt es am Ende doch noch eine Chance, den Verkauf abzuschließen. »Ja, das stimmt. So was passiert. Es hat wohl nicht gepasst.«

»Schade.« Sie klingt nicht bekümmert. »Hören Sie, ich wollte fragen, ob Sie Zeit haben, morgen zum Tee zu kommen. Ihre Nichte auch, wenn sie möchte.«

Alexander nimmt die Einladung an. Er versucht, nicht übereifrig zu klingen. Er freut sich, von ihr zu hören. Ihr entspannter Umgangston, ihre Direktheit, die Ungezwungenheit, die sie bei ihrem gemeinsamen Mittagessen an den Tag gelegt hat, haben ihm gefallen. Je älter er wird, desto weniger Geduld bringt er für die behutsame Annäherung auf, die neue Freundschaften gewöhnlich erfordern. »Woher wissen Sie, dass Lauren hier ist?«

»Melissa hat es erwähnt. In einem ihrer seltenen gesprächigen Augenblicke.«

»Sie ist über Weihnachten bei Ihnen?«

»Ja. Im Moment sitzt sie am einen Ende der Wohnung und arbeitet auf einem Laptop, der dünn wie eine Waffel ist«, fährt

Estelle fort, »während ihr Vater am anderen Ende literaturwissenschaftliche Erkenntnisse mit einem Füllfederhalter zu Papier bringt, der aussieht, als hätte Dickens ihn schon benutzt …«

Er lächelt bei dem Gedanken. Dann riskiert er eine vertrauliche Bemerkung. »Klingt, als wäre es recht einsam für Sie.«

Sie zögert. »Ich bin es gewohnt.«

Seine Beobachtung hat sie aus dem Konzept gebracht, und er spürt sofort, dass ihr Gespräch seine Unbeschwertheit verloren hat. Gleich darauf ist es zu Ende. Sie setzt die Zeit für seinen Besuch fest und legt auf.

Nach dem Abendessen sitzen sie im Wohnzimmer und sind von ihrem Festmahl ganz benommen.

»Ich fasse es nicht, dass ich so viel gegessen habe. Ich kann mich kaum noch rühren«, sagt Lauren.

Er bietet ihr einen Schokoladentrüffel an.

»Willst du mich umbringen?«, fragt sie.

»Ganz gewiss nicht. Erst will ich mein Geschenk haben.«

Sie tut, als käme sie kaum aus ihrem Sessel hoch, lehnt seine Hilfe jedoch ab. Dann schleppt sie mit einiger Mühe das Paket ins Wohnzimmer und setzt es vor sich ab. Er tritt zu ihr und wirft ihr einen fragenden Blick zu – darf er es jetzt auspacken? Ein banges Gefühl beschleicht sie, als sie zusieht, wie er an dem Klebestreifen friemelt.

»Reiß es einfach auf, Onkel Alex. Es ist ein Porträt«, verrät sie, denn sie kann es nicht länger für sich behalten. »Ich habe es schon vor zwei Wochen vollendet. Es war zusammengerollt in meinem Koffer.«

»Ein Porträt von wem?«

Sie packen es gemeinsam aus, und bald ist der Boden von goldenen Papierfetzen übersät. Er will die Frage schon wiederholen, doch dann hat er genug enthüllt, die Farbflächen fügen sich zu einem Bild zusammen – eine weiße Bluse, ein Hals, eine

Kehle … dann ein Kinn, ein Mund – ein vertrauter Mund. Das Lächeln gefriert ihr auf dem Gesicht, als sie beobachtet, wie der Ausdruck in seinen Augen sich von Erwartung zu Erschrecken wandelt. Oder ist es Entsetzen?

»Onkel Alex?« Sie ergreift seine Hand. Sie hat aufgehört, ihm beim Auspacken zu helfen, aber seine freie Hand greift nach dem Rest des Geschenkpapiers und reißt es mit einer ungeduldigen, dringlichen Bewegung fort. Er muss den Rest des Bildes sehen, sofort. Er schnappt nach Luft, ein beunruhigender Laut, denn vor lauter Schrecken hat sein Körper vergessen zu atmen. Lauren legt ihm die Hand auf die Stirn, streichelt ihn voller Panik.

»Alles in Ordnung«, flüstert er.

»Bist du sicher?«

Er antwortet nicht. Er ist in die Betrachtung des Bildes versunken. Ihm wird klar, dass er vergessen hatte, wie Katja aussah, wie sie wirklich war. Die Form ihrer Nase, die Neigung ihres Kinns, die Linien auf ihrer Stirn. All diese Details, die nach Monaten, nach Jahren im Gedächtnis verschwimmen und die er sich nur in Erinnerung rufen kann, indem er die beiden Fotos betrachtet, die er mitgenommen hat, oder die in jenen kostbaren flüchtigen Augenblicken zurückkehren, wenn das Gesicht der Geliebten unvermittelt in Träumen oder Erinnerungen aufscheint. Er fürchtet, weinen zu müssen, wenn er etwas sagt, also schweigt er, und Lauren kennt ihn gut genug, um still abzuwarten, während sie beide das Porträt betrachten. Er zwingt sich, an die Arbeit zu denken, die darin steckt, Laurens Leistung als einen Weg aus dem Labyrinth der Gefühle zu betrachten, in dem er gefangen ist. Seine Nichte, Katjas Nichte hat ihre Tante mit einer solch lebendigen Klarheit auf die Leinwand gebannt, dass er sich in Erinnerung rufen muss, dass sie ihr nie begegnet ist.

»Hätte ich es nicht tun sollen?«, fragt sie.

Er schüttelt den Kopf, um Zeit zu gewinnen, obwohl er merkt, dass ein Teil von ihm sehr wohl empört ist über das, was seine

Nichte getan hat. Wie sie mit schonungsloser Offenheit das Bild seiner verstorbenen Frau heraufbeschworen hat. Seiner verlorenen Liebe. Sie wartet. Sie spürt sein Missbehagen, sie beobachtet, wie er sich auf die Lippe beißt. Vielleicht versucht er, irgendwie die Fassung zurückzugewinnen. Dann beginnt er zu sprechen, so ruhig und besonnen es ihm möglich ist. »Erzähl mir davon«, sagt er.

Sie hält weiterhin seine Hand, während sie langsam und behutsam erzählt, wie sie vorgegangen ist, wie ihr die beiden Bilder, die er besitzt, und einige von Juris Fotos, die Katja als Heranwachsende zeigen, als Vorlage gedient haben. Ihre Gestalt und ihre Gesichtszüge waren natürlich immer dieselben, und die Fotos haben Lauren als Grundlage ihrer Arbeit verschiedene Blickwinkel und Mienenspiele geboten.

»Und die Augen?« Zum ersten Mal sieht er sie an.

»Sind sie gut?«, fragt sie zaghaft.

Sie sind perfekt: so wahr. Sie blicken ihn direkt an und verraten doch so wenig. Katja hatte immer eine Spur Hochmut an sich, und auch das hat Lauren eingefangen, aber gleichzeitig besaß sie eine grimmig-entschlossene Intelligenz und eine unendliche Traurigkeit.

»Als ich über dieses Bild nachgedacht habe und wie ich es angehen sollte, habe ich mir alles vor Augen geführt, was ich über sie wusste, und da ist mir klargeworden, dass es im Grunde zwei Katjas gab. Die eine gehörte zu meinem Vater. Du kennst ja Juris Geschichten ...« Sie lächelt. »Das Lachen, die clevere kleine Schwester, die ihn immer an der Nase herumgeführt und ihm Ärger mit ihren Eltern eingebrockt hat. Und dann kannte ich deine Katja. Ich meine, deine Geschichten über sie«, erklärt sie, um nicht anmaßend zu erscheinen.

Er wartet darauf, dass sie fortfährt. Erzähl mir, wie sie war, Lauren, lass mich versuchen, es nachzuempfinden, auch wenn du das alles unmöglich verstehen kannst.

»Das war die Katja, die ich einfangen wollte. Die unerschrockene, starke, verletzliche, zornige Frau, die sich entschieden hatte –«

Eine rasche Kopfbewegung ihres Onkels lässt sie innehalten.

»Das jedenfalls habe ich versucht«, schließt sie ruhig.

»Du bist ein Genie, Lauren. Der Anblick ist kaum zu ertragen.«

»Das tut mir leid. Ich wollte dich wirklich nicht verletzen. Es ist komisch, die ganze Zeit über, während ich es gemalt und auch als ich es heute gerahmt habe, war ich ziemlich aufgeregt. Erst als ich es heute Nachmittag nach Hause gebracht habe, bin ich in Panik geraten. Ich war mir nicht sicher, ob es richtig war, was ich getan hatte. Es lässt dich sie von neuem vermissen.«

Sie schweigen gemeinsam einige Minuten.

»Das tut es«, sagt er dann. »Ich meine, es bringt das, was ich in den vergangenen vierzig Jahren empfunden habe, auf den Punkt. Aber das ist nicht zwangsläufig schlecht.«

»Solange es für dich in Ordnung ist. Ich kann es auch fortschaffen.«

»Nein, nein. Es war nur der erste Schreck, das ist alles. Ich brauche bloß ein wenig Zeit.«

Jetzt klingt er, als wäre er wieder ganz der alte, und sie ist unendlich erleichtert. Die Selbstkontrolle, der klare Verstand sind wieder da, und sie macht sich nicht länger Sorgen, einen schrecklichen Fehler begangen zu haben. Sie führt ihn zu seinem Sessel zurück und schürt das Feuer im Kamin, das zu kleinen schmelzenden Flammen heruntergebrannt ist, die an dem letzten verbliebenen glühenden Holzscheit lecken. »Ich koche uns einen Tee«, sagt sie. »Kamille?«

»Trinkst du auch eine Tasse?«

»Ja.«

Er sieht ihr nach, wie sie in Richtung Küche geht und ihn allein zurücklässt. Er blickt ins Feuer auf der Suche nach Trost, aber die Holzscheite – sie sind zu trocken und spucken und zischen – strahlen eine gewaltige Hitze aus, die ihn veranlasst, seinen Sessel ein Stück zurückzuschieben. Er schließt die Augen und sieht das Gemälde, das hinter ihm steht, umso deutlicher vor sich. Mit bedachter, fast demonstrativer Ruhe dreht er seinen Sessel um und betrachtet sie noch einmal. Sie sieht ihn mit einem Ausdruck an, der halb Lächeln, halb Stirnrunzeln ist, ein Ausdruck, den sie im wahren Leben vielleicht nie gezeigt hat, der ihre Persönlichkeit jedoch vollkommen wiedergibt. Es versetzt ihm einen schuldbewussten Stich, und er schluckt, aber sein Mund ist trocken. Er sieht sich nach Wasser um, aber da steht nur der Rest des Weines. Gleich kommt Lauren mit dem Tee, ruft er sich in Erinnerung. Unterdessen blickt Katja ihn gleichmütig an, ohne Vorwurf, ohne Schuldzuweisung. Er hat immer gewusst, dass sie ihm für das, was geschehen ist, nie die Schuld gegeben hätte – sein Schmerz und seine Schuldgefühle sind Strafe genug. Doch das Wissen darum hat sein Gefühl des Verlusts nur noch verstärkt.

## Kapitel 6

*Moskau, Mai 1956*

Der Mann neben ihr stößt ein leises ungläubiges Pfeifen aus. Sie beobachtet, wie ihm der Laut über die Lippen kommt, die gleich darauf die Frage formulieren, die in der Luft hängt: »Es läuft also genau wie wir gehofft haben?«

Sie nickt. Sie beugt sich über das Brückengeländer und schaut auf den Fluss hinab. Wenn sie die Augen ein wenig zusammenkneift, funkelt die Wasseroberfläche im Licht der späten Abendsonne wie ein Diamantenfeld.

»Und er ist verliebt in dich?«

»Wer weiß?«, erwidert sie.

»Na, du solltest es wissen. Du *musst* es wissen. Sonst hat es keinen Sinn.«

Seine Augen lassen sie nicht los, und der letzte Rest Frohsinn schwindet aus ihren Zügen. Als sein erwartungsvolles Schweigen anhält, zuckt sie die Schultern: eine Geste der Zustimmung, ein zögerndes Ja.

Mischa seufzt. »Gute Arbeit, Katjuschka. Es ist sicher schwer, aber bisher hast du es gut gemacht.«

Sie hält den Blick auf den Fluss gerichtet und hat es nicht eilig, darauf zu antworten. »Danke«, sagt sie schließlich.

Er senkt die Stimme und passt sich ihrem Ton an. »Es ist nicht leicht, stimmt's?«

Sie blickt auf. Natürlich, auch für ihn muss es schwer sein. Viel schwerer noch als für sie. Sie kennt Alexander kaum, während Mischa seit fünfzehn Jahren oder noch länger mit ihm befreundet ist.

»Aber letzten Endes muss man im Leben Entscheidungen treffen, Katja«, fährt er fort. »Insbesondere in einem Leben wie unserem. Die persönliche Loyalität um der Sache willen opfern. Alexander steht für alles, was ich verabscheue, und auch wenn er mein Freund ist, kann ich es nicht mit mir vereinbaren, nicht alles daranzusetzen, dieses verhasste System zu bekämpfen.«

Seine Worte beschwichtigen sie nicht in dem Maße, wie sie sollten, nicht zuletzt, weil sie in ihren Ohren zu sorgsam formuliert klingen und wie einstudiert wirken. Sie ist keineswegs anderer Meinung als Mischa. Sie alle haben Jahre des Schreckens und der Willkür hinter sich – Jahre, in denen sie sich an die lähmenden Augenblicke gewöhnt haben, wenn sie, den Mund staubtrocken vor Angst, erfuhren, dass jemand aus dem Bekanntenkreis verhaftet wurde, oder wenn sie einen schuldbewussten Blick auffingen von einem Menschen, mit dem sie zusammenarbeiteten oder Tür an Tür wohnten, oder noch schlimmer, wenn sie von allen geschnitten wurden. Wenn persönliche Loyalität unter Freundinnen und Freunden, unter Kollegen, sogar im Kreis der Familie nichts zählt im Namen des übergeordneten Wohls. Den eigenen Cousin denunzieren, wenn er ein Volksfeind ist. Die Nachbarin wegen staatsfeindlicher Handlungen anzeigen. Oder wegen irgendeiner Lappalie. Vielleicht hegte jemand Gedanken, die sich gegen das Sowjetvolk richteten. Diesem Ethos, auf die Spitze getrieben, waren ihre Eltern zum Opfer gefallen.

Doch vielleicht ist das, wovon er spricht, diese Entscheidung, die man treffen muss, für sie nicht wirklich von Bedeutung. Sie betrügt keineswegs ihren besten Freund – sie zapft nur eine Quelle an.

»Katja?«

»Ja?«

»Bedeutet er dir etwas?«

Mischa beobachtet sie genau. Er sucht in ihrer Gestik und Mimik nach Zeichen, aber sie erwidert seinen Blick ohne zu zögern. Mit unergründlichen Augen.

»Wir sind verschieden, wir beide, nicht wahr?«, meint er.

Sie wartet auf eine Erklärung.

»Ich meine, auch wir sind Freunde. Selbst wenn wir uns nicht so häufig sehen.«

Und deshalb soll ich dir erzählen, was ich wirklich empfinde?, denkt sie. Wäre es eine Erleichterung, ja sogar eine Freude, sich jemandem anzuvertrauen, wo sie sich doch in ihrem gesamten Leben als erwachsene Frau noch nie einer Menschenseele anvertraut hat? Sie stellt sich die Szene vor. Wie sie mit Mischa bei einem Glas Wodka zusammensitzt oder vielleicht bei einem Glas Tee, so wie andere Menschen es machen, und wie sie zu erklären versucht, stockend, zaudernd und vielleicht ein wenig schüchtern, dass Alexander sie fasziniert. Nein, nicht fasziniert, das wäre zu viel gesagt, er hat sie berührt. Oder verwirrt. Sie lächelt Mischa an. Sie kann sich nicht vorstellen, ihm ihre geheimsten Gedanken zu erzählen. Vor allem keine Gedanken, die noch der Klärung bedürfen, der Vergewisserung, der Konkretisierung. Nein, Mischa. Nicht einmal dir, den ich seit unserer Jugendzeit kenne.

Er entdeckt den kühlen Stahl in dem Blick, den sie ihm jetzt zuwirft, und will etwas sagen, aber ihr Gesicht zieht sich vor Konzentration zusammen. Ihre Augen ruhen nicht länger auf ihm, sondern sind auf ein Gebäude gerichtet, das mehrere hundert Meter entfernt ist. Er folgt ihrem Blick, und sie beide beobachten, wie ein großer Mann mit einer Einkaufstasche aus der Tür tritt. Der Mann schaut nach oben, in den blauen Himmel, und geht dann raschen Schrittes davon.

»Das war er nicht«, sagt Katja.

»Nein.« Mischa wirft einen Blick auf seine Uhr. »Es ist noch zu früh. Gut. Das fehlte uns noch – noch jemand, der sich nicht an die Routine hält.«

Wieder sehen sie sich an, zwei befreundete Menschen, die an einem Sommer verheißenden Tag auf einer Brücke stehen und sich die Zeit vertreiben – an einem Tag, der überall in der Stadt die jungen Paare nach draußen lockt und noch mehr Menschen hinauslocken wird, wenn das Tagewerk vollbracht ist. Katja behält den Wohnblock im Auge, während sie mit Mischa redet. Ihr Blick wandert ständig zwischen seinem Gesicht und dem Gebäude hin und her. Er findet es irritierend, mit ihr zu reden, wenn ihre Aufmerksamkeit geteilt ist, aber das lässt sich nicht ändern – sie sind aus einem bestimmten Grund hier. Er lächelt insgeheim bei dem Gedanken, dass ihre Augen, selbst wenn sie ihre Positionen tauschten und er das Gebäude beobachtete, dennoch nicht zur Ruhe kommen würden. Es ist eine Angewohnheit von ihr – vielleicht ein nervöser Tick –, und er kann sich nicht erinnern, dass sie je anders war: wach, voller Elan, stets in Bewegung.

Nachdenklich betrachtet Mischa seine Finger. Er weiß wenig über Katjas Privatleben, aber es kam ihm immer so vor, als habe sie eigentlich keines. Er bezweifelt, dass in ihrem jungen Leben viele Männer gekommen und gegangen sind. Einer vielleicht oder zwei, sicherlich nichts Ernstes. Sie ist eine verschlossene junge Frau, der Typ, der alles für sich behält und vermutlich jede Leidenschaft, jedes sexuelle Begehren leugnet. Manche Frauen, denkt er, sind einfach nicht dazu in der Lage. Er für seinen Teil war nie imstande, ihr Avancen zu machen, nicht einmal bevor er sie rekrutiert hat und ihre Zusammenarbeit begann. Er wirft ihr einen Blick zu. Sie ist eine Schönheit, aber eine unnahbare. Und er ist sicher kein Mann, den Frauen einschüchtern. Im Gegenteil, er hat immer so viele Frauen gehabt, wie er wollte, und er hat es genossen, sie mit geringem, angenehmem Aufwand zu gewinnen – mit seinem guten Aussehen, seiner Redegewandtheit, seiner Ausstrahlung. Aber an Katja ist er nie herangekommen, auch wenn er es jahrelang versucht hat – auf seine Weise, das heißt, ohne es durchscheinen zu lassen. Es sich anmerken zu lassen, dass er sich bemühte oder ihm daran gelegen wäre, widerspräche dem Bild, das er von sich geschaffen hat.

»Ich glaube, du bist dabei, dich in ihn zu verlieben«, sagt Mischa.

»Du musst es ja wissen.«

»Stimmt es etwa nicht?«

Katja lacht und hebt eine Augenbraue, aber ihr Blick ist unverwandt auf das Gebäude gerichtet. »Ich dachte, so wäre es abgemacht gewesen.«

»Nicht unter diesen Umständen.«

Sie wendet sich ihm zu. »Ich weiß, wer ich bin und woran ich glaube, Mischa, und daran kann niemand etwas ändern.« Sie spricht voller Ernst, und er nickt, um die Leidenschaft, die in ihr aufgeflammt ist, zu besänftigen.

»Es ist nett, mit ihm zusammenzusein«, fährt sie fort, wie um Mischa zu beweisen, dass sie keine Geheimnisse vor ihm hat. »Unkompliziert. Ich muss nicht die ganze Zeit so schwer kämpfen, wenn ich mit ihm zusammen bin.«

»Er steht für alles, wogegen du ankämpfen solltest.«

»Ich weiß.« Er registriert den Unmut in ihrer Stimme. Sie ist oft abweisend, um ihre Gefühle nicht zu zeigen.

Als Mischa weiterspricht, klingt seine Stimme gleichmütig – er bohrt nach, aber sehr behutsam – er ist wie ein Mann mit einer abgezogenen Handgranate; es wird Folgen haben, wenn sie erschüttert oder fallengelassen wird. »Er bedeutet dir wirklich etwas, stimmt's?«

»Ein bisschen. Aber das macht es leichter. Stell dir bloß mal vor, du wärst mit jemandem zusammen, den du widerwärtig findest. Mach dir keine Sorgen, Mischa. Ich weiß, worauf ich mich einlasse.«

Ihre Augen mustern die Menschen um sie herum. Werden sie von jemandem beobachtet? »Bist du sicher, dass er mich nicht verdächtigen wird?«, fragt sie plötzlich. Es ist ein tiefes Gewässer, in das sie mit Alexander springen wird, und sie braucht eine Rückversicherung, selbst wenn diese nur vordergründig sein kann.

»Nein, das wird er nicht. Nicht wenn du dir der Lage allzeit bewusst bist. Allzeit. Und nicht wenn du ihm so viel bedeutest wie es den Anschein hat. Nicht wenn du den richtigen Zeitpunkt abwartest. Wenn du seine Liebe und sein volles Vertrauen genießt.«

In Mischas Augen spiegelt sich ihr Dilemma wider, auch wenn sie es nicht in Worte fasst. Es ist nicht das, was sie erwartet hat. Es ist nicht ihre bevorzugte Vorgehensweise.

»Einen gesichtslosen Feind zu bekämpfen, Fremde zu benutzen – das ist leicht. Jemanden zu verraten, den man liebt, ist viel schwerer«, sagt er. Es ist ein behutsamer Vorstoß, und seine Stimme ist warm, fest, entspannt, so dass sie vielleicht gar nicht merkt, was er ihr mit seinen letzten Worten unterstellt hat.

»Er ist anders als alle Menschen, die ich kenne«, sagt sie, »aber ich liebe ihn nicht.«

Er lächelt. Sie ist intelligent und hellwach. Vielleicht wird es ihr trotz allem gelingen. Es gibt einen unfehlbaren Weg, das herauszufinden, doch bevor er ihn einschlagen kann, wendet sie sich ab, um einen besseren Blick zu haben, und Mischa erhascht ihren Duft, den kühlen, sauberen Geruch, der ihr eigen ist. Ihr fehlt das süße, blumige, katzenhafte Parfum, der sowjetische Standardduft, den viele Frauen aus seinem Bekanntenkreis so üppig auflegen. Ihr Geruch ist ehrlich und echt. Er betrachtet ihr Profil, ihre distanzierten Augen mit den langen Wimpern, ihr exotisches schwarzes Haar und die fein geschwungenen Lippen. Wie sie im Sonnenlicht dasteht und sich gegen das kühle Mauerwerk abzeichnet, erscheint sie ihm wie die idealisierte Skulptur einer Frau – ohne Makel, ohne die geringste Unvollkommenheit. Sascha, sagt er sich, du bekommst vielleicht, was du dir wünschst, aber sie wird es dir nicht leicht machen, mein Freund. Selbst ohne die zusätzlichen Komplikationen. »Er hält dich also für eine überzeugte Kommunistin?«

»Das bin ich auch.«

Er lacht bloß.

»Idiot«, sagt sie und tippt ihm auf die Nase, streicht ihm über die dunklen Locken.

»Nicht ich bin der Idiot.«

»Doch, das bist du. Sieh dich doch an. Deine Nase ist knallrot, und es ist nicht mal Winter. Was bist du nur für ein Russe?«

»Ich bin kein Russe«, sagt er scherzhaft. »Ich bin letztes Jahr aus Italien gekommen. Mir stand der Sinn danach, mir sonst was abzufrieren und alles grau in grau zu sehen und nichts Gescheites zu essen zu haben. Ich hatte die ewige Sonne satt, das Meer, das köstliche Essen und die dunkelhaarigen Frauen.«

»Ja«, sagt sie. »Das mit den Frauen verstehe ich. Hattest du je eine, die nicht blond war?«

»Hab nur mal eine geküsst.«

»Wen?«

»Dich natürlich!«

»Ach, Mischa. *Das*. Ein Küsschen im Jugendalter. Das zählt doch nicht.«

»Da ist er«, sagt Mischa, Ton und Ausdruck unverändert. Er lehnt sich gegen die Brüstung und sieht Katja lächelnd an. Sie ergreift seine Hand, um auf seine Uhr zu schauen. Er ist sich ihrer Finger auf seinem Arm deutlich bewusst – leicht und doch kräftig liegen sie um sein Handgelenk.

»Gut. Wieder um sieben Uhr. Was hältst du davon?«

»Ich glaube, er ist diese Woche jeden Tag eine Stunde fortgewesen.«

Sie beobachtet den Mann, klein, grauhaarig, untersetzt, der sich von ihnen entfernt, die sonnige Straße hinuntergeht, auf die tiefhängende Wolken ihre Schatten werfen.

»Gut«, sagt sie.

Er sieht sie an. »Gut? Was heißt das?«

»Ich gehe jetzt gleich rein.«

Sie bleiben noch fünf Minuten an der Brücke und unterhalten sich mit unterdrückter Nervosität. Beide sind sie jetzt aufgeregt. Dann atmet Katja zwei Mal tief durch und lächelt. Mischa streicht den Kragen ihrer Bluse glatt.

»Was glaubt Alexander, wo du jetzt bist? Er muss doch wissen, dass die Schule aus ist.«

»Ja, aber die Schulleiterin macht manchmal Überstunden, um Liegengebliebenes aufzuarbeiten«, antwortet sie, und ihr Lächeln hat sich ein bisschen verändert. Mischa meint zu sehen, wie ihre Entschlossenheit ein wenig nachlässt, und deshalb lenkt er ihre Aufmerksamkeit auf die anstehende Aufgabe zurück.

»Du musst los.«

»Ja.«

Sie gehen gemeinsam auf das Gebäude zu, und als sie sich der Eingangstreppe nähern, verabschiedet er sich und beugt sich zu ihr hinüber, um sie auf die Wange zu küssen, eine zärtliche Abschiedsgeste von ihrem Freund oder Bruder oder Geliebten – wer könnte das schon sagen? Dann schlendert er die Straße hinunter, vollkommen unbekümmert und entspannt.

Sie sieht ihm nach: Mischa, den man immer für irgendwie subversiv hielt, mit seinen gewagten Ansichten und seinen *bitniki*-Klamotten, den amerikanisch aussehenden Jeans und Sweatern, die ihm den Anstrich eines aufmüpfigen Rebellen gaben, der jedoch keine echte Bedrohung darstellte. In der Öffentlichkeit gibt er oft den zweifelnden Intellektuellen, und unter Freunden hält er sich mit seiner Kritik am Sowjetsystem selten zurück, aber seine Empörung ist genau kalkuliert und geht nie zu weit. Das verleiht ihm ein schillerndes Image: Er ist der Nonkonformist, der eine Vertrauensstellung in der staatlichen Luftfahrtforschung bekleidet. Das ist in vielerlei Hinsicht die beste Tarnung, die er überhaupt hat ersinnen können, die Art von doppeltem Bluff, der das direkte Gegenstück zu ihrer Strategie darstellt, nämlich die Selbststilisierung als die perfekte überzeugte Kommunistin. In gewissem Sinne genießt er die Täuschung, und die Gefahr, die ihrer beider Arbeit mit sich bringt, beflügelt ihn. Er hat immer noch etwas von einem kleinen Jungen, der die Sachen geschenkt bekommen hat, die er braucht, um Spion zu spielen, denkt sie, und das macht sein Leben aufregend und erfüllt ihn mit Wichtigkeit.

Sie geht auf das Wohnhaus zu und hat auf Anhieb Glück. Ein alter Mann kommt heraus und hält ihr die schwere Eingangstür auf. Sie wünscht ihm einen guten Tag und steigt die Stufen hinauf. Über dem Nachhall ihrer Schritte auf dem blanken Beton unter ihren Füßen hört sie, wie der alte Mann ihr etwas nachruft. Sie bleibt stehen. Vermutlich ist er neugierig. Einer von denen, die alle im Haus kennen.

»Zu wem wollen Sie?«, fragt er mit zittriger Stimme.

»Zu Sascha«, antwortet sie und ist schockiert, dass ausgerechnet Alexanders Kosename ihr in den Sinn kommt – dass sie ihn bereits in diesen Bereich ihres Lebens eingelassen hat. Gewöhnlich nennt sie in solchen Situationen einen beliebigen männlichen Vornamen – natürlich jedes Mal einen anderen. Ein Kurzname lässt die Fragenden glauben, dass sie auf vertrautem Fuß mit demjenigen steht, den zu besuchen sie vorgibt, und mit ein bisschen Glück überlegen sie verunsichert, wen sie meinen könnte. Sie schenkt dem alten Mann ein Lächeln und steigt ohne zu zögern weiter die Stufen hinauf. Sie ist erleichtert, als er sich zufriedengibt und die Tür hinter ihm ins Schloss fällt.

Es dauert nicht lange, die Wohnungstür zu öffnen. Zuvor hat sie für alle Fälle natürlich geklopft, aber sie spürt, dass die Wohnung leer ist. Sie geht den kurzen Flur entlang ins Schlafzimmer. Dort steht eine Kommode, und auf der Matratze ist die Decke in eine Ecke gerutscht, so als ob das Bett angehoben worden wäre. Und richtig, in einer provisorischen Vertiefung zwischen den Sprungfedern findet sie ein paar Seiten mit Codes. Und ein paar Telegrammabschriften, die alt und unnütz aussehen. Vielleicht sind sie als Köder hier versteckt worden. Sie trägt alles zu dem kleinen Tisch hinüber und legt die Codes darauf ab, wobei sie die feuchten Ringe einer Teetasse vermeidet. Aus ihrer Innentasche holt sie eine Kamera hervor und beugt sich über die Papiere, um die komplette oberste Seite mit dem Sucher zu erfassen. Sie knipst, spannt, blättert die erste Seite um, fotografiert die nächste. Rhythmisch arbeitet sie sich voran: knipsen, spannen, umblättern, knipsen, spannen, umblättern. Anschließend verstaut sie ihren Fund wieder unter der Matratze.

Dann steht sie still in der Mitte des Zimmers und runzelt die Stirn. Es ist fast zu einfach gewesen, und ihr bleibt noch mehr als genug Zeit. Mit dem Finger fährt sie über die Bücher auf dem Regal über dem Bett. Keines ragt hervor. Dann durchsucht sie die Schubladen der Kommode, den Schreibtisch und seine Bücher. Dann das Badezimmer. Der Boden und das Waschbecken sind schmutzig und verschrammt, und überall kringeln sich kurze

Brusthaare. Nur der Spiegel ist erstaunlich sauber. Eitelkeit?, überlegt sie und betrachtet ihr Gesicht darin. Es erscheint ihr mager und verschlossen, argwöhnisch. Sie ist bestürzt, als hätte sie den Blick auf eine fremde Frau, die hinter ihr steht, erhascht; dann ist sie beunruhigt, denn dies ist nicht das Bild, das sie von sich hat. Sie fragt sich, ob dies das Gesicht ist, das Alexander sieht. Als sie an ihn denkt, werden ihre Züge weicher, und dieser Wandel zeigt sich so klar auf der erbarmungslosen Fläche des Spiegels, dass sie sich schnell abwendet.

Sie hat gefunden, was sie gesucht hat, und so nimmt sie den Film aus der Kamera und versteckt ihn unter ihrer Bluse. Die Kamera steckt sie in die Handtasche. Leise huscht sie hinaus und zieht die Wohnungstür hinter sich zu. Als sie auf die Straße tritt, schwindet das Sonnenlicht bereits, und es ist kühler geworden.

Mischa ist nirgends zu entdecken. Sie verlangsamt ihre Schritte, blickt sich jedoch nicht um, zumindest anfangs nicht, aber dann spürt sie, wie er sich ihr von hinten nähert, und unwillkürlich dreht sie sich um. Er ist nicht da. Als sie sich wieder nach vorn wendet, stößt sie mit ihm zusammen.

»Katja!« Um sie herum wimmelt es von Menschen, die von der Arbeit kommen. »Wie geht es dir? Was für eine Überraschung!«

»Ja, nicht wahr?«

Er lacht. »Was sollte das eben?«

Sie schluckt. »Tut mir leid. Ich dachte, du wärst hinter mir.«

»Noch schlimmer. Halt nie nach mir Ausschau. Warte nie auf mich. Wenn sie einen von uns kriegen, dann nicht auch noch den anderen.«

»Ich weiß.«

»Warte nie auf mich, Katja.«

»Ich weiß. Es tut mir leid.«

Katjas Schritte beschleunigen sich, als versuche sie auf diese Weise das Gespräch zu beenden. Mischa hält mit.

»Hast du alles gefunden?«

»Es war unter der Matratze.«

»Wieder mal?«

»Lernen die es nie?«, bemerkt sie trocken.

»Doch, das würden sie schon«, erwidert er, »aber sie glauben, ihnen würde das nie passieren. Sie brauchen eine größere Dosis Verfolgungswahn.«

»Glaubst du, daran mangelt es ihnen? Damit regieren sie doch.«

»Vielleicht sollten sie eine Portion mit heimnehmen. Sie machen es dir zu einfach.«

Sie schiebt die Hände tiefer in die Taschen ihrer langen Strickjacke. »Mach dir keine Sorgen. Es wird niemals zu einfach sein.«

Sie gehen schweigend weiter. Dann schneidet er das Thema an, das ihn den ganzen Nachmittag beschäftigt hat. »Es wird Zeit, dass du etwas von Alexander mitbringst.«

Sie gibt sich überrascht. »Jetzt schon?«

Er nickt. »Nur ein Mal. Nur ein Probelauf. Um zu sehen, ob es funktioniert.«

Er will sehen, ob *sie* funktioniert, will *sie* auf die Probe stellen, das steht für sie fest. Er macht sich Sorgen, dass sie ihre Gefühle nicht unter Kontrolle hat, dass Sascha ihr inzwischen so viel bedeutet, dass sie ihn nicht länger hintergehen will.

»Es ist noch zu früh. Er wird misstrauisch werden. Ich möchte es nicht ruinieren, bevor wir richtig angefangen haben.«

»Ich glaube, die Zeit ist reif«, wiederholt Mischa. Sein Ton lässt jetzt keinen Widerspruch zu. Er ist in die Rolle desjenigen geschlüpft, der in dieser Partnerschaft das Sagen hat. Sie ist seine Rekrutin, seine Agentin, sie ist ihm verantwortlich. Letzten Endes muss sie seinen Befehlen Folge leisten.

»Schön«, erwidert sie. »Was soll ich also tun?«

»Du triffst dich doch abends mit ihm, stimmt's? Bringt er Arbeit mit nach Hause?«

»Manchmal.«

»Irgendwas Interessantes?«

»Ich weiß nicht. Ich habe mich noch nicht damit befasst. Ich habe versucht, vorsichtig zu sein.«

»Bring mir, was immer er nächstes Mal mitbringt«, sagt Mischa, und sein Ton ist wieder entschieden, lässt keinen Raum für Debatten. »Fotografier es, schreib es ab, lern es auswendig, wenn es sein muss – das entscheidest du.«

»Gib mir ein, zwei Wochen.«

»In Ordnung.«

Sie sind an der Ecke der Straße angelangt, in der sie wohnt. Das helle Sommergrün der Bäume wirft kleine Schatteninseln auf die unebenen Pflastersteine, und in dem schwindenden Sonnenlicht erscheint der vergilbende Beton des Wohnblocks warm und wie poliert. Mischa bleibt stehen und gibt ihr einen Abschiedskuss. Als er ihre Hand ergreift, steckt sie ihm unauffällig den Film zu. Er wird jetzt kehrtmachen, zur Hauptstraße zurückkehren und zur Metro hinuntergehen. Sie wechseln kein Wort mehr miteinander, und sie ist froh darüber, denn Mischa hat dem Rest ihres Tages eine Wendung gegeben, die sie nicht vorausgesehen hat, und sie ist mehr als ein wenig beunruhigt. Er geht bereits davon, und sie sieht ihm nach, bis er um die Ecke verschwunden ist. Sie steht da, einsam auf der stillen Straße, und wartet, bis sie seine Schritte nicht mehr hört.

## Kapitel 7

*Boston, Dezember 2000*

»Nun erzähl mal, bei wem wir zum Tee eingeladen sind.«

»Sie heißt Estelle.« Alexander sieht zu, wie Lauren ihre vierte Scheibe Toast mit Butter bestreicht. »Wie kannst du nach dem gestrigen Abend so einen Frühstückshunger haben?«, fragt er.

Sie beißt mit Genuss in ihren Toast. »Möchtest du auch einen?«

Er verneint. Als er jünger war und sein Stoffwechsel besser, hätte er vielleicht so essen können wie sie. Obwohl ihm wenig Essen von ausgezeichneter Qualität immer lieber gewesen ist als reine Quantität. Seine Ansprüche in dieser Hinsicht sind ihm in all den Jahren, in denen er sein kulinarisches Imperium aufgebaut hat, sehr dienlich gewesen.

»Und sie ist die Mutter dieser schrecklichen Melissa?«, fragt Lauren nach. »Wie habt ihr euch kennengelernt?«

Sie isst weiter, während ihr Onkel es ihr erzählt, und gibt sich den Anschein, als interessiere sie sich mehr für ihr Frühstück als für die Details seiner Geschichte. Sie hat etwas Interessantes erspürt, eine gewisse Faszination auf seiner Seite, aber sie möchte, dass er von sich aus davon erzählt. Er soll nicht merken, dass sie seine Gefühle erkunden will.

»Jedenfalls wollte Melissa die Sitzung nicht unterbrechen, um mit ihrer Mutter zu Mittag zu essen, also habe ich sie zu mir nach Hause eingeladen. Ich mag sie.«

»Wieso?«

Sie wischt sich einige Toastkrümel von den Händen, während er von Estelles Esprit erzählt, von ihrer raschen Auffassungsgabe, ihren ungewöhnlich blauen Augen. Der gefühlvolle Beiklang dieser letzten Beobachtung entgeht Lauren nicht. »Und – hast du vor, dich mit ihr zu verabreden?«

»Natürlich nicht. Sie ist verheiratet.«

»Glücklich?«

Er steht auf, um ihnen beiden Kaffee nachzuschenken. »Was soll die Frage?«

»Ich weiß nicht. Ich denke … falls sie unglücklich verheiratet ist – würde das deine Bedenken verringern? Ihr den Hof zu machen, meine ich.«

Er ist verblüfft. Nicht weil der Wunsch, Estelle möge ungebunden sein, ihm nicht in den Sinn gekommen wäre, sondern weil es ihn betroffen macht, dass seine Nichte seine innersten Gedanken – die ihm unehrenhaft erscheinen – erraten hat.

»Du kennst mich«, erwidert er kurzangebunden. »Es ist nicht meine Art, solche Überlegungen anzustellen.«

»Ich weiß. Aber die Leidenschaft hat bekanntlich schon Menschen in den Wahnsinn getrieben.«

»Von Leidenschaft kann keine Rede sein. Wir haben uns gerade erst kennengelernt. Es geht um Freundschaft. Eine sich möglicherweise entwickelnde Freundschaft.«

Die Stadt ist stiller, als Lauren sie je erlebt hat. Das trübe graue Licht verstärkt das Gefühl von Einsamkeit und Trostlosigkeit. Sie gehen nebeneinander her, ohne zu sprechen, werfen nur hin und wieder einen flüchtigen Blick in die Schaufenster der geschlossenen Geschäfte. Dann biegen sie von der Hauptstraße ab und wandern durch stille Nebenstraßen. Essensgerüche durchziehen die Luft, als sie an hohen Sandsteinhäusern vorbeikommen, die sich auf der einen Seite der Straße erheben. Auf der anderen Seite der breiten menschenleeren Straße schimmert der Fluss grau und still durch die winterlich nackten Bäume.

In einigen Fenstern, an denen sie vorbeigekommen sind, waren bunte Lichter oder Kerzen zu sehen gewesen, aber in dieser von Akademikern und Studierenden bewohnten Straße ist die Weihnachtsdekoration eher dezent oder gar nicht vorhanden. Während der vorlesungsfreien Zeit bleiben nur wenige Bewohnerinnen und Bewohner hier, und das macht sich bemerkbar. Nur das Eckhaus hat seine kleine Veranda grellbunt ausstaffiert, und in einem Blumenbeet steht ein großer Plastikweihnachtsmann mit Schmutzstreifen und Spuren geschmolzenen Schnees. Hinter ihm liegt ein umgekipptes Plastikrentier und starrt zum Himmel hinauf.

»Welch schöner Anblick«, bemerkt Lauren. »Merk ihn dir für nächstes Jahr.«

Sie gehen die Straße entlang, zielstrebiger jetzt, und verfolgen die Hausnummern, bis sie Estelles gefunden haben. In den Fenstern des ersten Stocks brennt Licht, und dann erklingt Estelles Stimme über die Gegensprechanlage, verzerrt und unverständlich, während der Türsummer ertönt und sie eintreten.

Estelle erwartet sie auf dem Treppenabsatz, und Alexander tritt beiseite, um seiner Nichte den Vortritt zu lassen. Er tut es aus der ihm eigenen Höflichkeit, aber er ist auch froh, einen Schild zu haben, jemanden, der seine plötzliche Nervosität abschirmt. Bevor sie am oberen Ende der Treppe angekommen sind, reicht er Lauren den Strauß Rosen, den sie mitgebracht haben. Estelle empfängt die beiden mit einem Lächeln, aber es ist unbeholfen, findet er, und sie macht sich eifrig mit den Blumen zu schaffen, während sie ihre Gäste einen langen, schmalen Flur entlangführt, dessen Lampen die reinweißen Wände in ein weiches Licht tauchen. Nach nur wenigen Schritten erklingt eine donnernde Stimme aus einem dunklen Gang zu ihrer Linken: »Ah, das muss der Weihnachtsmann sein.«

Im Zwielicht des unbeleuchteten Flurs steht ein großer Mann, den Alexander für Estelles Ehemann hält, den Professor. Dessen mächtiger Körper scheint sich nur knapp im Gleichgewicht zu befinden; es hat den Anschein, als genüge eine schwache Brise oder ein leichter Schubs, um ihn ins Wanken zu bringen. In seiner großen Hand hält er eine noch größere Tasse, aus der sich Dampf nach oben schlängelt.

»Nicht mal Knecht Ruprecht – tut mir leid«, erwidert Alexander.

Estelle lächelt. »Das ist Lauren, Frank. Sie ist Malerin. Und Mr. Iwanow, ihr Onkel. Ihm gehört das Unternehmen, das Melissa kaufen wollte.«

»Iwanow, sagst du?«

Der Professor hebt seine wilden, ausdrucksstarken Augenbrauen. »Sind Sie russischer Abstammung?«

»Ja, das bin ich.«

»Wissen Sie, dass Ihr Landsmann Tschechow ein Theaterstück geschrieben hat, das denselben Namen trägt?«

»*Iwanow* – ja, das stimmt.«

»Kennen Sie es?«

»Ein bisschen.« Alexander lächelt, und der Professor ebenfalls.

»Ein ziemlich langweiliges Stück, nicht wahr?«

»Es hat nie zu meinen Lieblingsdramen gehört.«

»Und sagen Sie, heißen Sie mit Vornamen ebenfalls Michail – wie die Hauptfigur?«

Einen Augenblick kommt er sich vor wie ein Schuljunge, der vor dem Lehrer auf dem Prüfstand steht. Vielleicht kennt Professor Johnson keine andere Art, ein Gespräch zu führen. »Mein Name ist Alexander«, antwortet er. »Nicht Nicolai, wie der andere Iwanow heißt, soweit ich mich entsinne.«

Aus dem düsteren Flur erklingt ein bellendes Geräusch, das Alexander für Lachen hält, denn Estelle lächelt. Vielleicht bildet er es sich ein, aber er meint eine Spur Amüsement in ihren Augen zu entdecken – vielleicht freut sie sich, dass er sich von ihrem schwierigen Gatten nicht die Butter vom Brot hat nehmen lassen. Der Professor hat sich unterdessen umgedreht und geht davon. Lauren steht mit erhobenen Brauen da; sie begreift allmählich, von wem Melissa ihre wenig ausgeprägte Fähigkeit zur Kommunikation übernommen oder geerbt hat. Sie verzieht die Lippen zu einem halben Lächeln und wirft ihrem Onkel einen Blick zu.

»Wenn Sie mich entschuldigen wollen – ich nehme meinen Tee in meinem Arbeitszimmer ein, Mr. Iwanow«, ruft Professor Johnson über die Schulter zurück.

»Natürlich.«

Eine Tür fällt ins Schloss, und er ist fort. Estelle seufzt.

Sie kann sich nicht erinnern, wann sie sein Geplänkel, seinen scharfzüngigen Humor das letzte Mal genossen hat, obwohl sie von Herzen gern lacht. Sie ist immer der unbekümmerte Gegenpol zu den Marotten und Launen ihres Mannes, des ernsthaften Gelehrten, gewesen. Eine kontaktfreudige Persönlichkeit als Gegengewicht zu seiner ausgeprägten Weltabgewandtheit. Sie besitzt einen trockenen, raschen Witz, der ihm gefallen hat, als sie sich kennenlernten, aber das ist so lange her, dass ihre Erinnerungen daran, wenn sie ihr denn mal in den Sinn kommen, ziemlich blass sind. Auch er konnte gelegentlich ironisch sein – er ist es noch, aber auf eine weniger angenehme Weise als früher. Sein herausragender Intellekt hat dazu geführt, dass er Menschen, die auf ihn zukommen, unduldsam oder manchmal sogar verächtlich begegnet. Sie entsinnt sich nicht, dass er früher schon so gewesen ist, obwohl sie sich eingesteht, dass dies der Nostalgie geschuldet sein mag, dem unvermeidlichen Herausfiltern der groben Körner im feinmaschigen Netz der Erinnerung. Woran sie sich erinnert, ist, dass er sie durch seine offene Bürotür verstohlen beobachtet hat, während sie draußen im Empfangsbereich an der Schreibmaschine saß. In den Sommermonaten, wenn die schwüle Hitze Bostons in dem roten Backsteingebäude nach oben stieg und durch die Fenster hereinkroch, ließ er die Tür seines Büros immer einen Spaltbreit offen.

Sie erinnert sich, wie sie ihn im Umgang mit seinen Studentinnen und Studenten beobachtet hat. Eine große, eindrucksvolle Gestalt, fand sie, wie er da in seinem Chefsessel saß und konzentriert zuhörte, während verschiedene junge Männer und Frauen, mal nervös, mal forsch, ihr Essay der Woche vortrugen. Er war ein aufmerksamer Zuhörer und vollkommen selbstvergessen, und deshalb war sie überzeugt, dass ihm nicht bewusst war, dass sie ihn beobachtete. Später, als sie schon zusammen waren, hatte er gelacht, ein bärbeißiges Bellen, das wunderbar zu seiner grobschlächtigen Gestalt passte, und er hatte ihr erzählt, dass er stets gewusst habe, dass sie ihn beobachtete. Sie hatte ihm fasziniert gelauscht, hatte den überschäumenden Fluss seiner Worte in sich aufgenommen, die Worte zu Poesie und Prosa und Literaturkritik, die aus seinem Zimmer drangen. In ihrer Erinnerung war es in seinem Büro stets sommerlich – sie konnte sich nicht entsinnen, dass es je dunkel oder kalt gewesen wäre, obwohl es doch viele Monate so gewesen sein musste. Wenn sie sich Mühe gab, konnte sie sich immer noch den Geruch von alten Büchern und Staub in Erinnerung rufen, der das Büro beherrschte, egal wie hell das Licht war, das die Wände tünchte. Es war der Geruch von Gelehrsamkeit und Geistesabwesenheit, und er gab ihr das Gefühl, mitten in einen der viktorianischen Romane zu treten, die sie so sehr liebte. Oftmals steckte sie den Kopf in den leeren Raum, bevor sie am Ende ihres Arbeitstages heimging, nur um ihre Lunge noch einmal mit dieser Luft zu füllen und das Gefühl von Einvernehmen und Seelenverwandtschaft mit dem Professor und den Inhalten der altersfleckigen Bücher mit nach Hause zu nehmen – ein ungewöhnliches Bedürfnis, das sie nie jemandem hatte erklären können.

»Kommen Sie. Er hat es nicht sarkastisch gemeint«, sagt sie und führt ihre Gäste in die Küche, die hell erleuchtet ist und den direkten Gegensatz zu dem dunklen Flur bildet, der hinter ihnen liegt. »Es ist einfach seine Art. Ich glaube, die vielen Jahre, die er nun schon allein mit seinen Büchern eingesperrt ist, haben dazu geführt, dass er verlernt hat, wie man mit Menschen spricht, ja selbst wie man sie einfach nur begrüßt.«

Für eine Wohnung ist die Küche recht groß, und die Hälfte wird von einem vielbenutzten Holztisch mitsamt Stühlen eingenommen. Der Tisch ist bereits mit cremefarbenen Tassen und Tellern gedeckt, und das feine Porzellan steht in einem seltsamen Kontrast zu dem fast abgenutzten Eindruck der übrigen Kücheneinrichtung. Es ist nur für drei Personen gedeckt, registriert Alexander. Sie hat offenkundig nicht damit gerechnet, dass ihr Mann oder ihre Tochter sich zu ihnen gesellen.

Anfangs unterhält Estelle sich hauptsächlich mit Lauren, und Alexander beobachtet die beiden. Sein Blick ist vor allem auf

Estelle gerichtet, denn Laurens Beobachtungen gehen ihm noch im Kopf herum. Er versucht, sie unauffällig zu betrachten, aber als Estelle im Laufe des Gesprächs höflich zu ihm hinüberschaut, wirkt sie befremdet. Augenblicklich lenkt er seine Aufmerksamkeit auf den Kuchen, der vor ihnen auf dem Tisch steht. Lauren hat sich bereits ein Stück genommen. »Einfach köstlich …«

Alexander probiert den Kuchen und bittet auf der Stelle um das Rezept.

»Das ist ein Familiengeheimnis.«

»Jeder hat seinen Preis, Estelle«, entgegnet er. »Und wenn es ums Essen geht, finde ich ihn gewöhnlich heraus.«

»Tatsächlich? Jetzt erkenne ich den nüchternen Geschäftsmann in Ihnen.« Sie runzelt die Stirn und schenkt den Tee ein.

»Na schön, da Sie gutes Essen so sehr lieben … Es ist ein Herbstkuchen. Sie müssen bis zum Ende des Sommers warten – bis zum Spätherbst am besten.«

Fasziniert beugt er sich auf seinem Stuhl vor.

»Sie müssen sich warm anziehen«, fährt sie fort und nickt Lauren zu. »Und dann … Kennen Sie Fisher's Pond? Wo die vielen Beeren wachsen?«

Alexander nickt.

»Da gehen Sie hin. Wenn Sie am nordöstlichen Zipfel angekommen sind, da wo die meisten Beerenbüsche sind, gehen Sie links den Pfad entlang.«

»Und dann?«, fragt er.

»Und wenn Sie zu Marion's Bakery kommen, gehen Sie hinein und kaufen so viel Kuchen, wie Sie wollen. Sie backt ihn jeden Tag frisch, außer Montags.« Die Frauen blicken sich an und brechen in Lachen aus.

»Na komm schon, Onkel Alex, hast du das nicht kommen sehen?«

»Ich habe Sie ganz schön auf den Arm genommen, stimmt's?«, fügt Estelle voller Befriedigung hinzu.

»Sie haben den Schalk im Nacken, Estelle.«

»Tut mir leid, dass ich Ihnen nicht mit einem neuen Kuchenrezept dienen kann. Was machen Sie nun?«

Er kostet seinen Tee. »Vielleicht werde ich demjenigen, der uns schließlich kauft, Marion als mögliche neue Lieferantin vorschlagen.«

»Natürlich«, sagt Estelle. »Und ehe man sich's versieht, wird Marion's Bakery ein Konzern sein und der Kuchen nach Plastik schmecken.«

Der entschiedene Ton ihrer Worte lässt eine Pause eintreten. Dann stellt Alexander seine Tasse hin. »Haben Sie erstens schon mal überlegt, dass Marion, wer immer sie sein mag, sich für den Rest ihres Lebens vielleicht nicht damit begnügen möchte, zehn Kuchen pro Tag zu backen? Und dass zweitens nicht alle großen Unternehmen schlechte Qualität liefern?«

»Vielleicht, aber Sie müssen zugeben, dass Unternehmen wie Ihres eher die Ausnahme denn die Regel sind. Und selbst Sie«, fügt sie mit leisem Triumph hinzu, »sind im Begriff, Ihren Laden abzustoßen. Sie wissen, dass die Dinge nicht bleiben werden, wie sie sind. Das Flair des Hausgemachten, für das Sie so berühmt sind, wird vermutlich verschwinden.«

»Ich stoße meinen Laden ab, wie Sie es nennen, weil ich alt werde und mich anderen Dingen im Leben widmen möchte.«

»Ich weiß. Ich werfe Ihnen ja nicht vor, sich das Geld zu schnappen und zu verduften. Aber welche Gründe auch immer Sie haben, das Ergebnis wird das gleiche sein.«

Ihre Augen funkeln: Der Wortwechsel scheint sie zu beflügeln. Lauren bemerkt die Veränderung – Estelles elektrisierende blaue Augen sprühen, und ihre Wangen gewinnen Farbe.

»Und Melissa?«, fragt Alexander. »Ist sie auch nur ein Rädchen in dieser seelenlosen Geschäftsmaschinerie, die Sie so sehr verabscheuen?« Er redet nicht weiter, als er den warnenden Blick bemerkt, den Lauren ihm zuwirft.

Aber Estelle scheint nicht beleidigt zu sein. Sie ist vielmehr erpicht, ihren Standpunkt darzulegen. »Melissa und ich sind in vielen Dingen unterschiedlicher Meinung. Und in geschäftlichen Dingen sowieso.«

»So«, sagt Alexander, »jetzt hätte ich gern noch ein Stück von diesem Kuchen, der den ganzen Ärger ausgelöst hat. Und da ich nicht möchte, dass Sie ihn mir an den Kopf werfen, ziehe ich mich aus der Debatte zurück.«

Er erwidert ihren Blick ein wenig länger als nötig – ein Versuch, die Mißstimmung zu beheben. Sie versteht es und ist ihm dankbar, dass er großmütig genug ist, das Thema zu wechseln. Sie wendet sich an Lauren: »Ich kann Ihnen gar nicht sagen, wie wundervoll ich Ihre Arbeiten finde. Die beiden abstrakten Gemälde im Haus Ihres Onkels haben mich dermaßen berührt ... Ich weiß nicht, woher diese Wirkung kommt.«

Lauren ist geschmeichelt. Sie hatte die beiden Bilder fast schon vergessen, aber Estelles Bemerkungen erinnern sie daran, was sie damals, etliche Jahre zuvor, beim Malen empfunden hat. »Danke. Es sind allerdings ältere Werke. Heute male ich fast ausschließlich Porträts.«

»Die würde ich mir liebend gern ansehen. Wessen Porträts?«

»Oh, Angehörige der gehobenen Kreise. Manche mit altem Geld, manche neureich. Viele gehören den von Ihnen geliebten Unternehmensvorständen an. Zunehmend mehr. Sie unterscheiden sich kaum voneinander. Sie sehen sich gern in maßgeschneiderten Anzügen, elegant, aber entspannt. Gewöhnlich mit verschränkten Armen, und ihr Gesichtsausdruck muss entschlossen, aber gütig sein, kompromisslos, mit einer winzigen Spur Überheblichkeit.«

»Klingt, als hätten Sie es auf eine Formel gebracht.« Estelle lächelt, aber Lauren erwidert ihr Lächeln nicht. Sie kann es nicht. Die leichtfertige Art, in der sie ihre Arbeit beschrieben hat, klingt noch in ihr nach, und Estelles Bemerkung hat den Kern erfasst – gnadenlos wie das Licht einer Neonröhre, die in einem stockfinsteren Raum aufflammt. In dem Augenblick hat Lauren einen vollkommen klaren Blick auf ihre Arbeit. Und sie ist entsetzt von dem, was sie sieht. Eine Formel.

Das nachfolgende Schweigen veranlasst Estelle, sich zu räuspern. Die ganze Situation verunsichert sie – sie weiß nur, dass sie jedes Mal, wenn sie den Mund aufmacht, einen ihrer beiden Gäste verstimmt.

»Ich muss sagen, dass mein Weihnachtsgeschenk alles andere als formelhaft ist.« Alexander ist höflich, aufmerksam, erpicht, die Not, die er seiner Nichte ansieht, zu lindern.

Estelle ergreift die Rettungsleine, die ihr zugeworfen wird. »Tatsächlich? Was ist es denn?«

Alexander zögert einen winzigen Moment, als er begreift, dass sein stiller Edelmut ihn an einen Punkt geführt hat, an dem er über Dinge sprechen muss, über die er nicht reden will. »Ein Porträt«, antwortet er. »Von Katja.«

Estelle ist fasziniert. »Das würde ich mir liebend gern ansehen«, sagt sie, und Lauren nickt.

»Unbedingt.«

Sie ist zu rücksichtsvoll und zu wohlerzogen, um zuzulassen, dass die plötzliche Erkenntnis über die Natur ihrer Arbeit den anderen das Gefühl gibt, sich voller Unbehagen auf unsicherem Boden zu bewegen. Sie wird die Erkenntnis im Hinterkopf behalten und später darüber nachdenken. Wenn sie den Mut aufbringt.

»Wie wäre es mit morgen?«, schlägt Alexander vor. Er ist beinahe selbst überrascht von seinen Worten. Obwohl er Estelle sehr gern wiedersehen würde, behagt es ihm nicht, dass Katja und Russland im Mittelpunkt stehen. Aber Lauren hat das Angebot bereits gemacht, und es wäre unhöflich, nicht darauf einzugehen.

»Wunderbar«, erwidert Estelle. »Ich würde mir auch gern noch einmal Ihre anderen Bilder ansehen.«

Nach den vorherigen heiklen Wortwechseln hat sie sich nun wieder gefangen und ist ganz begierig darauf, Alexander Fragen zu seiner Person und zu Russland im Besonderen zu stellen, aber sie fühlt sich ein wenig eingeschüchtert von den sanften braunen Augen, die sie unverwandt ansehen, wie um sie davor zu warnen, die Geheimnisse ergründen zu wollen, die sie bei aller Höflichkeit hüten. Da er so gewandt im Ausweichen ist, beschließt sie, nicht länger um den heißen Brei herumzuschleichen. »Erzählen Sie mir von Russland – von der Zeit, als Sie dort gelebt haben. Oder vielmehr: von der Sowjetunion. Für jemanden wie mich, die hier geboren und aufgewachsen ist, ist das sehr faszinierend.«

Er mustert sie freundlich, aber nicht einladend. »Was möchten Sie wissen?«

»Alles. Wie war es damals dort? Mussten Sie kämpfen, um einen Laib Brot zu ergattern? Wie sind Sie von Russland nach Amerika gekommen? Wann haben Sie das Land verlassen? *Warum* haben Sie es verlassen?«

Schweigen stellt sich ein. Lauren trinkt ihren Tee aus, obwohl er kalt geworden ist.

»Sammeln Sie Stoff für Ihren Roman?«, entgegnet Alexander und bereut es auf der Stelle. Die Bemerkung ist ihm einfach herausgerutscht, er hat es leichthin gesagt, um von Estelles Fragen abzulenken, von Fragen, die er selbst provoziert hat, die ihn aber aus dem Lot gebracht haben. Er merkt sofort, dass er unfreundlich geklungen hat, beschuldigend.

»Nein.« Sie gibt keine weitere Erklärung oder Rechtfertigung – ihr Nein ist auch ohne das vehement genug.

»Es tut mir leid. Sie müssen mich für äußerst ungehobelt halten …«

»Sie haben meinen Mann kennengelernt«, entgegnet sie lächelnd. Er schüttelt den Kopf, wie um ihr zu versichern, dass er sich selbst nicht so rasch verzeiht.

»Ich bin kurz vor Katjas Tod fortgegangen«, erzählt er dann.

»Neunzehnhundertneunundfünfzig. Ich war achtundzwanzig.«

»Wie alt war sie?«

»Genau so alt wie ich.«

Estelle ist betroffen. In der erwartungsvollen Stille, die seinen Worten folgt, erspürt er die weiteren Fragen nach den Umständen von Katjas Tod, und er fährt fort. »Es war schwer damals«, erzählt er ihr. »Manchmal kann ich mich kaum daran erinnern, und dann wieder kann ich an nichts anderes denken. Für mich war meine Frau stets das Beste an Russland. Aber wir hatten es nicht so schwer wie viele andere Menschen. Mein Vater hat Karriere im Staatsdienst gemacht ...«

»Ein guter Kommunist?«

»Ja. Er stammte aus einer wohlhabenden Familie. Zumindest vor der Revolution hatten sie Geld. Aber er hat an den Kampf für Gleichheit geglaubt, den Kampf um ein besseres Leben für alle. Es war ihm ein Herzensanliegen, und er hat alles, was er besaß, aufgegeben, um Lenin zu folgen. Dann ist er in der Partei aufgestiegen, in den frühen Jahren von Stalins Regierung, und hat einige der Privilegien, die er zuvor genossen hatte, zurückerhalten – eine bessere Wohnung, bessere Lebensmittel.«

»Aber das entsprach doch gewiss nicht dem kommunistischen Ideal ...«

»Richtig. Aber es ist schwer, seinen Idealen entsprechend zu leben, wenn man hungrig ist und friert und eine Frau und ein Baby hat.«

»Und Sie haben den gleichen Weg eingeschlagen?«

»In der Sowjetunion gab es keinen anderen Weg, den man hätte einschlagen können. Wenn einem die Chancen geboten wurden, die sich mir boten, dann hat man sie nicht ausgeschlagen. Aber ich sah allmählich immer mehr Dinge, die keinen Sinn ergaben. Die Menschen wurden einer Gehirnwäsche unterzogen.« Er verstummt nachdenklich.

»Vielleicht stimmt das nicht so ganz. Wir waren es schlicht

nicht gewohnt, eigenständig zu denken. Denken mochte dich dazu bringen, Dinge in Frage zu stellen, und wenn du die Partei in Frage gestellt hast, dann warst du eine Bedrohung – du warst unberechenbar. Sie wollten absolute Konformität – sie wollten, dass alle gleich dachten und handelten – zum Wohle aller, wie es hieß. Katja hat mich dazu gebracht, die Dinge klarer zu sehen. Sie hat sich stets ihre eigenen Gedanken gemacht, und das kam in Sowjetrussland äußerst selten vor, das können Sie mir glauben, insbesondere unter Stalin und in der ersten Zeit danach. Für uns ist das heutzutage normal, hier im Westen, aber damals war das anders. Es war wie zu verkünden, die Welt sei quadratisch. Aber ich habe weiter meine Arbeit gemacht, denn es gab keine andere Möglichkeit. Vielleicht dachte ich, ich könnte von innen her etwas verändern. Ich weiß es nicht. Und ich fand stets Rückhalt in den Überzeugungen, denen mein Vater anhing, denn er war ein guter Mann. Ich ließ mich immer leicht beschwichtigen.«

Estelle wartet, hofft auf mehr. Sie ist fasziniert, aber seine bisherigen Enthüllungen scheinen Alexander schon mehr als genug gekostet zu haben.

»Sie haben also für die Regierung gearbeitet?«

»Ja.«

»Interessant.«

»Im Grunde nicht. Ich hatte eine anständige Wohnung und führte mit Katja ein ziemlich gutes Leben.«

»Und sie hat Einfluss auf Ihr Denken genommen?«

»Sie hat mein Denken erweitert und geformt und geschärft. Sie war mir in der Hinsicht meilenweit voraus. Sie hat sogar Wege gefunden, die Verhältnisse zu unterwandern …« Er verstummt und trinkt einen Schluck Tee.

»Wie das?«, fragt Estelle. Er spürt, dass sie ihn sorgsam beobachtet. Lauren regt sich auf ihrem Stuhl. Plötzlich ist er unwillig. Er ist solche Offenheit nicht gewohnt, er ist des Erzählens müde, und in dem Augenblick, den er sich nicht besser hätte wünschen können, öffnet sich die Küchentür und er ist gerettet. Melissa Johnson steht auf der Schwelle und ist vollkommen darauf konzentriert, ihre anthrazitfarbenen Handschuhe auszuziehen.

»Hallo, mein Schatz. Ich habe dich nicht so früh zurückerwartet«, sagt Estelle.

Melissa blinzelt. »Ich bin gleich wieder weg – ich habe bloß ein paar Unterlagen vergessen. Wo ist Dad?«

»Was für eine Frage ...«

Erst jetzt bemerkt Melissa zu ihrer vollkommenen Überraschung, dass Alexander Iwanow in der Küche ihrer Mutter sitzt. Mit noch größerem Unbehagen registriert sie, dass seine Nichte bei ihm ist und sie mit einem amüsierten Funkeln in ihren schwarzen Augen mustert. Alexander erhebt sich. Er zaudert. Soll er ihr die Hand schütteln oder sie mit einem Kuss auf die Wange begrüßen? Melissa beugt sich vor und bietet ihm die Wange.

»Wir haben vorhin von Ihnen gesprochen«, sagt Alexander.

»Tatsächlich?« Melissa schüttelt Lauren die Hand und wirft ihrer Mutter einen misstrauischen Blick zu. »Nur Gutes, da bin ich sicher.«

Estelle lächelt. »Wir haben über Geschäfte im großen Stil gesprochen.«

»Und ich vermute, ich habe die Rolle des bösen Wolfs gespielt?«

»Natürlich.«

Es ist Melissa anzusehen, dass sie innerlich tief Luft holt. Ihre Augen sehen müde aus, bemerkt Lauren, und sie beschließt, diesen Gesprächsfaden nicht weiterzuverfolgen, aber Estelle kommt ihr zuvor und schneidet bereits ein anderes Thema an.

»Lauren ist Porträtmalerin, und ich dachte, vielleicht magst du eines schönen Tages ein Bild in Auftrag geben.«

»Von mir? Ich glaube nicht.« Melissa legt ihre Handschuhe auf den Küchentresen, behält aber den Mantel an. Sie setzt sich auf den freien Stuhl neben Lauren. »Malen Sie noch was anderes außer Porträts?«

»Natürlich.« Früher jedenfalls, denkt sie. »Aber ich schätze es gar nicht, wenn potentielle Kundinnen von ihren Müttern genötigt werden, mir einen Auftrag zu geben.«

»Keine Sorge«, erwidert Melissa. »Ich tue nichts, was ich nicht tun möchte. Ich würde mir Ihre Arbeiten jedoch gern ansehen.«

Lauren öffnet den Mund, um zu sprechen, doch dann wirft sie Alexander einen fragenden Blick zu.

»Warum kommen Sie nicht beide morgen zu uns?«, schlägt er vor. »Ihr Mann auch, wenn er möchte. Wir können uns einige von Laurens Arbeiten ansehen, und anschließend können Melissa und ich zu geschäftlichen Dingen übergehen. Oder auch nicht, wenn Sie nicht möchten.«

Es ist eine elegante Art, die Verhandlungen wiederaufzunehmen, und Melissa ergreift die Chance mit Anstand. »Klingt gut. Ich habe einige Vorschläge, die ich Ihnen unterbreiten möchte. Ich habe gestern und heute versucht, Sie in Ihrem Büro zu erreichen, aber Sie waren nicht da.«

Estelle seufzt auf.

»Es ist Weihnachten«, sagt Lauren leichthin.

Melissa sieht sie an. Ihre grauen Augen scheinen jetzt weniger streng zu blicken. »Und ich bin die Spielverderberin.«

»Es ist nie zu spät, sich zu ändern«, erwidert Lauren.

Melissa weicht ihrem Blick nicht aus. »Ich denke, ich könnte es versuchen. Wann sollen wir morgen kommen?«

»Gegen elf?«

»Dann ist noch Zeit genug, vorher im Büro vorbeizuschauen.«

»Oder auszuschlafen«, schlägt Lauren vor.

»Auch möglich«, antwortet Melissa und lächelt.

Alexander hüstelt. Es überrascht ihn ein wenig zu sehen, wie seine temperamentvolle Nichte die Frau, die sie eben noch schrecklich fand, charmant umgarnt. Melissas Augen schweifen über den Tisch und bleiben dann mit gespielter Gleichgültigkeit an dem Kuchen hängen.

»Möchten Sie ein Stück?«, fragt Lauren und bietet Melissa die Kuchenplatte an.

»Ist der kohlenhydratfrei?«

»Nein, aber er ist auch nicht geschmacksfrei.«

Melissa lehnt ab. »Bitte bringen Sie mich nicht dazu, alle meine Prinzipien an einem Tag über den Haufen zu werfen. Es mag Weihnachten sein, aber mein Wohlwollen der gesamten Menschheit gegenüber ist nicht unbegrenzt.« Sie steht auf, greift nach ihren Handschuhen und verabschiedet sich so unvermittelt, wie sie gekommen ist. Lauren beobachtet sie amüsiert. »Ich muss los«, sagt Melissa. »Wir sehen uns dann morgen.«

## Kapitel 8

*Moskau, Juli 1956*

Wenn sie es bis kurz nach sechs zur Metro schafft, gleich nach Feierabend, dann ist diese meistens noch nicht überfüllt, und die Fahrt ist bequemer, schneller als mit dem Bus. Aber heute hat sie im Anschluss an ihre Aufgaben in der Schulverwaltung noch zu arbeiten – sie muss eine Nachricht übermitteln und einige Dokumente, und sie muss lügen. Sie hat dazu beigetragen, eine Kette von Ereignissen in Gang zu setzen, die die Menschen behindert und verärgert und Sand in das Getriebe des Systems streut, das sie verabscheut. Die übliche unumgängliche Arbeit, aber dennoch ist sie manchmal unangenehm. Und jetzt ist es spät, schon sieben Uhr, und sie steigt mit hundert anderen Menschen aus dem Zug. Sie tritt behände auf den Bahnsteig. Unter ihren Füßen erstreckt sich eine Fläche polierter Marmorfliesen. Sie verfolgt, wie die Schuhe ihrer Mitmenschen darüber tappen und schlurfen. Die zahlreichen achteckigen Pfeiler im Bahnsteigbereich sind mit hellem Marmor verkleidet, und von den Decken hängen schwere Kronleuchter, die Licht in der unterirdischen Höhle verbreiten. Dazwischen geben Monumentalmosaiken Szenerien der russischen Geschichte wieder. Die Höhe, der Raum, die dramatische Schönheit – das ist ein alltäglicher Anblick für die Fahrgäste der Metro, für Menschen, die in Wohnungen mit niedrigen Decken leben und mit Wänden, die so dünn sind, dass man sie mit einem Fausthieb durchstoßen kann. Katja hält inne und blinzelt – plötzlich steht sie in einem Ballsaal, in einer fremden, vorrevolutionären Welt, in der jeden Moment eine Schar Damen mit langem weißem Nacken von stattlichen Herren mit Frack und Fliege und gewichstem Schnauzbart zum Tanz geführt werden. Davon hat sie gelesen, vielleicht bei Tolstoi. Irgendjemand rempelt sie an, und sie wirbelt herum. Eine alte Frau verschwindet ohne ein Wort der Entschuldigung im Bahnhofsgewühl. Katja reibt sich die Schulter und folgt dem Rest der Menge nach oben, nach draußen, fort von der Metrostation, einem der »Paläste für das Volk«, die Stalin hat bauen lassen. Doch was nützt eine Metrostation, die einem Ballsaal gleicht, wenn es den Menschen an Milch und Fleisch mangelt?

Draußen auf der Straße ist die Luft frischer, und sie geht schnell nach Hause, denn bald kommt Sascha, und sie will baden und die Kleider wechseln, die ihr verseucht erscheinen von den Orten, die sie eben in ihnen aufgesucht hat. Das ist eine merkwürdige Vorstellung, die sie da hat, aber sie kann sich nicht davon lösen. Immer wenn sie diese Arbeit, ihre wahre Arbeit, erledigt hat, wechselt sie die gesamte Kleidung, die sie am Leib trägt, vom Pullover bis zur Unterwäsche, und wäscht alles, egal wie sauber es noch ist. Vielleicht ist es ihre Art, die verschiedenen Stränge ihres Lebens getrennt zu halten, oder vielleicht glaubt sie – sie lacht in sich hinein –, dass sich die Überzeugungen der Menschen, mit denen sie zu tun hat, auf sie übertragen wie ein Krankheitserreger.

Sie ist zwanzig Minuten zu früh fertig und wartet, während die Zeit verrinnt. Hin und wieder blickt sie zum offenen Fenster hinüber, um ein Zeichen von ihm zu entdecken. Unten auf der Straße vernimmt sie entschlossene Schritte, und in ihrer Brust öffnet sich ein Hohlraum, eine angenehme Leere, die sie kennt – es ist eine seltsame Art der Vorfreude. Sie tritt zwischen die offenen Fensterflügel mit den schmutzigen Scheiben und späht nach unten, aber es ist nicht Sascha. Sie atmet tief ein, um ihren rasenden Herzschlag zu besänftigen. Das alles ist neu für sie, und es ist alles falsch, denkt sie. Vollkommen falsch. Sie sollte nicht auf diese Weise warten, von hoffnungsvoller Ungeduld erfüllt, und aus dem Fenster spähen. Sie muss versuchen, die Situation nüchtern und sachlich anzugehen. Es ist bloß ein weiterer Schritt auf deinem selbstgewählten Lebensweg, Katja.

Natürlich wäre es viel einfacher, wenn er mürrisch wäre oder unfreundlich oder machthungrig oder einfach bloß hässlich und rücksichtslos. Aber die Zeit wird kommen, wo sie diese Eigenschaften an ihm entdeckt. Niemand hat nur gute Seiten. Sie muss sich nur mehr bemühen, die schlechten zu finden. Und dann kann sie sich daranmachen, diese unverhofften Gefühle zu unterdrücken, die Gefühle, die sich langsam in ihr ausbreiten und sie erfüllen. Es wird leichter sein, wenn sie herausgefunden hat, was für ein Schwein er in Wirklichkeit ist.

Sie weiß, dass er vermutlich kurz vor der vereinbarten Zeit kommen wird, denn es fällt ihm schwer, sich von ihr fernzuhalten, und richtig – er ist eine Viertelstunde zu früh. Er hat die Metro genommen und versucht die verbleibende Zeit zu verbummeln, indem er den Weg zu ihrer Wohnung sehr langsam zurücklegt – ohne großen Erfolg. Doch kurz vor ihrem Wohnblock, nur noch hundert Meter von ihr entfernt, gelingt es ihm, seine Schritte zu verlangsamen, um die Vorfreude auf ihr Wiedersehen auszukosten. Ihr Wohnblock ist einer von vielen, er unterscheidet sich nicht von den anderen, bis auf die Hausnummern an der

Vorderseite. Ein Seufzen kommt ihm über die Lippen. Die Wohnungen sind deprimierend. Plattenbauten, von Chruschtschow hastig errichtet, um die Wohnungsnot in der Stadt zu lindern – inzwischen leben eine Million Menschen mehr in Moskau als zehn Jahre zuvor. Die Wohnblocks erfüllen ihre Funktion, aber die Menschen, die in ihnen leben, nennen sie *Chruschtschoby*, ein Wortspiel, das den Namen ihres Regierungschefs mit dem Wort für Elendsbehausungen kombiniert. Sie sind besser als das, sicher, aber sie sind kein Vergleich mit den Häusern aus Ziegeln und Stein, in denen Alexander aufgewachsen ist. Eilig steigt er das feuchtkalte, düstere Treppenhaus hinauf. Sie wohnt ganz oben, im vierten Stock. Diese Wohnblocks haben kaum mehr Etagen, denn sie verzichten auf den Luxus eines Fahrstuhls. Ihre Tür öffnet sich, noch bevor er oben angekommen ist. Sie erwartet ihn schon.

»Katja«, sagt er bloß, als er bei ihr ist und sie sich schnappt, sie hochhebt und herumwirbelt und küsst. Seine Aktentasche und zwei Päckchen hat er einfach fallenlassen. Sie schließt die Tür hinter ihm, und er schaut sich um. »Wo ist Maja?«

»Ausgegangen. Sie trifft sich mit ihren Arbeitskolleginnen zum Essen. Und ihre Mutter ist für eine Woche bei ihrer Schwester auf dem Land.«

Er lächelt und küsst sie wieder.

»Wird es immer so aufregend sein, wenn wir uns wiedersehen, Sascha?«

»Immer, meine Liebe.«

»Selbst wenn wir uralt sind?« Sie hat ihr Herz sprechen lassen, hat nicht nachgedacht, aber sobald die Worte gesagt sind, verspürt sie einen Druck im Magen, eine Last, die ihr Übelkeit verursacht. Die Vorstellung, dass sie beide bis zum Tod zusammenbleiben werden, wo sie doch genau weiß, dass sie nur aus einem einzigen Grund mit ihm zusammen ist! Manchmal fällt es ihr schwer, das im Sinn zu behalten. Wachzubleiben, wie Mischa es ihr geraten hat. Aber wenn sie versucht, Abstand zu wahren oder sich auf irgendeine Weise zurückzunehmen, wird er es merken. Ihre Beziehung wird keine Fortschritte machen, und dann ist das Spiel aus. Sie muss sich gehen lassen, muss in der Rolle der Liebenden aufgehen, selbst wenn das Schauspielern ihr nur allzu leicht fällt und der Text schon wie von selbst kommt.

»Dann erst recht.« Er schiebt sie ein Stück von sich und betrachtet sie, ihre Augen, ihren Mund, ihr Gesicht. »In meinen Augen wirst du nie alt sein, Katjuschka«, sagt er charmant – und aufrichtig.

»Bist du sicher?«

»Absolut. Hast du Hunger?«

Sie nickt. Sie hat seit dem Mittagessen – ein Teller Suppe mit Fleischklößchen in der Schulkantine – nichts mehr gegessen.

»Ich habe Brot und Fisch mitgebracht.« Voller Überschwang zeigt er ihr seine kostbaren Päckchen. Sie kann nicht umhin, einen Blick auf seine Aktentasche zu werfen, die noch auf dem Boden liegt – wahrscheinlich voller Unterlagen von seiner Arbeit. Vielleicht hat er ihren Blick bemerkt, denn er bückt sich, um die Aktentasche aufzuheben. Soll sie ihm anbieten, sie ihm abzunehmen, sie zusammen mit seinem Jackett ins Schlafzimmer zu bringen, oder ist das zu offensichtlich? Die Entscheidung wird ihr abgenommen, denn er reicht ihr die Päckchen mit den Lebensmitteln, dreht sich um und geht selbst in ihr Schlafzimmer, um seine Sachen dort abzulegen.

»Woher hast du den Fisch, Sascha?«, fragt sie, als er zurückkommt und auf dem Weg zu der winzigen Nische im Wohnzimmer, die ihr als Küche dient, an ihr vorbeigeht.

»Ist doch egal.«

Ärger keimt in ihr auf. Er gibt es nicht zu, aber sie weiß, dass er Zugang zu besonderen Geschäften hat, zu Lebensmitteln, die die meisten Menschen nie zu sehen kriegen oder sich niemals leisten könnten. Er spürt ihren Unmut, und es tut ihm leid, dass er ihre Frage abgetan hat. »Ich weiß ja, dass ich privilegiert bin«, sagt er, »aber ich habe ihn für dich besorgt. Den Fisch, meine ich. Ich wollte dir eine Freude machen.«

Er ist gefangen zwischen Reue und dem Wunsch, ihr die Welt zu Füßen zu legen, und sie sieht seine Unsicherheit, sein Dilemma.

»Gibt es Nachtisch?«, fragt er.

Sie schiebt den Rest ihres Ärgers beiseite und bleibt auf der Schwelle zur Küchennische stehen. Sie hebt die Arme und bietet sich ihm an. Ihre Augen blitzen verschmitzt, aber ihre Bewegungen sind unbeholfen, denn sie weiß nicht recht, wie das geht, sich im Umgang mit einem anderen Menschen entspannt und liebevoll zu zeigen: Sie ist noch dabei zu lernen, ihre innere Reserviertheit zu überwinden. Er schlingt die Arme um sie, zieht sie an sich und lässt sie ihre Unsicherheit vergessen. Dann küsst er sie aufs Haar, lockert seine Krawatte und krempelt die Hemdsärmel hoch, denn er hat nicht die Absicht, ihr das Kochen zu überlassen.

Als Erstes holt er Streichhölzer aus der Küchenschublade und entzündet vorsichtig den Gasofen. Sie spürt, wie die behäbige Hitze aufsteigt und riecht den stechenden Geruch von Gas.

Er wirft das Paket mit dem Fisch hinter seinem Rücken in hohem Bogen nach vorn, und es landet auf dem kleinen Sperrholztresen vor ihm. Katja lacht – über den Fisch, über seine Verspieltheit, über die Tatsache, dass er da ist. Sie reicht ihm ein Messer und sieht zu, wie er den Fisch von den Papierschichten befreit.

Sie kreischt auf.

»Was ist los?«

»Er sieht aus, als ob er noch lebt!«

»Er lebt nicht mehr – darauf hast du mein Wort.«

Er lässt den Knauf des Messers auf die abgenutzte Arbeitsplatte niedersausen und stampft mit dem Fuß auf. Die Einleitung, mit der das Ritual des Filetierens beginnt. Dann hebt er das Messer an sein Gesicht und blickt an der flachen Schneide entlang zu Katja hinüber, die ihn erwartungsvoll ansieht. »Bereit?«, fragte er mit ernster Stimme.

Sie nickt. »Bereit.«

»Na dann.« Er packt den Fisch beim Schwanz und dreht ihn mit einem schwungvollen Klatschen um, reine Effekthascherei, und dann hat er ihm auch schon mit raschen, blitzenden Schnitten Kopf und Schwanz abgetrennt. Beides wird flink und geschickt in das alte ölige Papier eingewickelt und beiseite gelegt.

»Besser?«, fragt er.

»Ja. Was kommt nun?«

»Abschuppen und ausnehmen.«

»Das möchte ich sehen.«

Er beginnt mit dem Messer zu hantieren, und sie rückt näher, näher an seinen sich bewegenden Arm. Er konzentriert sich. Er genießt die Arbeit, weil sie seine ganze Aufmerksamkeit erfordert, und Katja beobachtet, wie die Spitze des Messers am weichen Bauch des Fisches entlangfährt und er mit behutsamen Strichen die Schuppen entfernt. Er handhabt das Messer mit Respekt, wie einen Verbündeten.

Nach dem Aufschneiden des Fisches sind seine Hände wieder so flink am Werk, dass sie die weichen roten herausquellenden Innereien kaum zu sehen bekommt, und dann sind sie auch schon fort.

Er wendet den Kopf und sieht sie an. Fragend erwidert sie seinen Blick. »Stört dich der Geruch?«, erkundigt er sich.

»Nein. Der Fisch ist ja frisch.«

»Ja, aber dennoch ...«

Sie ist gebannt von seinen Händen. Die langen Fingerglieder, an denen sich feine Muskeln abzeichnen. Die leichten, geschmeidigen Berührungen, der energische Druck seiner Fingerspitzen, die sanfte Zärtlichkeit seiner Handflächen. Viel zu schnell ist er mit seiner Arbeit fertig und säubert sich die Hände. Sie seufzt leise, weil es vorbei ist.

»Was ist, Katjuschka?« Sein Mund ist nah an ihrem, sein warmer Atem streicht über ihre Nase. Sie steht ganz still da. Noch kann sie den Kopf nicht heben, um ihm ihre Lippen zu bieten, doch sie möchte nicht, dass der Augenblick endet – immer wieder gibt es Momente, in denen sie staunt, wie unbeschwert er ihre Nähe sucht.

»Ich könnte dir den ganzen Tag beim Kochen zusehen«, sagt sie, und er lacht. Sein Mund ist immer noch dicht vor ihrem, berührt ihn aber nicht.

Er kann es sich nicht erklären, aber er hat das Gefühl, eine Kluft, die in ihr verborgen liegt, überwinden zu müssen, bevor sie sich wieder küssen können. »Dazu brauchst du mich? Um den ganzen Tag für dich zu kochen?«

»Ja«, antwortet sie. »Ganz genau.«

Sie haben nur wenige Gewürze: Salz, ein paar getrocknete Kräuter, Essig. Er legt den Fisch zurecht und schiebt ihn in den Ofen.

»Was hast du heute gemacht?«

»Auf der Arbeit?«, fragt sie.

»Ja. Warum musstest du Überstunden machen?«

»Die Zeugnisse stehen an – wieder mal«, fügt sie leicht gequält hinzu. »So viel Tipparbeit. Es ist langweilig.« Sie runzelt die Stirn, als sie sich die Überstunden am Nachmittag vorstellt, gefangen im Büro der Schulverwaltung – eine reine Phantasievorstellung, die ihr in diesem Augenblick vollkommen real vorkommt. In Wahrheit hat sie die Zeugnisse mit Swetlanas Hilfe schon mittags fertig gehabt.

»Das kann ich mir vorstellen. Bist du nicht versucht, die schlechten Zeugnisse beim Abschreiben zu schönen?« Alexander lacht, aber sie antwortet ihm voller Ernst.

»Manchmal. Manchmal habe ich sie … umformuliert. Damit sie weniger harsch klingen. Die Lehrer sind so gleichgültig, Sascha. Sie bezeichnen die Kinder als dumm und begriffsstutzig und unfähig.«

»Dann bin ich froh, dass du die Beurteilungen umformulierst.«

»Ich ändere sie nicht vollkommen ab, ich mache sie bloß …«

»Ich weiß. Aber ich bin froh.«

»Und bei dir – wie war es heute bei dir auf der Arbeit?«, fragt sie. Sie setzen sich nebeneinander auf das schmale Sofa. Sie mag es, die Wärme seines Beines an ihrem zu spüren, und empfindet ein leise aufkeimendes Begehren, aber sie kann und darf es nicht zeigen.

»Ich weiß nicht.« Er blickt bekümmert drein. »Es ist nicht mehr dasselbe, seit …«

»Seit?«

»Du bringst mich dazu, die Dinge mit anderen Augen zu betrachten, Katja.«

»Aber ich bin stolz auf dich. Und deine Arbeit. Habe ich dir das ruiniert? Weil ich gesagt habe, dass du dem Weg deines Vaters folgst?«

Er betrachtet sie eine Weile und denkt über seine Antwort nach. Sein Blick ist noch immer nachdenklich, als er sich vorbeugt und ihre Kehle küsst. Sie schließt die Augen, um die lustvolle Berührung seiner Lippen auf ihrer Haut zu genießen, und als er aufblickt, erhascht er diesen Moment, in dem sie vollkommen entspannt ist.

»Nein. Es liegt nicht allein daran«, fährt er fort. »Ich weiß nicht, wie ich es erklären soll. Mir erscheint alles in neuem Licht, seit ich dir begegnet bin. Es ist, als ob ich vorher wie ein Schlafwandler durch die Welt gegangen wäre. Durch dich haben all die verschwommenen Bilder in meinem Kopf an Schärfe gewonnen, und jetzt fange ich an, die Dinge viel klarer zu sehen. Ich helfe den Menschen im Grunde nicht, Katja. Alles, was ich tun kann –«

»Alles, was sie dich tun *lassen*«, wendet sie heftig ein, und er zuckt die Schultern.

»Alles, was ich tun kann, ist, Papiere auf meinem Schreibtisch von einer Seite auf die andere zu schieben und zu versuchen, in den Sitzungen den einen oder anderen kleineren Punkt zur Debatte zu stellen oder zuzusehen und zu warten und zu hoffen, dass die Dinge sich zum Guten entwickeln. Ich fange an, das alles in anderem Licht zu sehen. In vollkommen anderem.« Er spricht mit leiser Stimme, und sie rückt an ihn heran. Sie erlaubt ihm, den Arm um sie zu legen und sie an sich zu drücken, so dass sie im Flüsterton weiterreden können. Nur für den Fall.

»Wie hast du die Dinge vorher gesehen?«

»Du weißt schon. Wie Chruschtschow.«

»Er ist Stalin auf Schritt und Tritt gefolgt wie ein gut abgerichteter Hund«, sagt sie mit einem ironischen Lächeln. »Sein kleiner *liubimchik*.«

»Alle haben an Stalin geglaubt, bis sie begriffen haben, was er wirklich vorhatte. Und wenn man das begriffen hatte, dann saß man trotzdem in der Falle. Chruschtschow hat getan, was er tun musste, um zu überleben. Ich finde einige seiner neuen Ideen gut. Nicht alle werden funktionieren, aber er hat Schluss gemacht mit dem Personenkult um Stalin und mit der Angst – dieser schrecklichen, entsetzlichen Angst. Ich glaube, dass er wirklich Neuerungen im Sinn hat. Es ist nur so … Es gibt einfach keine Kontrollinstanzen. Er setzt sich über Bulganin und Malenkow und all die anderen hinweg. Und sie alle wollen kein Risiko eingehen und sichern sich ab, um ihre Posten zu behalten. Manchmal zu Lasten ihrer guten Vorsätze. Aber die Dinge sind im Wandel«, sagt er, wie zu sich selbst. »Zumindest versuchen sie jetzt, die Menschen unter Kontrolle zu behalten, indem sie ihnen etwas geben, statt ihnen Angst einzujagen.«

»Aber sie versuchen immer noch, die Menschen unter Kontrolle zu halten?«

»Ich weiß nicht. Ich glaube ja. Vermutlich.« Er schenkt ihr ein schiefes Lächeln. »Siehst du, mit einer Frage eröffnest du mir eine neue Sichtweise auf die Dinge. Jetzt sehe ich alles anders. Und sobald man das tut, kann man nicht mehr zu der alten Sichtweise zurückkehren, oder? Kannst du das, Katja?«

Seine letzte Frage kommt ganz leise, fast wie eine flehentliche Bitte. Sie hört sie, aber ihre Augen sind auf einen Punkt in weiter Ferne gerichtet, auf einen Punkt, den er nicht sieht. »Nein«, erwidert sie. »Man kann nie zurück.«

Er unterdrückt ein Seufzen. »Komm«, sagt er und zeigt auf den Backofen. »Er müsste fertig sein. Lass uns essen.«

Während er den Fisch zerteilt und Brot aufschneidet, entschuldigt sie sich und verschwindet im Schlafzimmer. Sie trägt rasch ein wenig Lippenstift auf, denn unter dem Vorwand ist sie hergekommen. Im Spiegel sieht sie die Aktentasche auf dem Bett liegen. Es ist keine Zeit, groß zu überlegen, sie muss es einfach tun. Auf nackten Füßen schleicht sie so leise wie möglich zum Bett hinüber und lässt das Schloss der Aktentasche aufschnappen. Es verursacht ein Geräusch, und sie wirft einen Blick zur Tür hinüber, um zu sehen, ob er etwas gemerkt hat, aber er ist in der Küche beschäftigt, und das gelegentliche Knacken des abkühlenden Backofens ist wahrscheinlich alles, was er vernimmt. In der Aktentasche befinden sich ein Notizbuch mit vielen leeren Seiten und eine Mappe mit fünf beschriebenen Blatt Papier. Sie überfliegt sie. Es scheint sich um ein Sitzungsprotokoll zu handeln – irgendwas mit militärischer Forschung. In seiner Handschrift verfasst. In einer Minute hat sie zwei Seiten gelesen und sich die ihrer Ansicht nach wichtigsten Namen und Fakten gemerkt. Später, wenn er fort ist, wird sie alles aufschreiben.

»Katja!«, ruft er.

Sie lässt die Mappe in die Aktentasche zurückgleiten. Sie hört ihn kommen, um sie zu holen. Rasch drückt sie das Schloss wieder zu. Sie eilt zur Tür und empfängt ihn mit einem Kuss, als er über die Schwelle tritt. Sie küsst ihn lange und ausgiebig – zu seiner Überraschung und zu seinem Vergnügen –, denn sie braucht einen Moment, um sich zu sammeln, um ihrem Körper Zeit zu geben, das Adrenalin, das sie durchschießt und ihre Hände kribbeln lässt, abzubauen. Außerdem wird sie unversehens von Schuldgefühlen geplagt, ja geradezu verzehrt. Ohne jede Vorwarnung, ohne auch nur Zeit gehabt zu haben, über das, was sie gerade getan hat, nachzudenken. Sie lässt den Kopf an Alexanders Schulter sinken und verbirgt ihr Gesicht vor ihm. Du hast getan, was du tun musstest, ruft sie sich in Erinnerung, und er hält sie umschlungen. Du hast getan, was du immer tun wolltest, und du wirst schon damit klarkommen, wenn du dich erst einmal daran gewöhnt hast.

Später liegt sie auf dem Bett, einen Arm schützend über ihrer Brust. Oft vermisst sie ihn, wenn er fort ist, aber heute Abend ist sie froh, allein zu sein. Mit der anderen Hand massiert sie sich die Schläfen, wie um Kopfschmerzen zu lindern. Schmerz verspürt sie nicht, aber Verwirrung, und das gefällt ihr nicht. Seit sie seine Aktentasche geöffnet hat, ist sie unglücklich. Sie hat so etwas schon oft gemacht, aber heute, bei Alexander, ist es ihr so schwergefallen wie nie zuvor. Zum einen weil er sie so gut kennt und sensibel genug ist, jeden Blick von ihr, jeden Gesichtsausdruck lesen zu können, und zum anderen weil sie zum ersten Mal nicht tun will, womit sie beauftragt ist. Sie weiß, dass dieser Schritt zu früh war, dass Mischa sie nur auf die Probe stellen wollte, aber sie weiß auch, dass da noch mehr im Spiel ist. Sie macht sich Sorgen, dass es ihr im Laufe der Zeit keineswegs leichter fallen wird, Alexanders Geheimnisse zu stehlen, sein Vertrauen zu missbrauchen und seine Liebe zu verraten.

Ihr ganzes Leben hat sie darum gekämpft, sich nicht beirren zu lassen, die Dinge klarzuhaben. Wer ihren Weg gewählt hat, kann es sich nicht leisten zu zweifeln, Widersprüche zuzulassen. Sie muss überzeugt sein von dem, was sie tut, muss gute Gründe für ihr Handeln haben, bessere noch als ein kommunistischer Führer, der mit einem Federstrich Millionen Kulaken zum Tode verurteilt in der Überzeugung, dem Wohle der Allgemeinheit zu dienen – oder zumindest sich selbst.

»Ich glaube an die Sache«, flüstert sie. Das ist nicht das Problem. Sie wird das System, das sie zur Waisen gemacht, das ihre Eltern und die anderer brutal ermordet hat, bis ans Ende ihrer Tage bekämpfen. Doch jetzt hat sie sich verliebt – sie erlaubt sich kaum, diesen Gedanken zuzulassen, geschweige denn, ihn auszusprechen –, und zwar in einen Mann, der eben dieses System repräsentiert und tief darin verstrickt ist. Wie steht sie nun da? Wie eine komplette Verräterin vermutlich. Eine Verräterin an der Sache, die sich die Wiedergutmachung zum Ziel gesetzt hat, die Wiedergutmachung für das Unrecht, das ihren Eltern widerfahren ist. Eine Verräterin in den Augen der Regimegegner, in den Augen der Amerikaner, für die sie indirekt arbeitet.

Sie denkt an Alexander und lässt all ihre Gespräche in Gedanken Revue passieren. Sie ist überzeugt, dass er ein guter Mensch ist, und das bringt ihr die anderen in den Sinn, die sie hintergeht, denen sie Geheimnisse stiehlt, die sie belügt. Sind auch sie gute Menschen, die bloß in einem System arbeiten, das sie selbst für schlecht hält? Sie kennt ihre Gegenspieler in der Regel nicht gut genug, um das zu beurteilen, aber möglich ist es, wahrscheinlich sogar, dass die Mehrheit gut, aber gedankenlos ist. Keine Fragen stellt. Und kann man ihnen einen Vorwurf daraus machen, wenn sie in einem Land leben, in dem Fragen stellen und sich Gedanken machen sie das Leben kosten kann?

Doch Alexander hat gesagt, dass sie ihn zum Nachdenken gebracht hat. Sein Dienstherr ist nicht Stalin, sondern Chruschtschow. Würde sein kritisches Hinterfragen ihn heute noch das Leben kosten? Sein Leben vielleicht nicht, aber seine Karriere gewiss. Er würde alles verlieren, wenn jemand von den Gedanken erführe, die sich in seinem Kopf einnisten. Oder von seiner Liebe zu Katja. Nein, das würde keine Folgen haben, noch nicht, denn niemand weiß, wer sie wirklich ist. Was sie in Wirklichkeit tut.

Aber vielleicht finden sie es heraus – sie weiß, dass das jederzeit geschehen kann. Und welche Konsequenzen hätte das dann für ihn?

Sie lacht leise vor sich hin, ein sarkastisches Lachen angesichts der Richtung, die ihre Gedanken nehmen – an ein Leben mit Alexander und die möglichen Konsequenzen für ihn. Als ob seine Zukunft sie etwas anginge. Sie sollte nur aus einem Grund den Wunsch haben, ihn näher kennenzulernen: um an Informationen heranzukommen. Chruschtschow mag kein solches Ungeheuer sein wie Stalin, aber das System ist noch das alte und es stinkt. Die Zwangskollektivierung der Landwirtschaft hat zu einer Hungersnot unvorstellbaren Ausmaßes geführt. Und Mischa hat ihr eben von der jüngsten Katastrophe erzählt, die seinen Vater und seine Großmutter auf dem Land heimgesucht hat. Ihr kollektiver Landwirtschaftsbetrieb, ihre Kolchose, wird genötigt, ihre alten Traktoren und sonstigen Gerätschaften von der Regierung käuflich zu erwerben, zu überzogenen Preisen obendrein, und das beschert ihnen einen Schuldenberg, den sie nie werden abtragen können. Und hier in der Stadt hängt dein Lebensweg noch immer entscheidend davon ab, wer du bist und wen du kennst. Alexander hat seine heutige Position seinem Vater zu verdanken. Das, Katja, sind die Dinge, die du nicht vergessen darfst.

Doch zum ersten Mal muss sie erkennen, dass Kopf und Herz nicht immer dasselbe wollen, dass sie verschiedene Beweggründe, verschiedene Ziele haben können. Für Katja ist ihr Herz ein beängstigendes Organ. Weder begreift sie es, noch vertraut sie ihm. Sie war erst zwölf, als sie mitansehen musste, wie man Mutter und Vater die Pistole an die Schläfe hielt und sie vom Esstisch weg verhaftete. Ihr brach das Herz. An seiner Stelle öffnete sich ein Hohlraum, der all die Tränen schluckte, die sie aus Angst um ihre Eltern weinte, ein Hohlraum, in dem sie Verzweiflung und Entsetzen verbarg, die Urangst eines verlassenen Kindes. Es gab niemanden, der ihr dabei half, die Wunden zu heilen, die diese tiefe Verletzung hinterlassen hatte. Und seit damals ist ihr Herz stumm und einzig mit der Aufgabe befasst, das Blut durch ihre Adern zu pumpen. Mehr verlangt sie von ihm auch nicht, denn sie weiß, dass es ein furchterregendes, unbarmherziges Tier ist, das binnen Sekunden erwachen und den Rest ihrer Eingeweide zerfleischen kann.

»Katja? Bist du wach?«

Sie schreckt auf. Sie ist so in ihre Gedanken versunken gewesen, dass sie Majas Rückkehr nicht bemerkt hat. »Ja. Wie war deine Essensverabredung?«

»Gut.« Maja stolpert zu ihrem Bett hinüber, das nur wenige Schritte von Katjas entfernt ist, und Katja bemerkt den leicht säuerlichen, rauchigen Kneipengeruch, der ihrer Freundin anhaftet. »Ich habe natürlich zu viel getrunken. Morgen werde ich einen höllischen Kater haben. Wie war deine Verabredung?«

Katja lächelt leise im Dunkeln. Meine Verabredung. »Gut. Er ist nett.«

»Wird auch Zeit, dass du dich mal für jemanden interessierst. Nicht alle Männer sind Schweine, weißt du.« Maja zieht sich aus und streift sich ihr Nachthemd über. Sie geht zu der Frisierkommode hinüber, die sie sich teilen. Dort bewahren sie ihre Haarbürsten und Handtücher und ihre Seife auf, damit sie ihnen von den beiden Töchtern von nebenan, mit denen sie sich das Bad draußen im Flur teilen, nicht geklaut werden.

»Ich weiß«, erwidert Katja. »Ich bin einfach …«

»Wählerisch«, beendet Maja ihren Satz.

Katja lacht. »Wahrscheinlich.«

Maja verschwindet ins Bad, und Katja liegt da und betrachtet das Muster, das der Mondschein, der durch das kleine hohe Fenster ihres Zimmers fällt, in die Ecke an der Decke malt. Als Maja zurückkehrt, flüstert Katja ihr zu: »Ich mag ihn, Maja.«

Aber der Alkohol oder die Müdigkeit oder beides haben Maja taub gemacht. Katja hört, wie sie ins Bett klettert und genüsslich aufseufzt, als sie nach einem geselligen Abend müde zwischen den kühlen Laken liegt.

»Gute Nacht«, sagt Katja.

Aber Maja ist bereits eingeschlafen.

## Kapitel 9

*Boston, Dezember 2000*

Alexander kann gar nicht schnell genug nach Hause kommen. Lauren hat Mühe, mit ihm Schritt zu halten und ihn mit ihrem großen Schirm vor dem Regen zu schützen.

Höflich bemüht er sich, seine Schritte zu verlangsamen. Er lächelt ihr kurz zu, doch sein Gesicht spiegelt eine Reihe verschiedener Gefühle – Verärgerung, Nervosität, Niedergeschlagenheit. Seine Gedanken sind von Melancholie gesäumt. Der unablässige Nieselregen macht die einsetzende Abenddämmerung noch niederdrückender, und sie sind beide froh, als sie endlich in ihre Straße einbiegen und ihr warm erleuchtetes Haus erblicken. Die beiden Stunden bei Estelle haben ihn aus dem Lot gebracht. Er fühlt sich schutzlos. Er versucht zu ergründen, welche Aspekte des Nachmittags seine gegenwärtige Stimmung erzeugt haben, doch er spürt, dass da noch etwas Tückischeres am Werk ist, etwas, das sich in seinem Kopf eingenistet hat, etwas Lauerndes, Bedrohliches. Wieder wirft er einen Blick zu seiner Nichte hinüber. Er hat die schmerzliche Überraschung in ihrem Gesicht gesehen, als Estelles Bemerkung über ihre Porträtmalerei sie getroffen hat, aber auch ihre klare Einsicht. Er findet die Vorstellung einer plötzlichen Erleuchtung ziemlich verlockend. Wenn er derart klargesehen hätte im Leben – in verschiedener Hinsicht und vor allem in jüngeren Jahren –, hätte er dann einen anderen Weg eingeschlagen?

»Also, was hältst du davon?«, fragt Lauren, als er die Haustür aufschließt.

Verlegen muss er sich eingestehen, dass er ihr überhaupt nicht zugehört hat. Mit einem um Entschuldigung bittenden Blick zieht er sich den Mantel aus und nimmt ihr dann ihren ab. »Ich war in Gedanken woanders. Entschuldige bitte.«

Sie folgt ihm ins Wohnzimmer, wo er sich emsig zu schaffen macht – Lampen anknipst, das Feuer im Kamin anzündet, Musik auflegt. Er ist unablässig in Bewegung, doch es nützt nichts – wo immer er hingeht, fühlt er sich von Katjas Blick verfolgt. Schließlich betrachtet er das Porträt mit einem hungrigen, trostlosen Blick, bis er sich bewusst wird, dass Lauren ihn beobachtet, und da lächelt er, als fände er Freude an dem Bild, wie er an jedem anderen Geschenk Freude finden würde.

»Ich dachte nur, es wäre vielleicht eine gute Idee«, fährt Lauren fort. »Euch beide zu skizzieren und dann zu malen.«

Er blickt sie verständnislos an.

»Dich und Estelle.«

»Ist das dein Ernst?«

»Aber ja.« Sie steht noch immer, während er sich in seinem Sessel niedergelassen hat. »Ich habe an eine Serie gedacht. Zum Thema: Die sieben Zeitalter des Menschen.«

Bei der Wahl ihres Themas muss er schmunzeln. »Ich darf wohl nicht darauf hoffen, das sechste zu verkörpern, oder?«

»Bitte?«

»Von den sieben Zeitaltern.«

»Das habe ich noch nicht entschieden. Vielleicht nicht.«

»Du weißt wirklich, wie du einen alten Mann treffen kannst.«

»Aber Onkel Alex, du hast ein so charaktervolles Gesicht, einen so romantischen Ausdruck in den Augen …«

»Bitte! Du solltest dich schämen, einen Mann meines Alters so zu umgarnen.«

Sie merkt, dass er trotz seines scherzhaften Tons nicht bei der

Sache ist und beschließt, die Idee für den Moment ruhen zu lassen, obwohl sie darauf brennt, sie fortzuspinnen. Sie hat sich bewusst für ein Thema entschieden, für eine Idee, die sie weiterdenken und ausbauen kann, um emotionale und intellektuelle Tiefe in ihre nächsten Porträts zu bringen. Sie möchte mit ihm über das, was Estelle über ihr Werk gesagt hat, sprechen: dass es formelhaft klinge. Sie hat ein kühles angstvolles Prickeln verspürt, als ihr klar wurde, plötzlich und zugleich unleugbar, dass Estelle recht hat – was sie in den vergangenen Jahren geschaffen hat, hat jeden Biss, jede Tiefe verloren. Ihre heutigen Arbeiten sind vorhersehbar, zahm und zahlreich, und wenn sie schonungslos ehrlich ist: nicht von Bedeutung. Sie führt genau jenes sorglose, uninspirierte Leben, das sie bei anderen stets verachtet und für sich selbst gefürchtet hat. Sie hat immer geglaubt, Künstlerin zu sein – egal welcher Art – verleihe der eigenen Arbeit automatisch eine gewisse Integrität – die Art von Integrität, die auf anderen Gebieten nicht so leicht zu finden ist. Im Geschäftsleben beispielsweise. Doch dann hat sie gesehen, mit welcher Inbrunst ihr Onkel daran gearbeitet hat, sein Geschäft aus den Samenkörnern seiner Leidenschaft zum Blühen zu bringen. Und nun fragt sie sich, ob Melissa Johnsons Hingabe an ihre Arbeit gleichfalls eine Leidenschaft darstellt. Vielleicht ist sie für Lauren weniger nachvollziehbar, weil sie in der Routinearbeit des Beratens und Verhandelns besteht, statt in dem Wunsch, die Kunst oder die Liebe zum guten Essen und Kochen zum Lebensinhalt zu machen. Wieder wirft sie ihrem Onkel einen verstohlenen Blick zu in der Hoffnung, über all dies sprechen zu können, doch sie ist klug und sensibel genug, um zu sehen, dass er in einer jener seltenen Stimmungen ist, in denen er keine Gesellschaft wünscht. Sie küsst ihn auf die Wange und sagt ihm, sie wolle ein Bad nehmen.

Ein Seufzen entschlüpft ihm – es ist von tief unten aufgestiegen, aus der Flut der Erinnerungen und Gefühle, die von Estelle und ihren Fragen aufgewühlt wurden. Er versucht den Seufzer mit einem Lächeln zu kaschieren, und kurz bevor seine Nichte das Zimmer verlässt, ruft er sie zurück. »Und Estelle? Welches Zeitalter des Menschen verkörpert sie?«

»Ich denke, das sechste. Von den sieben Zeitaltern. Sie hat ein großartiges Gesicht – so wache, lebendige Augen. Was meinst du?«

Möchte sie seine Meinung zu ihrer Verkörperung des sechsten Zeitalters hören oder zu ihren Augen? Er weiß es nicht. Doch er nickt leicht und lässt sich seine Freude darüber, dass Laurens Idee ihn und Estelle künftig öfter zusammenführen könnte, nicht anmerken.

Er sitzt da und stochert im Feuer herum, ein unnötiges Unterfangen, da die Scheite bereits gut brennen. Er vermisst Katja. Nicht auf die vage, wiederkehrende Weise, die ihm seit Jahren vertraut ist, sondern auf eine tiefgreifende, dringliche, schmerzliche Art, die ihm, so fürchtet er, keine Ruhe lassen wird. Er stellt den Schürhaken weg und vergräbt das Gesicht in den Händen. Er erlaubt sich nicht, sich nach dem Porträt umzudrehen, das hinter ihm an der Wand lehnt. Er spürt sein Alter nicht, trotz der schmerzenden Knie und der silbernen Haare auf seinen Armen. Er fühlt sich jung, sehr jung, und ihm ist, als hätte er sie gerade erst verloren. Die Erinnerung an den intensiven reinen Schmerz, den ihr Tod bei ihm ausgelöst hat, ist sofort wieder da. Er erinnert sich, dass er zunächst geschockt war und es nicht glauben konnte und verzweifelt nach Erklärungen gesucht hat. Er hat sich darauf konzentriert, Antworten zu bekommen, einen Weg zu finden, zu ihr zu gelangen, die Tote mit eigenen Augen zu sehen, um sich zu überzeugen, ob es wahr war, dass sie der Welt so schnell und brutal hat entrissen werden können. Natürlich war ihm das nicht gelungen, und dann konnte er dem Gefühl nicht länger widerstehen, dass er ins Rutschen geriet, dass seine Hände sich an den scharfkantigen Sims des Lebens klammerten und unter ihm der Trost des Abgrunds wartete, ein freier Fall ins Nichts. Die Verlockung loszulassen, sich fallen zu lassen, war so süß, dass er viele Male versucht war. Es war so einfach, ein Augenblick nur, eine Hand zu lösen und abzustürzen. Am brutalen ungeschliffenen Lauf des Lebens festzuhalten schien der schwerere Weg zu sein, aber er folgte ihm beharrlich: der von Schmerz gezeichnete Versuch eines jungen Mannes, irgendwie nachzuempfinden, was sie durchlitten hatte.

Er dreht sich um. »Es tut mir so leid, Katjuschka«, flüstert er ihrem Porträt zu. Er will sie berühren, sie an sich drücken, sein Gesicht in ihrem weichen schwarzen Haar bergen, er will ihre tröstlichen Arme um sich spüren, ohne sprechen oder fragen oder erklären zu müssen.

Er weiß auch, dass er, als er Estelles Wohnung vor weniger als einer Stunde verließ, auch sie hat berühren wollen. Es fällt ihm schwer, sich das einzugestehen – dass er menschliche Wärme spüren wollte, *ihre* Wärme. Ihre Hand auf seiner. Doch Estelle ist verheiratet. Mit einem Mann, den er gern für kalt und gleichgültig halten möchte, aber der vielleicht ganz anders ist, wenn er abends seine Bücher zuschlägt. Und Katja ist tot, lange tot und fort, und alles, was von ihr geblieben ist, sind ein paar Erinnerungskörnchen, von denen viele im Laufe der Zeit vermutlich schöngefärbt sind, und selbst diese werden davontanzen, wie von einer Brise fortgetragen, sobald sein Leben vorüber ist, und dann bleibt nichts mehr von ihr zurück, nirgendwo, verschwunden für immer. Außer einem Porträt, dem fesselnden, perfekt getroffenen Abbild einer Frau, die niemand kennt.

Seine Vernunft gebietet ihm, sich aus dieser Stimmung zu lösen, und fast automatisch wandern seine Gedanken zu seiner Küche und zu dem, was er kochen könnte. Doch nach dem Tee und dem Kuchen von eben hat er keinen Appetit, und außerdem sind seine Finger steif vor Kälte. Er steht auf und lässt den Blick über die Bücherregale zu seiner Linken schweifen. Die vertrauten Titel springen ihm in der vertrauten Reihenfolge ins Auge, und er zieht einen alten Roman hervor. Sein Blick folgt den Zeilen zielstrebig, denn er will nichts lieber, als sich in eine andere Welt entführen zu lassen, und er gibt sich alle Mühe, dies zuzulassen. Aber es scheint, als könne ihm das Buch nicht helfen. Er unternimmt einen neuen Versuch, wählt diesmal einen Band Gedichte, aber das nützt gar nichts, es verstärkt seine Stimmung nur noch. Er ist beinahe erleichtert, als er aufblickt und sieht, dass das Feuer heruntergebrannt ist. Er geht nach oben, nimmt eine heiße Dusche, wünscht Lauren laut eine gute Nacht und geht ins Bett.

Am nächsten Morgen schläft er bis neun Uhr, was ungewöhnlich spät für ihn ist und ihn schlecht auf den bevorstehenden Tag einstimmt. Doch der Beginn seiner Nachtruhe war von Träumen von Katja durchdrungen, und vor allem ein Traum ging ihm einige schlaflose Stunden lang nicht aus dem Sinn. Die Nacht schien ihm unerbittlich lang, und er war froh, als er erwachte, wenn auch beunruhigt. In dem Traum war er aus dem Bett aufgestanden und zum Fenster hinübergegangen, aber es sah nicht aus wie sein Schlafzimmerfenster, sondern war durch Holzsprossen in mehrere kleine Scheiben unterteilt. Er hatte den Eindruck, sich auf einer Datscha irgendwo außerhalb von Moskau zu befinden – da war eine große Eingangshalle, und auf der hölzernen Veranda standen Korbsessel, und das Haus schien von Sonnenlicht durchflutet, was ihn an diese Datscha für Regierungsangehörige erinnerte, in der er und Katja einmal im Sommer gewohnt hatten. Und in dem Traum war es Sommer: Irgendwie wusste er, dass es windig, aber warm draußen war, und er war aus dem Bett gestiegen, weil er eine Frau lachen hörte. Er wischte über die staubige Fensterscheibe und sah Katja da draußen. Er hielt sie für einen Geist, denn sie bewegte sich auf seltsame Weise. Anfangs schien sie in weiter Ferne zu sein, und er sah ihre nackten Füße und den wirbelnden Saum ihres Sommerkleides. Aber dann wiederum gab es Augenblicke, in denen sie direkt neben ihm zu stehen schien, in denen er ihre Hand auf seinem Arm spürte und den Duft ihres

Nackens einatmete. Diese Sinneseindrücke hoben ihn in eine Art quälerische Ekstase – denn tief in seinem Inneren war er sich bewusst, dass sie nur ein Traumbild war. Er ist froh, als er erwacht, nachdem er in den frühen Morgenstunden endlich in einen unruhigen Schlaf gefallen war, und er freut sich, als ihm einfällt, dass Estelle und Melissa in wenigen Stunden zu Besuch kommen.

Estelles Schreibtisch steht, anders als der ihres Mannes, im Wohnzimmer an einem der Fenster, durch das morgens das Sonnenlicht hereinfällt. Sie kann das künstliche Licht, unter dem er sich in seinem Arbeitszimmer abmüht, nicht leiden, aber er hat ihr gesagt, dass er es bevorzugt – auf seine Bücher und Papiere fällt mittags wie um Mitternacht dasselbe Licht, und es gibt nichts, was seine Gedanken ablenkt. Obwohl sie allein im Zimmer ist, ist sie eine Spur befangen, als sie sich hinsetzt, denn sie verspürt heute eine gewisse Entschlossenheit, und das ist etwas anderes als die übliche unbestimmte Gewohnheit, mit der sie sonst an ihrem Schreibtisch Platz nimmt. Sie schiebt den ledernen Stifteköcher zurück, die Mappe mit dem weißen Briefpapier und den unordentlichen Stapel Rechnungen, der gewöhnlich ihre Aufmerksamkeit beansprucht, wenn sie sich setzt. Heute will sie Platz haben, Klarheit und Offenheit, und als sie rings um ihren Computer eine freie Fläche geschaffen hat, fängt sie an. Ein neues Dokument, eine leere Seite. Sie schreibt: »Der Schnee hat die Umrisse der Frau, die da draußen steht, verwischt. Alexander nimmt sie nur geisterhaft wahr.«

Natürlich müssen die Namen geändert werden, zumal das meiste Fiktion sein wird. Sie schreibt weiter, dann markiert sie den gesamten Text und drückt die Löschtaste. Ihre Finger haben heute Schwierigkeiten mit der Tastatur. Buchstaben geraten ihr in der falschen Reihenfolge unter den Anschlag, und die Tasten haben sich gegen sie verschworen. Sie öffnet eine Schublade und nimmt ein handgeschriebenes Manuskript ihres Mannes heraus. Das tippt sie normalerweise in wenigen Minuten ab, kein Problem. Sie versucht den Text in den Computer einzugeben. »Zweifellos vermittelt der außerordentliche Respekt, mit dem sich der Autor seinem Thema nähert, den Eindruck von …«

Sie hat kein Problem, den Text abzuschreiben. Doch in einem Anfall von plötzlicher Entschlossenheit legt sie das Manuskript in die Schublade zurück und schiebt den Bildschirm auf dem Schreibtisch ein Stück nach hinten. Sie überprüft ihren Füllfederhalter und sieht sich nach Schreibpapier um. Wenn es nicht anders geht, wird sie es eben handschriftlich zu Papier bringen. Unter dem Stapel Rechnungen liegt ein Block. Sie zieht ihn hervor und sieht dabei, dass die Stromrechnung in der vergangenen Woche fällig war.

Als Melissa zwanzig Minuten später an die offenstehende Tür klopft, stellt sie immer noch Schecks aus. »Brennt die Flamme der schöpferischen Kraft?«, fragt sie.

Es ist eine Anspielung auf *Betty und ihre Schwestern*. Es ist die Frage, die Jo Marchs Familie ihr immer stellt, wenn sie schreibt. Estelle blickt Melissa über ihre halbe Brille hinweg an. »Das ist mir lange nicht in den Sinn gekommen«, sagt sie. »Wie lange ist es her, seit wir das Buch gelesen haben?«

Das ist keine Frage. Es ist die Erkenntnis, dass sehr viel Zeit verstrichen ist, die Erkenntnis, dass Mutter und Tochter eine gemeinsame Geschichte haben, doch Melissa hat eine Antwort: »Ich war zwölf«, erwidert sie. »Ich erinnere mich daran, weil du mir in der Woche, bevor ich ins Sommercamp gefahren bin, jeden Abend daraus vorgelesen hast.«

Estelle nickt. Die präzise, detaillierte Erinnerung verrät ihr, welche tiefen Gefühle Melissa damit verbindet. »Ich habe dir immer gern vorgelesen«, sagt sie.

»Ich habe dir gern zugehört.«

»Komm her.«

Melissa tritt ein und stellt sich vor den Stuhl ihrer Mutter.

Estelle hebt die Arme, und Melissa beugt sich herab, um sich mit einem Gefühl, das Erleichterung sein könnte, umarmen zu lassen.

»Du fehlst mir«, sagt Estelle leise.

Melissa wundert sich, dass eine so kurze abgedroschene Floskel eine so beruhigende Wirkung haben kann. Es muss daran liegen, dass sie die Arme ihrer Mutter lange nicht mehr um sich gespürt hat. »Danke«, sagt sie. »Hör mal. Wir müssen bald gehen.«

Estelle schiebt den unberührten Schreibblock von sich. »Ich mache mich fertig.«

»Gut«, antwortet Melissa. »Ich möchte nicht zu spät kommen.«

Es hat geläutet. Auf dem Weg zur Tür lässt Lauren den Blick über die zwei Bilder schweifen, die im Eingangsbereich hängen. Es sind die beiden abstrakten Gemälde, die Estelle erwähnt hat, Werke, die sie vor sechs oder sieben Jahren gemalt hat und die ihre Aufmerksamkeit einen Moment fesseln, weil sie gut sind. Vage entsinnt sie sich – es ist kaum mehr als die flüchtige Erinnerung, die ein bestimmter Geruch oder Geschmack wecken kann – der Ideen, die sie beim Malen umzusetzen versucht hatte. An das geschärfte Bewusstsein, das Empfinden, dass der Augenblick der Gnade zum Greifen nah war. Wieder läutet es. Lange diesmal, beharrlich, und sie eilt weiter und reißt die Tür auf. Estelle und Melissa sind da.

»Geduld ist eine große Tugend, wissen Sie«, sagt sie zu Melissa.

»So heißt es, wenn man sicher ist, dass das, worauf man wartet, auch wirklich kommt.«

»Ich war auf dem Weg.« Lauren tritt beiseite und bittet sie herein.

»Das konnte ich nicht wissen. Es ist ein großes Haus. Hätte ja sein können, dass Sie die Klingel nicht gehört haben. Wir hätten hier ewig stehen können.«

Lauren reibt sich die Stirn.

»Bereite ich Ihnen Kopfschmerzen?« Melissa lächelt.

»Ja. Und versuchen Sie nicht, Ihre Schuld mit einem lausigen Aspirin zu begleichen. Ich erwarte mindestens eine Schultermassage.«

»Wenn es das ist, was Sie möchten.«

Estelle verfolgt den Schlagabtausch mit einigem Befremden. Melissas unverblümte Antwort hat Lauren die Röte ins Gesicht getrieben. Sie wendet sich um und eilt vor ihnen her, führt sie ins Wohnzimmer, und sofort fällt Estelles Blick auf Katjas Porträt. Sie tritt näher.

»Sie ist atemberaubend. Das Bild ist atemberaubend.«

»Ich kann mich nicht entscheiden, ob es das schönste Geschenk ist, das ich ihm je gemacht habe, oder das furchtbarste.«

»Es hat all seine Erinnerungen zurückgebracht?«

»Ich glaube ja. Obwohl er versucht, sich nichts anmerken zu lassen.«

Estelle wendet sich wieder dem Bild zu. Sie ist zunehmend fasziniert von dieser Frau und ihrer Geschichte – wie immer sie lauten mag. Die Frau scheint geheimnisumwoben, und ihr Geheimnis riecht nach Gefahr, nach unaufgedeckten Intrigen und heimlicher Leidenschaft. Katjas Porträt erwidert ihren Blick mit unergründlichen dunklen Augen, und Estelle fühlt sich einen Moment wie ausgelöscht von dem Blick dieser unsterblichen jungen Frau.

Alexander schiebt die Tür mit dem Fuß auf, denn in den Händen trägt er eine große Platte Canapés. Er wünscht ihnen allen einen guten Morgen und hält einer Frau in den mittleren Jahren die Tür auf. Er stellt die Frau mit der weißen Schürze als seine Haushälterin vor. Sie bringt eine Flasche Champagner und ein Tablett blitzender Gläser herein. Wenn sie mehr als nur ein wenig Zeit mit diesem Mann verbringt, geht es Estelle durch den Kopf, wird sie als Tonne enden.

»Ihr Mann konnte es nicht einrichten mitzukommen?«, fragt Alexander.

»Er ist momentan mit einer anderen Frau befasst«, erwidert Estelle. »Ich habe ihn gebeten, uns zu begleiten, aber er wollte sie nicht alleinlassen.«

Melissa stößt einen halberstickten Seufzer der Verbitterung aus. »Mein Vater ist Professor für englische Literatur. Die andere Frau ist George Eliot.«

»Im Moment«, fügt Estelle hinzu. »Nächste Woche ist es eine andere.«

Alexander lächelt, aber Estelle spürt, wie ihre Tochter sie aufmerksam, beinahe eindringlich beobachtet. Diese Art von letztlich belanglosem Geplauder ist Melissa so fremd, dass Estelle es tunlichst vermeidet, wenn sie zusammen sind, aber manchmal geht es mit ihr durch. Während Alexander den Champagner einschenkt, wendet sie sich wieder dem Porträt zu.

»Wenn man das Bild betrachtet, möchte man mehr von Ihrer Tante erfahren«, bemerkt sie, »und gleichzeitig hat man das Gefühl, sie bereits zu kennen, oder zumindest ihr Wesen, allein wegen ihrer Augen und ihrer Ausstrahlung. Sie haben ziemlich viel Ähnlichkeit mit ihr, finden Sie nicht?«

»Vielleicht die Farbe von Augen und Haar.«

»Ich glaube, es ist mehr«, wirft Melissa ein.

Alle drei betrachten das Gemälde.

»Ich liebe die Art, wie sie dasteht, mit verschränkten Armen«, fährt Estelle fort. »Es hat etwas Entspanntes und zugleich fast Hochmütiges, aber dann die Hand, die den Ellbogen eine Spur zu fest umschließt – erweckt das nicht den Eindruck von Verletzlichkeit?« Estelle beschließt ihre Interpretation und blickt Lauren unsicher an. »Oder liege ich da völlig falsch?«

Aber Lauren ist begeistert. »Das trifft es genau«, erwidert sie. »Das ist die Vielschichtigkeit, die meine Tante zu einem so unwiderstehlichen Topos für mich macht. Es ist schwer, ein Porträt in Worte zu fassen, aber das ist eine großartige Beschreibung.«

»Estelle schreibt«, sagt Alexander, nicht zuletzt, weil er Lauren stoppen will.

»Das merkt man«, sagt Lauren. »Was schreiben Sie?«

Estelle überlegt, als fiele es ihr schwer, zwischen ihren vielen Stilen und Formen auszuwählen. »Die Gesamtsumme meines Outputs bis zum heutigen Tag? Fünf Kurzgeschichten und die Hälfte eines Romans, der so schlecht ist, dass ich mich winde, wenn ich an ihn denke, aber er hat mich so viel Mühe gekostet, dass ich es nicht fertigbringe, ihn wegzuwerfen.«

»Einer meiner Kunstprofessoren hat einmal gesagt, dass die alten Leinwände, die viel Mühe gekostet haben, aber nirgends hinführen, diejenigen sind, die man als Erstes übermalen sollte.«

»Sie meinen, ich soll mit einem völlig neuen Roman beginnen?«

»Ja. Irgendwelche Ideen?«

Estelle weiß, dass Alexander sie beobachtet, und sie wendet sich ihm zu, um seinen Blick kurz zu erwidern.

»Einige.«

»Möchten Sie uns davon erzählen?«, fragt Alexander und reicht ihr ein Glas.

»Noch nicht«, antwortet Estelle. »Genialität braucht Zeit.«

## Kapitel 10

*Moskau, August 1956*

Das Restaurant ist laut und verraucht und erfüllt von Reden, Lachen, Tanzen. Es ist ein georgisches Restaurant, im Erdgeschoss eines Wohnblocks in der Nähe ihrer Wohnung. Das Essen ist reich an Tomaten, Nüssen und Gewürzen, die Atmosphäre sorglos und charakteristisch für die südliche Herkunft. Sie beenden ihr Mahl – Hühnchen in *satsivi*-Sauce und geschmorte Auberginen – und beobachten zwei Soldaten, die in der Mitte des Lokals mit drei Frauen tanzen. Sie stampfen mit den Füßen und wirbeln herum, so dass die Menschen an den Tischen in ihrer Nähe auf ihre Getränke Acht geben müssen. Aber alle lächeln: Die Begeisterung und die Erregung sind ansteckend. Alexander sieht Katja zu, die den Tanzenden zusieht.

Es ist Wochenende, und beide haben eine anstrengende Arbeitswoche hinter sich. Alexander ist glücklich, mit ihr zusammenzusein, aber dennoch fühlt er sich müde und gedrückt, ausgelaugt von einer zähen Woche voller Zusammenkünfte und Diskussionen, die seines Erachtens keinen Fortschritt gebracht haben – im Gegenteil. Katja lächelt, während sie den Tanzenden zusieht, aber ihre Augen lächeln nicht mit. Sie ist sehr lebhaft gewesen an diesem Abend, und er hat den Blick kaum von ihr lösen können, aber irgendetwas bereitet ihm Unbehagen. Irgendwie verhält sie sich ihm gegenüber wie manchmal anderen Menschen gegenüber, die sie nicht gut kennt – nicht unaufrichtig, aber auch nicht wirklich entspannt. Ihre muntere Konversation und ihr Lachen wirken angestrengt.

Er trinkt seinen letzten Schluck lieblichen georgischen Wein und füllt ihr Glas mit dem Rest aus der Flasche.

»Du siehst so jung aus mit deinem frischen Haarschnitt«, sagt sie und streckt die Hand aus, um ihm durchs Haar zu fahren.

Er hebt verunsichert die Hand an den Kopf. »Sehe ich aus wie ein Junge?«

Sie lächelt und schüttelt den Kopf. Dann beugt sie sich über den Tisch und küsst ihn, ein leichtes Berühren seiner Lippen, das andauert, langsam fester wird, bis er ihre Zunge zart über seine gleiten spürt, ihr Mund sich auf seinen drückt. Einen Moment später zieht sie sich zurück, und er ist wie benommen. Sie wendet ihre Aufmerksamkeit wieder den Tanzenden zu, als ob in diesem Augenblick nichts anderes für sie von Interesse ist. Die Schatten, die an diesem Abend über ihr Gesicht huschen, sind tief und strukturiert und werden von den verschiedenen Lampen und Kerzen betont, die das Restaurant beleuchten.

Er reicht ihr noch ein Stück *khachapuri*-Brot, das sie so gern isst, reich gefüllt mit Käse und Ei, und sie bricht sich einen Bissen ab und isst ihn zu dem letzten Schluck Wein.

Sie gehen zu ihrer Wohnung, Hand in Hand, ohne zu reden. Die spätabendliche Luft ist kühl, selbst hier, wo die engen Straßen von hohen grauen Häusern gesäumt sind, und er ist glücklich. Selbst seine Müdigkeit ist angenehm, wenn sie durch ihre Anwesenheit gemildert wird. Als sie ihren Wohnblock erreichen, folgt er ihr die Stufen hinauf. Die Betonwände und die engen Treppen sind bedrückend, und er ist froh, ihnen zu entkommen, wenn auch nur in ihre kleine, dunkle Wohnung. Wie gewöhnlich ist Maja noch unterwegs. Majas Mutter schläft in ihrer winzigen Kammer, die Tür fest verschlossen.

Sie gehen ins Schlafzimmer, und Alexander hockt sich auf das Fußende ihres Bettes, zieht sie an sich und küsst sie. »Herzlichen Glückwunsch!«, sagt er.

Es ist kein wirklich besonderer Tag, aber auf dem Heimweg, hat er in Gedanken nachgerechnet und festgestellt, dass sie auf den Tag genau fünf Monate zusammen sind. Katja zuckt zurück; es ist fast, als hätte er die Hand gehoben und sie geschlagen. Sie mustert ihn kalt.

»Was ist denn?«, fragt er, von leichter Panik ergriffen.

»Wovon redest du?«, fragt sie zurück. Ihr Ton ist harsch.

»Ich dachte gerade ... Ich dachte gerade daran, dass wir inzwischen fünf Monate zusammen sind. Auf den Tag genau. Ein Jubiläum.«

»Oh.« Sie steht unvermittelt auf, noch immer bestürzt und verlegen. Wie sie geahnt hat, ist er einen Moment später auf den Beinen und tritt zu ihr, um sie in die Arme zu schließen, aber das ist nicht so einfach, denn sie hat die Hände auf die Augen gepresst. Er legt die Arme von hinten um sie, hält sie und küsst ihren Nacken.

»Was ist denn bloß, Katjuschka? Was hast du, mein Liebling?«, fragt er, und sie kann nicht verhindern, dass ihr die Tränen über die Wangen rinnen.

Er schließt sie noch fester in die Arme. »Ist es so schwer mit mir auszuhalten?«

Sie lacht kurz auf, trotz der Tränen, und er küsst sie aufs Haar. Er riecht den metallischen Tintengeruch der Schule.

»Erzähl's mir. Was geht in dir vor?« Er schweigt kurz. »Welche Bedeutung hat dieser Tag für dich?«

Fast sofort verstummt ihr Schluchzen, und ihr Körper versteift sich unter seinen Händen.

»Komm her«, sagt er. Er zieht sie mit sich auf die dünne Matratze und legt sich neben sie, gefährlich nah an den Rand des schmalen Bettes, rückt dicht an sie heran, so dass ihr Kopf an seiner Schulter liegt und er die Arme um sie legen kann. Sie hat aufgehört zu weinen, und er wartet; er streichelt ihr behutsam den Rücken, wie um ein Kind zu beruhigen, und lauscht ihren Atemzügen, ein – aus, rhythmisch und ruhiger werdend. »Erzähl's mir«, wiederholt er, und zum ersten Mal tut sie es.

»Heute vor vierzehn Jahren«, beginnt sie, als wäre dies der Anfang einer Gutenachtgeschichte, »saß ich am Tisch im Haus meiner Eltern. Beim Abendessen.« Sie hält inne und holt tief und bebend Luft. Dann lächelt sie.

»Ich habe diesen Tisch geliebt. Es war ein großer Holztisch, den mein Großvater Jahre zuvor auf einem Karren aus seiner Datscha herbeigeschafft hatte. Jeder von uns hatte seinen festen Platz an diesem Tisch, und unsere Eltern hatten uns erlaubt, dort, wo wir immer saßen, unsere Namen auf der Unterseite der Tischplatte einzuritzen. Das ging ganz leicht – das Holz war weich.« Sie schweigt und sieht Alexander an. Er überlegt, sie zu fragen, was aus dem Tisch geworden ist, entscheidet sich dann aber dagegen.

»Meine Eltern waren ziemlich streng. Für gewöhnlich durften wir so was nicht. Aber egal, jedenfalls saßen wir alle beisammen, beim Essen, meine Eltern, mein Bruder und ich. Sie lachten viel, meine Mutter und mein Vater. An der Universität war etwas Erstaunliches geschehen, es hatte mit irgendeinem Forschungsergebnis zu tun, das ihrer beider Fachgebiete betraf – ich weiß nicht mehr, worum es ging –, und sie erklärten es uns, und sie waren ganz aufgeregt und glücklich, dass das Undenkbare eingetreten war und sie eine ganze Weile zusammenarbeiten würden.«

»Weiter«, sagt Alexander, voller Beklemmung, denn er weiß, wie die Geschichte endet, auch wenn er so lange hat warten müssen, um zu hören, wie sie begann.

»Wir saßen da und aßen zu Abend. Ich war zwölf, Juri ein ganzes Stück älter. Ich war ein Nachkömmling, das Kind, mit dem sie nicht mehr gerechnet hatten. Sie waren ziemlich überrascht, als sie erfuhren, dass meine Mutter schwanger war«, fügt sie mit einem raschen Lachen hinzu. Jetzt erzählt sie ihm von Dingen, die er bereits weiß, und zögert auf diese Weise den Moment hinaus, in dem sie das, was sie nie zuvor erzählt hat, in Worte fassen muss. Er küsst sie sachte auf die Stirn und wartet.

»Als wir mit dem Abendessen fast fertig waren – wir hatten noch den Nachtisch vor uns, daran erinnere ich mich, weil wir selten Nachtisch hatten, nicht während des Krieges jedenfalls, und ich hatte mich schon darauf gefreut –, klopfte es an der Tür. Das Klopfen, auf das die Menschen in den vergangenen zehn Jahren immer gewartet, mit dem sie aber nie wirklich gerechnet hatten. Menschen können manchmal dermaßen dumm sein. Wir waren dumm. Vielleicht um zu überleben. Lieber vor der Gefahr die Augen verschließen, als jedes Mal einen Herzinfarkt bekommen, wenn jemand an die Tür klopft. Wie auch immer, niemand war beunruhigt. Niemand dachte sich etwas dabei, als wir die Tür öffneten, aber natürlich hätte es auch keinen Unterschied gemacht. Wir alle wussten, dass Stalin wieder überall Leute verhaften ließ. Nervös wegen des Krieges. Auf der Suche nach Kollaborateuren, nach weiteren Volksfeinden, als ob nach den dreißiger Jahren noch welche hätten übrig sein können. Aber dieses Klopfen hätte um drei Uhr morgens kommen sollen, nicht um neun Uhr abends. Das wiegte uns fälschlicherweise in Sicherheit, glaube ich, obwohl wir bereits Leute kannten, die befragt worden waren oder verhaftet oder getötet. Vor allem meine Eltern. Sie kannten viele, die zur sogenannten *Intelligenzija* gehörten. Sich selbst eingeschlossen. Und zudem auch noch zur nonkonformen *Intelligenzija*. Die galten als die Schlimmsten.«

Er streichelt ihr Haar, aber sie scheint es nicht zu bemerken. Ihre Stimme klingt brüchig, trägt noch den Klang von Tränen in sich. Sie starrt zur Decke hinauf, sieht die Szene wieder vor sich.

»Wir haben also die Tür geöffnet – Juri hat die Tür geöffnet, daran erinnere ich mich, denn meine Eltern saßen noch am Tisch, redeten noch miteinander, ein Auge, ein Ohr in Richtung Tür, um zu sehen, wer da zu Besuch kam. Und dann waren sie drinnen, sie schoben Juri beiseite – der arme Juri, er hat sich später Vorwürfe gemacht, weil er die Tür geöffnet hat, als wenn das was geändert hätte. Und sie haben irgendwelche Papiere vorgezeigt, und dann haben sie meinen Vater an beiden Armen gepackt und ihm zugerufen, dass sie ihn wegen antisowjetischen Verhaltens verhaften, und dann auch meine Mutter. Sie haben sie vom Stuhl hochgerissen, und der Stuhl ist umgekippt, und mein Vater hat die Männer angebrüllt, sie sollten ihr nicht weh tun, und wir haben zugesehen, starr vor Schreck. Es schienen so viele zu sein, dabei waren es in Wirklichkeit nur drei. Sie waren so bedrohlich und schienen allmächtig. Das waren sie ja auch. Binnen weniger Sekunden hatten sie meine Eltern aus der Wohnung fortgeschafft. Binnen Sekunden. Sie hatten nicht mal Zeit, uns noch einen Blick oder ein Wort zuzuwerfen. Als ich losrannte und nach meiner Mutter rief, war sie schon fort. Es gab keine Spur mehr von ihr oder meinem Vater. Wir haben sie nie wiedergesehen.«

Ihre Augen glänzen, aber sie weint nicht, und er hält sie umschlungen, und seine Tränen fallen unbemerkt in ihr dichtes schwarzes Haar.

»Ich fühlte mich so hilflos«, fährt sie fort. »So hilflos und verloren. Ich vermisse sie so sehr, Sascha. Ich vermisse meine Mutter so sehr.«

In seinem kurzen Leben hat Alexander sich selten in Situationen gefunden, in denen er nicht wusste, wie er reagieren oder was er unternehmen sollte. Nie zuvor hat er sich bei einem Menschen, den er liebt, mit einem derartigen Schmerz konfrontiert gesehen, mit einer Art Urschmerz, den kein anderer Mensch lindern kann. Er beobachtet die schmalen Schatten, die von der Straßenlaterne in den Raum geworfen werden. Ihr Rücken und ihre Schultern beben von ihrem unkontrollierten Schluchzen, und er versucht sie noch enger an sich zu drücken. Dann, nach einigen Minuten, setzt sie sich auf und blickt ihn an. Ihr Gesicht ist rot und tränenverschmiert, und sie streicht sich das Haar zurück und steht auf. Er streckt die Arme aus, will sie nicht gehen lassen, aber sie hat sich jetzt wieder gefangen. Dankbar berührt sie sein Gesicht und macht sich von seinen Händen frei.

»Juri hat überall nach ihnen gefragt. In der Lubjanka, im Butyrka-Gefängnis, auf den Polizeiwachen. Es war, als hätten sie sich in Luft aufgelöst. Wie konnte er so lange damit durchkommen?« Ihre Stimme ist nur noch ein Flüstern.

»Angst«, antwortet Alexander. »Er hat mit Terror regiert. Wir waren alle froh, als es vorbei war.« Dann bereut er, was er gesagt hat, denn die Abscheu, die er Stalin entgegenbringt, ist vor allem intellektueller Natur, während ihre in einem emotionalen Schmerz gründet, den er sich kaum vorstellen kann.

»Nicht alle. Nicht einmal die meisten, Sascha. Alle waren bestürzt, als er starb. Selbst dein Vater.«

»Aber nicht so.«

Sie belässt es dabei, aber er weiß, was sie meint. Sein Vater, obwohl völlig desillusioniert, war bei Stalins Tod vollkommen verzweifelt. Millionen Sowjets ging es so – den meisten. Die gefühlsmäßige Bindung an Väterchen Stalin war so tief verwurzelt, der von Furcht genährte Respekt so tief eingepflanzt, sein hinterhältiger Charme so groß, dass es den Menschen schwerfiel, sich vorzustellen, wie das Land ohne ihn zurechtkommen sollte. Oder auch nur existieren.

Doch nach Stalins Tod, so überlegt Alexander, hat sein Vater sich das Recht genommen, die Dinge in einem ausgewogeneren Licht zu betrachten, weniger emotional. Er hat sich erlaubt, sich mit dem Grund seiner Desillusionierung zu befassen. Chruschtschows erste Maßnahmen zur Entstalinisierung bewogen ihn und andere, die zurückliegenden Jahre in neuem Licht zu betrachten – der Tatsache ins Gesicht zu sehen, dass der Terror eine direkte Folge von Stalins Herrschaft war. Und selbst jetzt noch, wo Chruschtschow fürchtet, die Kontrolle über seine Reformbestrebungen zu verlieren und sich anschickt, die alte rigide Herrschaft wiedereinzuführen, machen solche Rückschritte die Widersprüche und das Unrecht des Systems, an das sie gewöhnt waren, nur noch deutlicher. Sein Vater, denkt Alexander, ist heute ein Mann, der erkannt hat, dass sein Leben nicht auf einer Reihe aufeinandergeschichteter solider Backsteine errichtet ist, wie er einst geglaubt hat, sondern auf einem Stapel Gummiblöcke, die sich fortwährend verschieben und mehr und mehr Lücken aufweisen.

»Wann hast du erfahren, was mit ihnen passiert ist?«

Katja kann jetzt nur noch flüstern. »Ungefähr sechs Monate später. Wir können vermutlich von Glück sagen, dass wir es herausgefunden haben. Anscheinend wurden sie direkt zu einem Staatsgut gebracht, das dem KGB oder dem NKWD, wie es damals hieß, unterstand. In Kommunarka, gleich hinter der Stadtgrenze. Niemand wusste, dass das einer der Orte war, an den sie die Menschen brachten, um sie umzubringen. Meine Eltern weigerten sich, Geständnisse zu unterschreiben, in denen sie sich als

Volksfeinde bekannten. Aber es gab einen Bericht, den Juri gelesen hat – er hat einen Beamten bestochen. Darin hieß es, mein Vater habe zu Protokoll gegeben, dass er fälschlich verhaftet worden sei – dass der wahre Volksfeind Stalin heiße.« Ein schiefes Lächeln gleitet über Katjas Züge. »Ich bin sicher, dass das stimmt – dass er das tatsächlich gesagt hat. Mein Vater hatte immer schon Sinn für Ironie.« Nach einer kurzen Pause fährt sie fort. »Und deshalb haben sie ihn erschossen. Mein Vater war Historiker, und zwar ein guter, und folglich ein intellektueller Terrorist, und meine Mutter ... Tja, der Fehler meiner Mutter war, mit ihm verheiratet zu sein. Ihn zu unterstützen. Die sechs Monate, in denen wir herauszufinden versuchten, ob sie tot oder am Leben waren, waren die schlimmsten. Ich hatte schreckliche Albträume. Jemand hielt meinen Vater über eine Balkonbrüstung. Und ich sah zu, wartete, die Nerven aufs Äußerste gespannt, betete, dass man ihn nicht fallenließ. Aber immer, bei der kleinsten Bewegung, ließen die Hände ihn los und er stürzte in den Tod. Ich wachte weinend auf. Ich war krank vor Elend.« Sie räuspert sich. »Zwing mich nicht, weiter daran zu denken.«

Sie verlässt das Zimmer und geht über den Flur in das winzige Bad. Sie betrachtet sich im Spiegel. »Sascha?«

»Ja?«

Wie sie vermutet hat, ist er ihr gefolgt und wartet draußen im feuchtkalten Flur. Über ihm, in den Ecken der niedrigen Decke, sieht er die feuchten Flecken und den weißen Schimmelpilz, der sich auszubreiten beginnt.

»Was machst du mit mir? Mischa hat mir mal erzählt, dass er versucht hat, dich vor mir zu warnen, als wir uns das erste Mal begegnet sind. Bei dem Tanzfest.«

»Ich habe nicht auf ihn gehört«, erwidert Alexander. »Ich war betört.«

Er kann den Umriss ihres Kopfes zwischen den Schatten im Bad ausmachen, während sie sich im Spiegel betrachtet.

»Ah, aber betört wovon?«, fragt sie, ohne Humor. Sie beugt sich vor und spritzt sich eiskaltes Wasser ins Gesicht. Er tut ihr leid: Obwohl er so alt ist wie sie, spürt sie seine kindliche Hilflosigkeit angesichts ihres Kummers und Zorns. Sie fährt sich mit der Hand über die brennenden Augen und überlegt, ins Schlafzimmer zurückzukehren, sich mit ihm hinzulegen und sich von ihm halten zu lassen, sich von seiner Wärme und Liebe umfangen zu lassen, damit sie nie wieder etwas anderes sehen oder hören muss. Das würde ihr guttun, und auch ihm würde es guttun. Doch für den Moment bleibt sie, wo sie ist, und macht sich an ihrem Haar zu schaffen, denn sie muss nachdenken. Sie sieht sich im Spiegel in die Augen; sie weiß, dass es die Augen ihrer Mutter sind, und von diesem Ausgangspunkt versucht sie das Gesicht ihrer Mutter zu rekonstruieren, wie sie es in Erinnerung hat: das unbändige dunkle Haar, die hohe breite Stirn und die lange Nase, die seit einem Missgeschick in der Kindheit schief ist. Das Gesicht erscheint ihr vor Augen – ein Gesicht, irgendeines in Wahrheit, sicher nicht das Gesicht ihrer Mutter, wie es wirklich war. Sie bemüht sich sehr, es zu sehen, aber es ist zu lange her, und Katja selbst war zu jung. All diese Umstände widersetzen sich der genauen Erinnerung, und sie seufzt. Sie verlässt das Bad, und gemeinsam kehren sie in Katjas Zimmer zurück.

»Ich kann mich nicht einmal erinnern, wie meine Mutter aussah«, erzählt sie ihm, und er geleitet sie wieder zum Bett. Sein Körper ist warm im Vergleich zu der Kälte, die in der Wohnung herrscht, und sie schließt die Augen, drückt Mund und Nase an seine Brust, atmet seinen Geruch ein und lauscht auf seinen Herzschlag. Wieder einmal wird sie sich daranmachen, das Schreckliche, das so viele Jahre zuvor geschehen ist, zu vergessen. Es ist ein schmerzlicher Prozess – jedes Mal, wenn sie sich erinnert, muss sie die Erinnerung anschließend bezwingen, sie in den hintersten, dunkelsten Winkel ihres Gedächtnisses verbannen, wo sie nicht bleiben will, wie ein verschlagenes hungriges Tier, das nur darauf lauert, dass ihre Wachsamkeit nachlässt, ihr Panzer brüchig wird, um sie wieder zu überfallen.

In Alexanders Armen fühlt sie sich einigermaßen sicher. Seine empfindsamen, liebevollen Augen wachen über sie, und dennoch fühlt sie sich spröde und kalt. Sie hat sich Notizen von den Informationen gemacht, die sie in jener Nacht einige Wochen zuvor den Papieren entnommen hat, und sie am nächsten Tag Mischa weitergegeben. Er war fürs Erste zufrieden gewesen, und seitdem hat sie nichts dergleichen tun müssen. Doch seit jenem Abend hat sie begonnen, sich selbst zu verabscheuen, und das Gefühl des Selbstekels ist in Momenten wie diesem besonders stark, in Momenten, in denen Alexander ihr mehr Fürsorge und Liebe zuteil werden lässt, als sie in ihrem ganzen Leben erfahren hat. Sie seufzt. Vielleicht sollte sie eine Weile nicht weiter darüber nachdenken. Nur für ein paar Wochen. Im Moment ist sie zu durcheinander, um klar zu denken. Vielleicht sollte sie sich ein wenig entspannen und ihre Zeit mit ihm genießen, und wenn Mischa dann verlangt, dass sie mit ihrer Arbeit beginnt, kann sie entscheiden, was sie tun wird. Sie merkt, wie ihr wieder Tränen in die Augen steigen, und sie beißt sich auf die Lippe, um sie zurückzuhalten, aber vergeblich. Es sind Tränen des Zorns bei dem Gedanken daran, was ihren Eltern geschehen ist, Tränen des Selbstmitleids bei dem Gedanken an das verlassene Kind, das sie gewesen ist, und Tränen des Verdrusses bei dem Gedanken an das Dilemma, in dem sie sich jetzt befindet, denn sie ist keineswegs sicher, dass es an ihr ist, in Sachen Alexander eine Entscheidung zu treffen – sie ist fast sicher, dass es keinen Ausweg gibt.

## Kapitel 11

*Boston, Januar 2001*

Estelle öffnet die Wohnungstür. Sie ist ganz in Schwarz gekleidet – Hose, Rollkragenpullover und ein Schal, der sich um ihre Schultern schmiegt. Die Wirkung ist lässig-elegant. Laurens Lippen verziehen sich kurz zu einem anerkennenden Lächeln, als Estelle sie hereinbittet und ins Wohnzimmer führt, einen Raum, den Lauren mit präzisem Blick erfasst. Die ursprünglichen Bodendielen sind freigelegt, abgeschliffen und in einem warmen Braunton lasiert, der mit dem Kamin harmonisiert. Oben auf dem Kaminsims steht ein Bild von Melissa als Kind, auf den Schultern ihres Vaters. Auf diesem Foto hat Professor Johnson eine verwegene byroneske Ausstrahlung. Er hält sein Kind fest, und auf seinem Gesicht liegt ein Ausdruck unbefangenen Stolzes. Melissa lächelt. Sie zeigt diesen vollkommen entspannten Gesichtsausdruck, der bei Kindern viel häufiger zu finden ist als bei Erwachsenen. Laurens Blick wandert zu zwei alten Teppichen, die unter den Ledersofas liegen. Die zarte Maserung, die weichen Falten des Leders könnten einen interessanten Hintergrund bilden, denkt sie, und sie bittet Estelle, dort Platz zu nehmen. In ihrer Befangenheit braucht Estelle einen Moment, bis sie eine bequeme Stellung gefunden hat, aber Lauren ist damit beschäftigt, ihre Staffelei aufzubauen und ihre Zeichenkohle zurechtzulegen.

»Reichen Sie mir einfach eine Schale Obst«, sagt Estelle. »Ich kann als Stillleben posieren.«

»Ich sehe alles Mögliche in Ihnen, aber kein Stillleben«, erwidert Lauren. »Entspannen Sie sich einfach. Das ist genau der Grund, warum man die Menschen bei sich zu Hause malt – sie fühlen sich wohler.«

»In ihrem natürlichen Lebensraum«, fügt Estelle hinzu.

»Genau.«

Lauren lehnt das Angebot ab, etwas zu trinken oder zu frühstücken. Sie verspürt eine nervöse Spannung im Magen und in ihren Händen, die, richtig eingesetzt, ihrer Arbeit nützen kann. Sie beginnt zu zeichnen und unterhält sich dabei mit Estelle, ein belangloses Geplauder, das sie problemlos fortführen kann, damit ihr Modell entspannt und aufmerksam bleibt. Estelle erzählt von der Arbeit ihres Mannes und dann von der ihrer Tochter.

»Melissa kann manchmal etwas schroff sein«, sagt Estelle plötzlich. »Sie merkt gar nicht, dass sie dann nicht gerade freundlich ist. Ihre Gedanken eilen immer mit hundert Stundenkilometern dahin, sind immer schon mit der nächsten Sache befasst, und Worte oder Gespräche verschlingen nur kostbare Zeit.«

»Gilt das auch für Ihren Mann?«, fragt Lauren.

»Ja. Aber er meint es gut. Meistens.«

»Und wenn es den beiden zu viele Umstände macht, sich zu verständigen – wer bleibt Ihnen dann zum Reden?«

»Ich weiß nicht«, antwortet Estelle trocken. »Vielleicht sollte ich mir einen Therapeuten suchen.«

»Zu teuer. Wie wär's, wenn Sie mit mir reden? Erzählen Sie mir von Ihren Ideen für Ihren Roman.«

»Für meinen großen Wurf, meinen Sie?«

»Hm-hm.«

»Aber Sie dürfen nicht lachen«, verlangt Estelle.

»Werde ich nicht.«

»Alexander und Katja.«

Lauren lacht.

»Ich meine es ernst«, sagt Estelle. »Ihr Onkel ist ein faszinierender Mensch, und Katja – nun, sie erscheint mir als eine höchst tragische, geheimnisumwobene Figur.«

»So groß ist das Geheimnis nicht«, entgegnet Lauren. »Er spricht nur nicht gern darüber.«

»Warum nicht? Kann die Wunde nach so vielen Jahren noch offen sein?«

Lauren hält im Zeichnen inne. »Ich glaube nicht, dass es das ist. Er fühlt sich irgendwie verantwortlich für das, was ihr widerfahren ist, und somit schuldig. Er hat einige schwere Entscheidungen treffen müssen, bevor er Russland verließ. Und sie war die Liebe seines Lebens. Ich denke, letztendlich trägt er sein Herz nicht auf der Zunge. Er behält lieber alles für sich.«

»Was mir meine Arbeit nicht gerade erleichtert. Egal, ich möchte die beiden eigentlich nur als Ausgangspunkt nehmen. Für ein fiktionales Werk. Es sei denn, er gibt mir die Erlaubnis, die offizielle Version zu schreiben.«

»Die würde ich gern lesen«, sagt Lauren. Estelle mustert sie. Lag da eine Spur Sarkasmus in ihren Worten? Aber Lauren versichert ihr: »Ja, wirklich. Wissen Sie, ich denke schon lange, dass mehr hinter der Geschichte steckt, als selbst Onkel Alex weiß. Er war schließlich damals nicht dabei. Und es gibt viele lose Fäden, die aufgenommen werden wollen. Ich glaube nicht, dass er so schuldig ist, wie er sich fühlt.«

»Sie vergessen, dass ich immer noch nicht weiß, was damals überhaupt passiert ist. Nur dass Ihre Tante gestorben ist. Mögen Sie es mir erzählen?«

Lauren reibt sich mit einer Hand die Augen. »Nichts lieber als das. Aber ich glaube, das sollten wir erst mit Ihrer Hauptfigur klären, oder?«

»Vermutlich.«

Lauren mustert sie. »Sie haben die Augen eines ungezogenen Kindes, Estelle. Ich muss einen Weg finden, das einzufangen.«

Estelle lächelt leise, gibt aber keine Antwort. Ihre Gedanken sind von der Geschichte gefangengenommen. Von Katja. Eine andere Zeit, ein Leben, das ihrem eigenen sehr fern ist. Als ihr Schweigen ihr bewusst wird, sieht sie Lauren an, aber diese ist ebenfalls versunken, ihre Aufmerksamkeit gilt dem Bogen vor sich, der Zeichenkohle, die mit raschen Strichen über das Papier gleitet. Estelle beobachtet die junge Frau bei der Arbeit, und sie spürt, dass Lauren gefangen, animiert, hochkonzentriert ist. Alles, was Estelle sich ängstlich versagt, wenn sie an ihrem Schreibtisch sitzt. Sie verspürt ein überwältigendes Verlangen, jetzt dort zu sein, den warmen Schein der hochstehenden Sonne auf der Wand hinter sich, und den Federhalter über die linierten Seiten fliegen zu lassen. Wenn Lauren fort ist, wird sie schreiben, beschließt sie. Egal was. Sie wird das Porträt von Katja beschreiben, dann Katja selbst, oder vielmehr die Figur, die sie daraus entwickeln möchte.

»Sie hätten also nichts dagegen, wenn ich Ihre Geschichte als Ausgangspunkt nehme?«

Alexander ist erst seit zehn Minuten bei Estelle, aber schon jetzt hegt er widersprüchliche Gefühle, was seinen Besuch angeht. Anfangs war er insgeheim enttäuscht, dass Lauren es vorzog, Estelle bei sich daheim zu malen, statt sie in sein Haus zu bitten. Ihm hätte es gefallen, seine neue Freundin ständig in der Nähe zu haben, ohne sich Gründe dafür ausdenken zu müssen. Doch dann hat er beschlossen, sich einzugestehen, dass er Estelle einfach gern öfter sehen würde, und deshalb hat er angeboten, seine Nichte abzuholen, wenn sie für diesen Morgen mit ihrer Arbeit fertig ist.

Estelle bietet Alexanders Kommen die Gelegenheit, ihm die Frage zu stellen, die sie den ganzen Morgen über beschäftigt hat.

»Sie haben vor, einen ganzen Roman zu schreiben?«, fragt Alexander.

Ihr Eifer und ihre Begeisterung sind nicht zu übersehen, und sie scheint ein ganz anderer Mensch zu sein, wenn sie über ihre Ambitionen spricht – viel lebendiger.

»Ich habe schon angefangen zu recherchieren. In Büchern und im Internet. Mein erster grober Eindruck ist, dass sich nach Stalins Diktatur, also unter Chruschtschow, das politische Klima ziemlich verändert hat. Es herrschte weniger Misstrauen, mehr Offenheit.«

Alexander nickt. »Ja, so war das. Im Großen und Ganzen. Chruschtschow war nicht unfehlbar – er hat viele Fehler begangen, meistens weil er Veränderungen durchgepeitscht hat, um Opposition zu vermeiden, aber es war ein großer Schritt nach vorn. Man nannte es die Tauwetter-Periode. Das war die Zeit, als ich für die Regierung gearbeitet habe.«

»Es müssen aufregende Zeiten gewesen sein.«

Alexander mustert seine Hände und überlegt. Es ist lange her, dass er ohne Schrecken und Beklemmung an damals gedacht hat. Hatte er es anfangs als aufregend empfunden? Vermutlich. Aber das war, bevor er Katja begegnete. Bevor die Institutionen, die zu respektieren und denen zu dienen er gelernt hatte, anfingen, das zu bedrohen, was er am meisten liebte. Er blinzelt die Gedanken fort.

»Sie sehen glücklich aus«, sagt er zu Estelle, und seine unverblümte Bemerkung macht sie einen Moment verlegen.

»Ich glaube, das bin ich auch«, erwidert sie. »Ich weiß, dass es Ihnen schwerfällt, von diesen Dingen zu sprechen, und im Gegensatz zu dem Eindruck, den ich bislang vielleicht gemacht habe, gefalle ich mir nicht in der Rolle der aufdringlichen Nervensäge.«

»Ich kann nicht sagen, dass ich erpicht darauf bin, über Vorkommnisse zu sprechen, an die ich viele, viele Jahre nicht gedacht habe …«

»Vielleicht ist es Zeit, noch einmal über sie nachzudenken«, sagt Lauren.

Er ist verärgert. »Ich habe sie aus gutem Grund all die Zeit von mir ferngehalten. Für mich sind es schmerzliche Ereignisse.«

»Ich weiß, aber je mehr ich mich mit dem Leben meiner Tante beschäftige, desto mehr Ungereimtheiten scheint es zu geben.«

Alexander kratzt sich das Kinn. »Wird deswegen irgendetwas anders?«

»Vielleicht«, antwortet Lauren. Ihr Gesicht ist voller Leben und Entschlossenheit – Eigenschaften, die er von sich selbst kennt, auch wenn sie sich vielleicht nicht mehr so häufig bemerkbar machen.

»Katja ist tot«, sagt er. Er ist es allmählich leid, das zu sagen und zu denken. »Nichts wird sie je wieder lebendig machen. Estelle, ich möchte, dass Sie schreiben, mehr als alles andere. Ich finde es wunderbar, und wenn ich Sie darin unterstützen kann, indem ich Ihnen Ihren Ausgangspunkt liefere oder Ihnen erzähle, was ich über Katjas Leben und Tod weiß, dann werde ich das tun. Aber ich möchte kein neues Ermittlungsverfahren. All das Wiederkäuen und Nachbohren führt zu nichts.«

Er schlägt mit der Hand auf den Tisch, um seine Worte zu unterstreichen, doch als die Teetassen erzittern, ist er peinlich berührt.

»Das ist nicht die Haltung eines Forschers und Aufklärers, Mr. Iwanow.«

Er dreht sich um und erblickt einen sich im Türrahmen abzeichnenden Schatten.

»Professor Johnson.« Alexander steht auf und schüttelt ihm die Hand. »Aufklärung ist in diesem Fall unmöglich. Es ist immer gut zu wissen, wann man etwas auf sich beruhen lassen sollte.«

»Halt, halt!«, erwidert der Professor, und eine Spur Entzücken schwingt in seiner leisen Stimme mit. »Sie eröffnen viel zu viele wundervolle Debatten auf einmal. Die Natur der Aufklärung, die Natur des Triumphs … Ah, wir könnten Stunden diskutieren.«

Alexander nimmt wieder Platz. »Bei allem Respekt – ich möchte keine Debatten eröffnen. Ich möchte sie beenden.«

Professor Johnson erwidert nichts weiter, er nickt nur und wendet sich dem Kühlschrank zu. Estelle ist bereits aufgesprungen und bringt ihm ein Glas, in das er den Inhalt einer Dose Tonicwasser gießt. Er trinkt einen Schluck und betrachtet die Runde am Tisch. »Hervorragende Malariaprophylaxe«, erklärt er dann.

Lauren lacht, und sein Blick heftet sich auf sie. Seine Augen sind grimmig und vogelgleich und vermitteln den Eindruck fortwährender Bewegung und außerordentlicher Wachsamkeit zugleich. »Sie erinnern mich irgendwie an meine Frau«, sagt er zu ihr. »Nicht äußerlich, wissen Sie. Etwas in Ihren Augen. ›Der wilde Sommer lag in ihrem Blick …‹«

Estelle ist damit beschäftigt, Teeblätter in die Kanne zu löffeln.

»Danke«, sagt Lauren.

»William Butler Yeats«, fährt der Professor fort. »Das Zitat, meine ich.«

Er ist ein großer Mann, mit breiter Brust und breiten Schultern, und dennoch wirkt er irgendwie schlaksig. Langsam geht er zur Küchentür, setzt seine Schritte bedächtig, als seien seine Beine längere Zeit der Enge unter dem Schreibtisch ausgesetzt gewesen. Er schüttelt den Kopf, als Lauren ihn fragt, ob er sich zu ihnen gesellen möchte. »Ich trinke keinen Nachmittagstee«, sagt er zu ihr. »Das spare ich mir fürs Alter auf.«

Alexander beobachtet, wie Lauren sein Gesicht und seine Gestalt mustert und ihn auf eine leere Leinwand überträgt, während sie über seinen Scherz lächelt. Und dann geschieht etwas. Alexander gäbe viel darum, es ungeschehen zu machen. Er streckt die Hand nach seiner Tasse aus, doch Estelle schenkt gerade Milch ein, und ihre Hände berühren sich. Unwillkürlich ergreift er ihre Hand, um sie zu stützen. Die Berührung ist kurz, intim, er spürt sie in jeder Faser seines Körpers, und kaum ist die angenehme nervöse Spannung gewichen, entsetzt ihn der Gedanke, dass der Professor gesehen und gespürt haben könnte, was geschehen ist. Estelle wirft ihrem Mann einen Blick zu, während sie Laurens Tasse füllt, aber er sieht weder sie noch Alexander an. Doch Alexander ist überzeugt, dass dem Professor nicht das Geringste entgeht.

Estelles Stimme klingt munter, als sie das Schweigen bricht. »Ich stehle die Ergebnisse von Laurens Russlandrecherche für meine eigenen Zwecke.«

Ihr Mann schnaubt leicht – vielleicht eine verzögerte Reaktion auf das, was er eben gesehen haben könnte. »Doch nicht etwa für einen weiteren Romanversuch, meine Liebe?«

Estelle schweigt. Verschließt sich. Zieht sich zurück. Wie ein Tier, das Gefahr wittert. Professor Johnson lächelt sofort. »Weißt du, du brauchst kein schlechtes Gewissen zu haben, wenn du dir Laurens Erkenntnisse aneignest. Letztlich basiert die akademische Welt größtenteils auf der Aneignung fremden geistigen Eigentums.«

Vielleicht schämt er sich, weil er sich ihrem Unterfangen gegenüber so respektlos gezeigt hat, denkt Alexander. Vielleicht schämt er sich auch bloß dafür, dass er es in Gegenwart ihrer Gäste getan hat. Doch der Blick, den Estelle ihrem Mann zuwirft, ist freundlich, wenn auch verhalten.

»Schon gut, Frank«, sagt sie, und er scheint das als Absolution zu verstehen. Mit einem Hüsteln verlässt er die Küche und geht durch den Flur davon.

Es dauert fast zwei Stunden, die Geschichte von Alexanders Leben mit Katja, soweit er sich erinnert, zu rekapitulieren. Seine Entdeckungen, ihre Entscheidungen und dann ihr Tod: das zentrale Thema – so fatal wie Giftgas für den Fortgang ihres Gesprächs. Dies ist der Punkt, an dem er sich bei Laurens Nachfragen stets in der Defensive fühlt, denn was er weiß, weiß er nur vom Hörensagen. Er war nicht da – weder vorher, noch währenddessen noch nachher, und deshalb kann er nicht genau wissen, was passiert ist und wann. Das ist Laurens Argument, ein Argument, das auch Estelle überzeugend zu finden scheint. In diesem Moment entdeckt Alexander zum ersten Mal etwas von Melissa in den klaren Augen ihrer Mutter, ein Hinweis auf das sorgfältige Erwägen, das in ihrem Kopf vorgeht.

»Ich glaube, es gibt noch eine ganze Menge herauszufinden. Vor allem jetzt«, sagt Lauren.

»Warum gerade jetzt?«, fragt Alexander.

»Weil ich herausgefunden habe, dass Mischa noch lebt«, sagt sie behutsam. »Der beste Freund der beiden in Russland«, fügt sie an Estelle gewandt hinzu.

Er hat keine Ahnung, warum ihn diese Information trifft wie ein körperlicher Schlag. Es ist keineswegs so, dass er gewusst oder geglaubt hat, Mischa sei tot. Doch all die Jahre, seit er Russland verlassen hat, sind seine Gedanken an Mischa, genau wie an Katja, in der Vergangenheit verwurzelt gewesen. Es war gewissermaßen, als wären sie zusammen gestorben. Er hat kaum je an die Möglichkeit gedacht, dass Mischa noch leben könnte, und sich immer gesagt, dass es daran lag, dass es in den ersten Jahren zu schwierig und zu gefährlich gewesen wäre, miteinander in Kontakt zu bleiben. Das stimmte zwar auch, aber wenn er ehrlich ist, dann war die enge Freundschaft mit Mischa auch das, was ihn am stärksten an Katja erinnert hat, und nach ihrem Tod wollte Alexander einen klaren Bruch, einen reinen, tiefen Schnitt, der ihn von ihrem Land trennte und von allen und allem, was damit verbunden war, außer vielleicht seinen Eltern.

Die beiden Frauen sehen ihn erwartungsvoll an, aber er weiß nicht, was er sagen soll. Er spürt schon eine geraume Weile, wie ihm der Nachmittag, die ganze Situation entgleitet, und jetzt fühlt sich sein Kopf leicht an, wie mit Watte gefüllt. Alles ist weich, da ist nichts Solides zum Festhalten, und dieses Gefühl hasst er. So ähnlich stellt er sich beginnende Senilität vor, und der Gedanke daran lässt ihn schaudern. »Wie lange verheimlichst du mir das schon?«

»Ich habe es dir nicht verheimlicht. Ich wusste nicht, ob wir ihn finden würden, und ich wollte dich nicht umsonst damit behelligen. Es fing an, als ich letztes Jahr nach Moskau fuhr. Ich habe ihn damals nicht ausfindig machen können, und deshalb habe ich eine Auskunftei beauftragt – einen Privatdetektiv im Grunde –, ihn zu suchen.«

»Und?«

»Sie haben ihn gefunden. Vor zwei Wochen. Er lebt immer noch in Moskau. Ich habe auf den passenden Augenblick gewartet, um es dir zu erzählen.«

Alexander spürt, wie sich der letzte Faden in seinem Kopf entwirrt. Er kann nicht mehr denken, spürt nichts mehr. Er legt die Hand an die Stirn, und Estelle reicht ihm ein Glas Wasser.

»Er war in Moskau, als Katja starb. Er war ihr und dein bester Freund. Er muss versucht haben, etwas über die Umstände ihres Todes herauszufinden. Und da du nie mit ihm hast sprechen können, weißt du nicht, was er möglicherweise herausgefunden hat.«

»Möchtest du ihn aufsuchen?«

»Du nicht?« Laurens Hand liegt auf seiner Schulter. Estelle hat sich auf ihrem Stuhl vorgebeugt.

»Ich denke, wir sollten ihn aufsuchen«, fährt Lauren fort. »Ich denke, eine Reise nach Moskau würde einiges klären. Ich könnte dir helfen, die ganze Geschichte herauszufinden, und Estelle hat schon gesagt, sie würde uns gern begleiten – es wäre eine großartige Chance für sie, ihren Recherchen nachzugehen. Wir hätten alle etwas davon.«

Er sagt nichts. Seine Kehle ist trocken, trotz des Wassers, das er getrunken hat.

»Onkel Alex? Ich will doch nur sagen – es gibt da all diese fehlenden Puzzleteile, und vielleicht bringt es auch gar nichts, aber möchtest du denn nicht ein für alle Mal die ganze Geschichte erfahren? Vielleicht findest du sogar heraus, dass du gar nicht so schuldig bist, wie du glaubst. Das erhoffe ich mir jedenfalls«, fügt sie mit leiser werdender Stimme hinzu.

Er hat ihr zugehört, das weiß sie, aber er zeigt keine Reaktion. Er beugt sich nur ein Stück vor und starrt zu Boden. Als sie Estelle ansieht, sind deren blaue Augen nachdenklich und besorgt. Estelle schüttelt sachte den Kopf, und Lauren nickt. Sie weiß, dass sie im Moment keinen Schritt weitergehen darf.

Lauren stellt sich ihren Geist wie eine Leinwand vor, die mit wilden Farben bespritzt ist, mit Farben, die zufällig gesetzt sind, ohne Zusammenhang, Farben, die ineinanderfließen und ein Gemenge aus Verwirrung und Ungewissheit ergeben. Diese Verunsicherung begleitet sie, seit sie an ihrer Arbeit zu zweifeln begann. Und nun mischt sich auch Katjas wieder aufgewühlte Geschichte in die Mischung. Bis jetzt hat sie ihr Vorhaben, Mischa ausfindig zu machen und ihn zu treffen, nicht in Zweifel gezogen – sie war zunehmend überzeugt, dass die unbekannten Aspekte von Katjas Geschichte aufgedeckt gehörten. Wozu sich mit der halben Geschichte begnügen, wenn man doch die ganze Geschichte haben konnte? War Nichtwissen denn besser als Wissen? Doch die Qual ihres Onkels hat die Sache in ein anderes Licht gerückt.

Sie ist in eine Biografie vertieft, die sie nach Afrika führt, als das Telefon klingelt. Als sie sich meldet, ist sie immer noch von Wüsten und Sanddünen umgeben, und sie braucht einen Moment, um zu begreifen, dass es Melissa ist, aber als sie die Stimme erkennt, setzt sie sich auf und das Buch gleitet zu Boden. Nach den üblichen Höflichkeitsfloskeln erbietet sie sich, Alexander ans Telefon zu holen, aber das will Melissa gar nicht. »Ich rufe Ihretwegen an.«

»Tatsächlich?«

»Ich habe gerade Ballettkarten für heute Abend geschenkt bekommen, zwei Plätze in der ersten Reihe, und ich dachte, vielleicht hätten Sie Lust, mich zu begleiten. *Der Nussknacker.*«

»Mit Vergnügen.« Wieder spürt Lauren, wie sich Verwirrung in ihren Gedanken ausbreitet, doch diesmal ist das Gefühl angenehm, ja berauschend. Kaum hat sie zugesagt, fällt ihr ein, dass sie in Anbetracht des schwebenden Geschäftsabschlusses vielleicht erst ihren Onkel hätte fragen sollen. Sie verabreden, sich im Theater zu treffen, und erst als Lauren auflegt, kommt ihr in den Sinn, dass die Einladung für Melissa vielleicht nur ein weiterer Schritt in Richtung dieses Geschäftsabschlusses ist.

Das Theater ist warm und dunkel. Die Bühnenbeleuchtung spiegelt sich sanft auf den verzückten Gesichtern des Publikums. Ohne den Kopf zu bewegen, wirft Melissa Lauren einen Seitenblick zu. Sie scheint in die Tanzdarbietung versunken zu sein; ihre Augen folgen den schwerelosen Bewegungen der Haupttänzer, ihre Mundwinkel sind leicht hochgezogen, sie sieht glücklich aus. Melissa schaut wieder auf die Bühne. Die Musik ist dramatisch und bewegend, aber sie weiß nicht genug über Ballett, um zu sehen, ob die Tanzenden hervorragend oder bloß gut sind. Nachher wird sie Lauren nach ihrer Meinung fragen. Im Augenblick ist sie ein wenig ruhelos. Das Ballett dauert noch eine Stunde, und Melissa kann sich eine Menge Dinge vorstellen, die sie in dieser kostbaren Zeitspanne erledigen könnte – arbeiten oder ins Fitness-Studio gehen, sich endlich die neuesten Nachrichten im Fernsehen ansehen oder sogar ein langes Bad nehmen, ein Luxus, für den sie selten Zeit hat. Stattdessen sitzt sie hier, mit einem Gast, und sie bemüht sich, die vergeudete Zeit gelassen zu nehmen. Wann ist ihr Leben so hektisch geworden, dass still zu sitzen und Musik zu hören – die zu komponieren eine Brillanz erfordert, die sie sich nicht einmal vorstellen kann – zu einem ihr fremden Genuss geworden ist? Für Lauren ist das offenkundig anders, ebenso wie für die anderen Menschen um sie herum. In einer nüchternen Analyse fragt Melissa sich, ob sie es langsam aber sicher verlernt hat, reinen Genuss zu empfinden: an Kultur, an Kunst, an Freizeitbeschäftigungen, die vielleicht nicht effizient, aber höchst anregend sind. Sie beschließt, den Rest der Aufführung zu genießen. Danach, später, wird sie ernsthaft versuchen, ein bisschen Freizeit in ihren Terminplan einzubauen, vielleicht für den Besuch einer Kunstgalerie. Sie könnte Lauren bitten, sie zu führen.

Später, beim Abendessen, fragt Lauren sie nach ihren Eltern. Melissas Antworten sind knapp und prägnant, aber mit einer Spur trockenen Humors gewürzt, den Lauren besonders amüsant findet, wenn Melissa über ihren Vater spricht und seine mangelnde Wahrnehmung all dessen, was sich außerhalb seiner Bücher abspielt. Gleich darauf ändert sich Melissas Ton allerdings und wird gedämpfter. »Wissen Sie, die letzten beiden Male, als ich mit ihnen zu Abend gegessen habe, hat meine Mutter ohne Punkt und Komma von Russland geredet. Und mein Dad hat alle ihre Fragen beantwortet, aber es ist ihm nicht in den Sinn gekommen, sie zu fragen, warum sie sich für dieses Land interessiert. Seine Gedankenwelt ist von einer Ausschließlichkeit, die ich bewundere, aber ich glaube, in einer engen Beziehung macht sie einen blind.«

Melissa ändert ihre Haltung, und ihr Blick wird unruhig. Lauren ahnt, dass dies Melissas zögernde Art ist, etwas über sich preiszugeben, aber sie beschließt, dem nicht weiter nachzugehen. »Ich glaube, sie ist ziemlich fasziniert von Ihrem Onkel und von Katja«, fährt Melissa fort. »Alle scheinen von dieser Frau eingenommen zu sein, der niemand von uns je begegnet ist.«

»Ich glaube, als ich jünger war, war Katja wie die Heldin eines Comics für mich: aufregend und exotisch, eine Frau mit einem Doppelleben. Spionage, Kalter Krieg – all das.«

»Sie bewundern sie immer noch, stimmt's?«

»Natürlich. Ich meine, sie hat auf schreckliche Weise beide Eltern verloren, als sie noch sehr jung war, und sie hat dennoch einen Weg gefunden, stark zu sein, sich ihrer selbst und ihrer Überzeugung sicher zu sein. Obwohl es bedeutete, allen und allem um sie herum die Stirn zu bieten. Sie hat voller Leidenschaft gelebt, und das möchte ich auch.«

Melissa lächelt. »Sie klingt ein wenig nach Ihnen. Die Eltern verloren, ein von Leidenschaft erfülltes Leben. Ich meine, Sie sind nicht Künstlerin geworden, weil Sie Wert auf ein regelmäßiges Einkommen legen. Sie sind Künstlerin, weil Sie Ihrer Leidenschaft nachgehen, stimmt's?«

Lauren hat sich seit ihrer Jugend nicht mehr in demselben Licht betrachtet wie ihre Tante und neigt jetzt weniger denn je dazu. »Ich glaube, ich habe noch einen weiten Weg vor mir, bevor ich mich auch nur im Entferntesten mit Katja vergleichen kann«, erwidert sie. »Sie wusste genau, was sie im Leben wollte. Sie hatte ein Ziel.«

»Und das haben Sie nicht?«

Lauren zögert. »Ich liebe es zu malen. Ich bin nur die Porträts leid. Ich bin zu lange auf Nummer Sicher gegangen. Habe Aufträge angenommen, die mich weder intellektuell noch technisch herausfordern. Ich entwickele mich nicht weiter.«

»Das ist ein Problem«, erwidert Melissa. »Man kann im Leben nicht stehenbleiben. Wenn man nicht weitergeht, fällt man zurück.«

»Eine Weisheit von Ihrem Tischkalender?«

Melissa seufzt. »Es gefällt Ihnen, mich als Konzernroboter zu sehen, stimmt's? Ich bin vielleicht nicht in der Lage, mich poetisch auszudrücken oder durch sonst eine Kunstform, aber ich weiß, woran ich glaube. Tut mir leid, wenn das abgedroschen klingt.«

Nicht zum ersten Mal verflucht Lauren ihr vorlautes Mundwerk. »Nein, *mir* tut es leid«, sagt sie. »Wirklich. Ich habe vom ersten Tag an von meinem hohen Ross als Künstlerin auf Sie herabgesehen, und das haben Sie nicht verdient.«

Melissa lächelt und schenkt ihnen Wein nach. »Sie waren ziemlich angriffslustig. Aber damit kann ich umgehen.«

»Ach, wirklich?«

»Ja, wirklich.«

Eine Pause entsteht. Lauren studiert die Dessertkarte und bemerkt, dass Melissa ihre beiseitegelegt hat. »Sie möchten sich nicht vielleicht ein Stück Schoko-Käsekuchen mit mir teilen?«

»Zu viele Kohlenhydrate. Und der Fettgehalt ...«

»Wenn Sie es doch tun, dann gehe ich mit Ihnen ins Museum of Fine Arts und zeige Ihnen ein paar Sachen. Wenn Sie Lust haben.«

Melissa runzelt die Stirn. »Habe ich das richtig verstanden: Ich soll einen Nachtisch essen, den ich nicht essen möchte, um eine Museumsführung zu bekommen, um die ich nicht gebeten habe?«

Lauren zuckt die Schultern.

»Für eine Künstlerin sind Sie ganz schön hart im Verhandeln.«

»Also abgemacht?«

Melissa lächelt. »Ich liebe Käsekuchen. Und ich bin ziemlich sicher, dass ich lernen kann, die schönen Künste zu lieben. Ich muss für ein paar Tage heim nach New York. Aber vielleicht wenn ich das nächste Mal wieder hier bin?«

Lauren lehnt sich zurück und lächelt. »Ich werde Sie daran erinnern.«

## Kapitel 12

### *Moskau, Oktober 1956*

Nackt und zitternd liegt sie auf seinem Bett. In der kühlen Dunkelheit kann er ihr Zittern nicht sehen, aber seine Hand spürt die winzigen Zuckungen ihrer Muskeln, als sie sanft über ihren Bauch streicht. Er ist ihren Küssen ausgewichen, den Küssen, die sie manchmal benutzt, um ihr Gesicht vor seinen Augen zu verbergen, denn sie weiß, dass er sie nicht beobachten kann, wenn er ihr so nah ist. Das Begehren, das ihn vor wenigen Momenten überkommen hat, ist ein wenig schwächer geworden, ein bewusster Willensakt, denn er möchte sie jetzt sehen und wissen, was in ihrem Kopf oder ihrem Herzen vorgeht und jede Faser ihres Körpers erbeben lässt.

Er richtet sich neben ihr auf, und als sie versucht, ihn zu sich herabzuziehen, ergreift er behutsam ihre Hand, die seine Schulter umfasst, und führt sie an seine Lippen. Mit geschlossenen Augen küsst er ihre Finger, jeden einzelnen, jedes einzelne Gelenk, langsam, langsam. Dann ihre Handfläche, warm und salzig. Er drückt sie an sein Gesicht, und die andere Hand legt er zwischen ihre Brüste. Ihr Atem ist schnell und flach, und das Zittern ist noch immer da.

»Sascha«, flüstert sie, und da zieht er ihre Hand an seine Brust, legt sie auf sein Herz und schaut sie an.

»Was ist denn, Katjuschka?«, fragt er mit leiser Stimme.

Sie wendet den Kopf ab, schaut in Richtung Fenster, und in dem schwachen Mond- oder Straßenlicht, das durch die Vorhänge dringt, sieht er Tränen auf ihren Wangen und in ihren Wimpern schimmern. Ohne sich auszuziehen, legt er sich neben sie. Auch wenn er ihr abgewandtes Gesicht nicht sehen kann, kann er sie halten, und seine Arme umschlingen ihren Körper, seine Hände streicheln sie, wo immer sie verweilen – ihre Taille, ihre Hüfte, ihren Schenkel. Ihr Zittern verstärkt sich. Er kann ihre Rippen fühlen, die zarten Härchen auf ihrem Rücken, ihre dünnen Schultern, alles zittert. »Was ist denn, Liebste?«

Sie dreht ihm den Kopf zu. Sie will die Hand heben, will sich übers Gesicht fahren, aber er hält sie so fest umschlungen, dass sie ihre Hand nicht freibekommt. Er versucht sie zu sich umzudrehen, und jetzt gibt sie nach, wendet sich ihm zu und legt ihren Kopf an seinen Hals, und er spürt die Nässe von Augen und Nase auf seiner Haut.

»Was ist los?«

Aber sie sagt nichts. Sie gibt einen Laut von sich, der wie Lachen klingt, aber er kommt von tief innen und ist so rau und gefühlsschwer, dass er ihn nicht deuten kann.

»Ich bin so glücklich mit dir, Sascha.«

Es ist das erste Mal, dass sie so etwas zu ihm sagt. Selbst in den intimsten, zärtlichsten Augenblicken ihres Liebesspiels hat sie es nie über sich gebracht, seine leisen Worte der Liebe zu erwidern.

Er ist benommen vor Freude, vor tiefer, ungezügelter Wonne, und er schließt die Augen und küsst ihre Stirn und ihre Lider. Er will nie wieder fort von hier oder von ihr oder sich von diesem Bett erheben, nie wieder. Nach einer Weile kommt ihm in den Sinn, ihr noch einmal die Frage zu stellen, die er ihr einige Tage zuvor gestellt hat: »Katjuschka, willst du mich heiraten? Bitte!« Sie hatte nicht darauf geantwortet, war in sich gekehrt und verwirrt gewesen und hatte nur darauf beharrt, dass sie Zeit brauche, um eine Entscheidung zu treffen. Ihm war übel gewesen vor Verzweiflung, denn wie konnte jemand Zeit benötigen, um diese Frage zu beantworten, es sei denn, die Antwort lautete nein? Doch jetzt und hier weiß er, dass sie ihn liebt. Aber er wiederholt die Frage nicht. Der Augenblick ist zu kostbar, um ihn zu zerstören, und außerdem wird sie ihm ihre Antwort geben, wenn sie soweit ist.

Das Zittern ihrer Glieder ist verklungen. Sie liegt ruhig und friedlich neben ihm, ihr Atem tief und gleichmäßig. Er liegt ganz still und fragt sich, ob sie eingeschlafen ist. Doch ein leichtes Zucken in ihren Beinen, die sie an seine schmiegt, sagt ihm, dass sie wach ist.

»Sascha«, flüstert sie. »Ich will dich heiraten.« Und dann, mit sehr, sehr leiser Stimme: »Ich liebe dich.«

Zur Antwort küsst er sie auf den Scheitel. Nichts kann ihn bewegen, seine Umarmung jetzt zu lösen – und sie versucht nicht, ihn anzublicken oder zu küssen. Sie liegen da, vereint, still, und irgendwann spürt er, wie ihre Arme sich lösen und ihre Hand von seinem Bein gleitet. Sie ist eingeschlafen.

Manchmal spürt sie, wenn sie in den Schlaf gleitet, dass sie wieder diesen Traum haben wird. Das Wissen erreicht sie wie über ihren siebten Sinn, und sie kämpft stets darum, wieder wach zu werden, aber es ist ein fruchtloses Unterfangen, wie der Versuch, aus Treibsand herauszukommen. Es ist schrecklich und unvermeidlich, aber jetzt ist sie in dem wirbelnden Strom ihres Schlummers gefangen, und es gibt keine Möglichkeit, an die Oberfläche zu gelangen, dem Traum zu entrinnen, aufzutauchen und Luft zu schnappen. Er spürt ihre Glieder an seinem Körper zucken, und dass sie so schnell und leicht eingeschlafen ist, lässt ihn lächeln. Wieder ertönt ein Laut aus ihrer Kehle, ein Stöhnen, und er küsst sie und reibt ihren Rücken.

Sie sieht ihre Mutter in einer stickigen fensterlosen Zelle. Der Gestank von Kot und Urin steckt in den Wänden. Ihr Vater ist auch irgendwo dort, in einem anderen Teil des Gefängnisses, aber ihn sieht sie in diesem Traum nie. Immer nur ihre Mutter. Und ihr Gesicht ist so klar, die Erinnerung so lebendig, dass es ihr inmitten ihrer Qual einen Stich der Freude versetzt. Ihre Mutter hockt in einer Ecke der Zelle, die grell erleuchtet ist, um sie am Schlafen zu hindern, und sie ist merkwürdig ruhig, aber die Ruhe ist der Resignation oder Verzweiflung geschuldet, etwas, das Katja mehr schmerzt, als Panik oder Zorn es könnten. Sie weiß, dass ihre Mutter sich geweigert hat, ein Stück Papier zu unterschreiben, ein erfundenes Geständnis, in dem sie zugibt, ein Volksfeind zu sein, und von irgendwo außerhalb der Zelle hört Katja sich selbst, wie sie ihre Mutter anfleht zu unterschreiben, lass dich nicht länger von ihnen quälen, unterschreib einfach.

»Aber selbst wenn ich gestehe, Katjuschka, werden sie mich erschießen«, sagt ihre Mutter. Einfach so, kalt, ohne auf die Angst und Verzweiflung ihrer Tochter einzugehen. Sie weiß, es ist dem Traum geschuldet, dass ihre Mutter so distanziert und unbeteiligt scheint, aber es schmerzt sie dennoch. Macht es ihr nichts aus, dass sie Katja nie wiedersehen wird, sie nie wieder in den Arm nehmen und küssen wird?

Dann wird sie geschlagen. Das ist ein schrecklicher Teil in ihrem Traum, aber Katja weiß, dass dies erst der Anfang ist. Sie spürt, wie ein unkontrollierbarer Schrei in ihr aufsteigt, als zwei der Wärter zu ihrer Mutter hineingehen. Sie schlagen mit Gewehrkolben auf sie ein und treten sie mit schwarzen Stiefeln. Es sind kräftig gebaute Männer; einer von ihnen ist klein, mit massigem Nacken, breiten Schultern, und das Geräusch, mit dem sein Gewehrkolben auf den am Boden liegenden Körper trifft, ist übelkeiterregend. Wenn sie lange genug zugeschlagen haben, klingt das Geräusch nass, quatschend. Dann hört sie ihre Mutter röcheln – Blut füllt ihren Mund, ihre Kehle, ihre Augen. Dann folgt der schlimmste Teil des Traumes. Ein anderer Mann knöpft seine Hose auf, es ist einer der Wärter, glaubt sie, und der untersetzte Mann ist auch noch da, er lacht jetzt, und ihre Mutter wird aus der Ecke hochgezogen, muss sich aufrichten, ihre Schenkel werden gespreizt, und jetzt hört sie ihre Mutter schluchzen. Der Wärter wirft sich mit schneller Brutalität auf sie. Aus seinem offenen, schlaffen Mund kommt ein wildes, gnadenloses Grunzen, während er sie vergewaltigt, ein obszönes genüssliches Stöhnen, während er in sie stößt und seine Hände ihr Kleid aufreißen und nach ihren Brüsten grapschen.

»Unterschreib doch!«, fleht Katja. »Unterschreib doch einfach!«

Am Ende unterschreibt sie. Und dann wird sie aus der Zelle geholt, und Katja sieht zu, wie man sie nach draußen bringt. Die Knie ihrer Mutter geben nach, und ihr Gesicht ist jetzt nicht mehr zu erkennen – eine blutige Masse; ihr Kleid ist fleckig und zerrissen, und im Nacken hat sie ein Brandmal von einer Zigarette. Wenn sie sie nach draußen geschafft haben, werden sie sie an die Wand stellen, zusammen mit einigen anderen, und sie erschießen. Aber den Teil sieht Katja nie. Deshalb ist die Vergewaltigung immer das Schlimmste.

Seit die Schreie vor einigen Minuten anfingen, winzige, erstickte Laute, als ob sie gleichzeitig schreien und keuchen wollte, hat er sie immer wieder sachte geschüttelt. Er zögert, sie unvermittelt aus tiefstem Schlaf zu wecken. Doch dann beruhigt sich ihr Atem, und die Laute verklingen. Eine Träne rinnt aus einem Auge, und ihr Mund ist vor Schmerz oder Traurigkeit verzerrt. Er reibt ihr den Rücken und streicht ihr über den Kopf, flüstert ihr zu, dass alles gut ist, dass ihr nichts geschieht. Und langsam entspannen sich ihre Gesichtszüge, und kurz darauf erwacht sie. »Du hast schlecht geträumt«, sagt er.

Sie fährt sich mit der Hand über Augen und Gesicht und atmet heftig. Sie dreht sich um, meidet seinen Blick und sieht an die Decke. Plötzlich will sie seine Hände nicht mehr auf sich haben. Sie rückt ein Stück ab, so dass sie die Wärme seines Körpers nicht länger spürt. Jetzt umfängt die kühle Luft ihre heißen Glieder, und dafür ist sie dankbar.

»Katja? Erinnerst du dich daran?«

»Woran?«, fragt sie mit heiserer Stimme.

»An deinen Traum. Du warst so verzweifelt. Erinnerst du dich daran?«

Ihr Atem ist wild, fast außer Kontrolle. Sie kann bloß den Kopf schütteln.

»Bist du sicher?«, fragt er nach. »Ist alles in Ordnung?«

Sie holt tief Luft, und dann kann sie sich ihm wieder zuwenden. Ihr Blick ist klar. »Nein, ich erinnere mich an nichts«, sagt sie. »An überhaupt nichts.«

Sie schließt die Augen und gibt vor zu schlafen. Noch immer hält sie Abstand zu ihm, und er spürt es, und sie weiß, dass es ihn verletzt, aber nun rückt auch er ein Stück ab, um ihr den Raum zu lassen, den sie jetzt dringend braucht. Dann hört sie, wie er leise aufsteht und ins Bad geht. Wasser läuft in einem dünnen Strahl in die Wanne. Er wird eine Weile fort sein. Sie öffnet die Augen und atmet hörbar tief ein. Der Traum verflüchtigt sich, viel schneller als sonst, denn beim Aufwachen fiel ihr ein, dass sie seinen Heiratsantrag angenommen hat. Sie blinzelt ein paar Mal und wischt sich dann den leichten Schweißfilm von Wangen und Nase. Seit Tagen schon befindet sie sich in einem Zustand unterdrückter Panik – seit er sie das erste Mal gefragt hat und sie ins Grübeln gekommen ist, ob sie ihn heiraten soll, um weitere Informationen zu beschaffen, oder ob sie nein sagen soll, weil sie ihn nur benutzen würde. Sie fragt sich, was sie sich vorhin gedacht hat, als sie ja gesagt hat; und dann wird ihr klar, dass sie sich überhaupt nichts dabei gedacht hat, dass sie nicht rational, kontrolliert, vernünftig war. Sie hat seinen Antrag angenommen, weil sie ihn liebt, und das war alles, was sie fühlte und dachte und wusste. Sie rollt sich auf den Rücken und schaut wieder an die Decke. Was um alles in der Welt soll sie Mischa erzählen? Wie kann sie ihm das begreiflich machen?

## Kapitel 13

*Boston, Februar 2001*

Die Abendschatten strecken ihre dunklen Finger in die Küche. Lauren steht am Herd und sieht, wie sich das Licht der fahlen Spätwintersonne an den Wänden bricht. Es ist ein warmer Farbton, der langsam schwindet und eine feierliche Düsternis hinterlässt. Sie liebt diese Art Zwielicht – es lässt an den Frühlingsbeginn denken. Sie blickt zu Alexander hinüber. Er ist damit beschäftigt, Eier und Milch zu verquirlen und hat das nachlassende Licht noch nicht bemerkt. Sie ist froh darüber. In diesem Haus kann sie die stille Abenddämmerung oder den samtigen Schutz der Nacht kaum je genießen. Wann immer Alexander in der Nähe ist, werden diese Schattentöne von unzähligen Leuchtern und Lampen und Kerzen verscheucht.

»Wann fährst du?«, fragt er sie und greift zu Salz- und Pfeffermühle.

»Nächste Woche. Und ich hatte gehofft, dass du mitkommst.«

Betont ungezwungen schneidet er ein großes Stück Butter ab und gibt es in die Pfanne.

»Ich wollte Rühreier, keinen Herzinfarkt«, wendet Lauren ein.

»Du wolltest lernen, wie *ich* Rühreier mache«, erwidert er, »und ich leite keine Diätklinik. Man muss warten, bis die Butter leicht schaumig ist.«

Gehorsam schaut sie zu, wie die Butter schmilzt.

»Ich fahre nicht mit«, sagt Alexander unvermittelt. »Das habe ich dir von Anfang an gesagt, und daran hat sich nichts geändert. Wenn du wirklich glaubst, dass du dort was entdeckst – schön. Komm zurück und erzähl mir, was immer es ist.«

Lauren gießt die Eier in die Pfanne.

»Immer schön rühren«, weist Alexander sie an.

»Dann willst du also doch mehr erfahren?«

»Nein!«

Sein harscher, entschiedener Ton erschreckt sie, aber sie blickt nicht vom Herd auf. Sie rührt mit dem Holzlöffel in der Pfanne, während die Eiermasse allmählich stockt. Sie konzentriert sich darauf, um sich Zeit zu geben, ihren Impuls, ihn anzufahren, zu zügeln, und um ihm Zeit zu geben, sich zu beruhigen. Sie spürt, dass er einen Schritt zurückgetreten ist und verlegen neben ihr steht. Er zieht sein Taschentuch hervor und wischt sich damit übers Gesicht. Ein, zwei Minuten vergehen, in denen er es nicht wagt, ihr Anweisungen zu den Rühreiern zu geben, obwohl er am liebsten übernehmen würde. Intuitiv legt sie den Löffel hin und dreht die Pfanne so, dass der Griff zu ihm weist. Dann blickt sie auf.

»Vielleicht solltest du anfangen, mehr wissen zu wollen, Onkel Alex. Oder aufhören, so zu tun, als wolltest du es nicht. Nein«, schneidet sie ihm das Wort ab, bevor er sich verteidigen kann. »Untersteh dich, mir gegenüber noch mal diesen Ton anzuschlagen. Das funktioniert vielleicht bei Geschäftsbesprechungen, aber nicht in der Familie.«

»Rühr weiter, Lauren.« Das ist alles, was er sagt.

Sie nimmt den Löffel wieder zur Hand. »Sieht aus, als wären sie fast fertig.«

Er deckt den Küchentisch für zwei und steckt Brot in den Toaster. Sie bringt die Pfanne zu ihm; er wirft einen prüfenden Blick auf die Eier und nickt. Sie teilt die Rühreier auf und wartet, bis er sich gesetzt hat.

»Hör mal, Onkel Alex. Der Grund, warum ich die Sache verfolge, ist, dass ich all die Jahre über gedacht habe, dass das, was du machst, falsch ist. Dass es falsch ist, wenn du dir die Schuld an dem gibst, was Katja zugestoßen ist. Und dass es falsch war, der Sache bis jetzt nicht nachgegangen zu sein. Ich glaube, dass jemand anders seine Finger im Spiel hatte.«

»Das ist ja wohl klar. Aber was spielt das für eine Rolle? Ich habe den Ball ins Rollen gebracht. Ich habe die Untersuchung in Gang gesetzt.«

»Aber jemand anders hat sie zu Ende gebracht. Auf brutale Weise. Keine Verhaftung, kein Prozess. Das entsprach nicht Chruschtschows neuen Methoden, oder?«

»Mag sein, mag nicht sein«, erwidert er. »Wir sind das alles schon mal durchgegangen. Keine Regierung kann über Nacht alles umgestalten. Chruschtschow hat entscheidende Schritte in Sachen Transparenz und Verantwortung eingeleitet, aber alte Gepflogenheiten sind zäh. Und der KGB ist am zähesten von allen. Für ihn war das, was Katja und ich getan haben, Hochverrat.«

»Und was war mit Mischa?«, fragt sie ruhig.

Das Telefon klingelt, und dankbar greift er danach und meldet sich. Eine barsche Stimme erklingt am anderen Ende der Leitung. »Spreche ich mit Mr. Iwanow?«

»Ja, am Apparat.«

»Dem Präsidenten der Gesellschaft zur Würdigung Tschechows?« Ein kurzes bellendes Lachen folgt. Der Professor.

Alexander spürt, wie Kopfschmerzen in seinen Schläfen zu pochen beginnen. »Alles in Ordnung, Professor Johnson?«

»Ach, genau das ist der Punkt, wissen Sie. Ich bin mir nicht sicher.«

Alexander ist nicht in der Stimmung für solche Spielchen und wartet schweigend auf eine Erläuterung.

»Ich würde Sie gern treffen, wenn Sie Zeit haben«, kommt Frank Johnson schließlich zur Sache. »Es gibt ein paar Dinge, die ich gern mit Ihnen besprechen würde.«

»Zum Beispiel?«

»Das würde ich lieber persönlich besprechen.«

»Na schön.«

»Gut«, sagt er. »Können Sie morgen kommen?«

»Wohin?«

»In mein Büro. Auf dem Campus. Fachbereich Anglistik, im Grayston Building in ...«

»Ich kenne es.«

»Zehn Uhr.« Es ist eine Anweisung, keine Bitte.

»Mittags würde mir besser passen«, erwidert Alexander so höflich wie möglich. In Wahrheit ist die Uhrzeit nicht von Belang, aber er möchte der Vermessenheit des Professors etwas entgegensetzen. Er hört, wie ein paar Seiten umgeblättert werden und über diese Geräusche hinweg ein gereiztes Seufzen.

»Um zwölf Uhr habe ich Sprechstunde. Wie wäre es mit elf?«

»Klingt gut. Dann bis morgen.«

Lauren sieht ihn verwundert an. »Was war das denn?«

Alexander isst eine kleine Gabelvoll Rührei. Dann schiebt er den Teller fort und reibt sich die schmerzenden Schläfen. »Der Professor will sich duellieren«, antwortet er.

Die Morgendämmerung bringt reines, hartes Licht, das Kälte verheißt, und Alexander ist früh auf. Er sitzt in seinem Arbeitszimmer am Schreibtisch, im obersten Stockwerk seines Hauses, unter dem schrägen Dachsims, und beobachtet, wie das Blau des Himmels sich von einem tiefen Azur in ein blasses eisiges Hellblau wandelt. Noch in Morgenmantel und Hausschuhen tappt er nach unten in die Küche und bereitet zum Frühstück Pfannkuchen mit Schinkenspeck zu. Die Tür lässt er offen in der Hoffnung, dass der Duft die Treppe hinaufzieht und Lauren weckt.

Innerhalb weniger Minuten taucht sie auf. Ihre Haare sind noch nass vom Duschen. Sie setzt sich an den Tisch und stützt den Kopf müde in die Hand.

»Du riechst wunderbar«, sagt er. »Vollkommen rein.«

»Ich *bin* vollkommen rein. Was hast du da gebrutzelt?«

Er füllt einen Teller und stellt ihn vor sie hin.

»Lieber Himmel. Ich werde dreihundert Pfund wiegen, wenn ich nach Hause fahre.«

»Soll ich es wieder wegnehmen?«, fragt er, und prompt legt sie schützend die Arme um den Teller. Er sieht sie an und freut sich, dass zwischen ihnen wieder alles im Lot ist.

»Was ist?«

»Ich habe nachgedacht – über das, was du gestern gesagt hast.« Er setzt sich. In den nächsten Minuten erzählt er ihr von Mischa. Wie sie seit ihrem achten Lebensjahr in dieselbe Klasse gegangen sind, wie die Bande der Freundschaft stark genug gewesen waren, um kleine ideologische oder politische Differenzen zwischen ihnen zu überdauern.

»Aber ihr habt unterschiedliche Ansichten gehabt?«

»Selten. An der Universität haben wir beide die Regierung häufig in Frage gestellt – unter uns natürlich. Wir haben stundenlang über die Veränderungen gesprochen, die wir uns wünschten, und wie wir den Wandel von innen aus bewirken wollten. Er steckte im System drin, weißt du, genau wie ich. Er bekam einen guten Job in der Forschung, in einem hochinteressanten Bereich – Luft- und Raumfahrtforschung. Die Sowjets haben ja, wie du weißt, siebenundfünfzig den ersten Satelliten ins Weltall geschickt. Es war eine aufregende Zeit für Sascha, auch wenn er nicht groß darüber reden durfte – es war so vieles neu und geheim. Ich erinnere mich, wie wir gefeiert haben, als er seine Stelle bekam. Mein erster richtiger Kater.« Alexander lächelt bei der Erinnerung.

»Ich war so stolz auf ihn, und auch ich war voller Eifer, meinen Platz im Leben zu finden und anzufangen zu arbeiten, genau wie er. Er hat seinen Abschluss am Institut für Luft- und Raumfahrt gemacht. Er wollte immer schon fliegen. Nach all den Jahren unter Stalin war er genauso desillusioniert wie Katja und ich. Aber er hat, auch wenn er es nie zugeben wollte, daran geglaubt, dass unter Chruschtschow ein Wandel möglich ist.«

»Warum wollte er das nicht zugeben?«

Alexander zuckt die Schultern. »So war Mischa eben. Er hatte diese zynische ›Was schert's mich‹-Attitüde, und deshalb tat er, als habe er vor nichts und niemandem Respekt.«

»Das klingt nach einer eigenwilligen Persönlichkeit«, stellt Lauren fest. Dann fügt sie ein wenig leiser hinzu: »Und ich freue mich darauf, ihn kennenzulernen.«

Alexander springt von seinem Stuhl auf, als hätte sie ihm heißen Tee in den Schoß geschüttet. Dann fängt er sich wieder und versucht, seine abrupte Reaktion zu überspielen. »Ich mache mich besser fertig«, sagt er und geht nach oben.

Unter dem besänftigenden Prasseln einer ausgiebigen Dusche versucht er seinen inneren Widerstand gegen Laurens und Estelles geplante Reise nach Russland aufzulösen. Vielleicht finden sie etwas heraus, vielleicht auch nicht. Wenn nicht, was wahrscheinlich ist, wird sich nichts ändern. Wenn doch, wird er dann nicht jedes Detail, jeden noch so kleinen Informationskrümel über Katja, den sie mitbringen, wissen wollen? Erst als er sich anzieht, fällt ihm der Professor wieder ein, und dann nimmt er sich bewusst ein wenig mehr Zeit, um auszuwählen, was er tragen wird.

Es ist seltsam, dass er sich nach den Turbulenzen der vergangenen Wochen und trotz des Ärgers und der häufigen Kopfschmerzen so schwungvoll und lebendig fühlt wie seit Monaten nicht mehr. Vielleicht weil er sich mit neuen Herausforderungen konfrontiert sieht. Ein Teil von ihm sehnt sich danach, den Schmerz über Katjas Tod vollständig zu durchleben und dann für immer zu begraben. Und instinktiv wünscht er sich Estelles Unterstützung bei diesem Prozess. Und vielleicht ist doch gar nichts weiter passiert, als dass er sich allmählich etwas eingesteht, das er viele Jahre verdrängt hat – dass er mit dem Tod seiner Frau nicht zurechtgekommen ist, dass er den leichten Weg gewählt hat und vor den Folgen geflüchtet ist, statt sich mit ihnen auseinanderzusetzen. Er hat sein Entsetzen und seinen Schmerz als Vorwand benutzt, nicht an jene schreckliche Zeit zurückzudenken, aber vierzig Jahre später wird ihm nun klar, dass es naiv von ihm war zu glauben, er hätte die Wahl gehabt. Vielleicht ist das das Einzige, was ihm im Laufe seines Lebens gelungen ist: den Augenblick der Auseinandersetzung, die er insgeheim auszulöschen versucht hat, vor sich herzuschieben.

Als er nach unten kommt, ist Lauren immer noch in der Küche. Sie hat eine frische Kanne Tee und die Zeitung vor sich, und sie hat darauf gewartet, Frieden zu schließen, die Schroffheit, die immer wieder zwischen ihnen aufklingt, zu beschwichtigen. Ihre Augen mustern ihn über die Zeitung hinweg von Kopf bis Fuß. »Es ist egal, wie schick du aussiehst – er wird dich hassen. So vermutlich umso mehr.«

Alexander lacht. »Sollte ich meine ältesten Sachen tragen und vergessen, mir die Zähne zu putzen?«

Sie rümpft die Nase. »Das vielleicht lieber nicht. Was immer du tust, mit seinem verknitterten Professoren-Look wirst du nie mithalten können. Bleib dir lieber treu.« Sie steht auf und küsst ihn auf die Wange. »Du siehst gut aus«, sagt sie. »Viel Glück!«

Dank verschiedener Wegweiser findet er den Weg zum Fachbereich Anglistik. Innen ist der Backsteinbau beeindruckend getäfelt, aber eng, und in einem düsteren Büro erblickt er den Rücken einer Frau, die am Schreibtisch sitzt und telefoniert. Nachdem er einen Augenblick gewartet hat, klopft er leise an die offene Tür.

»Professor Johnson?«, flüstert er.

Sie legt die Hand über die Sprechmuschel. »Die Treppe rauf – dritte Tür links.«

»Danke.«

Der Name steht in schwungvoller Schrift auf einer kleinen Karte, die schludrig an die Tür geheftet ist. Das Namensschild macht einen improvisierten Eindruck, was die trostlose Atmosphäre des Ortes unterstreicht. Alexander nimmt den Hut ab und klopft entschlossen. Papier raschelt, ein knurriges »Herein!«, und er tritt ein.

Frank Johnsons dichtes eisengraues Haar ist nach hinten gekämmt, aber einige Strähnen haben sich gelöst und hängen ihm schlaff in die Stirn. Sein Gesicht ist zerfurcht, die Nase schief. Er ist gut rasiert, hat sich aber frisch geschnitten, unten am Kinn. Er erhebt sich, um Alexander die Hand zu schütteln, und wirkt noch größer als zuvor, was an der Enge des kleinen Büros liegen mag.

»Nett von Ihnen zu kommen. Setzen Sie sich, setzen Sie sich.« Er weist vage hinter Alexander. Dort steht ein alter Holzstuhl, auf dem ein hoher Stapel Bücher liegt, einschließlich einer Shakespeare-Gesamtausgabe. Professor Johnson streckt die Hände aus, um die Bücher wegzunehmen, aber seine Anstalten wirken erstaunlich schwach. Alexander dreht sich um, um ihm zu helfen, und gemeinsam räumen sie die Bücher auf den Boden, und er nimmt Platz.

»Etwas zu trinken?«, fragt der Professor.

»Nein, danke.«

»Ich mache das Fenster auf. Es wird schnell stickig hier drinnen, und meistens merke ich es nicht, wissen Sie.«

Alexander nickt dankbar. Der Raum ist mehr als ein wenig bedrückend. Während er wartet, betrachtet er die Bücherregale ringsum. Wie er es vom Arbeitszimmer eines Professors erwarten würde, sind sie zum Bersten vollgestellt, und noch in der kleinsten Lücke liegen einige quer obenauf. Weitere Bücher stapeln sich oben auf den Regalen. Er überfliegt die Titel und die Autoren und erkennt, dass sie einst in einer Art chronologischer und geografischer Reihenfolge angeordnet waren, dieses System aber irgendwann aufgegeben wurde. Direkt neben ihm befindet sich ein Regal mit, wie es scheint, ausschließlich irischen Werken.

Als Alexander sich wieder umwendet, merkt er, dass der Professor ihn beobachtet hat. »Ich mag Bücher.«

»Das sehe ich. Irische Literatur?«

»Zwar kein Spezialgebiet, aber ein Steckenpferd von mir. Die Iren haben eine gewisse …« Er seufzt und verschränkt seine großen Hände hinter dem Kopf, während er nach den richtigen Worten sucht. »Eine gewisse … Wildheit, eine gewisse verzweifelte Freude am Leben, die oft eine gewisse Düsternis und Schwärze der Seele überlagert. Was mich durchaus an das russische Temperament erinnert«, fügt er mit einem Seitenblick auf seinen Gast hinzu.

Alexander ist um eine Antwort verlegen. Die Bemerkung klingt harmlos, ist aber doch eindeutig auf ihn gemünzt.

»Sind Sie anderer Meinung?«, fragt Professor Johnson.

»Im Gegenteil, ich glaube, es steckt eine Menge Wahrheit in Ihren Worten. Aber ebenso glaube ich, dass man sich vor Verallgemeinerungen hüten sollte.«

»In der Tat. Werden wir also konkret.«

»Gern.«

»Ich möchte gern etwas mehr über Sie erfahren, Mr. Iwanow.«

»Bitte nennen Sie mich Alexander.«

»Danke. Ich möchte gern mehr über Sie wissen, Alexander.«

»Darf ich fragen warum?«

»Sie dürfen. Wie kann ich es ausdrücken?« Seine Finger trommeln auf die Papiere auf seinem Schreibtisch, und er lässt den Blick schweifen, als sei er auf der Suche nach einem Buch, das ihm vielleicht helfen könnte, sein Anliegen in Worte zu fassen. »Ich bin ein Mann mit festen Gewohnheiten. Ich bin fast die ganze Zeit zu Hause. Zwei Tage in der Woche komme ich hierher, in dieses ehrwürdige Institut der Gelehrsamkeit, um den jungen Köpfen, die mir anvertraut sind, so etwas Ähnliches wie einen kohärenten Gedankengang zu entlocken.«

»Sie arbeiten nicht Vollzeit?«

»Ich arbeite ständig. Aber nicht hier. Zu Hause.«

»Verstehe.«

»Wo auch immer ich arbeite – ich bin stets zum Abendessen mit meiner Frau zu Hause.«

Alexander meint den ersten Wink in den Augen des Professors zu entdecken. Er nickt unverbindlich und wartet darauf, dass er fortfährt.

»Jeden Abend unterhalten wir uns ein wenig. Über die verschiedensten Dinge. Unsere Tochter. Ab und an sogar über meine Arbeit, obwohl ich mir vorwerfen muss, bei dem Thema nicht so offen und klar zu sein, wie ich sein könnte. Manchmal reden wir über Musik. Manchmal«, er fixiert einen Punkt irgendwo hinter Alexander, »manchmal reden wir so gut wie gar nicht. Doch was ich eigentlich sagen will, ist: Wir reden nicht über Russland.«

Alexander fragt sich, ob der Professor in seinen Lehrveranstaltungen genauso weitschweifig ist. »Sie reden nicht über Russland?«, wiederholt er.

»Ah«, sagt der Professor und hebt triumphierend einen Finger, als hätte Alexander ihm irgendwie einen Beweis geliefert. »Wir haben nie über Russland geredet. Früher nicht. Und plötzlich, aus heiterem Himmel, fängt Estelle an, mir von Russland zu erzählen und von Stalin und von Chruschtschow. Sie fängt an, mir Fragen zu stellen.«

Alexander versucht es sich auf dem unbequemen Stuhl bequemer zu machen.

»Zunächst habe ich mir nichts dabei gedacht«, fährt Professor Johnson fort, »und ihre Fragen so gut ich konnte beantwortet, will sagen, ziemlich unzureichend. In russischer Geschichte bin ich nicht sonderlich bewandert.«

»Ich bin sicher, Sie wissen eine Menge –«

Er hebt die Hand. »Jedenfalls habe ich über verschiedene Dinge mit ihr gesprochen, und dann hat sie Sie erwähnt und wie Sie beide sich kennengelernt haben und so weiter, und damit hatte es sich. So dachte ich jedenfalls. Und dann«, fährt er fort, »sind wir beide uns begegnet, Sie und ich, beim Tee, zwei Mal. Und jetzt geht es wieder los.« Er lehnt sich zufrieden zurück, als sei seine Erklärung damit abgeschlossen.

»Was geht wieder los?«, fragt Alexander verwirrt.

»Das Thema Russland. Wieder und wieder. Ständig. Und wissen Sie was? Jedes dieser Gespräche endet mit Ihnen.«

»Ach?«

»Ich bin nicht besonders scharfsichtig, was emotionale oder psychologische Dinge anbelangt«, sagt er, »aber nur ein Dummkopf würde nicht zu der offenkundigen Schlussfolgerung gelangen.«

Alexander ist beklommen zumute. »Verstehe«, erwidert er, in der Hoffnung, dass die erwähnte Schlussfolgerung so offenkundig ist, dass sie nicht ausgesprochen werden muss.

»Meine Frau hat in Ihnen irgendetwas gefunden.« So wie er es sagt, klingt es widerwärtig, als handele es sich um einen Hautpilz.

»Was meinen Sie damit?«, fragt Alexander.

»Irgendetwas«, wiederholt Professor Johnson, als sei er selbst nicht sicher. Er schweigt einen Moment und schaut aus dem Fenster. »Irgendetwas, von dem sie sich angezogen fühlt. Irgendetwas, das sie bei mir nicht findet. Aufmerksamkeit vielleicht, Abwechslung, Verständnis. Ich habe keine genaue Vorstellung.«

Alexander beugt sich vor und versichert Frank Johnson, dass er ein ehrenwerter Mann ist und keinen Zweifel hegt, dass sein Verhalten nicht ungebührlich gewesen ist.

Der Professor lacht herzhaft, aber der lautstarke Ausbruch täuscht über seine Besorgnis nicht hinweg. »Ungebührlich«, wiederholt er. »Ich bin sicher, dass es nicht ungebührlich war. Ich beschuldige Sie ja schließlich auch nicht, eine schmutzige oder wie auch immer geartete Affäre zu haben.«

Alexander hält seinem Blick stand. »Wessen beschuldigen Sie mich dann?«

Die Antwort lässt so lange auf sich warten, dass Alexander schon anfängt zu glauben, seine Frage sei in Vergessenheit geraten. Professor Johnson dreht sich mit seinem Stuhl um und schaut wieder zum Fenster hinaus. Und alles, was in dem kleinen Raum zu hören ist, ist sein schwerer Atem und Alexanders leises Herumrutschen auf dem unbequemen Stuhl. Als der Stuhl des Professors sich – unendlich langsam – ächzend wieder herumdreht, spürt Alexander, wie sein Körper sich vor Erwartung versteift.

»Ich beschuldige Sie«, sagt der Professor und reibt sich die hohe Stirn, »sich bei meiner Frau beliebt gemacht zu haben. Sich mit ihr auf eine Weise zu unterhalten, die ihr entschieden besser gefällt als die meine. Ihr etwas zu geben, auf das sie sich jeden Tag aufs Neue freut. Sie glücklicher zu machen, aber gleichzeitig unzufriedener. Kurzum – ich beschuldige Sie, sich zwischen uns zu drängen.«

»Wir sind miteinander befreundet, mehr nicht.«

»Bitte ...«, sagt Professor Johnson und hebt die Hand. »Sie fahren mit ihr nach Moskau.«

Alexander steht auf. »Mir scheint, das sollten Sie besser mit Ihrer Frau besprechen. Ich treffe keine Entscheidungen für sie.«

»Sie machen es sich leicht. Auf jeden Fall haben Sie sie beeinflusst.«

»Was erwarten Sie von mir? Dass ich mich nicht mehr mit ihr treffe?« Alexander möchte wissen, wie er die Sache sieht. Er fühlt sich nicht verpflichtet, den Professor wissen zu lassen, dass Estelle ohne ihn nach Russland fahren wird. Es geht ums Prinzip.

»Gute Frage«, erwidert Frank Johnson. Langsam erscheint ein Lächeln auf seinem wie in Granit gemeißelten Gesicht. Seine Zähne sind ein wenig schief, registriert Alexander. »Logisch betrachtet sehe ich keinen Grund, warum Sie sich nicht mehr mit ihr treffen sollten. Sie sind befreundet, wie Sie selbst sagen, mehr nicht.«

»Aber?«

Keine Antwort.

»Was haben Sie für Bedenken?«, fragt Alexander.

Der Professor senkt seufzend den Blick und macht eine wegwerfende Handbewegung, als wolle er diesen Punkt nicht weiterverfolgen. Als er wieder aufblickt, sehen seine dunklen Augen mit den schweren Lidern unendlich müde aus. »Sie verwirren mich, Alexander.«

»Was glauben Sie, wie ich mich fühle.«

Ein kurzes Lächeln folgt auf diese Bemerkung. »Wissen Sie, ich weiß nicht, wie Sie innerlich auf unser Gespräch reagieren«, fährt der Professor fort. »Mir scheint, es gibt grundsätzlich zwei Möglichkeiten. Als Ehrenmann, wie Sie sich nennen, sind Sie überzeugt, dass Ihr Verhalten in keiner Hinsicht ungebührlich war und sein wird und dass es deshalb keinen Grund gibt, den Umgang mit meiner Frau einzustellen. Oder aber Ihre Absichten in Bezug auf sie – seien sie romantischer oder sonstiger Natur – sind doch ungebührlich, und deshalb sollten Sie, als Ehrenmann, vielleicht auf den weiteren Umgang mit ihr verzichten.«

Alexander sitzt schweigend da. Er hat das Gefühl, genötigt zu werden, der zweiten Möglichkeit zuzustimmen. »Zumindest bin ich in beiden Fällen ein Ehrenmann«, sagt er nur. »Wissen Sie, Professor, Gefühle halten sich nicht immer an grundsätzliche Möglichkeiten, wie Sie es nennen.« Er schindet Zeit.

»Stimmt, aber das ist sehr selten«, kommt die Antwort. »Ich glaube, Alexander, dass Gefühle nicht so komplex sind, wie die Menschen gewöhnlich glauben. In den meisten Fällen wird man von einem Hauptimpuls getrieben – Eifersucht, Zorn, Mitgefühl, selbst Ehrlichkeit –, und man reagiert entsprechend. Wieder und wieder erzeugen die gleichen Situationen die gleichen Reaktionen. Alles Teil der *conditio humana,* auf die sich die Menschheit so gern beruft.« Wieder wendet er sich dem Fenster zu. »Das ist in der Geschichte zu beobachten, in der Wissenschaft und natürlich in der Literatur. Die Gattung Roman hat im Laufe der Zeit nur wenige Veränderungen durchlaufen«, sagt er seufzend. »In stilistischer Hinsicht vorwiegend, und in der Erzählweise, aber der Rest ... tja ...« Er dreht den Stuhl wieder um und wendet sich erneut an Alexander. »Was für ein Mann sind Sie?«

»Ein bescheidener«, erwidert Alexander.

»Ha!«, bellt er. »Amüsant, aber so leicht kommen Sie mir nicht davon!«

»Warum machen Sie sich Gedanken über meinen Charakter?«

»Ich interessiere mich vielleicht nicht bis ins kleinste Detail für den Alltag meiner Frau«, antwortet er, »aber mich interessiert, was Sie in ihren Augen so interessant macht.«

»Ich bin ehrlich und direkt und einigermaßen freundlich. Ich bin wissbegierig und ich liebe das Leben – meistens finde ich es beglückend.«

»Allesamt gute Eigenschaften. Was noch?«

»Ich kann kochen.«

Ein Ausbruch von Gelächter. »Ich weiß. Seit ich zurückdenken kann, erzählt mir meine Frau, dass sie immer einen Mann haben wollte, der kochen kann. Und jetzt hat sie den ›King of Catering‹.«

Das nachfolgende Schweigen ist verlegen, peinlich, und Alexander weiß nicht, wie er es in den Griff kriegen und beenden kann. Der Professor blickt auf seine großen Finger, die er ineinander verschränkt und wieder löst. In Gedanken verflucht Alexander die *Business World* für ihre prahlerische Schlagzeile. »Vielleicht ziehen Sie die falschen Schlüsse, was die Wünsche Ihrer Frau angeht«, sagt er schließlich. »Falls es Sie tröstet – ich habe den Eindruck, dass Ihre Frau bereits hat, was sie sich wünscht. Und wen.« Höflich möchte er es dabei belassen, aber er kann es nicht.

»Außer vielleicht ein wenig Ermutigung, was andere Dinge anbelangt, die sie interessieren – wie schreiben oder reisen. Ob sie in der Lage ist, etwas Brillantes zu schreiben, ist dabei unerheblich. Und subjektiv. Es geht darum, dass sie es versuchen möchte. Und Ermutigung ist alles, was ihr dazu fehlt.«

»Vielleicht«, erwidert Frank Johnson schroff und mit gerunzelter Stirn. »Aber aus dem zu schließen, was ich von ihr gelesen habe – was zugegebenermaßen nicht viel ist –, ist sie keine große Schriftstellerin. Vielleicht lernt sie noch dazu, aber aller Wahrscheinlichkeit nach wird sie der Welt schlussendlich nichts geben, indem sie Prosa in ihren Computer hämmert. Nicht einmal ich unternehme einen solchen Versuch. Denn mir fällt es schwer, Mittelmäßigkeit zu applaudieren. Das ist gegen meine Prinzipien. Ich weiß, in gewisser Hinsicht ist es hart, aber so ist es nun mal. Können Sie das verstehen?«

Alexander nickt. »Ja. Das ist ein Anspruch, den auch ich hochzuhalten suche. Aber ich glaube nicht, dass Sie ihr eine faire Chance geben. Sie hat ja kaum angefangen. Und wenn sie anfängt zu schreiben, wer legt dann den Maßstab fest, an dem gemessen wird, ob ihr Schreiben Wert hat oder nicht?«

Wieder runzelt der Professor die Stirn, erwidert aber nichts. Dann streckt er die Hand nach dem Regal mit der irischen Literatur aus, wie ein Kind, das nach einer abgeliebten Decke greift, und zieht ein schmales Taschenbuch hervor, dessen Titel Alexander nicht lesen kann. »Joyce«, sagt er und hebt das Büchlein hoch. »*Die Toten.* Eine wunderbare Erzählung. Kennen Sie sie?«

»Ich habe sie mal gelesen. Aber das ist lange her. Ich erinnere mich an nicht mehr viel.«

»Gut. Darf ich?«

Alexander willigt ein und sieht zu, wie der Professor schnell durch die Seiten blättert. An verschiedenen Stellen öffnet sich das Büchlein fast von selbst, vermutlich an denen, die er besonders mag, denkt Alexander. Warum der Professor ihm etwas vorlesen möchte, weiß er nicht. Vielleicht hat er den Eindruck, genau wie Alexander, dass zwischen ihnen alles gesagt ist, was zu sagen war. Er braucht nur wenige Augenblicke, um die Stelle zu finden, die er gesucht hat, doch als er das Buch hebt, um vorzulesen, klopft es an der Tür. »Zwei Minuten!«, ruft er. Es folgt eine gedämpfte Antwort. »Mein Zwölf-Uhr-Termin«, erklärt er. »Ein guter Junge, aber eine ungezügelte Phantasie. Also, wo war ich?« Er blickt wieder in das Buch, und nach einer kurzen Pause, die andeutet, dass das Gespräch zu Ende ist und die Lesung beginnt, fängt er an: »›Die Luft im Zimmer machte ihn frösteln. Er glitt vorsichtig unter die Bettdecke und legte sich neben seine Frau. Einer nach dem anderen wurden sie alle zu Schatten. Es war besser, kühn in jene andere Welt hinüberzugehen, in der ganzen Glorie einer Leidenschaft, als mit dem Alter kläglich zu welken und zu schwinden. Er dachte daran, wie sie, die neben ihm lag, so viele Jahre lang das Bild der Augen ihres Liebhabers in ihrem Herzen verschlossen hatte, als er ihr gesagt hatte, dass er nicht mehr leben wolle.‹«

Er blickt auf. »Haben Sie jemals eine Frau so sehr geliebt, dass Sie glaubten, ohne sie nicht leben zu können? Ich nicht.«

Dieses Eingeständnis erfüllt Alexander mit tiefer Traurigkeit. Er hätte sich gefreut, Estelle mit einem Mann verheiratet zu wissen, der ihr absolut ergeben ist. »Ja«, antwortet er. »Meine Frau – Katja.«

»Aber Sie *haben* ohne sie weitergelebt.«

»Ich hatte kaum eine andere Wahl.«

Professor Johnson zuckt die Achseln, eine respektlose Geste, und Alexander hätte ihn am liebsten geschlagen – wegen seines ironischen Tons und seiner Arroganz. »Mein Leben mit und ohne meine Frau ist etwas, bei dem Sie nicht mitreden können.« Er steht auf, um sich zu verabschieden.

Auch der Professor erhebt sich rasch. »Einen Moment noch. Sie haben recht. Ich treibe die Dinge manchmal zu weit, ohne Sinn und Verstand. Es war dumm von mir. Ich bitte um Verzeihung. Bitte gehen Sie nicht.«

Alexander brennt vor Zorn, vor Trauer, auch vor Verwirrung, aber er bleibt. Er zwingt sich, die Titel der Bücher in dem Regal hinter dem Kopf des Professors zu lesen. Dann holt er tief Luft. »Ihr Student wartet«, sagt er.

»Er wird auch weiterhin warten.«

»Sicher, aber ich muss gehen.«

»Gefällt es Ihnen?«, fragt der Professor und weist auf das Buch.

Kurzes Schweigen.

»Sehr.«

»Gut. Ich dachte mir, dass es Ihnen gefallen könnte. Bitte«, sagt er. »Bitte.«

Der flehentliche Ton jagt Alexander einen Schauer über den Rücken, und er empfindet Verachtung und Mitleid zugleich. Er setzt sich nicht wieder, schickt sich aber auch nicht an zu gehen, und sogleich fährt der Professor fort: »Mir gefällt der Text, das ist alles. Ich halte es für ein schönes melancholisches Stück Prosa. Und in gewisser Weise versuche ich zu ergründen, was es bedeutet.« Bei dem letzten Satz klingt seine Stimme weicher. Er blickt auf. »Darf ich noch ein Stück fortfahren?«

»Ja.«

»›Großmütige Tränen füllten Gabriels Augen. Er hatte keiner Frau gegenüber je Ähnliches empfunden, aber er wusste, dass solch ein Gefühl Liebe sein musste. Die Tränen sammelten sich dichter in seinen Augen, und in der teilweisen Dunkelheit glaubte er die Gestalt eines jungen Mannes unter einem triefenden Baum zu sehen. Weitere Gestalten waren nahe. Seine Seele hatte sich jener Region genähert, wo die unermesslichen Heerscharen der Toten wohnten. Er war sich ihrer unsteten, flackernden Existenz bewusst, konnte sie aber nicht fassen. Seine eigene Identität entschwand in eine graue ungreifbare Welt: die kompakte Welt, die sich diese Toten einst erbaut und in der sie gelebt hatten, löste sich auf und verging.‹«

Das Buch wird zugeklappt.

Alexander kann nicht sprechen. Er würde gern ... Er würde Frank Johnson gern sagen, dass er wunderschön vorliest, denn sein Zorn ist verflogen und von etwas Tiefgründigerem, Traurigerem ersetzt worden, aber seine Kehle ist trocken – ein Phänomen, das er in diesen Tagen allzu häufig erlebt.

»Ich wollte wissen, ob Sie darin sehen, was ich darin sehe«, sagt Professor Johnson. »Aus reinem Egoismus. Man möchte stets verstanden werden.«

Noch während er spricht, geht er zur Tür hinüber und öffnet sie. Draußen erhebt sich ein blonder junger Mann vom Fußboden, auf dem er gehockt hat, und auf einen Wink des Professors tritt er ein, während Alexander geht. Der fensterlose Flur ist dunkel und kalt, und Alexander wendet sich kurz um und schaut in den winzigen Raum zurück, in dem nur eine Schreibtischlampe die Schatten des Wintermittags vertreibt.

»Danke, dass Sie gekommen sind«, sagt Professor Johnson.

Alexander nickt kurz. Dann setzt er seinen Hut auf und geht rasch davon.

# Kapitel 14

*Moskau, November 1956*

Mischa hat gemeint, es wäre naiv zu glauben, dass der Hochzeitstag der glücklichste Tag seines Lebens sein würde. »Der *nervöseste* Tag deines Lebens, mein Freund«, hat er gesagt, »oder der beängstigendste. Aber der glücklichste? Du wirst keine Zeit haben, glücklich zu sein.«

Alexander knöpft sein frisch gebügeltes Hemd zu und stopft es sich sorgsam in die Hose. Er fährt prüfend über Wangen und Kinn – erst vor zwei Stunden hat er sich beim Friseur unten im Hof seines Wohnkomplexes rasieren lassen. Alles glatt, aber heute ist er derart pingelig, dass er sich einbildet, schon wieder die ersten Stoppeln zu spüren, und er geht ins Bad, um sich noch einmal zu rasieren. Er beugt sich weit über das Waschbecken, hält Abstand, um kein Wasser, keinen Rasierschaum auf sein sauberes Hemd zu bekommen. Er liebt frische Kleidung, und Katja ebenfalls. An manchen Abenden, wenn sie sich in ihrer Wohnung getroffen haben, hat er mitbekommen, wie sie sich alle Kleider vom Leib gestreift und in die Wäsche gegeben hat.

Er spült den Schaum von der Klinge und trocknet sie ab. Wangen und Kinn sind kaum glatter als zuvor; entweder hat er sich den Schatten eingebildet oder die Stoppeln sind zu kurz, um von der Klinge erfasst zu werden. Es ist auch nicht weiter wichtig – die Vorbereitungen, die ruhige Vorfreude sind ihm ein Vergnügen. Er tupft sich das Gesicht trocken und geht nach nebenan zu dem Spiegel auf der Frisierkommode. Er wird die Sachen, die hier stehen, forträumen, damit Katja Platz hat. Er betrachtet sein Gesicht. Es ist ein attraktives Gesicht, wie man ihm in all den Jahren als einziges Kind seiner Eltern erzählt hat. Außerdem ist es ein ernstes Gesicht, um Mund und Augen herum, obwohl die Augen ein latentes Funkeln besitzen und auf einen Mann hindeuten, der Ironie zu schätzen weiß. Er fragt sich, wie sein Gesicht in den weichen Zügen eines Babys aussehen würde. Dann schüttelt er den Kopf, denn was er sich wirklich wünscht, ist ein Baby, das aussieht wie Katja. Er stellt sich vor, wie er das winzige Wesen an seine Brust drückt, stellt sich vor, wie er den süßen milchigen Duft des Babys einatmet. Er knöpft den gestärkten Hemdkragen zu und schenkt sich im Spiegel ein Lächeln. Mischa hat unrecht, denkt er. Dies ist wirklich der glücklichste Tag meines Lebens. Die einzige Wolke am Horizont ist, dass er noch zwei Stunden ohne Katja überstehen muss, zwei Stunden, die sie getrennt voneinander verbringen müssen, um sich anzukleiden und darauf einzustimmen, den Rest ihres Lebens endlich beisammenzusein.

Er ist mit Mischa am Hochzeitspalast, fast eine Stunde zu früh. Sie bleiben vor dem goldverzierten Eingangsportal stehen, das sich achtunggebietend vor ihnen erhebt. In diesem Gebäude heiraten fast nur Regierungsangehörige.

Mischa stößt einen Pfiff aus, als sie es betreten.

»Sehr nett«, bemerkt er sarkastisch. »Vielleicht eine Idee größer und glamouröser als die Orte, an denen der Rest von uns heiratet.«

»Meine Großeltern haben in einer Kirche geheiratet«, sagt Alexander und geht über Mischas Ton hinweg. Mischa nickt.

»Meine auch. Sogar meine Eltern noch.«

Es ist viele Jahre her, dass die meisten Kirchen einer anderen Nutzung zugeführt, geplündert oder zerstört wurden. Der Klerus und die Gläubigen, die versucht hatten, ihren Glauben weiterhin zu praktizieren, wurden in Lager geschickt. Oder erschossen. In den ersten Jahren wurden so viele tot aufgefunden, dass die Menschen fühllos wurden, immun gegen den Schrecken. Alexander erinnert sich selbst nicht an derartige Vorfälle, aber er erinnert sich, dass seine Mutter ihm eines Abends mit eindringlicher, tränenerstickter Stimme erzählt hat, dass ihr Priester verhaftet und fortgebracht worden war. Sie hatten nie wieder von ihm gehört.

Die Eingangshalle ist prunkvoll. Ein ehemaliger Palast, der heute außer für Eheschließungen auch als Staatsarchiv genutzt wird. Alexander schaut zu der kuppelförmig aufstrebenden Decke empor, den hohen Bogenfenstern. Hier werden sie eine vollständige Zeremonie durchführen, einschließlich Mendelssohns *Hochzeitsmarsch* – nur dass der Staat ihrer Verbindung seinen Segen geben wird. Wäre die Atmosphäre in einer Kirche schöner? Er stellt sich den Geruch von Weihrauch vor, das Schimmern von Bleiglas, ein Kreuz über dem Altar. Das ist eine romantische Vorstellung, und überhaupt – er glaubt nicht wirklich an Gott und auch nicht an Religion an sich. Sowohl ihm als auch Mischa hat man beigebracht, dass Religion einzig dazu dient, die Bevölkerung und ihr Denken unter Kontrolle zu halten, und das ist eine Ansicht, die Alexander nach vielen Diskussionen und langem Nachdenken immer noch für zutreffend hält. Es geht über seinen Verstand, wie jemand sich einer Überzeugung verschreiben kann, die auf einem Buch oder einem in sich geschlossenen System von Glaubenssätzen aus längst vergangenen Zeiten basiert. Blinder Glaube erscheint ihm wie eine billige Ausrede, um nicht selbst denken, seinen Verstand nicht nutzen zu müssen. Er erinnert sich daran, wie er und Mischa ironisch gelacht hatten, als sie statt Ikonen der heiligen Jungfrau dann überlebensgroße Bilder und Statuen von Stalin anbeten durften. Ein Kult hatte den anderen abgelöst. Doch während er bei Mischa keinen existentiellen Zweifel, kein philosophisches Hinterfragen wahrnimmt, bleibt Alexander selbst unsicher und rastlos. Manchmal, tief in der Nacht, spürt er es wie eine Offenbarung – das Bewusstsein seiner unendlichen Bedeutungslosigkeit, und dann spürt er, wie die Welt kleiner und kleiner und von einer unermesslichen Weite verschlungen wird, die an den sich verschiebenden Rändern seines Bewusstseins nagt. Er weiß nicht, was das zu bedeuten hat, und das bedrückt ihn.

Sie sprechen mit der jungen Frau am Eingangstresen und erklären ihr, dass sie zu einer Hochzeit gekommen sind. Sie schenkt Mischa ein Lächeln und zwinkert ihm zu; dann schickt sie sie zwei Treppen höher.

»Warum reagieren Frauen immer so auf dich?«, fragt Alexander.

Mischa muss fast schreien, so laut sind ihre im Gleichmarsch hallenden Schritte auf den blankgebohnerten Stufen. »Sie können nicht anders, mein Freund«, antwortet er. »Sie können einfach nicht anders.«

Katjas Onkel ist noch vor ihnen eingetroffen. Einer ihrer wenigen Verwandten und vielleicht der einzige, zu dem sie überhaupt noch Kontakt hat. Er ist alt und gebrechlich, aber er beeilt sich aufzustehen, als er die beiden jungen Männer den Flur entlang auf sich zukommen sieht. Er war Priester, damals in den zwanziger Jahren. Heute arbeitet er bei der Eisenbahn am Fahrkartenschalter. Mischa und Alexander beschleunigen ihre Schritte, und Mischa legt dem alten Mann die Hand auf die Schulter und drängt ihn, wieder Platz zu nehmen. Er lächelt und murmelt etwas, das sie nur mit Mühe verstehen. Er hat sieben Jahre in Lagern zugebracht, und sein Gesicht ist dermaßen zerschlagen worden, dass er kaum zu verstehen ist, wenn er spricht.

»Danke, dass Sie gekommen sind, Dimitri Petrojawitsch«, sagt Alexander.

Der alte Mann schüttelt Alexander die Hand und hält sie noch einen Moment fest. Seine von Adern gezeichnete Hand zittert unablässig, aber ihr Druck scheint Glückwünsche, Dankbarkeit und Segen in einem zu vermitteln, und Alexander steigen Tränen in die Augen.

»Ich muss zur Toilette«, sagt Dimitri. Alexander begleitet ihn den Flur entlang zur Toilette. Dann kehrt er zu Mischa zurück.

»Sie haben ihn fertiggemacht«, sagt er.

»Sie machen jeden fertig. Manchmal ist es besser, einfach umgebracht zu werden, als das durchzumachen, was sie durchmachen.«

Mischas schleppende ironische Stimme ist hart und harsch, und Alexander streicht ihm kurz über die Schulter. Der tiefe Zorn in den Augen seines Freundes beunruhigt ihn.

Mischa greift nach seinen Zigaretten. »Sie haben den Klerus ausgelöscht«, fährt er fort und streicht vehement ein Zündholz an. »Ihn einfach ausradiert, Sascha!«

»Ich weiß.« Er setzt sich zu Mischa auf die Bank.

»Und dann überlegt unser großer Genosse es sich anders – dann glaubt er, die Kirche wieder zuzulassen, wird dazu beitragen, das Land wieder zu vereinen, nachdem der verfluchte Krieg es auseinandergerissen hat. ›Gut, ihr gefolterten Priester‹, sagt er, ›kommt zurück. Kehrt in eure Kirchen zurück, auf die ich gespuckt habe. Praktiziert wieder die Dinge, für die ich euch gestern noch umgebracht habe.‹« Mischa versucht die Wut in seiner Stimme zu unterdrücken, eine Angewohnheit, die sie alle von Kind an von ihren verängstigten Eltern übernommen haben. Jetzt macht er eine angewiderte Geste.

»Wenn ich Priester wäre, wenn ich hätte erdulden müssen, was er erduldet hat, und gesehen hätte, was er gesehen hat, dann würde ich auch das Zittern kriegen.« Er schweigt kurz. »Und dann ändern sich die Regeln des Spiels von neuem.«

Mischa steht auf. Er geht rastlos auf und ab und raucht seine Zigarette. Alexander steht gleichfalls auf und geht den Gang in die andere Richtung hinunter. Sein Magen verkrampft sich vor Übelkeit. Das passiert ihm oft, wenn er an die Welt denkt, in der er lebt, und daran, wie viel sich noch verändern muss. Aus den Augenwinkeln beobachtet er seinen Freund; er sieht, wie Mischa den Rauch tief inhaliert und wieder ausstößt, er sieht, wie er sich langsam wieder beruhigt. Alexander liest ein paar der Anschläge, die an ein Brett geheftet sind. Dann wirft er einen Blick auf die Uhr. Wann wird sie kommen? Mischa tritt neben ihn.

»Mein Trauzeuge«, sagt Alexander zu ihm. »Du bist der Beste.«

»Du bist der Beste, mein Freund. Was Katja anbelangt, bist du der Beste.«

»Wirklich?« Sein Ton ist ernst, und die Frage kommt zu schnell.

»Wirklich. Sie liebt dich, Sascha. Selbst sie kann das nicht verbergen.«

Alexander sieht sie vor sich – sie muss fast fertig sein, fast schon auf dem Weg. Ihre Mitbewohnerin Maja und deren Schwägerin werden sie begleiten. Onkel Dimitri wird Katjas Vater und ihren Bruder vertreten. Alexander weiß, dass sie Juri heute vermisst. Sie vermisst ihn oft, gibt es aber kaum jemals zu, als ob das seine Entscheidung zu fliehen irgendwie schmähen würde. Seine Entscheidung hat ihr das Leben schwergemacht, insbesondere jetzt, wo sie im Begriff ist, einen Angehörigen der Regierung zu heiraten. Vielleicht hat sie unter Beobachtung des KGB gestanden und er ebenfalls; vielleicht wurde ihr bisheriges Leben mehr als einmal unter die Lupe genommen. Vermutlich ist es nur ihrem beispiellosen Einsatz für die Partei zu verdanken, dass sie ungehindert bis hierher gelangt sind.

Die beiden jungen Männer setzen sich wieder und warten gemeinsam. Stumm zählen sie die Minuten. Alexander überlegt gerade, nach Dimitri zu sehen, als der alte Mann wieder auftaucht. Er kommt langsam den Flur entlang auf sie zu, geht an der Bank vorbei und bedeutet Alexander, ihm zu folgen. Alexander tut wie geheißen und begleitet ihn bis ans andere Ende des Flures.

»Mein Sohn, wie geht es dir heute?«

Wenn Alexander den dunklen Kopf zu Dimitris weißem herabneigt, versteht er ihn besser. »Mir geht es gut, Onkel. Ich bin sehr glücklich«, ergänzt er aufrichtig, aber nicht ohne Befangenheit. Er wartet darauf, dass der alte Mann etwas erwidert und sieht einen geschwollenen Mund, Haut und Lippen von Schlägen entstellt. Die Augen, die Alexanders begegnen, sind dunkel und vom Alter getrübt. Alexander sieht, dass Dimitri seine Worte abwägt. Sein brauner Anzug riecht muffig und leicht klamm, als hätte er jahrelang unbenutzt in einem alten Schrank gehangen.

»Bist du sicher, dass du heiraten willst?«

»Ja, Onkel.«

»Katja. Du wirst gut für sie sorgen?«

»Ja, Onkel. Ich liebe sie.«

Dimitris Gesicht ist streng, seine Mundwinkel weisen nach unten, und Alexander fühlt sich abgewiesen. Der alte Mann scheint nicht zufrieden zu sein, nicht überzeugt.

»Was ist los?«, fragt Alexander.

Die körnigen Augen blicken ihn überrascht an. »Nichts. Ich bin sehr glücklich, dass sie dich gefunden hat. Dass ihr beide euch gefunden habt.«

Alexander nickt und schluckt. Der Gesichtsausdruck des alten Mannes ist unverändert, und jetzt begreift Alexander, dass er die ganze Zeit über gelächelt hat. Doch die starre, geschundene Haut um seinen Mund vereitelt sein Lächeln. Einen Moment kann Alexander seine Augen nicht von der unteren Gesichtshälfte Dimitris lösen – in Gedanken stellt er sich die brutalen Schläge und Schnitte vor, die zu einem solch grausigen Gesichtsausdruck geführt haben.

»Ihre Eltern waren mir lieb und teuer. Atheisten, weißt du – wie viele Intellektuelle.« Dimitri stößt ein Kichern aus, das in einem Pfeifen endet, das tief unten aus seiner Brust kommt. »Aber es waren gute Menschen. Sie haben mir eine Weile geholfen, mich zu verstecken. Als die Probleme anfingen. Und dann waren sie selbst …« Er beendet den Satz nicht, denn das Pfeifen hat sich in einen ungesunden Husten verwandelt, und Alexander lächelt, um zu zeigen, dass er verstanden hat, während er gleichzeitig versucht, dem abgehackten Atem auszuweichen, der sich mit seinem mischt.

»Ich wünsche dir viel Glück, mein Sohn«, hustet der Alte und tupft sich mit dem Taschentuch, das Alexander aus seiner Brusttasche gezogen und ihm gegeben hat, die Augen. Er hebt die zittrige Hand und klopft Alexander auf die Schulter. Dann kehren sie gemeinsam zu den samtbezogenen Stühlen zurück, die im Wartebereich aufgestellt sind.

Menschen treffen ein. Nur einige wenige, hie und da, aber bei der Hochzeit werden ohnehin nicht sehr viele zugegen sein. Hinterher werden noch mehr kommen, in die Wohnung seiner Eltern, zu einem festlichen Mittagessen. Der Direktor des Hochzeitspalastes ist eingetroffen und zeigt Mischa die Haupthalle, wo die Eheschließung stattfinden wird. Dann weist er die Männer und Frauen in die traditionell getrennten Vorzimmer, wo sie warten werden, bis die Zeremonie beginnt.

Als Alexander sich von den Leuten abwendet, die er eben begrüßt hat, sieht er, dass seine Eltern eingetroffen sind. Er eilt ihnen entgegen, sieht, wie seine Mutter seinen Vater zu beruhigen sucht, der dazu neigt, zu laut zu sprechen, wenn er aufgeregt ist.

»Mein Sohn«, sagt sein Vater und zieht ihn an sein Herz. Die Gratulation seiner Mutter ist weniger überschwänglich. Sie ist sich ihrer Schminke bewusst und ihrer Kleider und möchte nicht, dass sie zerknittert werden. Sie setzen sich einen Moment mit ihm zusammen hin, um zu warten, denn er hat keine Ahnung, wo sie hinsollen, er hat keine Erfahrung mit den Gepflogenheiten und dem Protokoll einer Eheschließung. Er sieht zu, wie seine Mutter versucht, den Teil ihres Sitzplatzes zurückzugewinnen, den sein Vater zusätzlich in Beschlag genommen hat; er sieht, wie sie herumrutscht, registriert seine raumgreifende Positur, und Alexander lächelt. So sieht er sich und Katja in dreißig Jahren nicht, aber das Verhalten seiner Eltern ist ihm vertraut, und ihre Anwesenheit stärkt ihm den Rücken an diesem Tag, an diesem unvertrauten Ort, an dem er sich plötzlich sehr allein fühlt.

Er sieht sich um. Mehrere junge Männer in seinem Alter – Arbeitskollegen und einige Freunde – kommen zu ihm und schütteln ihm die Hand, und er nimmt ihre Glückwünsche entgegen, freudig und ohne große Worte. Seine Gedanken sind jetzt ganz von ihr erfüllt, von der aufregenden Tatsache, dass ihre Hochzeit unmittelbar bevorsteht, und es fällt ihm schwer, irgendetwas anderes in Worte zu fassen. Wieder sieht er auf die Uhr und stellt erstaunt fest, dass sie in fünf Minuten da sein wird, und als er aufblickt, das Staunen steht ihm noch ins Gesicht geschrieben, schaut er Mischa an, und Mischa lacht.

»Was ist mit deinem Taschentuch passiert, mein penibler Freund?«

»Dimitri Petrojawitsch hat es dringender gebraucht als ich.«

»Hier«, sagt Mischa und stopft sein eigenes Taschentuch in Alexanders Brusttasche.

»Danke, Mischa.«

»Gern geschehen, mein Freund.«

Zwanzig Minuten sind verstrichen, und Alexander sind sie vorgekommen wie zwanzig Hiebe auf den Rücken. Er steht jetzt in der Haupthalle, zusammen mit dem Direktor, und neben sich weiß er Dimitri mit der zittrigen Hand und dem zerschlagenen Mund. In den Vorzimmern dahinter unterhalten sich die Gäste mit gedämpften Stimmen, und hin und wieder lugt ein besorgtes Gesicht in die Halle, um zu sehen, was hier vorgeht.

Sie ist nicht gekommen. Er spürt, wie Mischa energisch an seinem Arm zieht, und er ist erleichtert, dass er seine Aufmerksamkeit auf etwas anderes lenken kann, dass er jemanden ansehen kann, jemanden, der ihm sagt, was er tun soll. Er hat sich noch nie gut verstellen können – er kann seine Gefühle nicht so weit verbergen, dass seine Fassade keine Risse bekommt. Mischa kann das, er kennt viele Männer, die das können – aber er selbst hat es nie gelernt.

»Was ist?«, fragt er.

»Komm mit und setz dich«, sagt Mischa. »Wir setzen uns hin, bis sie kommt.«

Alexander gehorcht. Ihm ist das Herz so schwer, wie Blei drückt es ihm auf den Magen. Sie ist nicht gekommen. Er sieht Mischa an. Dessen Gesicht ist reine Rückversicherung.

»Keine Sorge, mein Freund. Sie kommt. Glaub mir.«

Mischa ist sich keineswegs sicher, dass sie kommen wird. Er macht sich Sorgen, dass sie es sich anders überlegt hat. Dass sie trotz aller Ermutigung seinerseits doch zu dem Schluss gekommen ist, diese Heirat, die, wie er weiß, eine Liebesheirat ist, nicht mit ihrer Arbeit vereinbaren zu können. Einen kurzen Augenblick ist Mischa verärgert. Er hat in letzter Zeit viel Mühe darauf verwendet, ihr klarzumachen, dass dies die beste Möglichkeit ist, etwas zu verändern, darauf hinzuarbeiten, das System zu unterminieren, das ihre Eltern ermordet hat. Und das ist keineswegs einfach gewesen, weil sie sich gefühlsmäßig all seiner psychologischen Tricks bewusst ist und weil sie intelligent ist und – was es am schwierigsten macht – weil sie über eine beharrliche Integrität verfügt, die sie auf die falschen Dinge richtet.

Mischa seufzt und bläst die Wangen auf. Vielleicht ist es so für die beiden auf Dauer gesehen besser, denkt er. Auf jeden Fall wird Alexander auf diese Weise erspart, dass Katja ihm das Herz bricht. Aber all die Gelegenheiten, die uns entgehen, Katja ... Mischa reißt sich am Riemen und ruft sich in Erinnerung, dass er heute Trauzeuge ist. Er wirft einen raschen Blick auf Alexander: Die Augen seines Freundes sind auf den Boden zu seinen Füßen gerichtet.

Alexander ist tief in seinen Gram versunken, in einen kalten Nebel des Unglücks, der ihn umhüllt wie ein Leichentuch. Dann spürt er zu seiner Rechten eine Bewegung, und ein Seitenblick verrät ihm, dass Mischa aufgestanden ist. Er klopft Alexander auf den Rücken und beugt sich zu ihm hinab. »Ich finde sie.

Gib mir ein paar Minuten. Ich bin gleich zurück«, flüstert er ihm ins Ohr.

Die versammelte Gesellschaft sieht ihm von den Vorzimmern aus stumm zu. Die Männer sind links, die Frauen rechts, und Mischa geht ruhig über den Mittelgang zwischen ihnen davon und nach draußen und lässt die riesige geschnitzte Tür laut hinter sich ins Schloss fallen.

Mischa eilt die Eingangstreppe des Gebäudes hinunter und blickt sich um. Er hat keine Ahnung, wo Katja sein könnte – zu Hause, wenn sie es sich anders überlegt hat, was weiß er. Auf der Straße hält er sich links und rennt beinahe Katjas Mitbewohnerin um, die ihm auf dem Bürgersteig entgegenkommt. Er bleibt stehen, und sie starrt ihn an; ihr vom eiligen Gehen kurzer Atem bildet kleine Wölkchen in der kalten Luft. Er wartet schweigend, denn ihm fällt ihr Name nicht ein.

»Sie möchte Sascha sehen«, sagt sie.

»Wo ist sie?«

»Da hinten, an der Metro.«

Mischa tritt beiseite, um die junge Frau vorbeizulassen; dann geht er die Straße hinunter und biegt um die Ecke. Er sieht Katja draußen vor dem Metroeingang stehen. Ihre Augen suchen Alexander. Als sie ihn sieht, schenkt sie ihm ein klägliches Lächeln und tritt unwillkürlich einen kleinen Schritt zurück. Mit mir hat sie nicht gerechnet, denkt Mischa, und vermutlich wäre es ihr auch lieber, mich nicht zu sehen. Er lacht munter, als er bei ihr angelangt ist.

»In Metrostationen werden keine Ehen geschlossen«, sagt er.

Sie unternimmt einen erfolgreichen Versuch zu lächeln. Ihr dunkles Haar ist aus ihrem Gesicht mit der klaren Haut und den hohen Wangenknochen zurückgebunden. Ihre Augen schimmern feucht, und an den Rändern sind sie leicht gerötet, aber er weiß nicht, ob vom Weinen oder vom Schlafmangel oder von der Kälte. Sie wirft einen Blick auf seine Uhr und reibt sich die Schläfen.

Mischa versucht sich mitfühlend zu geben, obwohl er in Wahrheit bereits die Geduld verliert. Er wird nicht das Wort ergreifen und ihr helfen. Soll sie überlegen und dann sagen, wo ihr Problem liegt.

»Ich glaube, ich kann es nicht tun«, sagt sie schließlich.

»Dein Verlobter wird nicht glücklich darüber sein«, bemerkt er, aber sie schüttelt den Kopf, und eine böse Ahnung ergreift Besitz von ihm.

Sie hält den Blick auf ihre Füße geheftet, als sie weiterspricht. »Nein, ich rede nicht von der Hochzeit, Mischa. Sondern von dem anderen.« Jetzt blickt sie zu ihm hoch. »Die Arbeit. Ich will das nicht mehr machen.«

Er legt die Hand über die Augen. Plötzlich ist er müde. Auf das hier war er überhaupt nicht gefasst. In der ganzen Zeit, die er sie jetzt schon kennt, hat er nie ernsthaft in Erwägung gezogen, dass sie den Wunsch äußern könnte, nicht mehr gegen die Regierung zu arbeiten. Gar nicht mehr. Wegen eines Mannes. Es war immer viel zu sehr in ihr verwurzelt. Es hat ihr ganzes Wesen bestimmt.

»Du kannst im Augenblick nicht klar denken«, erwidert er. »Du bist gefühlsmäßig aufgewühlt und verwirrt.«

Sie lacht kurz auf. »Ja, das bin ich. Aber es ist mehr als das, Mischa. Bitte versuch es zu verstehen. Ich kann es niemandem sonst erklären. Ich liebe ihn. Und ich kann ihn nicht belügen. Ich finde es nicht mehr richtig.«

Es kostet Mischa beträchtliche Mühe, sich eine sarkastische Antwort zu verkneifen, aber es spielt kaum eine Rolle, denn sie kennt ihn gut genug, um zu ahnen, was er denkt. Er packt sie bei den Schultern und nimmt sie fest in den Blick. »Ich dachte, das wäre deine Lebensaufgabe?«

»Das ist es auch.«

»Du meinst, das *war* es.«

Ihre Augen bekommen einen gequälten Ausdruck, als hätte er

ihr eine Einsicht aufgezwungen. Er wartet; er ist sicher, dass er sie zurückgeholt hat.

»Ja«, sagt sie. »Ich meine, das *war* es.«

»Mein Gott, was ist aus dir geworden?« Er seufzt, unsicher, welchen Hebel er als Nächstes ansetzen soll. Dann hat er eine Idee. Vielleicht kann Ehrlichkeit etwas bewirken. Er versucht sich auf seine wahren Gefühle zu konzentrieren. »Weißt du, Katja, ich bin überrascht. Für mich ist diese Arbeit immer wichtig, immer bedeutsam gewesen, aber ich mache sie aus intellektuellen Erwägungen. Aus wohlüberlegten Gründen. Schlicht gesagt, ich habe eine politische Überzeugung, und Geheimsachen, die ich bei der Arbeit erfahre, an die andere Seite weiterzugeben ist die beste Möglichkeit, die ich kenne, der effektivste Weg, mich für meine Überzeugung einzusetzen.«

Sie hört ihm zu.

»Aber du. Du hast ein noch viel stärkeres Motiv als ich. Für dich ist das eine persönliche Angelegenheit. Sie haben ein Gewehr genommen und deiner Mutter und deinem Vater für nichts und wieder nichts eine Kugel verpasst. Es war ihnen egal, dass ihre Kinder zu Hause nach ihnen weinten und schrien. Es war ihnen egal, dass sie ehrliche, anständige Menschen waren. Es war ihnen egal, dass sie krank vor Angst waren, dass sie vor Angst geweint haben. Sie haben sie einfach erschossen. Und dir ist niemand geblieben. Also wenn das keine Grundlage für eine Überzeugung ist.« Er zuckt die Achseln, geht ein paar Schritte auf und ab. »Du überraschst mich einfach, das ist alles.«

Mit seiner brutalen, unverblümten Beschreibung hat er einen Nerv getroffen, da ist er sicher, denn sie weicht seinem Blick aus.

»Mischa«, sagt sie, »ich weiß einfach nicht, ob ich das Richtige tue. Nicht auf diese Weise jedenfalls. Weißt du, ich habe immer gedacht, ich würde letztlich mit jemandem zusammensein, der so ist wie ich. Oder wie du, jemand, der auf unserer Seite ist, der gegen die Regierung ist. Nicht mit jemandem, der für die

Regierung arbeitet, dem ich mich nicht anvertrauen kann und der mir weder helfen noch mich verstehen kann. Ich weiß, es entbehrt nicht der Ironie. Glaub mir, niemand hat mehr über die ganze Sache gelacht und geweint als ich. Aber letztendlich liebe ich ihn. Er ist ein guter, anständiger Mann. Er repräsentiert dieses schreckliche Regime, aber er ist kein böser Mensch. Es gibt doch bestimmt noch einen anderen Weg, diesen Kampf auszutragen …«

»Ach ja?«, entgegnet er mit übertriebenem Interesse. »Und wie soll dieser Weg aussehen?«

»Das weiß ich noch nicht.«

»Ah. Na schön.«

Sie sieht ihn verärgert an. »Ich will ihm nicht weh tun, Mischa. Ich werde ihm nicht weh tun.«

»Natürlich willst du das nicht. Er wird nie erfahren …«

Sie schüttelt den Kopf, und er hält inne. Dann versucht er es erneut. »Lüg ihn nicht an, Katja. Ich habe dir schon gesagt, dass du die nächsten zwei Jahre nichts zu tun brauchst. Zwei Jahre lang. Ich möchte, dass du einfach nur deine Schule leitest. Sonst nichts.«

»Darauf hatten wir uns doch bloß geeinigt, um keinen Verdacht zu erwecken. Damit er mich nicht auf Anhieb entlarvt.«

»Ja, wie auch immer. Aber du hast zwei Jahre, und in der Zeit brauchst du ihn nicht anzulügen. Und wenn die zwei Jahre um sind, reden wir weiter. Wir werden sehen, wie du es dann findest.«

»Ich weiß, wie ich es dann finden werde. Ich werde es nicht tun wollen, und du wirst versuchen, mich dazu zu zwingen …«

Mischa lächelt. Sein Blick ist beinahe nachsichtig. O nein, Katja, du weißt nicht, wie du es dann finden wirst. Du stellst dir vor, dass du es dann genauso finden wirst wie jetzt. Aber in zwei Jahren, Katjuschka, wird die junge Liebe ihre zarte Blüte verloren haben. Ihr werdet euch aneinander gewöhnt haben, und seine penible Art wird dir auf die Nerven gehen, und du wirst es müde sein, ständig jemanden um dich zu haben. Du, die du so eifrig auf deine Privatsphäre bedacht bist, auf Zeit für dich, du hast dir einen Mann ausgesucht, der leidenschaftlich ist und wahrscheinlich besitzergreifend. Er wird dich rasend machen. Ja, in zwei Jahren wird alles vollkommen anders aussehen. Er wird auf der Karriereleiter nach oben klettern, was seine Informationen nur noch wertvoller macht, und du, Katja, wirst seiner überdrüssig sein, du wirst bereit sein, dich daran zu erinnern, wer und was du bist. Meine Rekrutin, meine Agentin, meine Quelle.

»Schön«, sagt er in vernünftigem Ton. »Heirate ihn. Du liebst ihn, er liebt dich, alles ist prima. Heirate ihn jetzt, und wir sprechen uns in zwei Jahren wieder und entscheiden dann. Wenn du dann nicht willst, willst du nicht. Einverstanden?«

Alexander bemüht sich, seine Schritte zu verlangsamen, als er sich der Metrostation nähert, um sich einen Moment Zeit zum Überlegen zu verschaffen, aber als er sie da mit Mischa stehen sieht, beide schweigend, ist er im Nu an ihrer Seite. Um sie herum hasten Menschen die Treppe zur Metro hinab oder herauf oder eilen zielstrebig die Straße entlang. Er nimmt all die um ihn herumwuselnden Gestalten nur schemenhaft wahr, als verschwommene Schatten, und als Katja seine Hand ergreift und ihn anblickt, umgibt sie beide eine Stille inmitten des geschäftigen Treibens, und die Welt wie auch die Zeit scheint stillzustehen. Mischa legt ihm die Hand auf die Schulter und drückt sie beruhigend.

»Ich lasse euch jetzt allein. Wir sehen uns drinnen«, sagt er, und dann ist er fort, verschwunden in einem Pulk von Menschen, die soeben die Metrostation verlassen.

Alexander drückt ihre Hand und wartet.

»Es tut mir leid, Sascha«, sagt sie. »Ich wusste, dass du auf mich warten würdest, aber es erschien mir so unwirklich. Es war so friedlich und abgeschieden hier. Ich konnte mich nicht rühren.« Sie hört ihre eigenen Worte und lacht schnell. »Ich meine, die Straße ist nicht friedvoll, und es wimmelt von Menschen, aber ...«

»Es spielt keine Rolle«, sagt er zu ihr. »Du brauchst nichts zu erklären.«

Doch sie ist ihm etwas schuldig, das wissen sie beide – dafür, dass sie zu spät dran ist; dafür, dass sie ihn genötigt hat, zu ihr nach draußen auf die Straße zu kommen, während sie inzwischen schon hätten verheiratet sein sollen. »Ich musste dich einfach sehen«, mehr kann sie nicht sagen, und ihre Finger umschließen seine ganz fest, ein verzweifelter Griff, wie der eines verschreckten Kindes.

»Du hättest mich da drinnen gesehen. Ich habe auf dich gewartet.« Er hat freundlich und verständnisvoll sein wollen und ärgert sich über die Gereiztheit, die in seiner Stimme mitschwingt.

Sie sieht ihn beschämt an. »Ich weiß. Aber ich wollte dich allein sehen, nicht in Gegenwart all dieser Leute.«

»Hast du es dir anders überlegt?«

»Nein.«

Einen Moment ist er dankbar, aber dann zwingt er sich, sich auf die Tatsache zu besinnen, dass sie immer noch keine Erklärung abgegeben hat. »Du scheinst dir nicht sicher zu sein, was unsere Hochzeit anbelangt«, fährt er fort. »Es wäre besser, sie abzublasen, wenn du ...«

Er verstummt und fordert sie damit auf, den Satz zu beenden, denn er kann sich nicht vorstellen, was sie bedrückt. Aber sie sagt nichts, sie steht einfach nur da und sieht ihn ausdruckslos an.

In ihrem Kopf gibt es eine Reihe von Sätzen, Satzfetzen und zusammenhanglosen Worten, die ihm Dinge über sie verraten würden, von denen sie nie zuvor gesprochen hat. Sie holt Luft, öffnet leicht die Lippen. Wenn sie ausatmet, ohne zu denken, werden dann einige von diesen Worten oder Erklärungen aus ihrem Mund kommen, so dass er sie hören kann? Sie wartet. Es kommt nichts. Er sieht sie an, und seine Augen stellen Fragen und versuchen, Gedanken zu lesen, die er nicht erraten kann. Sie presst die Lippen zusammen. Dann lächelt sie ihn an. Alles wird gut. Sie hat Mischa wissen lassen, wie sie die Sache sieht, und er weiß, dass sie es ernst meint. Die Verwirrung in ihrem Kopf, was ihre Arbeit, ihr Leben, ihre Eltern anbelangt – die Zeit, all das zu überdenken, wird kommen. Wenn sie verheiratet sind. Sie hebt seine Hand und legt sie an ihr Gesicht; dann drückt sie den Mund an seine Handfläche und küsst sie. Die Liebe, die sie für ihn empfindet, erscheint ihr wie ein Wunder. Sie kann nicht glauben, dass es besser wäre, sie von sich zu weisen, statt sie zu umarmen. Ihn zu umarmen.

»Was ist los?«, flüstert er.

»Können wir heiraten gehen?«, antwortet sie.

Er beobachtet sie immer noch. Ihre Antwort genügt ihm nicht.

»Ich bin mir ganz sicher, dass ich es will«, sagt sie mit ernstem Gesicht. »Ich liebe dich so sehr.«

»Warum bist du dann hier draußen?«

»Ich habe mir Sorgen gemacht. Es gibt so vieles, was du über mich nicht weißt. So vieles, was ich dir nicht erzählt habe.«

Sie kann kaum glauben, dass sie diese Worte ausgesprochen hat. Dass sie sich selbst so nah an den Punkt manövriert hat, an dem sie ihm ihre Geheimnisse wird verraten müssen. Die Vorstellung beschwingt sie, dann stürzt sie wieder ab. Denn er wird sie nie heiraten, wenn sie es ihm erzählt.

»Ich möchte alles über dich erfahren, Katja. Und dazu wird Zeit genug sein. Wir haben unser ganzes Leben dafür.«

Er hat nicht weiter nachgehakt, vermutlich weil er ihr Problem nicht versteht. Stattdessen hat er ihr einen Ausweg gezeigt, und sie schlägt ihn bereitwillig ein.

»Ja, du hast recht. Ich glaube, ich bin einfach zu emotional. Niemand ist mir je so nahegekommen wie du, Sascha, in meinem ganzen Leben nicht. Es ist wundervoll, aber manchmal habe ich Angst.«

»Wovor?«

»Dass du nicht wirklich bist. Dass das, was wir miteinander haben, zu schön ist, um wahr zu sein.«

Er hebt ihre Hand an seine Lippen und hält sie dort. Seine Lider schließen sich, seine Wimpern legen sich auf seine warme Haut, und er hält die Augen geschlossen, schließt den Lärm ringsum aus und konzentriert sich auf ihren Duft und ihren Geschmack. Sie streckt die andere Hand aus, um ihm über den Kopf zu streichen; er hingegen steht reglos da. Sie hört das leise Rattern eines Zuges, der unter ihnen tief in der Erde ankommt. Ein Luftschwall wirbelt hoch auf die Straße. Sein Gesicht liegt warm an ihrer Hand, und in ihrem Hinterkopf hört sie wieder die Melodie aus ihrer Kindheit, gespielt von der Balalaika, die sie beide an dem Abend auf dem Tanzfest gehört haben, als sie sich das erste Mal begegnet sind.

Nach einigen Augenblicken zieht sie an seiner Hand, und als er aufblickt, macht sie Anstalten, zum Hochzeitspalast zu gehen, und will ihn mit sich ziehen.

»Warte, Katja. Bist du sicher, dass du mit mir glücklich wirst?«

Sie bleibt stehen, wendet sich ihm zu und blickt ihn an. Er hat nicht gefragt, ob sie sicher ist, dass sie heiraten will. Er macht sich vielmehr Sorgen, ob sie glücklich sein wird. Das ist typisch für ihn – einen Schritt vorauszuschauen auf das, was wirklich wichtig ist.

»Wenn du die Wahrheit wissen möchtest: Früher war ich sicher, dass ich nie jemanden genug lieben würde, um ihn heiraten zu wollen.« Ihre Augen sind klar, die Gefühle darin unverhüllt zu lesen, während sie fortfährt. »Aber jetzt will ich dich heiraten. Denn ja, ich bin sicher, dass ich mit dir glücklich sein werde. Und du mit mir. Trotz allem. Ja, ich bin sicher.«

Wieder beginnt sie zu gehen, und die Frage liegt ihm auf der Zunge – »Was heißt trotz allem, Katja? Wem oder was zum Trotz?« –, aber sie ist ihm schon voraus, und er zögert, die Sache zu verfolgen, die fragile Schönheit des Augenblicks zu zerstören, also folgt er ihr, greift nach ihrer Hand und verjagt die Sorge aus seinen Gedanken. Er lächelt, als sie sich umdreht, um ihn im Gehen zu küssen.

## Kapitel 15

*Boston, Februar 2001*

Auf dem Rückflug von New York hat Melissa viel über Alexander Iwanow nachgedacht. Er bleibt ihr ein Rätsel. Ein brillanter Geschäftsmann, der sich wie ein Gentleman alter Schule verhält. Ein Philanthrop, der große Teile seines Vermögens für gemeinnützige Zwecke spendet – vermutlich um sein schlechtes Gewissen, Überbleibsel seiner kommunistischen Vergangenheit, zu beruhigen. Ein Mann, der in seiner Arbeit aufging, jedoch nicht zu Lasten seiner Umgebung. Es gibt vieles an ihm zu bewundern und vielleicht auch etwas von ihm zu lernen, und sein Konzern steht auch nicht schlecht da, von daher ist sie froh, dass er ihr noch eine Chance gegeben hat, den Deal abzuschließen. Sein Anruf vor zwei Tagen war kurz gewesen und hatte sich darauf beschränkt, einen Termin mit ihr zu vereinbaren, zu dem sie kommen und den Verkauf mit ihm besprechen würde – die Bedingungen, die er erfüllt sehen wollte, hatte er nicht erwähnt, aber sie war versiert genug in den strategischen und psychologischen Schachzügen geschäftlicher Verhandlungen, um zu wissen, wann man seine Fragen besser für sich behielt, und sie erklärte sich einverstanden, nach Boston zu fliegen. Von Angesicht zu Angesicht kann sie nach allen Antworten suchen, die sie haben möchte.

Er führt sie in sein Büro. Zwei Wände werden von Büchern eingenommen, vorwiegend zu den Themen Essen und Wein, und auf seinem Schreibtisch steht ein kleiner Laptop. Seine Unterlagen sind ordentlich in verschiedene Ablagen einsortiert. Nur in der Mitte des Schreibtisches, direkt vor seinem Stuhl, liegen Stifte, Briefe und andere Papiere durcheinander.

»Schön, Sie wiederzusehen«, sagt er zu ihr.

»Gleichfalls«, erwidert sie. »Ich hoffe, wir werden eine Einigung erzielen.«

Als er Melissa das erste Mal begegnet ist, fand er sie kalt. Der Eindruck war dem brüsken Ton geschuldet, den sie angeschlagen hatte, und dem präzisen Gehalt ihrer Worte, aber noch bevor dieses erste Treffen vorüber war, hatte er seine Meinung geändert. Obwohl sie seine Geduld oft strapaziert und den Verkauf bisher unmöglich gemacht hat, hat er es manchmal genossen, mit ihr zusammenzuarbeiten, und auch jetzt verspürt er wieder dieses Gefühl von Befriedigung, während sie über die Details des Deals reden. Sie ist vollkommen konzentriert, wenn sie arbeitet, nimmt alles auf, lernt alles, was sie kann. Er stellt fest, dass ihr Verstand augenblicklich begreift, worauf er hinauswill, dass sie aufgreift, was er sagt, und es verarbeitet, dass sie jedes Thema von allen Seiten betrachtet, um zu sehen, wie etwas verbessert werden kann oder rationalisiert oder beides. Er lernt viel von ihr, weil sie so präzise denkt. Er ist auch präzise, aber sein Geschäftssinn wird oft vom kreativen Prozess getrübt, wenn er neue Rezepte und Ideen entwickelt. Ihrer nicht, und deshalb dringt sie immer gleich zum Kern der Dinge vor.

»Wir können den ganzen Tag lang über Details sprechen«, sagt er, »aber ich muss Sie fragen, ob sich Ihre Haltung, was das wohltätige Engagement anbelangt, geändert hat.«

»Welcher Teil davon ist verhandelbar?«

»Gar keiner. Ich möchte verkaufen, aber ich muss nicht. Und ich habe noch weitere Interessenten.«

Sie lehnt sich in ihrem Stuhl zurück und schließt ihr Notebook. »Kann ich Sie etwas fragen, Alexander?«

»Natürlich.«

»Als Sie in Russland gelebt haben, haben Sie da an den Kommunismus geglaubt?«

Mit einer solchen Frage hat er nicht gerechnet, nicht von Melissa, die selten die Trennlinie zwischen Persönlichem und Geschäftlichem überschreitet. Er fragt sich, ob eine List dahintersteckt, eine Falle, um ihn in einen Widerspruch zu verstricken.

»Ja, das habe ich«, antwortet er. »Es gab nichts anderes, an das man hätte glauben können. Warum fragen Sie?«

»Es interessiert mich. Heute sind Sie ein leuchtendes Beispiel für Kapitalismus und freies Unternehmertum. Wie konnten Sie so einfach von einer Geisteshaltung zur anderen wechseln?«

»Es war nicht einfach. Und dennoch war es auch nicht schwer. Die erste Überzeugung – die kommunistische – war mir von Kind an eingebläut worden. Ich kannte nichts anderes, und ich war überzeugt, zumindest eine Zeitlang, dass ein kommunistischer Staat der fairste Weg zum Wohl aller ist. Aber ich habe meine Meinung geändert, noch bevor ich Russland verließ. Ich dachte immer noch, dass alle Menschen die bestmöglichen Chancen haben sollten, aber ich war nicht mehr vollends überzeugt, dass dies der Weg war, um es zu erreichen. Ich wusste, dass das System seine Schwachstellen hatte, aber dann begann ich auch die zugrundeliegenden Vorstellungen in Zweifel zu ziehen ... Der Preis war zu hoch, was die individuelle Entfaltung, das individuelle Denken anbelangte, und diejenigen, die dagegen rebellierten, hatten keine Gnade zu erwarten –«

Er bricht unvermittelt ab, und sie ist ziemlich sicher, dass der letzte Satz ihn an seine Frau erinnert hat. In seinen Augen steht unendliche Trauer geschrieben. Dann blinzelt er heftig, unübersehbar, und dann ist er wieder bei ihr.

»Dann habe ich hier gelebt und hart gearbeitet. Mir Verdienste erworben, wie es heißt. Aber es bekümmert mich immer noch, dass die meisten Menschen auf der Welt ohne die Chance geboren werden, sich eine Existenz zu schaffen oder sich auch nur ausreichend zu ernähren und insgesamt von den positiven Dingen zu profitieren, die Kapitalismus und Demokratie mit sich bringen. Ich bin der festen Überzeugung – und Lauren übrigens auch –, dass wir die Verpflichtung haben, mit unserem Reichtum verantwortlich umzugehen.«

»Haben alle Menschen diese Verpflichtung?«

»Ich glaube schon, aber ich kann nur über das verfügen, was mir gehört. Und darum weigere ich mich zu verkaufen, wenn Sie oder sonst jemand das gemeinnützige Engagement beschneiden will.«

Melissa sagt nichts, und er wirft einen Blick auf die Uhr. Um sechs hat er eine Telefonkonferenz, und das ist in fünf Minuten. Er entschuldigt sich und beendet das Treffen, ohne ein weiteres vorzuschlagen. Sie wird ihn kontaktieren, wenn sie möchte, sobald sie über das, was sie besprochen haben, nachgedacht hat.

Die Wohnung ist zu dunkel und zu still. Sie weiß sofort, dass ihre Mutter nicht zu Hause ist. Sie setzt den Koffer ab und blickt den Flur entlang zur geschlossenen Tür ihres Vaters. Der Teppich, der dorthin führt, ist alt und weist leicht links von der Mitte eine abgetretene Spur auf – die übliche Route ihres Vaters, wenn er sein Arbeitszimmer verlässt. Er hat die Angewohnheit, im Gehen mit der Hand an der Wand entlangzufahren, und deshalb sieht der Teppich in der Mitte vergleichsweise sauber und dick aus. Sie fragt sich, ob ihre Mutter da entlanggeht – ob sie Grund dazu hat, mehr als ein, zwei Mal im Monat dort entlangzugehen.

»Dad?«, sagt sie mit einer Stimme, die zu leise ist, als dass er sie hören könnte.

Sie geht in die Küche und macht Licht. Schaut in den Kühlschrank nach etwas zu essen. Parmesan, ein Teller rohes Fleisch, bei dessen Anblick sich ihr der Magen umdreht, ein bisschen Obst und Joghurt. Dann macht sie kehrt, geht entschlossen den wenig einladenden Flur hinunter und bleibt vor dem Arbeitszimmer ihres Vaters stehen. Sie klopft und öffnet die Tür. »Hallo!«, sagt sie.

Mit einem kurzen Abstoßen seines Fußes schwingt er sich auf seinem Drehstuhl langsam herum. »Hallo!«, erwidert er. »Wann bist du zurückgekommen?«

»Heute Nachmittag.«

»Geschäfte?«

Sie nickt. Er blinzelt und versucht sich aus der literarischen Welt des neunzehnten Jahrhunderts zu lösen, die seine Gedanken in den letzten Stunden in Beschlag genommen hat.

»Wo ist Mom?« Eine einfache Frage, die ihm die Rückkehr in die Welt seiner Wohnung, die Welt seiner Familie erleichtern soll.

»In der Küche, glaube ich.«

»Sie ist nicht zu Hause«, bringt sie ihm in Erinnerung.

Er runzelt die Stirn. »Sie ist im Kino. Sie wird gegen acht zurück sein, hat sie gesagt.«

»Hast du sie gefragt, in welchen Film sie geht?« Sie lächelt, um die Anschuldigung, die in ihrer Frage steckt, abzumildern. Sie weiß, dass er normalerweise nicht daran denkt, danach zu fragen.

*»Doktor Schiwago«,* antwortet er, und in seiner Stimme schwingt eine kuriose Mischung aus Triumph und Bedauern mit. »Sie hat ihre russische Phase, weißt du. Sie hat die Absicht, nächste Woche hinzufliegen. Lauren hat sie gefragt.«

»Meine Mutter punktet besser als ich.«

Er grinst. Er liebt ihren knochentrockenen Humor, die Unberechenbarkeit, mit der er zuschlägt, während ihr Gesicht ernst bleibt. Er weist auf den Stuhl neben sich. Auf der Sitzfläche liegen aufgeschlagene Bücher, über der Rückenlehne hängen verschiedene Kleidungsstücke, die Frank Johnson den ganzen Tag über abwechselnd trägt und wieder auszieht, je nach Stimmungslage und Raumtemperatur. Es ist ein Stuhl, auf dem beträchtliche Zeit niemand gesessen hat. Melissa sammelt alles ein und legt Kleider und Bücher auf den Boden. Dann setzt sie sich.

»Warum fährst du nicht mit nach Russland?«, fragt er. »Sehr interessant dort.«

»Ich weiß.«

Kurzes Schweigen.

Dann: »Gefällt sie dir?«

Melissa lacht kurz auf. »Wie kommst du darauf?«

»Ach, ich schnappe dieses und jenes auf. Deine Mutter und ich reden eine Menge über dich, weißt du.« Er wartet, gibt ihr Zeit zu antworten, aber sie schweigt. Er beobachtet sie mit gerunzelter Stirn, dann wendet er sich wieder seinen Unterlagen zu, liest den letzten Satz, den er geschrieben hat, streicht ein Wort durch und ersetzt es durch ein anderes. Anschließend widmet er sich wieder Melissa.

Sie sieht ihn an, ein wenig amüsiert, aber vor allem irritiert. »Was?«

»Versuch's«, antwortet er. »Versuch's und sieh zu, was passiert.«

»Vielleicht«, sagt Melissa. »Vielleicht frage ich die beiden. Ich brauche Urlaub.«

Ihr Vater kehrt ihr jetzt den Rücken zu, und sein Füllfederhalter gleitet wieder über das Papier. Sie steht auf und legt die Bücher auf den Stuhl zurück, hängt Strickjacken und Schals wieder über die Rückenlehne.

»Besorg dir einfach ein Flugticket«, sagt er plötzlich, als sie schon nach der Türklinke greift. »Oder besser noch: Bring deine Mutter dazu, hier bei mir zu bleiben.«

Melissa wartet stumm ab. Sie hofft, dass er sich umdrehen wird und sie in seinen Augen lesen kann, was er damit meint. Aber er blickt nicht von seiner Arbeit auf. Sie schließt die Tür hinter sich und kehrt in die Küche zurück. Sie wird Lauren anrufen und sie fragen, ob sie mit ihr zu Abend essen möchte.

Estelle versucht in sich nachzuspüren, was Alexander beim Kochen empfinden mag. Sie bewegt sich zielstrebig in ihrer Küche umher und versucht die berauschende Verträumtheit ihres Kinobesuchs abzuschütteln, das Gefühl von Verlust, das sie empfunden hat, als die buntbewegte Leinwand dunkel wurde und die fremde Welt Russlands, die Revolution, die Leidenschaft, den Schnee verschwinden ließ. Sie bereitet Steaks mit Pasta zu und bemüht sich, jede Zutat so zu betrachten und zu behandeln, wie Alexander es vielleicht tun würde. Als Erstes ist ihr bewusst geworden, dass ihre Pasta nicht italienischer Herkunft ist und oftmals zu weich wird. Und dass sie vergessen hat, frisches Basilikum für die Tomatensauce zu kaufen. Sie öffnet den Kühlschrank und holt das kürzlich erstandene Stück Parmesan heraus. Ein ganzes Stück echter Käse, nicht die bereits fertig geriebenen Ersatzfädchen, die sie sonst immer verwendet. Sie gibt die Pasta auf die Teller, während die Steaks in der Pfanne warmbleiben, und reibt den Käse über die heiße Sauce. Es duftet köstlich, aber dennoch kann sie nicht die Begeisterung aufbringen oder die Sorgfalt beim Servieren, die Alexander auszeichnen. Die Steaks landen platschend auf dem ihnen zugedachten Platz auf den Tellern, und sie wischt sich die Hände ab und geht in den Flur hinaus.

»Frank!«, ruft sie. »Essen!«

Diese beiden Wörter hat sie, solange sie zurückdenken kann, auf genau dieselbe Weise gerufen. Manchmal hat sie Lust zu variieren. Ab und zu tut sie es. Dann ruft sie: »Essen ist fertig!« oder »Sollen wir essen?« Aber gewöhnlich ruft sie dasselbe wie immer. Warum sie das plötzlich stört, weiß sie nicht. Außer dass sie den Großteil ihrer üblichen Routine in den letzten Tagen als einengend empfunden hat. Sie lauscht auf den Grunzlaut, mit dem er gewöhnlich antwortet und der bedeutet, dass er noch fünf Minuten oder so braucht, bevor er aus seinem Arbeitszimmer auftaucht, aber stattdessen wird die Tür sofort aufgerissen, und er kommt über den Flur auf sie zu.

»Riecht gut«, sagt er.

Sie geht ihm in die Küche voraus.

»Frischer Parmesan.«

Sie setzen sich auf ihre angestammten Plätze, und mit einem ihrer abgenutzten stumpfen Messer säbelt Frank Johnson an dem Fleisch auf seinem Teller.

»Parmigiano Reggiano«, sagt er mit übertriebenem italienischem Akzent. »Der König unter den Käsen.« Er schweigt kurz. Dann fährt er fort: »Erzähl – verdanken wir unsere Bekanntschaft mit dem König des Käses dem König des Catering?«

Die Scharfsicht ihres Mannes versetzt Estelle einen Stich. Sie sollte sein völliges Aufgehen in der Arbeit, sein Desinteresse an all den unwichtigen Kleinigkeiten, die sich außerhalb seines Arbeitszimmers abspielen, nicht mit einem Mangel an Beobachtungsgabe gleichsetzen. Wenn sie das tut, wird sie jedes Mal erwischt. »Warum? Bevorzugst du fertig geriebenen?«, fragt sie.

Er bedenkt sie mit einem Grinsen, und indem er ihr die Antwort schuldig bleibt, lässt er sie wissen, dass er ihr Ausweichmanöver durchschaut hat. Einige Minuten essen sie schweigend. Er ist sich des schrillen metallischen Kratzens ihrer Gabel auf ihrem Teller bewusst. Sie versucht, das schmatzende Geräusch, das er beim Kauen macht, zu überhören.

»Was ist das?«, fragt er dann. Er zeigt mit dem Messer auf ein Buch, das hinter ihr auf dem Küchentresen liegt.

Sie dreht sich um und spielt auf Zeit. »Ein Buch«, antwortet sie.

»Aha. Wenn ich den Mund halten soll, dann sag's einfach.«

Sie sieht ihn reumütig an. Sie wollte nicht abweisend sein, aber sie weiß nicht, ob sie für die Diskussion, die eine ehrliche Antwort auslösen würde, das Herz hat. »Tut mir leid.«

»Schon gut.«

»Es ist ein Buch über den Kalten Krieg.« Sie holt Luft und wappnet sich. »Ich lese es zur Hintergrundinformation für meinen Roman.«

Er sagt nichts, während er einen weiteren Bissen Fleisch isst. Er isst das, was sich auf seinem Teller befindet, immer eines nach dem anderen. Erst wird er das ganze Steak essen, dann die Pasta. »Du liebe Güte, Estelle«, sagt er, als er mit dem Bissen fertig ist. »Nicht wieder dieses Hirngespinst.«

Jetzt konzentriert sie sich auf das Essen auf ihrem Teller, obwohl essen das Letzte ist, wonach ihr der Sinn steht. Doch sie widmet sich den Spaghetti und windet sie um ihre Gabel, als ob sie sich für nichts anderes interessiert, denn sie kann den Blick nicht heben und ihm womöglich verraten, wie tief er sie verletzt hat. Als die Gabel dick mit Pasta umwickelt ist, kann sie sie nicht zum Mund führen, und so legt sie sie neben die Überreste ihres Steaks. »Ja, wieder dieses Hirngespinst.« Sie nimmt ihren Teller und trägt ihn zur Spüle hinüber. Sie spürt Zorn in sich hochsteigen. »Ist es so schlimm, dass ich etwas habe, das mir Freude macht und das ich gern tue?«

»Nein«, antwortet er ruhig. »Aber es muss gut gemacht werden.«

»Nach wessen Maßstab?« Sie dreht sich um, kehrt schnurstracks zum Tisch zurück und baut sich mit verschränkten Armen vor ihm auf. Doch er gibt keine Antwort. Er blickt auf seinen Teller hinunter, auf die unberührte, mit Parmesan bestreute Pasta. »Bist du die göttliche Autorität für alle literarischen Angelegenheiten, Frank?«

»Ich bin belesen und darin ausgebildet. Literaturkritik ist mein Beruf, meine Lebensaufgabe.«

»Glaub mir, das weiß ich! Wenn das jemand weiß, dann ich!« Sie nimmt das Buch über Sowjetrussland und schickt sich an, die Küche zu verlassen, aber irgendetwas hält sie zurück. Wenn sie jetzt geht, wird das einen Punkt setzen. Es wird eine Pattsituation sein. Sie wird eine Grenze überschreiten, die sie noch nie zuvor überschritten hat. Sie möchte, dass er sie ein einziges Mal versteht. Wenn er kann. Wenn sie es erklären kann. Sie setzt sich an den

Tisch, das Buch an die Brust gepresst wie einen Talisman. »Hör zu, Frank. Wir streiten immer über dasselbe, und letztlich geht es um ganz was anderes.«

»Ich bin anderer Ansicht …«, setzt er an, aber sie schneidet ihm das Wort ab.

»Hör mir einfach eine Minute zu, ja? Es spielt keine Rolle, ob ich schreibe wie Shakespeare oder die schlimmste Sorte schlecht geschriebenen romantischen Mist verzapfe. Denn es macht mich glücklich. Und ich bin deine Frau.«

»Unsere Beziehung soll also dein schlechtes Schreiben entschuldigen?«

»Nein. Unsere Beziehung bedeutet, dass du mich unterstützen solltest und dass es dich glücklich macht, wenn das, was ich tue, mich glücklich macht. Und dass du mir helfen solltest, besser zu werden, wenn du den Eindruck hast, dass ich Hilfe brauche. Nicht indem du sarkastisch und herablassend bist, sondern indem du mir zeigst, wie ich besser werden kann – indem du mir vorschlägst, was ich lesen, wie ich Dinge formulieren kann. Das machst du doch bei deinen Studenten auch, verflixt noch mal. Sei wohlwollend, Frank. Das ist alles, worum ich dich bitte.«

»Sei blind, meinst du.«

»Verdammt noch mal!«

Er kann dem Impuls, sarkastisch zu sein, nicht widerstehen, aber es gibt Momente, in denen sie findet, dass er es versuchen sollte. Sie steht auf. Am liebsten würde sie das Buch krachend auf den Tisch hauen, um ihrem Ärger Luft zu machen und um ihn von seinem hohen Ross zu holen. Sie ist schon an der Tür, als er die Stimme erhebt – vollkommen unnötig, da sie keine zwei Schritte von ihm entfernt ist. »Estelle, warte!« Er greift nach ihrer Hand, aber sie umklammert das Buch und ist nicht bereit, es ihm zu überlassen.

»Es tut mir leid. Das war dumm, was ich gesagt habe.« Kurzes Schweigen. »Fahr nicht nach Russland.«

»Ich möchte es aber.«

»Um mit ihm zusammenzusein?«

Sie ist verblüfft. Sie hat nicht in Betracht gezogen, dass er davon ausgeht, Alexander sei mit von der Partie.

»Um zu recherchieren«, entgegnet sie. Und obwohl sie nicht findet, dass er diesen Trost verdient hat, fügt sie hinzu: »Er fährt gar nicht mit.«

Er blickt zu ihr auf. Sein Haar ist zerzaust, er hat tiefe Ringe unter den Augen. »Warum hat er das gestern denn nicht gesagt?«

Estelle kommt einen Schritt zurück. »Was soll das heißen?«

Ihr Mann schiebt seinen Teller von sich. »Er ist gestern bei mir gewesen. Auf dem Campus. Ich hatte ihn darum gebeten.«

»Warum?«

»Ich weiß es selbst nicht genau.«

»Warum hast du mir nicht davon erzählt?«

Er macht eine abwehrende Geste. »Ich wollte kein großes Drama daraus machen.«

»Genau das machst du aber.«

Als hätte er sie nicht gehört, fährt er fort: »Es ist merkwürdig. Er hat mir wirklich gefallen. Er hat mich auf Abstand gehalten – sehr höflich und korrekt, und sehr reserviert. Aber er hat mir gefallen, auch wenn ich versucht habe, ihn nicht zu mögen, weil du dich zu ihm hingezogen fühlst.«

Ein längeres Schweigen kehrt ein, als ob er darauf warte, darauf hoffe, dass sie ihm widerspricht. Sie sagt nichts, und schließlich fährt er fort: »Unter der polierten Oberfläche, in seinen Augen konnte ich sehen, dass er über Sanftheit verfügt und vieles mit Leidenschaft verfolgt. Ein leidenschaftlicher Mann. Aufmerksam, gütig.«

»Das ist er.«

»Und ich bin es natürlich nicht.«

Für einen Mann seiner Intelligenz und seines fortgeschrittenen Alters erinnert er sie allzu oft an ein bettelndes Kind.

»Du bist ein guter Mann, Frank«, sagt sie ruhig. »Aber aufmerksam? Gütig? Leidenschaftlich, außer was deine Bücher angeht? Nein.« Das sind die härtesten Worte, die sie je zu ihm gesagt hat, und er tut ihr leid, aber gleichzeitig ist sie erleichtert, als wäre etwas Beschämendes endlich ans Licht gekommen.

Er beobachtet sie ungerührt. »Du wusstest, wer ich war, als du mich geheiratet hast. Und du hast es die letzten dreißig Jahre gewusst. Warum beschwerst du dich jetzt erst darüber?«

Sie schlägt die Augen nieder. »Vielleicht habe ich mich verändert. Menschen ändern sich, weißt du. Manchmal ist es wünschenswert, sich persönlich weiterzuentwickeln. Vielleicht wäre es ideal gewesen, wenn wir uns gemeinsam verändert hätten.«

»Spar mir die Küchenpsychologie.«

Aber sie hört gar nicht richtig zu. »Gibt es eine Verjährungsfrist für Beschwerden? Nach dem Motto, wenn du etwas dreißig Jahre lang mitgemacht hast, ist es zu spät, eine Veränderung zu beantragen?«

»Jetzt bist du sarkastisch.«

Ihr tiefes Luftholen endet in einem langen Seufzer. Als sie wieder das Wort ergreift, ist ihr Ton ruhiger und weniger harsch: »Die Wahrheit ist, dass das, was ich dir gerade gesagt habe, dir weh tut, und vielleicht habe ich deshalb so lange dafür gebraucht. Es ist nicht leicht, so etwas zu sagen.«

Sie legt das Buch hin und legt ihm kurz die Hand auf die Schulter. Er reagiert nicht. Also geht sie um den Tisch herum und setzt sich ihm gegenüber.

»Frank …«, sagt sie, aber weiter kommt sie nicht, denn er steht auf, verlässt die Küche und verschwindet den dunklen Flur hinunter. Sie schaut zur Tür, und es ist, als nähme sie immer noch den großen Schemen seiner Gestalt wahr. Voller Bestürzung vernimmt sie, wie die Tür seines Arbeitszimmers zufällt und der Schlüssel im Schloss gedreht wird.

# Kapitel 16

*Moskau, Januar 1959*

Katja betritt eilig die Wohnung, streift ihren Mantel ab und geht direkt in die Küche. »Ich muss mich beeilen«, sagt sie und küsst Alexander auf den Nacken. »In einer halben Stunde muss ich wieder weg.«

Er holt die Butter aus ihrem neuen Kühlschrank. Er klopft unglücklich auf den massiven Block und blickt dann auf die Temperaturanzeige. »Dieser Kühlschrank kühlt die Sachen nicht bloß«, beschwert er sich, »er besteht darauf, sie zu gefrieren.«

Er beugt sich zu ihr vor, die Butter in den Händen, und erwartet, dass sie ihn noch einmal küsst, diesmal auf den Mund. Sie tut es und lächelt.

»Zumindest funktioniert er«, antwortet sie. »Was hat Irina für uns gekocht?« Sie hebt den Deckel von einem Topf, der auf dem Herd steht.

»Eintopf«, erwidert er. »Sie sagt, wir halten unsere Wohnung so sauber, dass sie nicht die ganzen vier Stunden braucht, und deshalb wollte sie uns einen Teil des Geldes zurückgeben.«

Katja nimmt zwei Teller und Besteck. »Die letzte ehrliche Frau in ganz Russland.«

»Ich habe ihr gesagt, sie soll es behalten«, sagt Alexander.

»Und der letzte Philanthrop.« Sie stellt den Topf mitten auf den Tisch.

Er geht zu ihr hinüber und bringt mehrere Scheiben dunkles Brot mit und zwei geöffnete Flaschen ebenso dunkles Bier. Sie setzen sich und geben den Eintopf in die tiefen Teller – dampfend und duftend, mit kleinen Fleischstücken.

»Wo musst du so eilig hin?«, fragt Alexander. Er lockert seine Krawatte und sieht zu, wie seine schlanke, heißhungrige Frau ihr Brot in die Suppe stippt.

»Die Schulaufführung, du weißt doch.«

»Ach ja. Aber was hat die Schulverwaltung mit der Theateraufführung der Kinder zu tun?«

Sie seufzt. Sein lockerer, neckender Ton ist ihr vertraut, aber an diesem Abend kann sie ihn nicht genießen – sie will sich nicht auf die unterschwellige Bitte um Aufmerksamkeit einlassen. »Die Schulverwaltung hat eine ganze Menge damit zu tun«, antwortet sie. »Das ganze Kollegium muss anwesend sein. Um die Eltern zu treffen und den Kindern zu applaudieren. Du weißt doch, wie es ist.« Sie blickt auf. »Wie war's bei dir auf der Arbeit?«

»Übel.«

»Immer noch dasselbe Problem?«, fragt Katja besorgt.

»Wir haben schon eine Menge kostbarer Informationen verloren. Wir alle stehen nun schon seit Wochen unter Beobachtung, aber ich weiß, dass es jemand von außerhalb sein muss.«

»Bist du sicher? Wer außer eurem inneren Kreis wäre in der Lage, über so lange Zeit so viele Informationen nach Washington weiterzuleiten?«

Er schüttelt den Kopf. »Ich weiß es nicht. Es ergibt keinen Sinn. Aber man muss ihn finden. Die Atmosphäre wird zunehmend paranoid. Jeder misstraut jedem.«

»Du hast es Oleg also erzählt?«

»Ich habe es allen erzählt. In jeder Abteilung. Alle machen sich Sorgen.«

»Ah«, sagt Katja.

»Was ist, meine Liebe?«

»Dann hat der Mann, der heute Morgen kam, um die Elektrik hier im Haus zu überprüfen, also weitere Wanzen installiert?«

Alexander zuckt die Achseln. »Vermutlich.«

»Wenn sie herausfinden, wer es ist, werden sie ihn umbringen.«

»Vielleicht«, sagt er, ohne sonderlich überzeugt zu klingen. »Kann ich dich begleiten?«

Sie verdreht die Augen. »Das wäre wunderbar, aber eine weitere Aufführung von *Peter und der Wolf* kann ich dir unmöglich zumuten.«

Er sagt nichts, und sie fährt fort. »Es sind Grundschüler. Du würdest dich langweilen. Oder etwa nicht?«

»Ja.«

Sie essen, und Katja fühlt sich schuldig, weil ihre Abfuhr so unmissverständlich war. Einige Augenblicke später blickt er sie an und lächelt, um ihr zu zeigen, dass er nicht verärgert ist.

»Willst du wirklich mitkommen?«, fragt sie leise.

»Eigentlich nicht«, antwortet er. »Aber ich werde dich vermissen.«

»Ich weiß. Ich werde dich auch vermissen.« Sie langt über den Tisch und berührt seine Hand. »Ich werde nicht lange fortbleiben. Spätestens um neun sollte ich zurück sein.«

»Gut.«

Als sie fertig sind, nehmen sie ihre Teller und stehen auf. Alexander nimmt Katja ihren Teller aus der Hand. »Geh und mach dich fertig. Du musst los.«

Fünf Minuten später steht sie wieder auf der Türschwelle zur Küche und sieht zu, wie er die Teller spült. »Warum lässt du sie nicht für Irina stehen?«

»Ich mag keine Unordnung. Und es macht mir nichts aus zu spülen.«

»Danke«, sagt sie.

»Wofür?«

»Dafür. Und dafür, dass du hier bist.«

»Wo sollte ich sonst sein?« Er geht zu ihr, trocknet sich die Hände und küsst sie. »Geh. Du kommst zu spät.«

Sie nickt, wendet sich um und verabschiedet sich.

Er runzelt die Stirn. »Wirst du auf der Bühne stehen?«, fragt er, und sie lacht, den Kopf in den Nacken geworfen, die zarte Kehle entblößt.

»Ganz bestimmt nicht. Ich bin keine Schauspielerin.«

Sie öffnet die Tür. Er dreht sich um und will schon in die Küche zurückkehren, als ihn etwas innehalten und zurückblicken lässt. Sie steht immer noch in der Tür, wie eingerahmt; sie lächelt ihn an, und dann macht sie eine grandiose Verbeugung wie eine Schauspielerin und wirft ihm eine Kusshand zu. Er lacht, und dann ist sie fort.

Er liegt auf dem Bett und liest die Berichte, die er mit nach Hause genommen hat, als das Telefon klingelt. Es ist seine Mutter. Sie braucht seine Hilfe für einen jungen Mann, der in der Bank arbeitet. Der junge Mann ist, wie es scheint, zu talentiert, um als einfacher Bankangestellter zu versauern, und sie bittet Alexander zu versuchen, ihm irgendwo eine Stelle als Assistent zu besorgen. »Er ist gerade bei uns«, sagt seine Mutter. »Wenn du nicht zu beschäftigt bist, komm mit Katja rüber und sprich mit ihm.«

Er freut sich, etwas zu tun zu haben, das die Zeit füllt, denn sein Abend ohne Katja zieht sich schon zu lange hin. Er sagt seiner Mutter, dass er kommen wird und dass er Katja mitbringt. Sein Weg führt an ihrer Schule vorbei. Er wird sie abholen.

Er legt den schweren schwarzen Hörer auf. Dann ergreift er ihn erneut. Er wählt die Nummer der Schule, an der seine Frau arbeitet. Niemand hebt ab. »Natürlich nicht«, sagt er sich. »Sie gucken sich alle die Aufführung an.« Er legt auf, und während er überlegt, was er tun soll, wählt er die Nummer noch einmal. Diesmal geht ein Mann an den Apparat.

»Bin ich mit der Schule verbunden?«, fragt Alexander stirnrunzelnd.

»Ja.«

»Wer sind Sie?«

»Ich bin der Hausmeister. Und Sie sind?«

»Ich bin Alexander Iwanow. Ich möchte meine Frau Katja sprechen. Die Schulleiterin.«

Er bekommt ein Grunzen zur Antwort, aus dem Alexander schließt, dass der Hausmeister weiß, von wem die Rede ist. »Ist sie da?«

»Nein, sie ist nicht da. Hier ist niemand. Es ist fast halb neun, Genosse. Niemand ist mehr hier.«

Der Mann klingt aufrichtig.

»Was ist mit der Theateraufführung?«, fragt Alexander, und ihm wird flau im Magen.

»Welcher Theateraufführung?«

»Die Schulaufführung. *Peter und der Wolf.*«

»Die war letzten Monat.«

Alexander schweigt. »Führen sie das Stück vielleicht woanders auf?«

Er kann beinahe sehen, wie der Mann die Schultern zuckt. »Wo sollten sie es denn sonst aufführen?«, fragt er verständlicherweise.

Alexander weiß nicht, ob er dem Hausmeister gedankt oder sich verabschiedet oder sonst eine der üblichen Floskeln von sich gegeben hat, bevor er den Hörer aufgelegt hat. Sein Herz ist erfüllt von einer Mischung aus Besorgnis, Angst und Zorn. Wenn sie nicht in der Schule ist, wo ist sie dann? Geht es ihr gut? Warum hat sie ihn angelogen? Das ist die Frage, die ihm im Kopf herumgeht. Warum hat sie ihn angelogen?

Seltsamerweise ist er tief im Inneren über das, was eben passiert ist, nicht ganz so schockiert wie er sein sollte. Irgendetwas in der Persönlichkeit seiner Frau, ihrem Wesen hat ihn etwas wie das hier beinahe erwarten lassen. Da ist immer ein winziger Kern, ein verborgener Teil von ihr gewesen, den er nie zu sehen bekommen hat. Dieses sichere Gefühl hat sich jedoch über die Monate und Jahre, die sie nun schon verheiratet sind, abgeschliffen. Katja hat ihm wieder und wieder gesagt, dass er nicht unvernünftig sein soll, dass er keinen Grund hat, verunsichert zu sein, und wenn sie ihn gefragt hat, was sie getan habe, dass ihn derart zweifeln lässt, kann er es nicht in Worte fassen. Und weil er weiß, dass sie ihn wirklich liebt und ihn nie absichtlich verletzen würde, hat er irgendwann nicht mehr auf dieses Gefühl im Bauch gehört.

Aber jetzt beugt er sich auf seinem Stuhl vor, dann steht er auf, geht zum Bett hinüber und legt sich, angezogen wie er ist, auf seine Seite des Bettes. Er ist krank vor Wut. Sie muss bei jemand anderem sein. Er denkt an all die Gelegenheiten zurück, bei denen er sich ihrer nicht sicher gefühlt hat, und dieses Gefühl wächst allmählich, wird größer und größer, bis er nichts anderes mehr wahrnimmt. Als die Uhr im Flur halb zehn schlägt, ist er so traurig und wütend, dass er sich wieder aufrichtet. Er schnappt sich die neue Ausgabe der *Literaturnaja Moskwa* – er liest gern die Gedichte und die Kommentare, jetzt wo die Zensur nicht mehr ganz so streng ist –, aber das Blut pocht ihm so heftig in den Schläfen, dass die gedruckten Zeilen keinen Sinn ergeben. Das Telefon klingelt, und er schnappt sich den Hörer. Er vernimmt die Stimme seines Vaters, und mutlos erzählt Alexander ihm, dass er schlimme Kopfschmerzen hat und nicht kommen kann. Seine Sätze sind knapp und karg, und das Gespräch dauert nur wenige Augenblicke. Danach wandert er hilflos in der Wohnung umher, sieht aus jedem einzelnen Fenster und wartet – wartet auf ihre Rückkehr.

Inzwischen ist es zehn Uhr, und er hat mehr als zehn Mal auf die Uhr geblickt. Noch immer kein Anzeichen von ihr. Sie verspätet sich nie. Er tritt ans Fenster und schaut auf die Straße hinunter, aber dort ist nur der Nachtwächter zu sehen. Keine Katja, die die Straße entlangkommt, kein gedämpfter Laut, mit dem die Haustür geschlossen wird, keine Schritte, die leichtfüßig die Treppe hinaufkommen. Zum ersten Mal verspürt er Angst. Sein Zorn setzt sich, und so ist das Brennen in seinem Magen jetzt nur mehr wie schwach glühende Kohlen, nicht mehr wie die lodernden Flammen der letzten beiden Stunden. Er geht auf und ab und hofft, dass ihr nichts passiert ist und wünscht sich, dass sie heimkommt und ihm den Grund für ihre Lüge erzählt, denn es muss, das ist ihm nun klar, einen Grund geben: einen einfachen, vernünftigen Grund.

Gegen elf Uhr ist er apathisch im Sessel zusammengesunken. Ein paar Minuten lang hat er nicht angespannt auf sie gewartet, und als die Haustür nun mit einem dumpfen Schlag ins Schloss fällt, schreckt er hoch, setzt sich auf und fragt sich, ob er richtig gehört hat. Er hat, denn nun hört er Schritte auf der Treppe, und es sind ihre. Bevor sie den Schlüssel ins Schloss stecken kann, hat er die Tür geöffnet. Er gibt sich kühl und distanziert, aber sein Aussehen straft ihn Lügen – gerötete Augen, zerzaustes Haar, zerknittert das Hemd, in dem er sich auf dem Sofa um- und umgedreht und versucht hat, sich keine Sorgen zu machen. Sie mustert ihn, während sie da auf der Türschwelle steht. Sie sagt nichts, tritt aber auch nicht ein. Irgendetwas Folgenschweres ist geschehen oder geschieht gerade. Ein Wendepunkt, und sie muss ihn verstehen und erwägen und wissen, wie sie mit ihm umgeht, bevor sie den Mund öffnet, um zu sprechen.

»Wo warst du?«, fragt er.

Sie tritt ein und küsst ihn auf die Wange, und sie spürt seinen Impuls, dem Kuss auszuweichen, spürt, dass er misstrauisch ist.

»Es tut mir so leid, Sascha«, sagt sie, und ihre Stimme klingt normal, neutral. Sie spricht mehr zu den Abhöreinrichtungen, die sich mit Sicherheit in der Wohnung befinden, als mit ihm. »Die Aufführung war um neun zu Ende, und dann wurde Elana plötzlich übel. Swetlana und ich sind bei ihr geblieben, bis ihr Mann kam. Er hat sie direkt zu einem Freund von ihnen gebracht, der im Krankenhaus arbeitet. Er ist Arzt. Dieser Freund, meine ich.«

»Ich habe in der Schule angerufen.« Seine Stimme klingt traurig; er will sie anherrschen, aber er kann es nicht. Sie klingt so plausibel, so glaubwürdig, sie liebt ihn, sie würde ihn doch sicherlich nicht anlügen – nicht mit solch überzeugenden Details.

»In meiner Schule?«

Er nickt. Natürlich.

Sie lächelt. »Ich war nicht dort. Es war in der Schule im sechsten Bezirk. Eine Gemeinschaftsproduktion. Wir haben es bei uns letzten Monat zu Weihnachten aufgeführt. Und sie jetzt zu Beginn des neuen Jahres bei sich. Hier.« Sie holt ein gelbes Blatt Papier hervor, auf dem die Namen der beiden Schulen stehen und ein Bild von Peter, der den Wolf fängt, und Datum und Uhrzeit und Ort.

Er nimmt das Blatt und überfliegt es. Plötzlich kommt er sich lächerlich vor, wie er da vor ihr steht, anklagend und mit wildem Blick.

»Ich hätte es dir sagen sollen. Ich war so in Eile. Es tut mir leid.«

»Was fehlte ihr denn?«

»Wem? Elana?«

»Ja.«

»Ich weiß nicht genau. Mir kam es vor wie eine Lebensmittelvergiftung. Sie hat Fleisch zu Abend gegessen, das wohl schon ein paar Tage alt war. Es gehörte zu ihrer Zuteilung, aber es war das letzte Stück, jemand hatte es ihr besorgt. Wahrscheinlich lag es schon eine Woche im Laden. Kommt vor.«

Er fährt sich mit den Händen über den Kopf, streicht sich das Haar glatt und stopft sich das Hemd in die Hose. Sie hat bisher weder ihre Handschuhe noch den Mantel ausgezogen. Auch den Hut hat sie noch in der Hand. »Bist du müde?«, fragt sie ihn.

»Nein.«

»Sollen wir einen Spaziergang machen? Das wird dich entspannen.«

Wieder spürt er Zorn in sich aufsteigen und fühlt sich irgendwie im Stich gelassen. Er soll sich entspannen – dabei ist es doch ihre späte Rückkehr, die ihm solche Sorgen bereitet hat. Doch bevor er etwas erwidern kann, zieht sie einen Handschuh aus und legt ihm einen Finger auf die Lippen. Der Finger bleibt dort, und als sie sicher sein kann, dass er nicht sprechen wird, zeichnet sie die Linie seines Mundes nach, und dann bietet sie ihm ihre Lippen.

»Komm«, sagt sie, und er holt Mantel und Hut.

Draußen schneit es jetzt, ganz leicht, wenige zarte, flaumige Flocken, die man kaum spürt, wenn sie die Haut berühren. Als sie nach oben in den tiefgrauen Nachthimmel blickt, sieht sie, wie die weißen Tupfer herabtaumeln, ihr leichtes Gewicht lässt ihren Fall viel zu langsam erscheinen, ein Tempo, das den Gesetzen der Schwerkraft nicht zu gehorchen scheint, und ihr wird schwindelig und übel.

Warum ist sie mit ihm hier draußen, wo sie drinnen im Warmen sein sollten, im Begriff, zu Bett zu gehen? Was will sie ihm erzählen? Als sie die Wohnung betrat und sich mit seinem geballten Misstrauen und Zorn konfrontiert sah, war sie besorgt gewesen und vielleicht ein wenig hoffnungsfroh, dass sie ihm gewisse Dinge würde erzählen, gewisse Wahrheiten würde beichten müssen. Aber jetzt hat sie ihm lauter unwichtige Fakten aufgetischt, über das Theaterstück und über Elana, die plötzlich krank wurde, und vielleicht kann sie sich seiner tiefer reichenden Ungewissheit ohne allzu große Anstrengung entziehen. Doch warum ist sie dann mit ihm nach draußen gegangen? Was *möchte* sie ihm erzählen?

»Ich dachte, du hättest mich angelogen, was die Theateraufführung anbelangt«, sagt er. »Was sollte ich sonst denken? Vor allem, als es so spät wurde.«

Das mit der Theateraufführung war nicht gelogen. Sie braucht ein gutes, tragfähiges Alibi für alles, was sie tut. Eine Lüge über eine Theateraufführung oder über eine Frau, die ins Krankenhaus muss, wäre zu leicht zu entlarven. Nein, sie ist tatsächlich bei der Theateraufführung gewesen, sie hat sich tatsächlich noch einmal *Peter und der Wolf* angesehen, und sie hat der Kollegin tröstend die Hand auf den Rücken gelegt, als diese sich in die blanke weiße Toilette in der Schulgarderobe erbrochen hat. Das erzählt sie ihm noch einmal.

»Warum hast du an mir gezweifelt, Sascha?« Sie liebt ihn so sehr, dass es ihr kaum gelingt, ihren Verstand zu gebrauchen. Sie möchte ihm am liebsten die Arme um den Hals legen und ihn anflehen, ihr zu verzeihen, dass sie seine Zweifel genährt und ihn belogen hat, denn das tut sie schon seit drei Monaten. Oder zumindest erzählt sie ihm nicht alles – wo sie gewesen ist, was sie getan, wen sie getroffen hat. Vor drei Monaten, nach der zweijährigen Pause, die Mischa für notwendig erachtet hat, um jeden Verdacht auszuschließen, hat sie ihre eigentliche Arbeit wieder aufgenommen: Alexanders Gedanken zu stehlen, seine Unterlagen zu kopieren und an Leute weiterzuleiten, die sie benutzen, um die Regierung zu sabotieren. Seine Arbeitgeber. Sein Leben. Selbst heute, auf dem Weg von der Schulaufführung nach Hause, hat sie einen Kamerafilm mit Aufnahmen von Unterlagen ihres Mannes abgeliefert, mit vertraulichen Aufzeichnungen, die mit seiner Arbeit zu tun haben.

Jede Minute dieser vergangenen drei Monate ist ihr unendlich lang vorgekommen, denn sie hat jede einzelne Sekunde gehasst. Sie wusste, dass Mischa nach Ablauf ihrer zweijährigen Gnadenfrist versuchen würde, ihre Zweifel auszunutzen, die Tatsache ins Spiel zu bringen, dass sie sich einst geschworen hatte, ihr Leben dem Kampf gegen das kommunistische System zu widmen. Wie erwartet, hat er sie gepiesackt und gedrängt und getriezt und genötigt, aber sie hat fest dagegengehalten, und obwohl sie einige seiner Argumente überzeugend fand, wollte sie ihren Mann nicht betrügen – sie war zu der Überzeugung gelangt, dass sie die Welt nicht zum Guten verändern konnte, wenn sie nicht selbst ein integres Leben führte.

Aber dann hat Mischa seinen Trumpf ausgespielt. »Erinnere dich, Katjuschka«, hat er gesagt und dabei kühl gelächelt, »du hast ihn schon einmal betrogen. Bevor ihr geheiratet habt. Dein

Mann wäre am Boden zerstört, wenn er herausfände, dass die Liebe seines Lebens ihn nur geheiratet hat, um ihn auszuspionieren.«

In dem Augenblick hat sie Mischa gehasst. Sie begriff sofort – endlich –, warum er sie das erste Mal zum Stehlen angestiftet hatte – nicht weil er ihre Entschlossenheit auf die Probe hatte stellen wollen, sondern um etwas gegen sie in der Hand zu haben, falls sein Plan schiefging – falls sie sich verliebte. Sie weiß, dass eben diese Voraussicht, diese Skrupellosigkeit ihn zu dem guten Agenten machen, der er ist, aber sie hat nie damit gerechnet, dass er sie so manipulieren und unter Druck setzen würde. Sie hat sich wie in der Falle gefühlt, kopflos, verzweifelt, und deshalb hat sie sich einverstanden erklärt, Alexander auszuspionieren – sie hätte alles getan, um zu verhindern, dass er von ihrem damaligen Betrug erfuhr. Doch statt dessen hat sie sich mit jedem verstreichenden Tag, mit jedem neuen Informationsdiebstahl tiefer in dem Netz verfangen und sich immer weniger in der Lage gesehen, einen Ausweg aus ihrem Dilemma zu finden. Bis die Last der Schuld so schwer wurde, dass ein Teil von ihr nun bereit ist, sich von ihrem Mann, ihrem Opfer entlarven zu lassen, damit sie ihm endlich alles eingestehen und diesem Albtraum ein Ende setzen kann, egal wie schrecklich die Konsequenzen auch sein mögen.

Alexander ist nicht mehr wütend, aber es scheint ihm auch weder peinlich zu sein noch leid zu tun, dass er sie beschuldigt hat, ihn zu belügen. Sie merkt, dass ihn irgendetwas noch immer bedrückt, und jetzt begreift sie, dass es seine neue, ihr unbekannte Wachsamkeit ist, die sie veranlasst hat, ihn mit nach draußen zu nehmen, auf die breite, stille verschneite Straße, fort von Augen und Ohren, die sie bespitzeln könnten.

»Warum ich an dir gezweifelt habe, Katja? Ich weiß es nicht.«

»Du weißt, dass ich dich liebe?«

Er bleibt stehen und blickt sie an. »Ja. Aber als ich in der Schule angerufen habe und der Hausmeister sagte, dass dort keine

Aufführung stattfände, habe ich mich schrecklich gefühlt, und dennoch war ein Teil von mir …« Er berührt den Schnee, der auf dem schwarzen Geländer neben ihnen liegt, mit der Spitze seines behandschuhten Fingers. »Ich war nicht überrascht. Und ich habe keine Ahnung, warum das so war.«

Seine Augen suchen in ihren nach einer Antwort. Seit ihrer Rückkehr hat er die Koseform ihres Namens nicht benutzt, und er legt eine neue Kühle an den Tag, die sie unerträglich findet. Sie war immer diejenige, die gewisse Dinge für sich behielt, nicht er. Und jetzt, wenige Monate später, gelingt ihr nicht einmal das mehr. Was ist aus ihr geworden?, fragt sie sich. Hat sie sich zum Besseren oder zum Schlechteren gewandelt?

»Ich muss dir etwas sagen«, sagt sie hastig. Obwohl sie noch längst nicht entschieden hat, was sie erzählen möchte, muss sie einen Satz sagen, der es ihr noch schwerer machen wird zu schweigen. Er wartet darauf, dass sie fortfährt, und er sieht klein aus vor dem weiten Hintergrund des Schnees. Sie weist auf eine Bank, und gemeinsam gehen sie zu ihr hinüber, fegen mit den Händen den verharschten Schnee herunter und setzen sich, um zu reden.

In seiner höflichen Art wartet er, bis sie Platz genommen hat. Er ist von böser Vorahnung erfüllt. Sie muss ihm etwas erzählen. Das kann nichts Gutes bedeuten, das ist ihm klar. Hat sie eine Affäre? Hat sie sich in jemand anderen verliebt? Er hält den Blick auf seine Handschuhe geheftet und wartet darauf, dass sie das Wort ergreift. Sie streicht ihm so zärtlich über den Nacken, dass er sich nicht vorstellen kann, dass sie ihn nicht mehr liebt. Dann fängt sie an zu sprechen.

»Ich habe dich belogen, Sascha«, lautet ihr erster Satz. »Oder bin dir gegenüber zumindest nicht ehrlich gewesen. Seit wir uns das erste Mal begegnet sind. Schon bevor wir geheiratet haben.«

Er bringt kein Wort heraus. Seine großen braunen Augen begegnen ihren. Er ist stumm vor Furcht.

»Sascha, du weißt, wie sehr ich unter der Ermordung meiner Eltern gelitten habe?«

Vielleicht ist es feige von ihr, es auf diesem Weg anzugehen, einen Umweg einzuschlagen, erst einmal Rechtfertigungen anzuführen, aber sie kann einfach nicht sofort mit der Sprache herausrücken. Er nickt. Es ist das erste Mal, dass sie es als Mord bezeichnet hat, statt als »Verlust» oder »Tod«, und er ahnt, dass es für diese neue Direktheit einen Grund gibt.

»Ich bin danach zur Pioniergruppe gekommen, zu Beginn meines vierten Schuljahrs, genau wie du, ich war Feuer und Flamme für die Sache, und niemand konnte mir etwas Schlechtes nachsagen. Ich habe mich schriftlich von meinen Eltern losgesagt, wie man es von mir erwartet hat, und ich bin dem Weg gefolgt, dem man folgen musste, um nirgends anzuecken. Aber als Juri dann nach Amerika geflohen ist, geriet ich erneut unter Verdacht, und ich musste mich noch mehr anstrengen, um mich als vorbildliche Kommunistin zu beweisen. Ich war ziemlich erfolgreich.«

Sie nimmt ihre Hand von seinem Nacken und klemmt ihre steifen Finger zwischen ihre Knie. Schneeflocken lassen sich auf ihrem Mantel nieder und verschwinden schmilzend in den Wollfasern, nisten sich ein und sorgen dafür, dass ihr immer klammer und kälter wird.

»Ich habe das alles nicht ohne Grund getan. Und der Grund war nicht meine Liebe zum Kommunismus oder zur Regierung. Ganz im Gegenteil. Du weißt, dass ich die Dinge anders sehe als die meisten anderen Menschen, aber ich habe dir nie erzählt, wie anders. Ich habe Stalin gehasst. Ich habe seine Regierung gehasst. Ich habe seine Paranoia gehasst, die das ganze Land infiziert und jeden paranoid gemacht hat. Nicht misstrauisch zu sein, nicht hinterlistig zu sein, sich nicht zu fürchten hätte bedeutet, nicht lebendig zu sein. Um zu überleben musste dein Nachbar fünf Namen von Verrätern nennen, egal ob er welche kannte oder nicht. Man wusste nie, wer einen beobachtete oder wer geprügelt wurde, bis er dich als Volksfeind benannte, weil er irgendeinen Namen angeben musste. Ich hasste dieses sogenannte kommunistische Ideal, das es einem Regierungsmitglied wie Beria, diesem Schwein, erlaubte, so viele Mädchen und Frauen zu vergewaltigen, wie er wollte, und dass Chruschtschow und Molotow und den ganzen Rest in riesigen Villen leben und genüsslich speisen ließ, während die arbeitende Bevölkerung hungerte. Ich hasse es, dass wir bis heute eine ›proletarische Aristokratie‹ haben. Ich weiß das, weil ich hineingeheiratet habe.« Sie kann nicht umhin, bitter zu lachen.

»Ist es das, was Kommunismus bedeutet? Dass ich mit dir zusammen in einer schönen Wohnung mit Blick auf den Fluss lebe, während ich mit Maja in einem Eiskeller gehaust habe und ihre Mutter in der Abstellkammer schlafen musste?«

Er gibt keine Antwort, aber seine Augen sind auf sie geheftet und zeugen von Überraschung und Mitgefühl. »Du hast recht«, sagt er dann. »Aber die Dinge können sich ändern ... langsam ...«

»Nein. Ich hasse das kommunistische System nicht etwa, weil Missbrauch damit getrieben wurde, Sascha, sondern ich hasse es, weil es nicht funktionieren kann, selbst wenn kein Diktator an der Macht ist. Es erstickt die Menschen, es tötet die Gedanken- und Ausdrucksfreiheit – alles und jedes muss gleich sein, uniform. Aber die Menschen sind nicht alle gleich. Hier gibt es keinen Raum für Künstler, Schriftsteller, Dichter. Sieh doch, was sie mit Pasternak gemacht haben. Die ganze Welt lobt sein Buch – er hat den Nobelpreis bekommen. Und hier, in seinem Heimatland wird er zur Verzweiflung getrieben – wird er behandelt wie ein Krimineller. Es ist unverzeihlich, Sascha. Und es trifft ja nicht nur die Schriftsteller. Wenn irgend jemand, ein Bauer, ein Büroangestellter, ein Lokführer besonders hart arbeitet und versucht, etwas aus sich zu machen oder etwas zu tun, das er liebt und das ihm Freude bereitet – ist das denn so falsch? Oder wenn jemand eine gute Geschäftsidee hat – warum sollte dieser Mensch dann nicht tun, was ihm gefällt und vielleicht gut Geld verdienen und in einem großen Haus leben, wie es heute den Politikern vorbehalten ist? Zumindest hätte er es sich verdient. So ist das nämlich in Amerika.«

Alexander kann nicht sprechen. Er ist gefangen zwischen Schrecken und Staunen. Er versucht, ihre Worte zu begreifen, versucht, ihr leidenschaftliches Plädoyer zugunsten des Feindes, zugunsten des Kapitalismus' zu begreifen, und er begreift es schnell, denn ihre Worte sind verführerisch, weil sie vernünftig sind. Und daneben wartet er, wartet er noch immer auf ihre Erklärung, inwiefern sie ihn betrogen hat, denn im Augenblick sieht er noch nicht, worauf sie hinauswill.

»Jedenfalls«, fährt sie nun ein wenig ruhiger fort, »seit ich dreizehn war, wusste ich, was ich mit meinem Leben anfangen wollte. Den meisten Menschen bleibt diese Erkenntnis ihr Leben lang verborgen. Vor allem hierzulande, wo es keinen Raum für Wünsche gibt. Wir tun nur, was man uns sagt, nicht wahr?«

Er ist ganz benommen von ihren Worten. Ihm schwirrt der Kopf. *Ich wusste, was ich mit meinem Leben anfangen wollte.* Es scheint so einfach und klar zu sein und ist doch so fremd. Wie hat sie bloß gelernt, auf diese Weise zu denken? Er bewundert ihren flinken Verstand, ihr unkonventionelles Denken, auch wenn er ahnt, wohin es geführt hat. Wieder spricht sie, und er sieht sie aufmerksam an, um ihr besser zuhören zu können, um sich nicht ein Wort, nicht eine Nuance entgehen zu lassen.

»Ich wollte das System bekämpfen, das meine Eltern, zwei gütige, intelligente, *unschuldige* Menschen brutal ermordet hat. Ich wollte mich für das Leid rächen, das man mir zugefügt hatte. Mir meine Mutter zu nehmen. Und Juri ebenfalls. Und Millionen anderer Kinder. Sie sollten sich schämen, Sascha.« Ihr bricht die Stimme, Tränen lauern unter der brüchigen Oberfläche ihrer Sätze. »Sie sollten sich schämen. Warum haben wir es ihnen so lange durchgehen lassen? Warum tun wir es noch?«

Er legt ihr die Hand auf die Schulter, die jetzt vom Weinen geschüttelt wird, und wartet, so lange er kann, bis er fragt: »Wie hast du dagegen angekämpft, Katja? Erzähl's mir …«

Sie holt tief Luft und hebt den Kopf. Sie wischt sich mit dem Handschuh über die Augen. »Ich bin eine Agentin«, antwortet sie flüsternd. »Ich arbeite für die Amerikaner. Schon seit Jahren.«

»Was?«

Sie weiß, dass er sie verstanden hat, und so zuckt sie nur die Achseln und sagt nichts weiter. Atmet die kalte feuchte Luft ein. Eine Schneeflocke tanzt ihr auf die Lippen und schmilzt von der Wärme ihrer Zunge auf der Stelle dahin.

Was sie ihm gerade eingestanden hat, scheint ihm bedeutungslos, fast unverständlich, und doch ergibt es vollkommen Sinn.

»Du hattest keine Ahnung?«, fragt sie. Er schüttelt den Kopf. Und dann nimmt ein Gedanke Gestalt an, den er kaum in Worte fassen kann. Aber er muss es versuchen. Er sieht sie an, mit offenem Mund und gepeinigtem Blick, und versucht, die Worte zu finden. Nichts kommt ihm über die Lippen, aber sie vernimmt seine Worte so klar, als könne sie seine Gedanken lesen.

»Nein, nein, nein«, sagt sie und ergreift seine Hand, presst sie an ihre Brust. »Das ist nicht der Grund, aus dem ich dich geheiratet habe, Sascha. Es ist der Grund, aus dem ich es beinahe nicht getan hätte. Es ist der Grund, warum ich erst darüber nachdenken musste, als du mir den Antrag gemacht hast, obwohl jede Faser von mir *ja!* gerufen hat.« Sie berührt seinen Kopf. »Erinnerst du dich an unseren Hochzeitstag – als du nach draußen gekommen bist und mich an der Metro gefunden hast? Damals hätte ich es dir fast gesagt. Aber ich war zu schwach«, fährt sie mit einer Spur Bitterkeit fort. »Ich habe mir eingeredet, ich sei bloß vorsichtig, aber in Wahrheit war ich schwach. Und ich hatte eingewilligt, zwei Jahre lang nicht zu arbeiten, um jeden Verdacht zu vermeiden, und ich war sicher, ich würde nie wieder damit anfangen. Aber dann tat ich es doch. Vor ein paar Monaten.

Es bringt mich um, Sascha, und ich kann damit nicht weitermachen. Ich wollte, dass du das weißt.« Sie hat wieder angefangen zu weinen, still, ohne zu schluchzen, die Tränen rinnen ihr über die Wangen, und ihr Gesicht wirkt im Halbdunkel ausgezehrt, verschattet.

Er kann sich nicht rühren. Er starrt sie einfach nur schockiert an. »Wie konntest du mich belügen, Katja? Die ganze Zeit über? Und mich ausspionieren?«

Sie bringt kein Wort heraus. Er spürt, wie der Zorn in seiner Kehle und seinen Händen kribbelt. Die unverfälschte Klarheit dieses Gefühls schnürt ihm die Kehle zu, und ihm schwirrt der Kopf. Er wendet den Blick ab. »Wie konntest du mich so hintergehen?«

»Ich konnte es nicht. Ich hatte seit unserer Heirat nicht mehr für sie gearbeitet. Und jetzt habe ich bloß wieder angefangen, weil sie mich erpresst haben. Sie haben gesagt, wenn ich es nicht tue, würden sie dir alles erzählen. Und ich hatte Angst, dich zu verlieren. Aber ich konnte es dir nicht länger verschweigen, Sascha, ich konnte es nicht …«

Sie ruft ihm ihre Worte nach, denn er ist aufgestanden und geht fort, er stolpert fast durch den Schnee, um schleunigst von ihr wegzukommen, so schnell er eben kann. Er kann sie jetzt nicht ansehen, will ihre flehende Stimme nicht hören, nicht jetzt, wo er nicht weiß, ob er je wieder auch nur ein Wort aus ihrem Mund glauben kann.

Erst fünf Stunden später kommt er nach Hause. Es ist früh am Morgen, eine Zeit, die ihr trostlos vorkommt, so wie ihr ganzes Leben ihr plötzlich nichtig und bedeutungslos erscheint, jetzt, wo er sie hasst. In den vergangenen fünf Stunden hat sie Angst durchlebt und Qual und Selbsthass und Schrecken, und jetzt sitzt sie im Dunkeln am Küchentisch, denkt nichts, fühlt nichts.

Er ist fünf Stunden lang umhergewandert, mit tauben Füßen und kaltem Herzen und in der letzten Stunde seiner Qual, als er an dem Restaurant vorbeikam, das sie an ihrem ersten Hochzeitstag besucht haben, und an der Brücke, die sie auf dem Weg zu seinen Eltern so oft zusammen überquert haben, hat er sich an etwas aus ihrem alten Leben erinnert, dem Leben, das sie vor diesem Abend geführt haben, und er hat auch angefangen, die Tatsache zu berücksichtigen, dass es Katja selbst war, die ihren Betrug eingestanden hat.

Er geht ins Haus, schaltet alle Lampen an und betritt die Küche. Da sitzt sie und blinzelt in die plötzliche Helligkeit wie ein neugeborenes Tier. Er sieht, dass sie viel geweint hat, und trotz allem tut sie ihm leid. Er zieht die eisigen Hände aus den Taschen und nimmt ihren Mantel, den sie auf dem Tisch hat liegenlassen. Er reicht ihn ihr, und beinahe automatisch steht sie auf, zieht ihn an und folgt ihm zur Tür hinaus, die Treppe hinunter und auf die menschenleere Straße. Er wendet sich zu ihr um und sieht sie mit ernsten Augen an.

»Ich kann dich nicht länger belügen«, flüstert sie. »Selbst wenn das bedeutet, dass es aus ist zwischen uns. Ich liebe dich.«

Er glaubt ihr, und er will nicht länger wütend auf sie sein, will sie nicht länger von sich stoßen, und er bringt es nicht über sich, ihre Qual zu ignorieren. Seine Wut und seine Verletztheit beherrschen sein Herz nicht länger. Er weiß nicht, was er tun soll, und so schließt er sie in die Arme, und obwohl die Geste eher mechanisch ist, weckt sie etwas in ihm, seine Liebe, seine Fürsorge, und er merkt, dass er erleichtert ist, weil sie ihm erzählt hat, was sie ihm hat erzählen wollen, auch wenn er im Augenblick noch nicht weiß, was er mit ihren Worten anfangen soll. Er küsst sie auf die Stirn, atmet ihren Duft ein, wo die kalte Stirn den wärmeren Haaransatz trifft, und drückt sie an sich.

»Du hasst mich nicht?«

»Ich kenne dich nicht«, antwortet er.

»Es tut mir leid«, flüstert sie. »Ich habe nichts gesagt, weil ich Angst hatte, dich zu verlieren, aber stattdessen habe ich alles nur noch schlimmer gemacht.«

Er blickt sich um. Plötzlich erscheint ihm sogar der stille Schimmer des Schnees bedrohlich. Er hat die letzten Wochen damit zugebracht, seiner Abteilung klarzumachen, dass es einen Maulwurf unter ihnen gibt, irgendeine Art von Leck, nicht ahnend, dass er selbst das Leck ist. Durch Katja. Die Erkenntnis, dass sie jeden Moment gefasst werden kann, dass sie von ihm fortgerissen und ins Gefängnis gesteckt werden kann, entfacht eine Angst in ihm, die in dem Augenblick stärker ist als das Gefühl, betrogen worden zu sein.

»Was habe ich getan?«, fragt er. »Sie sind nur meinetwegen hinter dir her. Was habe ich bloß getan?«

»Du hast deine Arbeit gemacht. Du hast alles richtig gemacht.« Ihr Mund liegt an seinem feuchten Kragen, und ihre Stimme klingt gedämpft, aber es scheint, als ob er sie gar nicht gehört hat.

»Was sollen wir tun? Wir können nicht hierbleiben. Sie werden dich entlarven.« Er kann nicht vernünftig denken. Er braucht Zeit. Und er muss sein Denkvermögen zurückgewinnen. Dann kommt ihm trotz allem eine Idee. »Ich werde Amerika sausen lassen«, sagt er.

Er redet von der diplomatischen Delegation, mit der er in einer Woche nach Amerika reisen wird. Es ist eine Ehre, für die Reise auserwählt worden zu sein, Teil der Gruppe zu sein, die Anastas Mikoyan, Handelsminister und Erster Stellvertreter des Vorsitzenden des sowjetischen Ministerrats, nach Washington, New York, Chicago und sogar nach Los Angeles begleiten wird – Teil der neuen diplomatischen Annäherung der beiden Länder. Für Alexander wird es die erste Reise ins westliche Ausland sein, und er ist stolz und aufgeregt gewesen. Er war begierig darauf, diese andere Kultur kennenzulernen, diese vollkommen andere Welt. Doch jetzt, da er weiß, dass seine Frau die ganze Zeit eine so enge

Verbindung mit den Vereinigten Staaten gehabt hat und mit Organisationen in Kontakt stand, die die oberflächliche Diplomatie, die er vertritt, ad absurdum führt, kommt ihm sein schuljungenhafter Enthusiasmus lächerlich vor. Und auf der rein praktischen Ebene betrachtet, ist diese Reise zudem etwas, das ihn und Katja für eine Woche trennen wird, und zwar zu einer Zeit, in der er bei ihr sein muss. Er muss einen Weg finden, das alles, was gerade geschieht, zu verstehen und einen Plan schmieden, sie beschützen – und sich selbst. Aber wie?

»Du kannst die Reise nicht absagen. Nichts wäre verdächtiger …« Noch während sie spricht, hebt sie den Kopf und starrt ihn an. Ihr Blick ist wild, fast prophetisch, voller Offenbarung. »Nein, du musst fahren. Du musst. Verstehst du nicht? Dann wirst zumindest du hier rauskommen. Wir werden hier rauskommen. Ich komme nach. Sie werden mir helfen, hier rauszukommen. Wenn ich ihnen weitere Informationen anbiete … Sascha, wir können es schaffen. Wir können von hier fortgehen.«

»Fortgehen?« Er ist noch immer wie betäubt. »Wie können wir von hier fortkommen?«

»Du hast schon einen Flugschein. Ich werde dir folgen.«

»Katja, das ist verrückt. Hör auf, so zu reden.«

»Denk darüber nach. Haben wir denn eine andere Wahl? Gefängnis – oder schlimmer.«

»Es wird nicht funktionieren …«

»Können wir denn bleiben?«, fragt sie. »Können wir denn bleiben?«

Er starrt sie an, während er über ihre Frage nachdenkt. Er versucht, alle Optionen zu erwägen, alle Möglichkeiten, alle Wahrscheinlichkeiten, alle Ideen. Die Hürden, mit denen sie sich konfrontiert sehen, sind hoch, vielleicht unüberwindlich, aber sich mit ihnen zu befassen ist unendlich besänftigend, denn es erfordert Denken, Entscheiden, praktisches Erwägen. Ihre Lügen, ihr Verrat, ihr Leid, ihre Gründe – all diese Dinge sind zu überwältigend, als dass er in diesem Augenblick darüber nachdenken könnte, und sich auf unmittelbare praktische Probleme zu konzentrieren ist seltsam beruhigend.

»Lass uns fortgehen«, fleht sie. »Ich bin das alles hier so leid. Wir können nicht einmal vertraulich miteinander reden – außer auf der Straße. Lass uns fortgehen. Bitte. Vielleicht können wir dort wirklich etwas bewirken. Wir können den Menschen erzählen, wie die Lage hier ist. Die schrecklichen Dinge, die hier vorgefallen sind.«

Sein Verstand kämpft mit der Ungeheuerlichkeit ihrer Idee. Lass uns fortgehen. Als ob sie einfach so aus diesem Land herausspazieren könnten, ohne Probleme, ohne Konsequenzen. Als ob sie hier kein Leben hätten, keine Verantwortung, keine Bindungen. Sie gehören hierher, sind hier geboren, hier aufgewachsen, und sie, Katja, vor allem hat Narben davongetragen. Und dennoch können sie beide hier nicht länger bleiben. Sie sind weder akzeptiert noch akzeptabel. Sie ist eine Verräterin und er nicht minder, weil er sie liebt und ihr so sehr vertraut, dass er bereit ist, sich anzuhören, woran sie glaubt und nach Möglichkeit versuchen wird, es zu verstehen. Letzten Endes ist nur sie ihm wichtig. Also sind sie beide Verräter. Und sie leben in einem Land, in dem jede Opposition schreckliche Konsequenzen hat.

»Sascha«, sagt sie wieder, »können wir wirklich noch länger hierbleiben?«

Er überlegt eine Weile, dann schüttelt er den Kopf, denn er muss sich eingestehen, dass er keine Möglichkeit sieht.

# Kapitel 17

*Boston, Februar 2001*

In dem Trubel am Flughafen verlieren sie sich ein paar Minuten aus den Augen, bis Lauren Melissa wiederfindet, die in die Auslage eines Elektronikladens vertieft ist. »Ich habe dich gesucht«, sagt sie. Ihre Laptop-Tasche hat sie um die Schulter geschlungen, in der Hand hält sie einen Becher Cappuccino.

»Oh, wirklich?«, fragt Lauren. »Und gibt's mich auch mit DVD und zwölfmonatiger Garantie?«

Melissa lächelt. »Mein Blick fiel zufällig auf die Auslage, als ich hier vorbeikam ...«

»Klar.«

»Ich habe dir den hier besorgt.« Sie hält Lauren den Cappuccino hin.

Lauren nimmt den Becher und bedankt sich. Als sie in die Airline-Lounge hinübergehen, um auf den Aufruf ihres Fluges zu warten, spricht sie Melissa auf Estelle an. »Ich kann kaum glauben, dass deine Mutter es sich in letzter Sekunde anders überlegt hat«, sagt Lauren. »Es sieht ihr gar nicht ähnlich.«

»Kennst du sie so gut?«, erwidert Melissa.

Lauren hat festgestellt, dass die beste Methode, Melissa zum Reden zu bringen, darin besteht, ihren knappen Kommentaren mit erwartungsvollem Schweigen zu begegnen. Sie checkt sie in die Lounge ein und wartet, während Melissa rasch den Blick über die Menschen um sie herum schweifen lässt.

»Meine Mutter hat zwar eine quirlige, muntere Seite«, fährt Melissa schließlich fort, »aber wenn's draufankommt – tja, dann geht sie immer den Weg des geringsten Widerstands.«

»Das heißt?«

»Das heißt, sie hat nicht den Schneid, irgendetwas durchzufechten. Mein Vater muss nur ein kleines Drama anzetteln, und schon lässt sie alles andere fallen. Ich meine, sieh ihn dir an. Er hat seine Liebe zur Literatur sein ganzes Leben lang zielstrebig und leidenschaftlich verfolgt, auch wenn es zu unseren Lasten ging. Ich wollte immer in die Wirtschaft gehen und Karriere machen, und das habe ich auch in die Tat umgesetzt. Aber sie hat nie irgendetwas zu Ende verfolgt. Manchmal frage ich mich, wie viel ihr wirklich daran liegt, Schriftstellerin zu werden. Wenn man in ihrem Alter noch nicht damit angefangen hat, wann dann?«

Lauren besorgt ihnen zwei Flaschen Wasser an der Bar und verschafft sich auf diese Weise Zeit, sich zu beruhigen, damit ihre einwöchige Reise nicht gleich mit einem Wutanfall beginnt. »Findest du das nicht ein bisschen hart?«, fragt sie, als sie an ihren Tisch zurückkehrt.

»Nein, aber du.« Die grauen Augen lächeln.

»Ja, stimmt. Vielleicht würde es ihr helfen, wenn dein Vater und auch du sie ermutigen würdet, was ihr Schreiben angeht. Kein Drama, kein Sarkasmus, einfach nur ein bisschen positives Feedback.«

»Kann sein. Aber letztlich sollte sie darauf nicht angewiesen sein. Entweder sie will schreiben oder sie will es nicht.«

»Du lebst in deiner eigenen Welt, wo alles entweder schwarz oder weiß ist. Muss ja toll sein. Kein Problem, alles auf die Reihe zu kriegen – Arbeit, Familie, Beziehungen …«

»Ich habe nicht gesagt, dass es einfach ist«, wendet Melissa ein. »Ich habe einen Weg gefunden, meinen Alltag auf die Reihe zu kriegen. Mehr nicht. Zumindest was meine Arbeit und meine Familie angeht.«

Lauren zögert einen Moment, bevor sie die nächste Frage stellt. »Und Beziehungen?«

»Ich habe keine – schon eine ganze Weile nicht«, antwortet Melissa. »Wenn einem das Herz gebrochen wurde, ist einem nicht unbedingt danach, sich gleich wieder ins Getümmel zu stürzen.« Sie rutscht auf ihrem Stuhl herum und schenkt ihnen beiden Wasser nach. »Egal«, sagt sie dann munter. »Erklär's mir. Die Sache mit meiner Mutter.«

»Ich glaube, dass sie vielleicht nicht das Selbstvertrauen hat, das sie zum Schreiben braucht. Vor allem, wenn dein Vater sie andauernd kritisiert. Und andererseits ist es auch verständlich, dass sie ihn nicht verärgern will. Oder ihre Ehe gefährden. Mir scheint, was euch als Familie angeht, trägt sie die Last, alles zusammenzuhalten.«

Melissa schweigt.

»Denk darüber nach. Du und dein Vater – ihr seid vollauf damit beschäftigt zu tun, was ihr tun wollt, ohne Rücksicht auf eure Beziehungen. Also wer hält alles zusammen?«

Melissa blickt auf den Monitor über ihren Köpfen. »Sie rufen unseren Flug auf ... Nachdem du es geschafft hast, mir Schuldgefühle einzuimpfen, sollten wir meine Mom vielleicht anrufen und hören, wie es ihr geht, bevor wir fliegen.«

Estelle legt den Hörer auf, setzt sich an ihren Schreibtisch und fängt an zu weinen. Während des Telefonats mit Melissa und Lauren ist es ihr gelungen, freudig und munter zu wirken. Aber sobald der Hörer aufgelegt ist, kann sie die Tränen nicht mehr zurückhalten. Nichts auf der Welt möchte sie lieber, als mit ihnen zusammen in das Flugzeug nach Moskau steigen. Sie hat es sich ausgemalt, seit Lauren das erste Mal davon gesprochen hat; sie hat die Vorfreude für sich behalten, die sie in den dunklen Stunden der Nacht verspürt hat, wenn sie aufgewacht und vor Aufregung ganz kribbelig gewesen ist. Nach einigen Minuten hört sie auf zu weinen, trocknet sich die Augen und putzt sich die Nase. Sie lehnt sich in ihrem Stuhl zurück und blickt in den Flur hinaus. Am anderen Ende kann sie die Tür zum Arbeitszimmer ihres Mannes sehen, die sie und die Welt ausschließt. Aber hinter der Tür ist er glücklich oder zumindest zufrieden und froh zu wissen, dass sie hier bei ihm in der Wohnung ist.

»Du dummes Ding«, sagt sie zu sich. Der Schreibtisch vor ihr ist aufgeräumt, der Computer eingeschaltet. Sie hat keine E-Mails zu beantworten, keine Rechnungen warten darauf, bezahlt zu werden, und somit gibt es keinen Grund, warum sie nicht versuchen sollte, ein Kapitel zu schreiben oder zumindest ein paar Seiten. Außer dass sie beschlossen hat, sich nicht länger zu bemühen. Sie öffnet ein neues Dokument und sieht zu, wie der Cursor blinkt. Mit plötzlicher Entschlossenheit greift sie nach dem Telefonhörer und wählt Alexanders Nummer.

»Alexander Iwanow.«

»Alexander? Ich bin's.«

»Estelle! Ich habe mir Sorgen um Sie gemacht. Lauren hat mir erzählt, dass Sie nicht nach Moskau fliegen, und ich habe Sie angerufen, aber Sie haben nie zurückgerufen.«

»Es tut mir leid. Es war ziemlich chaotisch die letzten Tage.«

»Geht es Ihnen gut?«

Wieder würde sie am liebsten weinen. Sie stellt fest, dass sie nur selten gefragt wird, wie es ihr geht, und diese Erkenntnis stärkt ihre neugewonnene Entschlossenheit.

»Ja, mir geht's gut, danke. Hören Sie, Alexander, ich habe mich gefragt … Im Colonial Theatre wird *My Fair Lady* aufgeführt. Frank möchte es nicht sehen, und ich dachte, vielleicht hätten Sie Lust hinzugehen?«

»Liebend gern. Wann dachten Sie?«

»Wie wäre es morgen? Es gibt eine Nachmittagsvorstellung um drei Uhr.«

»Klingt gut. Ich hole Sie um zwölf ab.«

»Das ist sehr früh«, sagt sie.

»Nun, vielleicht können wir den Tag zusammen verbringen?«

»Gut«, antwortet sie. »Aber holen Sie mich nicht ab. Wie wär's, wenn ich zu Ihnen komme?«

»Wenn Ihnen das lieber ist«, erwidert er. »Dann bis morgen.«

Als er ihr am nächsten Tag die Tür öffnet, reicht er ihr die Hand – eine Förmlichkeit, die unangebracht scheint, wo sie sich doch bereits so gut kennen, aber er kann nicht anders. Seit seinem Besuch bei Frank Johnson ist er nervös und hinterfragt seine Beweggründe, hinterfragt, warum er die Freundschaft mit Estelle fortführen möchte.

Sie betrachtet seine Hand einen Augenblick, dann ergreift sie sie.

»*Enchanté*«, sagt sie mit einer angedeuteten Verbeugung. Als ihre Blicke sich treffen, zeigen ihre Augen das vertraute Amüsement.

Alexander beugt sich vor und küsst sie auf die Wange. »Besser?«

»Allerdings«, erwidert sie.

»Sollen wir?«

»Ja«, sagt sie. »Sind Sie einverstanden, wenn wir zu Fuß gehen? Oder die T nehmen? Ich habe Lust, etwas von der Stadt mitzubekommen.«

Sie spazieren zur nächsten Station, um die U-Bahn nach Beacon Hill zu nehmen. Ihnen gegenüber erhebt sich die überirdische Station, aber sie verlassen die am Samstagnachmittag geschäftige Straße und gehen zum Bahnsteig nach unten. Sie erinnert sich an verschiedene U-Bahnstationen, an denen sie auf die Heimkehr ihres Mannes gewartet hat. Er ist auf Vortragsreisen im ganzen Land unterwegs gewesen, aber nach Melissas Geburt hat Estelle ihn nur noch selten begleitet. Er hat es immer vorgezogen, mit dem Zug zu fahren. Er hat das Autofahren immer gehasst, hat es gehasst, sich auf die mechanischen Abläufe zu konzentrieren, sich auf die Fahrkünste und die Rücksichtnahme anderer zu verlassen. Züge, so pflegte er zu sagen, sind viel kultivierter. Jemand anders kümmerte sich um das Lenken und Bremsen. In einer im Zug verbrachten Nacht konnte man einen neuen

Roman lesen und darüber nachsinnen, man konnte ein gutes Abendessen zu sich nehmen und man hatte Zeit zu schlafen. Eine Nacht im Auto brachte einen nur ans Ziel, aber sie brachte einen nicht weiter.

Sie sieht sich selbst dort unten am Bahnsteig stehen und warten – sie wartet auf seinen Zug, geht an ihm entlang, die Türen im Blick, die sich jeden Augenblick öffnen. Nach den ersten Malen wusste sie, dass er nie unter den eifrigen jungen Männern sein würde, die sich aus dem Fenster lehnten. Er war immer drinnen beschäftigt, im abgedunkelten Abteil; er packte Bücher und Papiere ein, streifte sich sein Jackett über und wartete an der Tür. Er war keiner, der sich aus dem Fenster hängte. Sie blieb nie stehen, um zu ihnen hinaufzuschauen, doch sie liebte es, die freudigen Gesichter dieser Jungen zu sehen, zu sehen, wie der Wind ihnen das Haar zerzauste, wie ihre gebräunten Arme winkten. Ihr Mann war nicht jungenhaft. Sie hatte ihn kennengelernt, als er sechsunddreißig war, aber selbst auf den wenigen Fotos, die er von sich als Heranwachsender besaß, hatte er eine ernste, gewichtige Ausstrahlung, die jeden Gedanken an Jugendlichkeit verbot. Er hatte sie geliebt, aber seine Liebe hatte nichts von der begeisterten, bedingungslosen Bewunderung junger Männer, nichts von eifriger, zügelloser Leidenschaft. Seine Liebe war reif und vernünftig, von einer Tiefe, die hin und wieder durchschien, wenn er sich unbeobachtet glaubte.

Alexander begleitet sie schweigend, denn ein Seitenblick in ihr Gesicht hat ihm verraten, dass sie in Gedanken weit weg ist. Als sie ihn schließlich ansieht, lächelt er und blickt sie fragend an.

»Ich dachte an meinen Mann«, sagt sie.

»Verstehe.«

Einige Minuten später gehen sie durch Beacon Hill. Die stattlichen Häuser aus rotem Backstein, die verschnörkelten Straßenlaternen, die eigenwillig gepflasterten Straßen – all das bildet für sie beide den Hintergrund für ferne Erinnerungen. Estelle ist ihm einen halben Schritt voraus, mit abwesendem Gesicht. Ohne zu sprechen, folgt er ihr durch die engen Gassen auf eine breite, kopfsteingepflasterte Straße – die Art von Straße, an die er sich aus seiner ersten Zeit in Boston erinnert, als er Lebensmittel ausgeliefert und aus der Küche seines Schwagers sein Catering-Geschäft aufgebaut hat.

»Hier ist es«, sagt sie und dreht sich mit einem entzückten Lächeln zu ihm um.

»Was?« Er sieht sich um.

»Unser Haus. Das Haus meines Vaters. Meine Eltern sind hierhergezogen, als ich mit dem College fertig war, und ich habe dann noch zwei Jahre bei ihnen gewohnt. Es war eine sehr vergnügliche Zeit, das muss ich schon sagen. Meine Eltern liebten Gesellschaft. Sie haben immer Besuch gehabt. Die Partys! Und die Abendeinladungen!«

»Klingt nach einer Menge Kochen.«

Sie antwortet nicht. Sie runzelt die Stirn und setzt den Weg zu ihrem alten Haus fort.

»Was ist los?«

»Nichts. Wir hatten eine Köchin.« Sie starrt Alexander einen Augenblick hochkonzentriert an, dann schüttelt sie den Kopf, als wolle sie eine verrückte Idee verjagen. Als sie vor der Tür ihres ehemaligen Zuhauses steht, erzählt sie Alexander von ihrem Vater und ihrer Mutter.

Sie erinnert sich an die Beacon-Hill-Dinnerpartys. An die Lichter, den Überfluss, die Lebensfreude. Sie merkt, wie sehr sie das bunte Treiben der Gäste vermisst, das zwanglose Kommen und Gehen, Leute, die zum Tee, auf einen Drink oder zum Abendessen ins Haus kommen. Ihre Mutter hat nicht gekocht. Das taten wenige Gastgeberinnen. Man hatte eine Köchin oder zumindest eine Haushälterin. Und von Zeit zu Zeit beauftragte ihre Mutter einen Catering-Service. Jemanden, dessen Essen einfach unglaublich war, sagte sie dann immer. Estelle entsinnt sich nicht, wer das war oder wann das war, aber als Alexander ihr diese Fragen stellt, taucht ein Augenblick in ihrer Erinnerung auf. Ein Erinnerungsfetzen, der vielleicht gar nicht wahr ist, der vielleicht ein Phantasieprodukt ist, genährt von dem, was Estelle über die Anfänge von Alexanders Arbeit in dieser Gegend erfahren hat. Sie spürt der gespannten Erwartung eines frühen Abends nach, kurz vor Beginn einer ganz bestimmten Party. Sie sieht sich selbst in ihrem blassblauen Satinkleid (kann ihre Erinnerung so präzise sein?), wie sie die Küche betritt, wo Perpetua am Herd steht und rührt und anrichtet. Wie sie ein Canapé stibitzt. Daran erinnert sie sich, und dass sie Perpetua dafür gelobt hat.

»Danken Sie nicht mir, Miss Estelle«, hört sie die Köchin sagen. »Sondern diesem Gentleman hier.«

Sie hatte zur Hintertür geblickt, die zur Nacht hin geöffnet war, ein schwarzer Ausschnitt in der weißen Wand der Küche, und sie hatte die verschwommene Silhouette eines jungen Mannes gesehen. Das war alles. Sie hatte ihm nicht in die Augen geblickt oder sein Gesicht gesehen oder mit ihm gesprochen, und einen Moment später war er verschwunden und ließ sie mit ihrem höflichen Lächeln im Gesicht zurück, bevor sie sich umwandte, um sich zu den eintreffenden Gästen zu gesellen.

Alexander ist kurz durch den Sinn gegangen, dass er vielleicht einmal eine Party im Haus ihrer Eltern beliefert haben könnte, bevor sie ihm erzählt hat, dass sie eine Köchin hatten. Tatsächlich kann er sich nicht an einen einzigen Eingang, eine einzige Zufahrt erinnern, die er in all den Jahren passiert hat. Viele der Häuser kommen ihm vertraut vor, aber sie sind einander auch alle ähnlich, und die Einzelheiten hat er längst schon vergessen.

»Wir sollten gehen, Alexander. Sonst kommen wir zu spät ins Theater.«

Er bietet ihr den Arm, und sie nimmt ihn. Dann deutet er nach oben. Aus dem schweren Nachmittagshimmel fallen weiche Schneeflocken. Sie blinzelt gegen sie an, aber der Wetterwechsel verschafft ihr ein Gefühl von Zufriedenheit. Der Schnee fügt den ruhigen Straßen eine weitere Dimension hinzu, er dämpft ihre Schritte und die Verkehrsgeräusche und erzeugt ein Gefühl von Intimität, als seien sie die einzigen Menschen auf der Welt. Einträchtig gehen sie die Straße entlang, auf der die schmalen Lampen diffuse gelbe Lichtfinger über ihren Köpfen ausstrecken und die weichen Schneewirbel in ihren Strahlen einfangen, bis sie ein Taxi finden. Er hält ihr die Tür auf und hört, wie sie dem Fahrer den Namen des Theaters nennt. Als er zur anderen Seite des Wagens hinübergeht, lässt ihn irgendetwas innehalten und zurückblicken, die gewundene Straße hinauf zu den großen Backsteinhäusern, aber noch immer stellt sich keine klare Erinnerung ein.

Nach der Aufführung müssen sie einige Minuten auf ihren Tisch warten, und Estelle holt ihr Handy hervor, um zu Hause anzurufen. Alexander bemüht sich tapfer, nicht zuzuhören.

»Nein, wir essen jetzt noch zu Abend, Frank. Es dauert nicht mehr lange. Im Kühlschrank ist kalter Braten, und auf dem Tresen findest du frisches Brot.« Kurze Pause. »Auf dem Küchentresen. Nein, andere Seite. Am Herd.« Sie schenkt Alexander ein dünnes Lächeln. »Schön. Bis später.«

Sie werden zu ihrem Tisch geführt, und während er wartet, bis sie Platz genommen hat, stellt er die Frage, die ihn schon den ganzen Tag beschäftigt. »Weiß er, dass Sie mit mir zusammen sind?«

»Ja.«

»Und er hat nichts dagegen?«

»Oh, ich bin sicher, dass er was dagegen hat.« Sie lächelt ihn an. »Sie sehen verwirrt aus.«

»Können Sie mir das verübeln?«

Seine Augen sind klar und warm, als er sie betrachtet; der weiche Schein der Kerzen und der Wandlampen schmeichelt ihrem tiefen Braun und den klaren Konturen seines Gesichts.

»Lassen Sie mich Ihnen eine Frage stellen: Warum sind Sie nicht mit nach Moskau gefahren?«

Sie seufzt. »Erwarten Sie keine plausible Antwort von mir. Ich weiß dieser Tage nicht mehr, was ich tue oder warum ich etwas tue. Wenn Sie es wirklich wissen wollen – ich kann Ihnen nur sagen, dass Frank und ich vor einigen Tagen eine heftige Auseinandersetzung hatten. Kein zerschlagenes Porzellan oder so, aber …« Sie verstummt, als sie merkt, dass sie abschweift. Es fällt ihr nicht leicht, intime Details über den Zustand ihrer Ehe zu erzählen. »Jedenfalls hat er sich über meine schriftstellerischen Ambitionen aufgeregt und über die geplante Reise nach Russland, obwohl ich ihm gesagt hatte, dass Sie nicht dabeisein würden. In erster Linie ist er aber wütend auf Sie.«

Er wartet darauf, dass sie fortfährt.

»Als alles verstehende Gattin habe ich ihm gesagt, dass ich mir nicht sicher bin, ob ich diesen verdammten Roman überhaupt wirklich schreiben will. Zumindest nicht um den Preis, die ganze Zeit über Streit mit ihm zu haben. Oder wenn er mir andauernd über die Schulter blickt und krittelt und nörgelt. Und dass ich, wenn er mir die Reise nach Moskau wirklich missgönnt, lieber auf sie verzichte. Und ich habe ihm gesagt, dass Sie ohnehin nie vorhatten, uns zu begleiten.«

»Und was davon entspricht der Wahrheit?«

Sie lacht, aber ohne Humor. »Nur der letzte Satz. Dass Sie nie vorhatten mitzukommen. Und der Witz ist – ich glaube, das ist das Einzige, was er mir nicht geglaubt hat. Weil Sie das ihm gegenüber nicht erwähnt haben, als Sie sich getroffen haben, und weil er Sie für einen ehrlichen Mann hält.«

Alexander nickt. »Ah ja. Wir waren letzte Woche bei ihm im Büro verabredet.«

»Ja, danke, dass Sie es mir gegenüber schließlich zur Sprache bringen. Er hat es auch nur en passant erwähnt, beinahe aus Versehen. Sie beide sind ja ein ziemlich geheimniskrämerisches Paar. Wie auch immer – die Ironie des Ganzen ist, dass Sie ihm gefallen haben. Ziemlich sogar. Und das bedeutet wohl, dass er nachvollziehen kann, warum ich Sie mag. Er hält Sie für einen leidenschaftlichen Mann. Er macht sich allerdings Sorgen, dass Sie eine Leidenschaft für mich entwickeln könnten.«

Sie kann kaum glauben, dass sie das gesagt hat, aber ihre letzten Worte scheinen in der warmen Luft zwischen ihnen hängenzubleiben wie Echos. Sie sieht, wie er schluckt, verfolgt das Zusammenziehen seiner Kehle, während er überlegt, was er sagen soll. Ein Kellner ist an ihren Tisch getreten, hat sie begrüßt und wartet auf eine Reaktion, die nicht erfolgt, denn Alexander kann den Blick nicht von ihr wenden. Sie blickt zu dem Kellner hoch und sagt etwas, sie weiß nicht genau was, und er geht davon. Und dann streckt Alexander über den Tisch die Hand nach ihrer Hand aus, und sie sieht es wie eine Szene aus einem Film. Vielleicht ein Drehbuch, das sie geschrieben hat oder sich zu schreiben wünscht. Seine Finger sind beruhigend und zaghaft zugleich, und sie hält sie einen Augenblick fest. Dann zieht sie ihre Hand zurück. Er zieht seine ebenfalls zurück und greift nach der Speisekarte.

»Also – wenn Sie zugestimmt haben, mit dem Schreiben aufzuhören und die Reise nach Moskau gestrichen haben, warum sitzen Sie dann hier mit mir?« Sein Ton ist schroff. »Unsere Freundschaft aufzugeben hat doch sicher auch zu der Übereinkunft gehört?«

»Hat es, wenn auch unausgesprochen. Aber nachdem ich schon all die anderen Zugeständnisse gemacht hatte …«

»Diese Opfer gebracht.«

Sie hebt zustimmend eine Augenbraue. Dann fährt sie fort. »Jedenfalls, sobald ich all das gesagt hatte, ja eigentlich sogar noch während ich es sagte, begriff ich, dass das alles gelogen war. Ich wollte immer noch schreiben. Ich wollte auf jeden Fall nach Moskau fliegen. Und ich wollte Sie nicht verlieren. Als Freund.«

Er fühlt sich hin und her geworfen, gefühlsmäßig gebeutelt, wie ein Mann, der sich bemüht, in rauer See ein kleines Boot unter Kontrolle zu halten. Nach einem Augenblick der Glückseligkeit fällt er in Ungnade, und das Muster wiederholt sich. Beim Essen haben sie über andere Dinge gesprochen – das Musical, das Theater im allgemeinen; das ist seine Art zu versuchen, wieder ins Lot zu kommen, aber es sieht so aus, als könne gar nichts an diesem Abend seinen Gleichmut zurückbringen. Auch mit dem Essen ist er nicht glücklich. Die Jakobsmuscheln sind übergart, und zu viele Gewürze haben ihre natürliche Süße ausgelöscht. Er schiebt sie auf seinem Teller herum, während sie ihre Mahlzeit beendet.

»Wird Lauren sich aus Russland bei Ihnen melden?«

Er weiß es nicht. Gewöhnlich lässt sie von sich hören, aber sie weiß, wie er zu dieser Reise steht, und vielleicht nimmt sie das als Zeichen, eine Woche lang abzutauchen.

»Wissen Sie, sie möchte Ihnen wirklich einfach nur helfen. Ihnen vielleicht helfen zu sehen, dass Sie nicht die Ursache für Katjas Tod waren.«

»Lauren ist ein sehr gutherziger Mensch. Sie liebt mich und kann es nicht mitansehen, wenn ich leide, und ich glaube, das trübt ihre Urteilskraft. Tatsache ist, dass ich mich in den Westen abgesetzt und Katja dort zurückgelassen habe – in einer lebensgefährlichen Situation.«

»Hatten Sie eine andere Wahl?«

»Ich hätte bei ihr bleiben können.«

»Aber ich dachte, dann hätte man Sie beide gefasst?«

Er zuckt die Achseln. »Vermutlich. Aber unser Plan, das Land zu verlassen, war sehr riskant. Ich habe mich einfach mitreißen lassen. Ich hatte nicht die Zeit, die Sache gründlich zu durchdenken. Sie war so aufgeregt und wollte so verzweifelt fort, und ich habe keinen anderen Ausweg gesehen. Keiner von uns beiden.« Er trinkt seinen Wein aus und schenkt ihnen nach. »Ich erinnere mich noch, wie durcheinander ich die ganze Zeit war. Ich hatte ziemlich zu kämpfen – nicht nur mit der Gefahr, in der wir uns befanden, sondern auch mit der Tatsache, dass sie mich hintergangen hatte – dass die Frau, die ich liebte und der ich vertraute, ein Doppelleben geführt hatte.«

»Waren Sie wütend?«

»Natürlich war ich wütend. Aber, wissen Sie, ich habe nie daran gezweifelt, dass sie mich liebt. Sie hat eine große Wandlung durchmachen müssen, um mich heiraten zu können. Sie musste einen Weg finden, ihre Überzeugungen und ihre Liebe für mich in Einklang zu bringen. Sie war eine großartige, furchtlose Frau. Sie stellte alles in Frage.«

»In welcher Hinsicht?«

»In jeder Hinsicht. Sie hat hinterfragt, wie die Dinge liefen und was die Menschen dachten – und in der Sowjetunion waren alle, die irgendetwas in Frage stellten, potentielle Verräter. Denn solche Menschen dachten nicht in den vorgegebenen Kategorien. Und diesen Rahmenbedingungen war kaum zu entrinnen. Wir waren abgeschnitten vom Rest der Welt. Von anderen Ländern, anderen Kulturen, anderen Glaubenssystemen. Heutzutage fällt es schwer, sich eine solche Isolation vorzustellen. Aber Katja hat sich stets ihre eigenen Gedanken gemacht. Und so hat sie sich immer weiterentwickelt, schon in jungen Jahren. Und die Fähigkeit zu denken, zu fragen, zu erwägen ist eine der größten Gaben, die ich ihr zu verdanken habe.« Er trinkt einen Schluck Wasser. »Und zum Dank habe ich sie dort krepieren lassen.« Er weiß, dass das eine krasse Formulierung ist, aber er ist melancholisch und zornig und in der Stimmung, schnoddrig zu sein.

»Das kann wohl kaum der Fall gewesen sein.«

»Es ist nicht weit davon entfernt«, entgegnet er. »Was ich getan habe, war unverzeihlich. Eine totale hochnotpeinliche

Blamage für die Regierung. Man wollte mich auf die schlimmstmögliche Weise bestrafen, aber ich fand Asyl, und man hatte keine Möglichkeit, an mich heranzukommen. Bis auf eine.«

Seine Augen sehen jetzt älter aus, wässerig und tieftraurig. Estelle weiß nicht, was sie sagen soll, um ihn zu trösten. »Man hat Ihr Leben zerstört«, sagt sie dann leise.

»Zumindest für eine lange Zeit. Es war schwer, es loszulassen.«

»Ist es Ihnen gelungen?«

Er hebt die Augen und schaut sie an, unsicher, was sie meint.

»Loszulassen ...? Katja ...? Spielt das eine Rolle?«

»Vielleicht. Vielleicht auch nicht. Vielleicht hat es Sie davon abgehalten, ein neues Leben zu beginnen. Vielleicht hält es Sie immer noch davon ab«, fügt sie hinzu.

Wieder spürt er den Gefühlstumult in seinem Magen. Was will Estelle ihm damit sagen?

»Was meinen Sie damit, Estelle?«

»Ich meine damit, dass es Sie vielleicht daran hindert, Ihr Leben zu leben.«

Er hört ihre Worte und zögert. Dann beschließt er, dass er die Frage stellen muss. Er muss die Bedeutung ihrer Worte in Erfahrung bringen oder ihre Wünsche, ein für allemal. »Du meinst ...«, sagt er behutsam, »mit dir?«

»Mit mir?«, erwidert sie, und der abweisende Klang ihrer Stimme ist ein eisiger Schock für ihn. Sie schüttelt den Kopf, versucht, einen entschlossenen Eindruck zu machen, was ihr gelingt, und weil er nicht Herr seiner Gefühle ist, durchschaut er sie nicht. Tatsächlich haben seine Erinnerungen an Katja, an ihre Brillanz, ihre Hingabe, ihre Jugend, ihre Courage dazu geführt, dass Estelle sich mehr als nur ein wenig unzureichend fühlt – nämlich vollkommen ungenügend. Sie spürt, dass sie selbst keine dieser Eigenschaften besitzt, und da das Leben mit jedem Tag schneller voranschreitet, hat sie wenig Hoffnung, diese Eigenschaften entwickeln zu können.

»Nein, ich glaube nicht«, sagt sie mit einer Entschiedenheit, die ihre innere Ungewissheit mehr als wettmacht. »Was zwischen uns geschieht, muss ein anderes Ende finden. Aber«, fügt sie mit einer Stimme, deren Munterkeit sie auf der Stelle verabscheut, noch einen Allgemeinplatz hinzu: »auch andere Mütter haben schöne Töchter.«

Einen Augenblick später entschuldigt er sich und geht zur Toilette. Er ist unsicher auf den Beinen, aber er zwingt sich, zielstrebig einen Schritt vor den anderen zu setzen. Vor dem Spiegel über der Reihe Milchglaswaschbecken bleibt er stehen und mustert sich. Er wünschte, sein Puls würde sich nicht immer beschleunigen, wenn er sie sieht; der aufmerksame Blick ihrer erstaunlichen intelligenten Augen würde ihn nicht jedes Mal aus dem Konzept bringen, und er könnte aufhören, sich danach zu sehnen, mehr als nur ein, zwei Stunden in ihrer Gesellschaft zu verbringen.

»Seife, Sir?«

Neben sich im Spiegel sieht Alexander einen jungen Mann, der etwa seine Statur hat. Einen merkwürdigen verwirrenden Augenblick hat er das Gefühl, eine jüngere Ausgabe von sich selbst zu sehen. Er dreht sich hastig um, und der junge Mann steht wahrhaftig da, ist ebenso wenig eine Erscheinung wie Alexander selbst. »Wie bitte?«

»Seife?« Der junge Mann deutet auf das Waschbecken neben sich, das er mit warmem Wasser gefüllt hat. Mit einem ermutigenden Lächeln hält er den Seifenspender hoch.

»Danke«, sagt Alexander automatisch und hält die Hände hin. Methodisch wäscht er sie, spült die Seife ab und nimmt das kleine Handtuch, das der Bedienstete ihm reicht.

»Eau de Cologne, Sir?«, fragt der junge Mann.

Alexander sieht ihn mit leerem Blick an.

»Ein Spritzer Eau de Cologne, Sir. Für die Damen.«

»Ah.« Alexander erblickt das Sortiment an Düften, das auf einem silbernen Tablett vor ihm arrangiert ist. Der Bedienstete wartet dezent einen Moment, dann sagt er freundlich: »Meine Frau liebt das hier. Sie meint, es mache mich unwiderstehlich.« Er nimmt einen Flakon und hebt ihn sprühbereit hoch.

»Ihre Frau?«

»Ja, Sir«, antwortet er, und unter Alexanders aufmerksamem Blick kriecht ihm eine zarte Röte in die Wangen, und seine dunklen Augen lächeln.

Instinktiv wendet Alexander sich ab, beugt sich zum Waschbecken hinunter und benetzt sein Gesicht mit kaltem Wasser. Schnell und korrekt stellt der junge Mann den Flakon hin und reicht ihm ein weiteres Handtuch. Alexander reibt sich damit übers Gesicht und hält es sich einen Moment auf die Augen, denn er möchte den Jungen nicht ansehen, sein errötetes Gesicht, sein strahlendes Aussehen. Er spürt, dass er hinter ihm wartet, wach und einfühlsam, dass er die Luft anhält, denn er möchte den aufgewühlten alten Mann nicht stören. Alexander lässt das Handtuch sinken und legt es in die ausgestreckte Hand des Bediensteten. Er richtet seine Krawatte und räuspert sich. Schnell wie der Blitz hat der junge Mann wieder nach dem Flakon gegriffen. Wahrscheinlich, denkt Alexander, glaubt er, dass ich so viel Unterstützung wie nur möglich gebrauchen kann. Aber er hebt die Hand und gibt sich alle Mühe zu lächeln. »Nein, danke. Ich glaube ... Ich glaube, es ist das Beste, alles so zu lassen, wie es ist.«

»Gute Entscheidung. Mir scheinen Sie genau richtig, so wie Sie sind, Sir.«

»Danke«, erwidert Alexander. Er reicht dem jungen Mann einen Fünf-Dollar-Schein und geht.

Estelle wünscht, sie käme ein Mal heim in eine Wohnung, die sie willkommen heißt. Eine Wohnung, in der das Flurlicht brennt, in der vielleicht Musik spielt, die von dem tröstlichen Duft von heißem Toast durchzogen ist oder sogar von Blumenduft. Ein Zuhause, das zeigt, dass hier außer ihr noch andere leben. Achtlos legt sie ihre Handtasche ab, macht Licht und geht bedächtig von Zimmer zu Zimmer und lässt die ganze Wohnung in hellem Licht erstrahlen, außer dem Arbeitszimmer ihres Mannes natürlich. In der Küche setzt sie Kaffee auf und schaltet das Radio ein. Sie ist ruhelos und gereizt; sie empfindet Mitgefühl für Alexander und Mitleid mit sich selbst. Sie weiß, dass sie ihn wahrscheinlich nicht wiedersehen wird, und zu ihrer Überraschung empfindet sie das als großen Verlust – als sei ihr ein Stück Leben genommen.

Sie sitzt reglos am Tisch und wartet darauf, dass der Kaffee fertig wird. Als sie sich eine Tasse eingeschenkt hat und abwesend durch eine Ausgabe von *Atlantic Monthly* blättert, hört sie vom anderen Ende des Flurs das leise Klicken einer Tür. In ihr versteift sich etwas, und sie dreht den Kopf von einer Seite zur anderen, um die Spannung in ihrem Nacken zu lösen, der sie sich auf einmal bewusst wird. Er kommt den Flur entlanggeschlurft – seit Jahren schon hebt er beim Gehen die Füße nicht mehr richtig –, und dann ist er in der Küche.

»Riecht gut«, sagt er. »Was gibt's? Ich habe Hunger.«

»Kaffee.«

Er setzt sich erwartungsvoll an den Tisch. In der einen Hand hat er ein paar beschriebene Blatt Papier, die er ihr jedoch noch nicht gibt. Sie liest Triumph und Erleichterung in seinem Gesicht – das ist der Ausdruck, der mit dem befriedigenden Abschluss einer Kritik oder eines Aufsatzes einhergeht, mit dem er sich abgemüht hat. Gleich wird er ihr den Text reichen, damit sie ihn liest.

»Es ist halb zehn, Frank. Warum hast du nicht gegessen?«

»Ich wusste nicht, was.«

»Ich habe es dir doch gesagt. Am Telefon. Kalten Braten.«

Erinnerung flackert auf. »Ach, ja. Ich hatte es vergessen. Ich habe einfach weitergearbeitet, nachdem wir telefoniert hatten.«

Sie unterdrückt ein Seufzen, steht auf und geht an den Kühlschrank, aus dem sie Gurken, Braten und Brot holt. Sie macht ihm einen Teller zurecht und schenkt ihm Kaffee ein. Währenddessen erzählt er ihr, was er gemacht hat – wie er bei seinem Aufsatz über Joyce endlich den Durchbruch erzielt hat und nun soweit ist, dass sie die Rohfassung lesen kann. Er schiebt die Seiten über den Tisch, dorthin, wo sie gewöhnlich sitzt. Sie registriert es aus den Augenwinkeln, blickt aber nicht auf. Sie versucht ihre Bitterkeit herunterzuschlucken. Sie will den Aufsatz nicht nehmen, will ihm nicht gratulieren und will sich im Moment ganz gewiss nicht abmühen, seine schwerverständliche Prosa zu lesen. Fast lächelt sie angesichts dieser Ironie – sie, die unfreiwillig achtzig Prozent ihrer Zeit allein verbringt, auch wenn er zu Hause ist, möchte jetzt einfach nur ihre Ruhe haben. Sie stellt ihm den Teller hin, setzt sich aber nicht zu ihm.

»Willst du es nicht lesen?«, fragt er und beißt in sein Brot.

»Vielleicht morgen.« Sie fährt sich mit der Hand über die Augen. »Ich bin müde. Es war ein langer Tag.«

Das ist der Moment, in dem er fragen könnte, wenn er denn wollte, wenn es ihm denn in den Sinn käme, was hast du gemacht, was hast du zu Abend gegessen, warum bist du müde? Aber natürlich kommt nichts dergleichen – er ist es schlicht und einfach nicht gewohnt zu fragen, also nickt er nur und versucht mannhaft, sich seine Enttäuschung nicht anmerken zu lassen.

»Ich glaube, ich gehe ins Bett, Frank.«

Er beißt in eine Gurke. »Ich komme auch bald. Ich will nur noch den Feinschliff machen.« Er zieht den Aufsatz wieder zu sich herüber, und binnen Sekunden ist er darin vertieft. Sie wünscht ihm eine gute Nacht und verlässt die Küche.

In der Privatheit ihres gemeinsamen Schlafzimmers, setzt sie sich einen Moment aufs Bett. Dann steht sie auf, greift nach oben und zerrt eine geräumige, abgetragene lederne Reisetasche vom Kleiderschrank. Sie öffnet Schranktüren und Schubladen und packt ihre liebsten Kleidungsstücke und ein paar Toilettensachen ein. Dann schließt sie die Tasche und schiebt sie unters Bett. Ohne sich auszuziehen, legt sie sich hin und schließt die Augen, um über den Tag nachzudenken, der eben zu Ende geht. Binnen weniger Minuten ist sie eingeschlafen.

## Kapitel 18

*Moskau, Januar 1959*

Katja ist seit einigen Tagen vollkommen anders als sonst zumute. Sie hat das Gefühl zu strahlen, schier gewichtslos zu sein. Es ist, als wären ihre schweren, blutgefüllten Organe und der feste Muskel ihres Herzens herausgenommen und durch reines Licht ersetzt worden. So hat sie noch nie zuvor empfunden, und sie weiß, es liegt daran, dass sie sich ihm rückhaltlos offenbart hat – es gibt nicht länger einen Teil von ihr, der abgetrennt ist oder versiegelt oder verborgen.

In ihrem trostlosen Büro tippt sie Briefe für die Oberlehrerin ab. Ihre Finger huschen über die Tasten, das Klappern beruhigt den Wirbel ihrer Gedanken und erdet sie, verwurzelt sie in ihrem Alltag, auch wenn sie sich der latenten Bedrohung bewusst ist. Es ist ein angenehmes Gefühl, hin und wieder auf den Boden zurückgeholt zu werden, denn es lässt sie die Freiheit, die sie in ihrem Herzen verspürt, noch deutlicher wahrnehmen. Swetlana wirft ihr häufiger als sonst verstohlene Blicke zu, denn ihr Gesicht hat heute etwas Unwiderstehliches an sich, das glühende Lächeln, das in ihren dunklen Augen aufscheint, und die rasche Grazie ihrer Bewegungen. Als die Klingel ertönt, lächelt Katja, und sie bietet Swetlana ein Stück Schokolade an, eine Leckerei für den Heimweg.

»Danke.«

Die Kollegin ist hocherfreut über dieses Geschenk von Katja. Seit sie Alexander geheiratet hat, seit sie die Frau eines derart aufstrebenden jungen Politikers ist, bewundert Swetlana sie nur noch mehr. In ihren Augen hat Katja das Höchste erreicht, was eine junge Sowjetfrau nur erstreben kann. Ehrerbietig nimmt Swetlana das Stück Schokolade, steckt es in den Mund und drückt es mit der Zunge gegen den Gaumen, ganz sachte, damit es so langsam wie möglich schmilzt.

Alexanders letzte Stunde an seinem Schreibtisch zieht sich hin, aber er bleibt da, trotz all seiner Zerstreutheit. Er will keine Aufmerksamkeit auf sich lenken, will nicht früher gehen, nicht einmal mit einem so unverfänglichen Grund wie Kopfschmerzen. Er massiert seine Schläfen, hält inne, zupft leicht an seinem Haar. Was soll er nur tun? Ironischerweise ist er sich Katjas und ihrer Beziehung nie sicherer gewesen als in der vergangenen Woche, denn endlich hat er gespürt, dass sie sich ihm mit jedem Winkel ihres Herzens geöffnet hat. Aber sonst hat er jede Gewissheit verloren – es gibt keinen wachen Moment, in dem er in Gedanken nicht jedes Argument und jede Idee überdenkt, von denen sie ihm erzählt hat.

Auch er hat Stalins Regime verabscheut und die Menschen, die daran teilhatten, doch seine Bereitschaft, sich den nackten Tatsachen zu stellen, ist gewachsen, seit er Katja kennengelernt hat. Um die Dinge zu wissen war immer eine Last: Das schiere Gewicht der unleugbaren Tatsachen – die unzähligen Hungertoten in den ländlichen Gebieten, direkte Folge der irrwitzigen Zwangskollektivierung der Landwirtschaft, die Herrschaft von Angst und Terror in den Städten, Krieg und Zerstörung, wo man hinsah – hat die Menschen oft überfordert. Es war einfacher, weiterzumachen, weiterzuarbeiten, sich darauf zu konzentrieren, die nächste Mahlzeit zu verdienen, als über derartige Albträume nachzudenken. Aber das Problem für Alexander ist, dass jetzt ein Wandel im Gange ist – das spüren alle. Er erinnert sich an die erste zarte Brise, die durch den Raum strich, auf der Party, auf der er und Katja sich das erste Mal begegnet sind. Resultat von Chruschtschows »Geheimrede« auf dem 20. Parteitag, die sorgsam lanciert wurde. Er vertraut Nikita Sergejewitsch, auch wenn manches falsch oder übereilt war, auch wenn es Fehler, entsetzliche Fehler gegeben hat. Wie die brutale, blutige Antwort der Sowjetarmee auf den Ungarischen Volksaufstand – Resultat von Panik und Verwirrung, nicht der Vernunft. Und jetzt der großflächige Anbau von Mais in dem Bestreben, es den Amerikanern mit ihren unendlichen Maisfeldern gleichzutun. Sie alle haben das Gefühl, dass Chruschtschows hauptsächlicher Beweggrund im Wagemut liegt, nicht in der Notwendigkeit. Sie kämpfen um ihr täglich Brot, die Menschen auf den Straßen, und sie nennen ihn *kukurusnik,* Maisling, weil er eine Vorliebe für Mais hat, die »Wurst am Stiel«, wie er sagt. Aber die Absichten des Ministerpräsidenten sind gut, auch wenn es ihm an Weitblick fehlt. Davon ist Alexander überzeugt. Bücher und Zeitschriften werden mittlerweile veröffentlicht, amerikanische Bücher und, noch wichtiger, russische. Gerüchte besagen, dass noch mehr kommen werden, Bücher, die von den Unbilden der Gulags erzählen werden und vom Krieg.

Aber dann hat er angefangen, den Kommunismus insgesamt in Frage zu stellen. Der Samen des Zweifels hat in ihm gelegen und ist durch Sitzungen und Arbeitsprozesse, die frustrierend und oft hoffnungslos verlaufen sind, zum Keimen gebracht worden. Jetzt fragt er sich, ob dieses System überhaupt zum Guten verändert werden kann, selbst wenn die richtigen Leute an der Regierung sind. Ach Katja, du hast mich denken gelehrt. Und wenn alle Menschen anfangen, selbst zu denken und an unterschiedliche Dinge zu glauben, wie kann ein solches System dann überleben?

Und dennoch kann er sich von den Zielen und Ideen, mit denen er aufgewachsen ist, nicht lösen. Er wollte immer schon für sein Land arbeiten, wollte aus der Regierung heraus etwas verändern. Er hatte gehofft, dass es noch weitere Umwälzungen in der Sowjetunion geben würde, und zwar ruhigere. Und die Dinge gehen ja durchaus voran: Es herrscht mehr Rechenschaftspflicht, ein bisschen mehr Respekt für den Einzelnen.

»Aber sie belauschen uns in unserer eigenen Wohnung, Sascha.«

Er weiß nicht mehr, wann Katja diese Worte zu ihm gesagt hat, aber er hört sie in diesem Augenblick so klar, als stünde sie neben ihm. Er blickt zu den imposanten ledergepolsterten Doppeltüren seines Büros, den Kopf noch immer in die Hände gestützt, aber da ist natürlich niemand außer ihm. Er seufzt. Vielleicht hat sie recht. Vielleicht ist es an der Zeit, von außen auf Veränderungen hinzuarbeiten. Vielleicht ist das der einzige Weg. Heute, auf der Arbeit, hat er etwas herausgefunden, eine Neuigkeit, die er gefürchtet hat. Sie ist in unmittelbarer Gefahr. Wieder reibt er sich den Kopf. Es gibt keine Möglichkeit, hier herauszukommen. Doch wenn sie bleiben, werden sie beide im Gefängnis landen – das ist das Mindeste.

Es klopft an der Tür. Es ist Sergej, der Fahrer der Abteilung. »Arbeiten Sie heute länger, Genosse?«

Alexander schüttelt den Kopf und steht auf. »Ich habe Kopfschmerzen«, sagt er.

Sergej lächelt und zeigt seine braunen Zähne. Er setzt seine Mütze auf. »Dann kommen Sie. Ich fahre Sie heim.«

Er sitzt still in der weichen Geborgenheit der Rückbank, den Kopf leer, und beobachtet, wie die senffarbenen Gebäude der Innenstadt am Fenster vorüberflirren. Die Bewegung verstärkt das Pochen in seinen Schläfen, und deshalb richtet er den Blick nach vorn und schaut auf den Hinterkopf des Fahrers. Er ist klein und passt zu Sergejs dünner, schmaler Gestalt, zu den zerbrechlichen Knochen und den unausgebildeten Muskeln eines Jungen, der während des Krieges und unter extremem Nahrungsmangel aufwuchs. Es gibt so viele von diesen Menschen – sie scheinen nie richtig gewachsen zu sein. Sergej stammt aus Leningrad und hat mehr noch als andere unter der brutalen Belagerung der Stadt durch die Deutschen gelitten. Er hat Alexander erzählt, wie sein Großvater, bereits vom Alter geschwächt, wegen der abgeschnittenen Versorgungslinien binnen weniger Wochen gestorben ist und wie seine Mutter die Schuhe des alten Mannes wieder und wieder gekocht hat, um eine Suppe zu machen und dem Leder noch den letzten Nährstoff und Geschmack abzuringen. Niemand hat damals viel gehabt, aber dank der Position seines Vaters überstand Alexander den Krieg sehr viel besser als viele andere Jungen in seinem Alter. Als Deutschland 1941 die Sowjetunion angriff, wurden er und seine Verwandten mit anderen Familien von Regierungsangehörigen nach Kuibyschew evakuiert. Am Ufer der Wolga lebte Alexander mit seinen Eltern und seiner Tante in zwei kleinen Zimmern. Es war eine seltsame kurze Episode in seinem Leben, aber sie waren zumindest in Sicherheit, weit weg von den schlimmsten Auswüchsen des Krieges. Er schiebt seine Erinnerungen beiseite. Er ist müde, aber seine Erschöpfung ist nicht körperlicher Natur.

Es sind die letzten Tage vor seiner Abreise nach Amerika, und er ertappt sich immer wieder dabei, dass er die Probleme und Fragen, die ihn beschäftigen, für lange Momente beiseiteschiebt. Dann kehren seine Gedanken zu Katjas Betrug zurück, zu ihren Lügen. Er denkt an ihre gemeinsamen Abendessen, an die Abende, an denen er auf ihre Rückkehr von der Schule gewartet und sie ihm in allen Einzelheiten von ihrem Arbeitstag erzählt hat. Bei welchen dieser Gelegenheiten hat sie gelogen? Oder ihm Dinge nicht erzählt, die wichtig für sie waren? Welche seiner Papiere hat sie aus der Aktentasche im Flur genommen, wo er sie abstellte, wenn er abends nach Hause kam? Er sieht sich selbst im Bad, er sieht Katja, wie sie Dokumente aus seiner Tasche nimmt, sie fotografiert oder abschreibt und immer wieder schnell zu der geschlossenen Badezimmertür blickt. Er sieht ihr offenes Lächeln, wenn er aus dem Bad kommt, frisch geduscht und rasiert. Er ist so eingefahren in seiner Routine, dass sie bis auf die Minute hat kalkulieren können, wie viel Zeit ihr zum Lesen blieb. Zum Stehlen.

Er starrt aus dem Fenster auf sein Wohnhaus, doch sein Blick ist in die Ferne gerichtet, und plötzlich bemerkt er, dass der Wagen zum Stehen gekommen ist. Er setzt sich abrupt auf und fängt Sergejs amüsierten Blick im Rückspiegel auf. Dann greift er nach seinen säuberlich aufeinandergelegten Unterlagen und steigt aus. Er beugt sich zu dem Fenster auf der Fahrerseite hinunter, das trotz des frostigen Abends geöffnet ist. »Danke, Sergej«, sagt er.

Der Chauffeur lächelt und gibt Gas. Die Rücklichter des Wagens verschwinden in der dichten Dunkelheit des Abends.

Die Tür des Haupteingangs ist breit und verzogen, und bei dieser Kälte ist sie manchmal nur aufzubekommen, indem man sich kräftig dagegenstemmt. Alexander schlüpft hinein, kaum ist sie einen Spaltbreit geöffnet, und steigt die Stufen hinauf. Er wohnt seit fast vier Jahren in diesem Block, und nie zuvor ist ihm die dunkle ährenartige Schlange aufgefallen, die sich wie eine zarte Federgirlande an dem schmutzig-dunklen Treppengeländer nach oben windet. Er lässt die Hand beim Hinaufsteigen darübergleiten. Der ganze Tag ist so gewesen – er hat alles außerordentlich klar wahrgenommen und Dinge gesehen, die ihm nie zuvor aufgefallen sind.

Heute Abend gehen sie ins Bolschoi-Theater. Sein Vorgesetzter hat ihn eingeladen, und er und Katja werden sich nach der Arbeit in Schale werfen, er in einen dunkelblauen Anzug mit Krawatte, sie in ein enganliegendes schwarzes Kleid. Sie trägt keine Pelzstola, keinen protzigen Schmuck und kein aufdringliches Parfum wie viele der anderen Gattinnen, und mit ihnen verglichen wirkt sie manchmal zu unauffällig oder nicht der Mode entsprechend gekleidet, aber in Alexanders Augen sieht sie immer kühl und elegant aus. Nach dem Ballett, wo sie in einer der vorderen Reihen sitzen werden oder sogar in einer für die Parteispitze reservierten Loge, werden sie mit seinem Vorgesetzten und seinen Kollegen unter den Messingkronleuchtern des Hotel Metropol ein Glas Sekt trinken – eine Einladung, die auszuschlagen unhöflich und politisch unklug wäre. So wird ein weiterer Abend vergehen, weitere der kostbaren letzten Stunden, die sie vor seiner Abreise zusammen haben, vergeudet an Menschen, die sie nicht sehen wollen, vergeudet an Orte, an denen sie nicht sein wollen.

Am Abend darauf besuchen sie seine Eltern. Sie essen dort, ein deftiges Mahl, bei dessen Zubereitung Alexander seiner Mutter behilflich ist. Es gibt viele Gerichte an diesem Abend – Borschtsch und Fleisch und Würste und Käse –, denn dies ist das Festessen anlässlich Alexanders Reise nach Amerika. Er reist am nächsten Tag ab, und sein Vater platzt fast vor Stolz, weil sein Sohn den Ersten Stellvertretenden Vorsitzenden des sowjetischen Ministerrats begleiten und Teil einer hochrangigen Delegation sein wird. Alexander gelingt es zu lächeln, auch wenn er nicht weiß, wie, und ein, zwei Mal lacht er sogar, und er versucht, sich von der schmerzlichen Furcht in seinem Inneren nicht überwältigen zu lassen, als sein Vater ihn umarmt und ihm eine gute Reise hin und wieder heim wünscht. Heim.

»Gut gemacht, mein Sohn. Meine Wünsche für dich haben sich erfüllt.« Er packt Alexander am Genick. »All das habe ich mir selbst auch gewünscht, aber es macht mich noch glücklicher, dass es sich für dich erfüllt hat. Gut gemacht, Sascha, gut gemacht.«

Alexander erwidert die Umarmung seines Vaters und hat das Gefühl, dass er ihn mit jedem Atemzug hintergeht. Wenn du wüsstest, Papa, wenn du wüsstest, was ich vorhabe. Diese Chance, die wir hier heute Abend feiern, sausen zu lassen, meiner Arbeit hier in der Regierung den Rücken zu kehren, der Arbeit, die dich so stolz macht. Er holt tief Luft, um seine Beherrschung zurückzugewinnen und atmet den Geruch des Hemdes und der Haut seines Vaters ein. Es sind Gerüche, die einst vertraut waren, ihn heute jedoch nur noch fern an seine Kindheit erinnern. Er möchte seine Eltern betrachten, möchte jede noch so kleine Einzelheit ihrer Gesichter, ihrer Art zu reden, ihrer Augen aufsaugen – möchte sie sich so ins Gedächtnis einschreiben, dass sie nie verblassen, denn nach dem morgigen Tag werden ihm nur die Erinnerungen an diese beiden Menschen bleiben, die er länger kennt als alle anderen. Tränen steigen ihm in die Augen, und er macht sich daran, mehr Käse zu schneiden und herumzureichen. Als er Katja erreicht, sieht er sie an, und sie hält in ihrem Gespräch inne und schenkt ihm ein aufmunterndes Lächeln. Ihr Anblick macht es noch schlimmer, denn ihm wird klar, dass es ein Luxus ist, dieser letzte Abend mit seiner Mutter und seinem Vater und der Versuch, die Einzelheiten ihrer Gesichter und ihrer Eigenarten für die künftige Erinnerung abzuspeichern, ein Luxus, den sie, was ihre Eltern angeht, nie gehabt hat.

»Kopf hoch, Sascha! Amerika wird dir mehr Spaß machen, als du dir vorstellen kannst!« Mischa klopft ihm auf den Rücken.

»Würdest du gern mitkommen, Mischa?«

»Na klar! Ich habe gehört, die Frauen wären …«

Katja boxt ihn spielerisch in die Schulter, und alle lachen. Alexander freut sich, dass Mischa es einrichten konnte dabeizusein. Er hat die Last der Konversation von Alexanders Schultern genommen, und es ist sein Verdienst, dass die vergangenen zwei Stunden lebhaft und amüsant verliefen, voller Scherze und Lachen. Katja ist ebenfalls guter Dinge, eigentlich schon seit dem Abend, an dem sie miteinander gesprochen haben, und Mischas lakonischer Humor bietet ihr einen guten Gegenpart. Die beiden haben die Iwanows gut unterhalten und die Gespenster, die Alexander heimsuchen wollen, auf Distanz gehalten.

Inzwischen ist es spät geworden, und Alexander und Katja gehen allein nach Hause. Sie verzichten auf die Metro und legen die beiden Stationen zu Fuß zurück, um ein wenig Ruhe zu haben und für sich zu sein. Außer ihnen sind in der Kälte nur wenige Menschen unterwegs.

»Du warst ziemlich still heute Abend«, sagt sie und sieht ihn besorgt an. »Wie geht's deinen Kopfschmerzen?«

»Gut. Nicht so schlimm.« Sie gehen weiter. »Katja?«

»Ja, Sascha?«

»Ich habe Angst.«

»Ich auch. Aber es wird alles gut, mein Liebling.«

Er verlangsamt seine Schritte und wartet, bis sie ihn ansieht, und dann, als er seine Vorahnung in ihren sorgenvollen Augen gespiegelt sieht, spricht er weiter. »Du verstehst nicht. Gestern gab es Neuigkeiten auf der Arbeit. Ich hatte noch keine Gelegenheit, dir davon zu erzählen.« Er hält kurz inne. »Sie haben jemanden gefasst.«

Sie braucht einen Moment, um das zu verdauen.

»Wen?«

Alexander zuckt die Achseln. »Das soll niemand erfahren. Dem Gerücht nach hat jemand ganz oben für die Amerikaner gearbeitet.« Ein bekümmertes Lachen. »Es kommt mir alles so seltsam vor. Unser Leben. Dieses Fangen von Spionen. Es ist wie eine dieser *Rote-Blätter*-Geschichten. Es erscheint mir so unwirklich.« Er bezieht sich auf eine Reihe von Artikeln über das Austricksen und Fangen von amerikanischen Agenten in der Illustrierten *Ogonek*.

»Alle scheinen erleichtert zu sein, aber ich mache mir Sorgen«, fährt er fort, und Panik schwingt in seiner Stimme mit. »Der oder die Betreffende wird reden. Weißt du irgendwas darüber, Katja?«

Mischa war eben beim Abendessen mit ihnen zusammen. Das ist alles, was sie weiß, und sie atmet dankbar die eiskalte Luft ein. Es mag noch andere geben, die ihre Identität kennen und von ihrer Rolle wissen – sie kann sich da nicht sicher sein –, aber zumindest ist nicht Mischa derjenige, der gefasst wurde.

Katja schüttelt den Kopf. »Ich weiß von nichts.«

»Es bedeutet, dass sie nah dran sind.« Er fügt nicht hinzu: »an uns«.

Sie halten sich bei den Händen und schweigen. Beide denken an die praktische Umsetzung ihres Fluchtplans. Wie plant man das Unmögliche? Sein Part ist zweifelsohne einfacher. Er wird am nächsten Tag nach Washington fliegen. Es wird eine lange Reise sein, in einem Flugzeug, das allein für die Delegation reserviert ist. Nach seiner Ankunft wird er sich vorsichtig und vorbildlich verhalten, denn sie werden unter genauer Beobachtung stehen, und am Abend darauf findet ein Bankett für alle Diplomaten und Tagungsteilnehmer statt. Das ist die Gelegenheit, bei der er jemanden ins Visier nehmen und unauffällig seinen Wunsch anmelden muss, sich abzusetzen. Er muss es an dem Abend tun, muss in jener Nacht überlaufen, bevor noch mehr Zeit verstreicht, denn jeden Tag können seine Vorgesetzten die undichte Stelle aufdecken. Katja wird ebenfalls auf den Abend des Banketts warten und dann mit ihren Kontaktleuten Vorkehrungen treffen, unverzüglich das Land zu verlassen. Und er wird bei den Amerikanern darauf warten, dass sie zu ihm kommt. Und an diesem Punkt lässt ihn seine Vorstellungskraft im Stich. Er weiß, dass sie einen Handel eingehen wird, bei dem sie seine Informationen anbietet. Aber mehr hat sie ihm nicht erzählen können, und der richtige Zeitpunkt ist von entscheidender Bedeutung. Er braucht Einzelheiten, um sich sicher zu fühlen, und ausgerechnet jetzt, in dieser nervenzerreißenden Zeit, fehlen sie ihm. Mit wem wird sie sprechen, wie wird ihre Flucht vonstatten gehen und wann und wo werden sie sich wiedersehen?

»Ich glaube nicht, dass wir es noch schneller bewerkstelligen können als geplant«, sagt sie, und ihre Stimme enthält ein Fragezeichen.

»Nein. Ich habe auch eben darüber nachgedacht. Ich sehe auch keine andere Möglichkeit.«

»Gut. Dann denken wir jetzt nur noch an diesen Plan und warten, und schon bald wird das alles vorbei sein. Sehr bald, Sascha. Innerhalb weniger Tage. Sehr weniger.« Sie hat ihre Stimme zu einem Flüstern gesenkt, und er versucht ihren Optimismus nachzuempfinden oder auch ihre Entschiedenheit, aber bei dem Gedanken, was alles schiefgehen könnte, ist seine Angst so mächtig, dass er spürt, wie er beim Gehen erschaudert. Ihre Hand schlängelt sich in seine Tasche und ergreift seine, durch die Handschuhe hindurch, und er drückt sie, sieht Katja aber nicht an. Wie kann er sie verlassen, wenn er nicht weiß, was mir ihr geschehen wird?

Draußen vor ihrem Wohnblock tritt sie auf einen Schneewall, der sich neben der Straße erhebt. Die Oberfläche ist vereist und verkarstet, und ihre Stiefel sinken nicht ein. Sie blickt auf ihn herab, ihr Gesicht ist rosig vor Kälte, und ihre schwarzen Augen zeigen ein Funkeln, das die glitzernde Oberfläche des Eises, in dem sich die gelbe Straßenbeleuchtung bricht, widerspiegelt. Sie sieht jetzt anders aus, wie eine Fremde, und er spürt, wie sein Herz von einer eisigen Faust umklammert wird, und er erinnert sich wieder daran, in welchem Ausmaß sie ihn belogen hat. Aber in Amerika können sie von vorn anfangen. Ein gemeinsames Leben ohne Drohungen und Lügen und Schmerz.

»Wird es in Washington auch so kalt sein?«, fragt sie ihn.

»Ich weiß nicht. Vielleicht nicht.«

»Nimm Überschuhe und Handschuhe mit – für alle Fälle.«

»Ja.«

In der Wohnung legen sie Mäntel, Hüte und Handschuhe ab, und in der warmen Dunkelheit der Küche hält sie ihn einige Minuten lang umschlungen. Dann geht sie ins Bad. Er hört das Wasser laufen, hört gemurmelte Worte, vielleicht beschwert sie sich über die Temperatur, und dann ihre vertrauten Schritte, ihre Bewegungen beim Ausziehen. Er stellt das Radio an, dreht die

Lautstärke auf, für den Fall, dass sie belauscht werden, und folgt ihr ins Bad, nachdem er Krawatte und Gürtel abgelegt und seinen Hemdkragen geöffnet hat.

»Nimmst du jetzt ein Bad?«

Sie steigt aus ihrer Unterwäsche und steckt prüfend einen Fuß in das Wasser.

»Es ist spät«, sagt er.

»Ich weiß. Aber ich glaube, ich kann sowieso nicht schlafen. Im Moment jedenfalls nicht. Ich fühle mich so merkwürdig.«

Sie lässt sich ins Wasser gleiten und schließt die Augen. Die Wanne ist ein bisschen zu kurz, und ihre Knie ragen aus dem Wasser, tauchen blass und knochig aus der Wärme auf. Er hockt sich auf den Rand der Wanne, beugt sich vor und küsst das eine Knie. »Warum fühlst du dich merkwürdig?«

Ihre Augen bleiben geschlossen, aber eine einzelne Träne rollt ihr über die Wange. Er beugt sich zu ihr herab. »Das ist unsere letzte gemeinsame Nacht – für eine Weile«, flüstert sie.

Er ist dankbar für die letzten drei Worte und klammert sich daran wie an einen Rettungsring. Er legt die Hand über die Augen. Er hat das Gefühl zu versinken. Draußen plärrt das Radio die Nationalhymne. Es muss Mitternacht sein, und sie haben nur noch ein oder zwei Minuten, bevor der Sender zur Nacht abschaltet.

»Ich kann es nicht ertragen«, flüstert er. »Ich kann es nicht ertragen, ohne dich zu gehen.«

Ihre Hand taucht auf, tropfnass, und er ergreift sie. Seine Hemdmanschette wird nass, und sie zieht ihre Hand zurück, aber sein Hemd kümmert ihn jetzt nicht, und er ergreift wieder ihre Hand und lässt sie nicht los. Ihre Finger umschlingen seine, und sie setzt sich auf, damit sie ihn richtig festhalten kann. Er beugt den Kopf vor und haucht ihr die Worte ins Ohr: »Ich will nicht gehen. Wie wirst du klarkommen? Kann ich nicht mit dir gehen?«

Sie schüttelt den Kopf, eine entschiedene Bewegung, aber ihre Augen zeigen ihm, dass sie seine Furcht versteht und nachempfinden kann. Sie flüstert ihm ins Ohr. »Du musst gehen. Es ist unsere einzige Hoffnung. Ich werde alles arrangieren, sobald du fort bist. Unverzüglich.« Sie küsst ihn mit ihren kühlen, feuchten Lippen aufs Ohr und lässt sich in die Wanne zurücksinken.

Er steht auf und tritt ans Waschbecken. Sie hat natürlich recht: Sie haben das alles bereits durchgesprochen. Sie kann keine Vorkehrungen für sich treffen, ehe er nicht sicher auf der anderen Seite angekommen ist, sonst würde er in Gefahr geraten.

Und die Einzelheiten von Katjas Reise sind nicht bekannt – nicht einmal ihr. Sie weiß noch nicht, welche Route sie nehmen, wo sie unterschlüpfen, wie sie reisen wird. Sie muss auf den Rat derjenigen, die ihr helfen werden, vertrauen. Aber werden sie Katja gut beraten? Er beobachtet sie in dem kleinen Spiegel. Mit immer noch geschlossenen Augen liegt sie im Wasser. Bitte gib gut auf dich acht, meine Katjuschka, denkt er. Bitte gib gut auf dich acht und komm bald zu mir.

## Kapitel 19

*Moskau, Februar 2001*

Der Sheremetjewo-Flughafen in Moskau ist von einer Schäbigkeit, die Lauren passend erscheint. An der Passkontrolle dreht sie sich zu Melissa um, um ihr etwas zu sagen, und wird gleich von der Frau hinter dem Schalter angeschnauzt, ihr das Gesicht zuzuwenden. Über ihnen wirft eine Neonröhre ihr gnadenloses Licht. Selbst das gibt Lauren einen kleinen Kick. Sie weiß, dass das hier eine der letzten Bastionen bürokratischer Autorität oder staatlicher Kontrolle ist, der sie in dieser Stadt begegnen wird.

Das Hotel National ist eines der exklusivsten. Das Foyer ist ganz in Marmor gehalten, und weiche Teppiche führen zu Zimmern hinauf, deren Ausstattung an Opulenz grenzt. Weinrote Samtvorhänge, und die Fenster erlauben einen Blick auf den nahegelegenen Kreml. Lauren schaut hinaus – elektronische Werbetafeln beherrschen den gepflasterten Platz, der sich vor ihr erstreckt. Touristinnen und Touristen strömen aus der Metrostation herauf. Dahinter die stolzen Statuen, die alles überragenden Zwiebeltürme der Basilius-Kathedrale, Ansichten, die von der Historie künden, von einer Stadt, wie Lauren sie sich nach den Bildern und Beschreibungen immer vorgestellt hat.

Als sie sich vom Fenster abwendet, sitzt Melissa auf der Bettkante. Es ist ein französisches Bett. »Soll ich nachfragen, ob sie ein Zimmer mit zwei Einzelbetten haben?«, erbietet Lauren sich.

»Meinetwegen nicht.« Melissa erwidert Laurens aufmerksamen Blick kurz. Dann fängt sie an auszupacken.

Ihr erstes Abendessen nehmen sie im Café Puschkin ein und das darauffolgende Mittagessen im Haus der Schriftsteller, von dem Lauren in einem Roman gelesen hat. Sie besuchen das Kreml-Museum, und Lauren erläutert Melissa einige Kunstwerke. Anfangs ist sie schüchtern und lässt nur hier und da eine Information fallen, bis Melissa weitere Fragen stellt und sie geschickt zu ausführlicheren Schilderungen bewegt. Melissa stellt fest, dass die golden schimmernden Kirchen und die fremdartigen Kunstwerke eine größere Faszination auf sie ausüben, als sie gedacht hat, was Laurens Fähigkeit zu verdanken ist, sie zu erläutern, Facetten politischer Ereignisse und gesellschaftlicher Gegebenheiten mit der Kunstgeschichte zu verknüpfen. Sie ist auch in der Lage, verschiedene Farben, Texturen oder Techniken zu erklären und Melissa zu vermitteln, warum dieses oder jenes zu einer bestimmten Zeit verbreitet war oder um welcher Wirkung willen etwas eingesetzt wurde. Es ist eine neue Welt, die Lauren ihr nach und nach erschließt, eine Welt, in der geduldiges Geschick und Hingabe und Inspiration vorherrschen, und Melissa nimmt alles in sich auf, den Blick auf Laurens Gesicht geheftet, während diese erzählt. Sie erlebt eine ganz besondere Aufgeregtheit, die Art Erregung, die sie immer verspürt, wenn sie etwas vollkommen Neues lernt oder sich ihr ein neuer Aspekt des Lebens eröffnet. Es ist ein angenehmes Gefühl, und eines, das sie lange nicht verspürt hat.

Am nächsten Tag treffen sie sich mit dem Ermittler, den Lauren beauftragt hat. Er sieht aus, als sei er einer anderen Zeit entsprungen – er entspricht dem Bild des zerknitterten, verschlafenen, gleichwohl hellwachen Privatdetektivs aus amerikanischen Kriminalromanen, während er ihnen ausführlich von den stundenlangen Recherchen berichtet und ihnen schließlich die Adresse gibt, die er als Mischas Wohnort ermittelt hat.

»Viel Glück«, sagt er. »Was hoffen Sie eigentlich von ihm zu erfahren?«

»Wir haben ein paar Fragen zu einer alten Geschichte. Aus längst vergangenen Zeiten.«

Der Mann zuckt die Achseln. »Ich hoffe, sein Gedächtnis spielt mit.« Er hebt ein imaginäres Glas und trinkt. »Der Knabe macht einen ziemlich zittrigen Eindruck, wissen Sie.«

Es gibt keine Telefonnummer, und so besorgen sie sich für den nächsten Morgen einen ortskundigen Führer, der gleichzeitig dolmetschen kann, und um kurz nach zehn erscheint ein untersetzter junger Mann im Foyer ihres Hotels und stellt sich als Boris vor.

Mischas Wohnblock ist etwa eine halbe Stunde vom Hotel entfernt. Sie nehmen die Metro, und Melissa staunt über die eindrucksvollen Stationen, die in Marmor und Stein gehauen sind, im Lichte reich verzierter Kronleuchter erstrahlen und mit eingelegtem Buntglas verziert sind. Boris erläutert ihnen die Geschichte der einzelnen Bahnhöfe.

»Ich dachte, in den dreißiger Jahren hätten die Menschen gehungert?«, sagt Melissa. »Wie kommt's, dass die Regierung Geld für solche Dinge übrig hatte?«

»Hatte sie nicht«, erwidert Lauren. »Aber sie wollten der Welt kundtun, welche erstaunlichen Dinge der Sozialismus bewerkstelligen konnte – das spektakulärste U-Bahn-System aller Zeiten. Und die Tunnels waren ja auch als Luftschutzbunker sehr praktisch.«

»Doppelter Nutzen. Ich schätze, das rechtfertigt es«, sagt Melissa mit nicht zu überhörender Ironie.

Lauren erwidert nichts darauf. Sie denkt darüber nach, was sie Mischa fragen will und wie sie das Thema Katja ansprechen kann. Sie will ihn nicht verschrecken, sondern das Gespräch, sobald die Grüße ausgerichtet sind und der Grund bereitet ist, freundlich in die gewünschte Richtung lenken. Sie nimmt kaum wahr, dass sie vor einem Gebäude aus sandgelbem Klinker stehengeblieben sind. Es ist von ähnlichen Häusern umgeben, doch in diesem hier befindet sich ein Restaurant im Erdgeschoss. Die Fenster von Küche und Gastraum sind weit geöffnet, um frische Luft hereinzulassen, aber dennoch hängt eine leichte Wolke von abgestandenem Rauch unter der Decke. Um diese Morgenstunde wirkt das Lokal verlassen.

Boris gibt Melissa den Zettel mit Mischas Adresse zurück und geht die Stufen hoch.

»Es muss hier irgendwo sein«, versichert er ihnen. Sie folgen ihm durch einen düsteren grauen Gang, in dem es nach altem Abfall riecht, und er findet die Tür. Lauren holt hörbar Luft, und Boris hält inne, die Hand schon zum Klopfen erhoben. »Bereit?«

Sie nickt, und Melissa berührt sie kurz, um ihr Rückenstärkung zu signalisieren. Boris klopft höflich, und sie warten. Nichts geschieht. Er klopft erneut. Dann hämmert er mit der Faust an die Tür. Jetzt hören sie jemanden murren, vernehmen schlurfende Schritte. Dann wird die Tür aufgerissen, und ein alter Mann sieht Boris blinzelnd an. Boris fragt den Mann nach seinem Namen.

»Michail Ardonow. Für meine Freunde Mischa«, fügt er hinzu. »Und für die Damen.« Er spricht Russisch und schenkt Melissa und Lauren einen raschen, anerkennenden Blick, bevor ihn ein quälender Hustenanfall schüttelt. Sein säuerlicher Atem sticht in den Augen, und Melissa wendet diskret den Kopf ab.

Boris hat vorweg Instruktionen erhalten, und nun erklärt er Mischa, dass die beiden Frauen Nachforschungen anstellen und ihn zu sprechen wünschen. Nach einem kurzen Wortwechsel werden sie hereingelassen. Die Wohnung ist dunkel und feuchtmuffig, und in der verbrauchten Luft hängt der scharfe Geruch von Wodka, hartnäckig, alles durchdringend, fast antiseptisch.

Im Wohnzimmer gibt es nur drei Sessel, und so lässt Boris sich widerstrebend auf dem Boden nieder. Jahrelanger Dreck, Flecken von Verschüttetem, das nie aufgewischt wurde, haben eine schmierige Schicht hinterlassen. Es gibt einen Sessel, der eindeutig Mischa gehört. Er ist mit abgewetztem grünen Velours bezogen, und die Sitzfläche hat eine tiefe Kuhle. Auf dem Beistelltisch befinden sich Zigaretten, zwei schmierige Wodkagläser, eine Zeitung und die Fernbedienung für den Fernseher.

Der Sessel des alten Mannes ist Melissa zugewandt, und an sie richtet er seine ersten Worte, auf Russisch.

»Bitte fragen Sie ihn, ob er Englisch spricht«, sagt Melissa zu Boris. Die Frage wird weitergegeben. Mischa schüttelt den Kopf.

»*Njet.* No. Good Morning.« Und mit einem heftigen Husten fügt er hinzu: »Goodbye.«

»Sehr gut«, sagt Melissa.

»Das ist alles, was er auf Englisch sagen kann«, erklärt Boris. »Keine Sorge, dafür bin ich ja da.«

Mischa versucht sein ungebärdiges Haar zurückzustreichen; es ist überwiegend schwarz, aber effektvoll von Silber durchzogen. Er fragt, ob die Frauen aus England kommen.

»Nein«, antwortet Lauren. »Aus Amerika.«

Mischa summt die ersten Takte von »The Star-Spangled Banner«. Melissa seufzt leise auf.

»Wo wohnen Sie hier? In einem der schönen Hotels, ja? Im Metropol?« Lauren entgeht der leichte Sarkasmus in seiner Stimme keineswegs.

»Im National.«

Mischa zuckt die Achseln, als sei das reine Haarspalterei. »Es ist lange her, dass zwei so hübsche Frauen bei mir angeklopft haben. Was sind das für Nachforschungen, die Sie anstellen?«

Lauren räuspert sich. »Ich erforsche das Leben meiner Tante.«

»Ihrer Tante? Und warum kommen Sie damit zu mir?« Er mustert sie und gerät ins Stocken. Boris wartet, ob noch etwas kommt. Aber Mischa ist verstummt. Er starrt die Frau zu seiner Rechten an. Er beugt sich vor und zieht die Vorhänge weiter auf, so dass das Zimmer vom schräg einfallenden Sonnenlicht erhellt wird. Lauren rutscht ein wenig in ihrem Sessel herum und beobachtet wiederum ihn, registriert seine gelbstichige Haut und die hohlen Wangen. Mischa greift nach einem der Gläser und führt es an die Lippen, aber es ist leer. Boris sagt etwas zu ihm, bietet ihm vielleicht an, Wasser zu holen, und Mischa hält ihm wortlos das Glas hin. Boris nimmt es und verschwindet in der Küche. Als Mischa den Mund öffnet, ertönt nur ein Keuchen.

»Alles in Ordnung, Mr. Ardonow?«

Mischa ignoriert Lauren und legt sich die Finger auf die Augen. Er scheint sie nicht wieder fortnehmen zu wollen und tut es schließlich doch, als Boris ihm das Glas Wasser in die Hand drückt. Mischa trinkt einen Schluck und wendet sich dann an den Dolmetscher. »Sie erinnert mich an jemanden. An jemanden, den ich vor langer Zeit kannte.«

Als Boris ihnen das übersetzt, kann Lauren ihre Aufregung kaum zügeln. »An wen?«

Mischa ignoriert die Frage. »Wer sind Sie?«

»Ich bin Lauren Grinkow.«

Langes Schweigen. Mischa trinkt von seinem Wasser. Dann steht er auf, schüttet den Rest in den Topf einer sterbenden Pflanze und holt eine Flasche Wodka aus dem Schrank hinter sich. »Was wollen Sie?«

»Ich möchte über Katja sprechen. Meine Tante. Ich bin die Tochter ihres Bruders Juri.«

»Ich erinnere mich nicht mehr an diese alten Zeiten. Das ist alles sehr lange her.«

Lauren wirft Melissa einen Blick zu. So hat sie sich die Begegnung nicht vorgestellt.

»Mr. Ardonow, wir kommen von sehr weit her«, sagt Melissa. »Könnten Sie uns nicht ein bisschen weiterhelfen?«

»Wissen Sie«, übernimmt Lauren wieder, »mein Onkel Alexander und ich stehen uns sehr nahe. Und ich mache mir Sorgen um ihn.« Sie wartet, bis Boris ihre Worte übersetzt hat.

»Sascha lebt?« Seine Stimme ist fast nur ein Flüstern.

»Ja. Er lebt heute in Boston. Er hat überlegt, uns zu begleiten, aber dann … Egal, ich habe einen Brief von ihm. Für Sie.«

Sie lauscht auf Boris' Worte, der fast simultan übersetzt, und wartet gespannt, aber es kommt keine Reaktion.

»Er ist gesund und munter«, fährt Lauren fort, »aber ich habe den Eindruck, er hat Katjas Tod nie verwunden. Und das liegt vor allem daran, dass er nicht weiß, was ihr eigentlich zugestoßen ist. Ja, er macht sich große Vorwürfe, weil er sie hier zurückgelassen hat. In der gefährlichen Situation. Nicht dass er groß die Wahl gehabt hätte, nach allem, was er uns erzählt hat.«

Mischa lacht freudlos. »Wir alle müssen Entscheidungen im Leben treffen. Er hat sich aus dem Staub gemacht.«

»Sie erinnern sich also doch?«, sagt Melissa. Sofort bittet sie Boris, ihre Bemerkung nicht zu übersetzen, aber Mischa wirft ihr einen feindseligen Blick zu – ihr Ton ist in jeder Sprache unmissverständlich.

Lauren ergreift wieder das Wort. Ihre Stimme ist ruhig, ihre Art verbindlich. »Tatsache ist, dass mein Onkel fort war, und Sie waren Katjas bester Freund in diesem Land. Können Sie mir irgendetwas über die letzten Tage vor ihrem Tod erzählen? Haben Sie sie gesehen oder mit ihr gesprochen?«

»Ich hab doch schon gesagt, dass ich mich nicht erinnern kann. Das alles ist dreißig, vierzig Jahre her. Und diese vierzig Jahre hab ich damit verbracht, viel zu viel Wodka zu trinken. Und jetzt sagen die Ärzte, dass ich nicht mehr viel Zeit habe. Ein paar Monate vielleicht. Wodka zerstört die Leber und dann das Gehirn, wissen Sie. Und manchmal, wenn man Glück hat, zerstört er als Erstes das Gedächtnis.«

Er starrt vor sich hin, während Boris den Frauen seine Worte übersetzt.

»Ich nehme ihm das nicht ab«, sagt Melissa ruhig. »Er ist ein gerissener Hund.«

»Warum macht er es uns dann so schwer?«

»Keine Ahnung. Aber seit ihm aufgefallen ist, wem du ähnlich siehst, hat er dich nicht mehr angesehen.«

Lauren gibt Boris ein Zeichen, dass er weiter übersetzen kann. Doch bevor sie etwas sagt, steht sie auf und geht die zwei Schritte zu Mischas Sessel hinüber. Sie hockt sich vor den alten Mann hin, so dass er ihrem Anblick nicht ausweichen kann. Sie spricht direkt zu Mischa, und Boris muss sich sehr konzentrieren, um sie zu verstehen.

»Ich weiß, dass das schwer für Sie sein muss. Aber meine Tante Katja ist mir sehr wichtig. Ich muss einfach wissen, was ihr zugestoßen ist.«

Seine Augen huschen davon und heften sich auf ihre Knie. Seine Hand zittert leicht, was Lauren erst jetzt bemerkt.

»Was spielt das heute noch für eine Rolle?«, sagt er.

Lauren seufzt. »Jetzt klingen Sie genau wie mein Onkel. Es spielt möglicherweise eine bedeutende Rolle. Mr. Ardonow, stellen Sie sich vor, Sie wären an seiner Stelle. Stellen Sie sich vor, Ihre große Liebe zu verlieren und sich jeden einzelnen Tag Ihres restlichen Lebens vorzuwerfen, schuld an ihrem Tod zu sein.«

Er blickt sie jetzt direkt an, verschlingt ihre Gesichtszüge beinahe mit seinen scharfen eingesunkenen Augen, zwei dunkle Höhlen. Sein Gesichtsausdruck zeigt, wie schwer es ihm fällt. Dann hebt er plötzlich eine von Venen durchzogene Hand und versetzt Lauren einen Stoß, so dass sie beinahe das Gleichgewicht verliert. Erschrocken steht sie auf und tritt einen Schritt zurück.

»Sie müssen jetzt gehen. Ich haben Ihnen nichts mehr zu sagen.« Seine zitternde Hand greift wieder nach dem Glas, und er trinkt einen Schluck. Als er aufblickt, haben sich seine Gesichtszüge verhärtet. »Goodbye«, fügt er barsch hinzu.

Boris blickt Melissa achselzuckend an und steht auf, aber Melissa wartet, ob Lauren Anstalten macht zu gehen, bevor auch sie aufsteht. Sie greifen nach ihren Handtaschen, und nachdem sie einen Moment überlegt hat, holt Lauren ein Päckchen hervor und reicht es Mischa. »Hier, Mr. Ardonow. Als Dank dafür, dass Sie uns empfangen haben.« Er streckt nicht die Hand danach aus, er blickt nicht einmal hin, und so legt sie es auf das Tischchen neben seinem Sessel. Obenauf legt sie den Brief, den Alexander ihr gegeben hat, und eine Karte von ihrem Hotel. »Wir sind noch vier Tage hier. Im Hotel National. Samstag reisen wir wieder ab. Falls Sie beschließen, sich doch noch an etwas zu erinnern.«

Es erfolgt keine Reaktion, und so dankt Boris ihm, und sie gehen.

Als sie weg sind, sitzt Mischa noch eine ganze Weile reglos in seinem Sessel und sieht zu, wie Staubteilchen durch das gleiche Sonnenlicht zu Boden tanzen, das ihm das Gesicht von Katjas Nichte gezeigt hat. Schließlich schenkt er sich einen weiteren

Wodka ein und reißt den Briefumschlag auf. Der Brief fällt ihm in den Schoß, und er lässt ihn einen Augenblick liegen, bevor er ihn auffaltet. Der Brief ist kurz.

*Mischa,*
*es ist viel zu viel Zeit vergangen, seit wir voneinander gehört haben, und das tut mir leid. Inzwischen wirst Du Lauren kennengelernt haben und wissen, dass sie Katjas Nichte ist. Vielleicht hast Du es ihrem Gesicht angesehen, noch bevor sie es Dir erzählt hat. Sie ist wie eine Tochter für mich – die Tochter, die ich mir mit Katja gewünscht habe. Ich weiß, dass Du sie gut behandeln wirst, aber ich bitte Dich um unserer alten langjährigen Freundschaft willen, auf sie achtzugeben und ihr nach Möglichkeit bei ihren Nachforschungen, was mit unserer Katjuschka geschehen ist, zu helfen. Es vergeht kein Tag, an dem ich sie nicht vermisse, Mischa. Ich weiß, dass es Dir auch so geht. Ich weiß auch, dass Du alles getan haben wirst, um ihr zu helfen, und dafür habe ich Dir nie gedankt. Ich danke Dir jetzt, mein Freund …*

Der Brief ist noch einige Zeilen länger, aber Mischa liest nicht weiter. Er zerknüllt ihn in der Hand, lässt ihn auf das Tischchen neben sich fallen und legt die Hand auf die Augen, aus denen Tränen quillen. Er kann es nicht glauben. Er kann an den Fingern einer Hand abzählen, wie oft er in seinem Leben geweint hat. Wie um sich abzulenken, reißt er das braune Papier des Päckchens auf, die Visitenkarte des Hotels fällt achtlos zu Boden. Das Päckchen enthält ein gerahmtes Bild, und als er es umdreht, sieht er eine Tuschezeichnung: Katjas Porträt, signiert von Lauren. Ein winziger animalischer Laut entflieht ihm, fast unwillkürlich, denn die Ähnlichkeit ist unglaublich. Er lässt das Bild in den Schoß sinken und legt die Hand über die Augen. Seine Schultern zucken unkontrolliert. Dann ergreift er in einer plötzlichen

Anwandlung von Emotion und Energie das Bild und schleudert es quer durch den Raum. Es landet mit dem Gesicht nach unten auf dem schmutzigen Teppich, aber es geht nicht zu Bruch. Er lässt es, wo es ist, und stolpert in die Küche, um sich mehr Wodka zu holen.

Die nächtliche Dunkelheit im Zimmer ist undurchdringlich, sie wird von keinem Schimmer, keinem Schatten von draußen durchbrochen, denn die bordeauxroten Samtvorhänge sind dick und schwer. Lauren liegt im Bett und ist der Schwärze, die sie einhüllt, dankbar. Ihre Enttäuschung über das Treffen mit Mischa geht tief, und der sengende Schmerz lässt erst jetzt allmählich nach. Sie fragt sich, was es mit Katja auf sich hat, dass es den Menschen, die sie kannten, so schwerfällt, von ihr zu sprechen. Neben ihr regt Melissa sich leise, und Lauren wendet sich ihr zu. Ihre Augen haben sich an die Dunkelheit gewöhnt, und sie kann Melissas Gestalt ausmachen. Sie hat ihr den Rücken zugewandt, und Lauren sieht, wie ihr Arm sich im Rhythmus ihres Atems sachte hebt und senkt.

Langsam, wie um sich selbst die Möglichkeit zu geben, die Hand zurückzuziehen, wenn sie es will, schiebt Lauren den Arm unter die Bettdecke und legt ihre Hand auf Melissas Rücken. Sie spürt, wie der Körper der anderen still wird bei der Berührung, und das verrät ihr, dass Melissa wach und sich ihrer Hand bewusst ist. Langsam lässt sie die Finger den Rücken hinunterstreichen, liebkost die nackte Haut, lässt sie das ganze Rückgrat hinabgleiten bis zu der leichten Vertiefung ihres unteren Rückens. Sie spürt ein Schaudern unter ihren Fingern und lässt sie eine Zeitlang an der Stelle verweilen. Dann verfolgt sie ihre eigene Spur wieder nach oben, bis sie an Melissas Nacken ankommt. Ohne darüber nachzudenken, rückt Lauren näher, und ihre Lippen verfolgen die Spur, die ihre Finger eben gezogen haben.

»Bist du dir sicher?«, fragt Melissa ruhig.

»Ja.«

Melissa erwidert nichts darauf, gibt Lauren keinen Hinweis auf ihre Gefühle.

»Soll ich aufhören?«, fragt Lauren.

Behutsam, um den Zauber dieses Augenblicks nicht zu zerstören, dreht Melissa sich zu ihr um, und ihre Hand schmiegt sich an Laurens Gesicht.

»Nein«, sagt sie. »Hör nicht auf.«

Für Melissa sind die Tage in einer seltsamen Mischung aus geschärfter Wahrnehmung und verschwommener Verwirrung vergangen. Ihren Laptop hat sie die ganze Woche nicht angerührt, und ihre Eindrücke von Moskau sind mit Lauren vermischt – wie sie aussieht, wie sie sich anfühlt, wie sie duftet. Das Gefühl, dass ihr die Kontrolle entgleitet, ist verstörend, aber plötzlich bereiten ihr ganz banale Empfindungen ein Vergnügen, das sie nicht mehr missen möchte. Sie trinkt einen großen beruhigenden Schluck von ihrem schwarzen Kaffee und beobachtet das gelegentliche Treiben im Foyer des Hotels durch die Türen des Restaurants. Es ist vor sieben Uhr morgens und noch zu früh, um Frühstück zu bekommen, aber sie hat jemanden aufgetrieben, der ihr eine große Tasse Kaffee besorgt hat. Sie ist eine Frühaufsteherin, das war sie schon immer, und heute war sie zu rastlos, um neben der schlummernden Lauren im Bett zu bleiben. Ihre Sachen sind schon so gut wie gepackt, und es bleiben ihnen noch etliche Stunden bis zu ihrem Rückflug. Manchmal hat sie das Bedürfnis, allein zu sein, Zeit für sich zu haben, um die Dinge zu überdenken, ein Wesenszug, den sie von ihrem Vater hat.

Das Geräusch von Stimmen zieht ihre Aufmerksamkeit auf sich, während sie die Wärme der Kaffeetasse in ihren Händen genießt. Der Portier lässt einen alten Mann eintreten. Erst hat er ihn aufgehalten, weil er nicht gut gekleidet ist oder vielmehr weil seine Kleidung alt und ungewaschen ist. Aber jetzt ist er drinnen und auf dem Weg zum Empfangstresen. Melissa erschrickt, als sie Mischa erkennt. Sie stellt ihre Tasse hin und geht in die Eingangshalle. Aus diskreter Entfernung beobachtet sie, was passiert. Mischa hat einen kleinen, abgenutzten braunen Koffer bei sich. Er stellt ihn dem verdutzten Rezeptionisten vor die Nase, und zwischen den beiden Männern entspinnt sich ein wortreiches Gespräch. Der Rezeptionist scheint den Koffer nicht annehmen zu wollen und nötigt Mischa, ihn zu öffnen. Dieser fügt sich schließlich, aber Melissa kann nicht mehr erkennen als ein paar Kleidungsstücke. Der Inhalt des Koffers wird noch kurz untersucht, dann wird er schnappend geschlossen. Melissa vernimmt Laurens Nachnamen, und der Rezeptionist schreibt etwas auf einen Zettel. Noch ehe er fertig ist, hat Mischa sich bereits umgewandt und durchquert das Foyer.

Er humpelt leicht aus der Hüfte, was ihn zwingt, langsam zu gehen. Melissa beobachtet ihn, zählt eins und eins zusammen und kommt zu einer Entscheidung. Es dauert kaum eine Sekunde, da ist sie schon losgeeilt und schneidet ihm den Weg zum Ausgang ab. Er starrt sie an; dann verdreht er die Augen, als könne er sein Unglück nicht fassen, und versucht sie zu umgehen. Sie bittet ihn zu warten, sagt, dass sie mit ihm sprechen müsse, und der Portier tritt dazwischen, um den Mann aufzuhalten. Mischa bleibt mit einer resignierten Geste stehen, blickt Melissa zornig ins Gesicht und schnauzt sie an.

»Er möchte wissen, was Sie von ihm wollen«, kommt der Portier ihr zu Hilfe.

»Ich möchte bloß mit ihm sprechen. Können Sie ihn bitte fragen, ob er eine Tasse Kaffee mit mir trinkt?«

Das Ansinnen wird übermittelt. Mischa lehnt vehement ab.

»Er sagt, er muss gehen. Er ist alt und müde. Sie möchten ihn bitte in Ruhe lassen.«

»Das kann ich nicht. Sagen Sie ihm, ich werde ihm nicht von der Seite weichen, bis er mit mir spricht.«

Mischa lässt eine Schmährede vom Stapel, auf deren Übersetzung der Portier verzichtet. Stattdessen tritt er einen Schritt beiseite, aber Melissa steckt ihm rasch einen Fünfzig-Dollar-Schein zu. Mit einer schnellen kampflustigen Bewegung blockiert er die Tür und schiebt Mischa zurück. Melissa packt ihn am Arm. Unter der schmuddeligen Jacke fühlt er sich dünn und zerbrechlich an.

»Bitte!«, sagt sie. »Nur ein paar Minuten.«

Mischa mustert den durchtrainierten jungen Mann. Dann seufzt er gereizt, dreht sich um und marschiert ins Restaurant. Melissa folgt ihm, nachdem sie den Mann von der Rezeption gebeten hat zu dolmetschen. Der Mann zögert, kommt dann aber doch hinter seinem Tresen hervor.

»Ach, und bringen Sie den Koffer mit«, sagt Melissa und zeigt auf das alte braune Gepäckstück, das auf dem Tresen steht.

»Der ist für Miss Grinkow«, antwortet der Rezeptionist, um seine Stellung zu behaupten.

Melissa greift zum Hoteltelefon und wählt ihr Zimmer an.

»Du musst sofort nach unten ins Restaurant kommen. Beeil dich!«, sagt sie und legt auf. Sie muss unbedingt dafür sorgen, dass Mischa nicht verschwindet. Aber er sitzt missmutig gleich am ersten Tisch hinter der Tür. Sie setzt sich neben ihn, der Rezeptionist nimmt ihnen gegenüber Platz. Den Koffer hat er nicht dabei, stellt sie fest, aber dafür wird später Zeit sein.

»Möchten Sie Kaffee?«, fragt Melissa.

Mischa wirft einen Blick auf die Uhr, als hoffe er, vielleicht etwas Richtiges zu trinken zu bekommen. Er wedelt ungeduldig mit der Hand.

»Was wollen Sie?«, fragt der Hotelangestellte Melissa im Namen Mischas.

»Ich möchte wissen, warum Sie hierhergekommen sind. Was haben Sie Lauren in dem Koffer gebracht?«

»Er steht an der Rezeption. Gehen Sie und gucken Sie rein, wenn Sie wollen.«

»Warum haben Sie nicht nach Lauren gefragt?«

Mischas Ärger scheint zu verebben, und in seinen Augen taucht ein Anflug von Trauer, vielleicht auch Angst auf. »Ich wollte ihr bloß den Koffer vorbeibringen. Das ist alles. Ich bin ein sterbender Mann. Ich hatte noch eine letzte Sache zu erledigen, und das habe ich damit getan. Verstanden?«

Seine Aggressivität zeigt keine Auswirkung auf Melissas ruhige Gelassenheit. »Warum haben Sie nicht nach Lauren gefragt?«, wiederholt sie.

Mischa sieht sie zornig an, aber als er diesmal antwortet, spricht er mit leiser Stimme. »Ich wollte ihr Gesicht nicht noch einmal sehen.«

»Weil sie aussieht wie Katja?«

Mischa macht sich nicht die Mühe zu antworten. Der Hotelangestellte wiederholt die Frage, und Mischa wendet den Blick ab.

»Warum erschüttert Sie das dermaßen? Warum fühlen Sie sich so schrecklich, wenn Sie sich an Katja erinnern?«

Mischa hat die Augen noch immer gesenkt, aber der Grimm in seinen Zügen wird nun durch etwas Tiefergehendes ersetzt – eine Mischung aus Traurigkeit und Angst, wie Melissa scheint. Hinter dem alten Mann betritt Lauren das Restaurant. Sie hat sich gewaschen, um ihr Gesicht herum ist ihr Haar feucht, doch ihre Augen sind noch verschleiert vom Schlaf. Überrascht schaut sie Mischa an. »Mr. Ardonow?«

Mischa schreckt auf. Lauren legt ihm die Hand auf die Schulter, sie will ihn beruhigen, ihn beschwichtigen, aber ihre Berührung und ihr besorgter Blick scheinen ihn nur noch mehr aufzuregen.

»Sehen Sie sie sich an«, sagt Melissa. Sie bedeutet dem Hotelangestellten fortzufahren – er beobachtet die Szene verwirrt und hat vergessen zu übersetzen.

Mischa reagiert nicht auf die Aufforderung. »Sagen Sie es ihm noch mal!«, weist Melissa den Hotelangestellten an. »Sehen Sie sie sich an! Los!«

Er blickt auf. Laurens Gesicht ist direkt über ihm, ihre Hand liegt noch auf seiner Schulter, und er schaut ihr in die Augen, betrachtet ihre Nase, ihren Mund, ihr Kinn. Er hebt die Hand und krallt sie in ihren Arm. Der Schmerz und das Entsetzen in seinem Gesicht versetzen die beiden Frauen in Schrecken.

»Was ist los?«, fragt Lauren. »Was ist hier los?«

Melissa blickt von Lauren zu Mischa. Sie versucht die Lage einzuschätzen. Sie stehen kurz vor einem Durchbruch, das spürt sie, aber wie kann sie verhindern, dass die Chance vertan wird?

»Sie wissen etwas über ihren Tod, stimmt's?«

Der Hotelangestellte erschrickt, aber sie wiederholt die Frage und bittet ihn, sie zu übersetzen. Endlich löst Mischa den Blick von Lauren. Seine Augen sind wässrig, doch ob es Tränen sind oder der feuchte Film von Alter und Alkohol kann Melissa nicht sagen.

»Sie wissen etwas.«

»Melissa ...?«

»Vertrau mir«, sagt Melissa rasch, ohne den Blick von Mischa zu lösen. »Sie ist Alexanders Nichte. Die Nichte Ihres besten Freundes. Sind Sie ihm und Katja das nicht schuldig?«

In der Stille des großen Raumes ist nur das Klappern des Geschirrs zu vernehmen, mit dem die Tische eingedeckt werden.

»Sie stehen am Ende Ihres Lebens«, sagt Melissa leise, und er blickt sie an wie verwundet, als hätte sie ihm einen Schlag unter die Gürtellinie versetzt. Doch sie bleibt ungerührt. »Sie sterben«, wiederholt sie. »Was haben Sie zu verlieren, wenn Sie Ihr Gewissen erleichtern?«

Mischa lässt Laurens Arm los. Er blickt den Hotelangestellten an und murmelt etwas.

»Er sagt, er möchte jetzt einen Kaffee haben.«

Melissa bestellt ihm Kaffee bei der Kellnerin, die am anderen

Ende des Restaurants beschäftigt ist. Mischa ergreift erneut das Wort.

»Und er sagt, Sie sollen sich setzen.« Der Hotelangestellte blickt Lauren an und weist auf einen Stuhl. »Weil das, was er Ihnen zu erzählen hat, eine Weile dauern kann, und er ist jetzt bereit zu reden.«

## Kapitel 20

*Moskau, Januar 1959*

Seit zwei Tagen sind Katjas Nerven zum Zerreißen gespannt. Sie ist ein wenig benommen und verängstigt, jetzt wo Alexander fort ist und ihr Optimismus seine Besorgnis nicht mehr ausgleichen muss. Im Lokal ist es zumindest warm, wenn auch verraucht und überfüllt, und die Feuchtigkeit, die sich zu ihrer Rechten am Fenster niederschlägt, gibt ihr ein Gefühl von Sicherheit und Geborgenheit, als ob der Dunst sie einhüllt und umschließt.

Er wird unterdessen in Washington eingetroffen sein. In Gedanken hat sie ihn jede Stunde seines Tages begleitet. In diesem Augenblick müsste er bei dem Eröffnungsbankett sein. Es wird bald vorüber sein oder ist es vielleicht schon, und dann wird er seinen Schritt gemacht haben. Ein Schatten der Besorgnis gleitet über ihr Gesicht. Dann nickt sie still vor sich hin. Er wird inzwischen die Seiten gewechselt haben. Er ist in Sicherheit, es geht ihm gut, er wartet auf sie. Daran muss sie glauben, das darf sie nicht vergessen. Jetzt ist sie dran. Mischa beobachtet sie über den Tisch hinweg. Sein Blick ist klar, als könne er ihre Gedanken lesen, und er wirft ihr ein ermutigendes Lächeln zu.

Sie schenkt ihm Tee nach, und er nimmt sich einen weiteren Löffel Marmelade. Dann noch einen. Er blinzelt ihr leicht zu, und sie lacht und schiebt ihm das Marmeladenschälchen hinüber. Er beugt sich vor. »So. Vermisst du ihn?«

»Ja.«

»Jetzt schon?« Mischa lacht.

»Ich weiß. Ich kann's nicht ändern.«

Das Lächeln verschwindet aus seinen Augen, und sie sehen einander mit ernstem Blick an. Er denkt nach über das, was sie ihm erzählt hat, gerade eben, hier in diesem Café, das mit Feierabendgästen gefüllt ist. Er hat nichts dergleichen kommen sehen. Dass Sascha, ausgerechnet er, übergelaufen ist. Oder im Begriff steht, es zu tun. Dass sie die Absicht hat, ihm zu folgen und Hilfe braucht. Und dass sie diesen Plan gefasst haben, nachdem jemand verhaftet worden ist, und ob er wüsste, um wen es sich handelt? Er hat ein paar Minuten gebraucht, um sich von diesen überraschenden Neuigkeiten zu erholen und seine Gedanken zu sortieren. Noch weiß er nicht genau, was zu tun ist. Er wird sich Instruktionen holen müssen, es bleibt ihm nichts anderes übrig. Sie will gleich fort, muss gleich fort, aber er hat ihr erklärt, dass es schwierig ist, die Sache so schnell zu arrangieren. Sie hat genickt, abwesend, schien ihn kaum zu hören. Diesen abwesenden Blick hat sie auch jetzt noch in den Augen, als sie zusieht, wie er seinen Tee schlürft. Es ist, als wäre sie bereits fort – entflohen. Er sieht, dass es keinen Sinn hat, sie überreden zu wollen, die Sache noch einmal zu überdenken: Sie ist bereits zu weit fort – es gibt keine Möglichkeit, sie zurückzuholen. Sie hat eine Leichtigkeit an sich, eine beschwingte Aufgeregtheit, die er noch nie zuvor an ihr beobachtet hat, und das lässt sie in seinen Augen schöner denn je erscheinen. Er stellt sein Glas auf den winzigen Unterteller und nimmt ihre Hand. Es ist eine Geste der Zuneigung, eine freundschaftliche Berührung, und sie wird sich nichts dabei denken. Er betrachtet ihre Finger, die in seiner Hand liegen, und streichelt sie kurz mit dem Daumen. Wenn er ihre Hand noch länger hält, wird es ihr unangenehm werden, sie wird es erst als nicht ganz angemessen empfinden und dann die Tiefe des Gefühls begreifen, das sich dahinter verbirgt. Sie wird die Hand fortziehen, peinlich berührt, verwirrt, vielleicht sogar angewidert. Er lässt sie abrupt los, greift wieder nach seinem Glas und kippt die dunkle bernsteinfarbene Flüssigkeit hinunter. Dann blickt er sie wieder an, und diesmal ist sein Blick kühler und distanzierter, und das ist gut. Er ist stolz auf sich. Er ist immer in der Lage gewesen, etwas aufzugeben, wenn es nicht anders ging. »Ich muss die Sache organisieren«, sagt er. »Gib mir ein paar Stunden Zeit.«

Sie erschrickt. »Nein! Sobald sie erfahren, dass er übergelaufen ist, kommen sie mich holen.«

»Eine Stunde zumindest. Wir treffen uns in einer Stunde wieder hier. Du musst Vorkehrungen treffen. Du weißt nicht, wie lange und schwierig die Reise sein wird.«

Sie zieht einen kleinen braunen Koffer unter dem Tisch hervor. »Ich bin vorbereitet. Hier. Das ist alles, was ich mitnehme. Ich werde hier warten. Ich fühle mich hier besser aufgehoben. Wenn ich nach Hause gehe, kann wer weiß was passieren.«

Er mustert sie einen Moment, erwägt die verschiedenen Möglichkeiten, überlegt sich die beste Strategie.

»Du hast recht. Dann wartest du also hier. Ich beeile mich so gut ich kann.«

Sie steht mit ihm zusammen auf und küsst ihn auf die Wange.

»Du solltest tun, was ich tue, Mischa. Du solltest mit mir kommen.«

Er lacht. »Mach dir um mich keine Gedanken. Mir passiert schon nichts.«

»Aber du bist bestimmt auch in Gefahr!«

»Ich weiß schon, was ich tun muss – keine Sorge.«

Sie seufzt angesichts seiner prahlerischen Haltung. »In einer Stunde also?«

Er nickt, und sie winkt ihm zum Abschied zu. Sie versucht ihm mit den Augen zu folgen, als er davongeht, sieht ihm durch das

Fenster nach, aber zwei Männer haben das Lokal gleich nach ihm verlassen und versperren ihr den Blick. Macht nichts – die Scheiben sind mittlerweile so beschlagen, dass sie ohnehin nicht viel sehen kann. Mit dem Finger reibt sie ein kleines Guckloch frei und beugt sich vor, um hindurchzuspähen, aber jetzt ist er längst fort, und außerdem schneit es wieder. Die Flocken pochen an das Fenster wie kopflose Motten, und obwohl sie drinnen sitzt, stellt sie fröstelnd den Kragen auf.

In einer Stunde ist er wieder da, in dem verräucherten, feuchtwarmen Lokal, wie versprochen. Sie steht sofort auf. Er bietet ihr an, etwas zu trinken zu bestellen, was sie jedoch ablehnt, und so hält er ihr die Tür auf. Als sie auf die Straße hinaustreten, nimmt er ihr den Koffer ab. Ihre Augen flitzen nervös umher, während sie neben ihm hergeht. Dann schaut sie ihn an und wartet auf ein Zeichen, wohin sie gehen.

»Ein geheimer Unterschlupf«, murmelt er. »Das wird fürs Erste genügen.«

»Und dann?«

»Dann besorge ich dir Reisedokumente und du kannst dich auf den Weg machen.«

Sie hat noch hundert weitere Fragen. Wessen Haus ist es? Welche Route wird sie nehmen? Wann kann sie hoffen, außer Landes zu sein? Später wird Zeit sein, all diese Fragen zu stellen. Wahrscheinlich muss Mischa die Antworten ohnehin selbst erst noch herausfinden.

Ihr Tempo ist forsch, fast eilig, und anfangs fällt es ihr schwer, mit ihm mitzuhalten, vor allem durch den mittlerweile matschigen Schnee an den Bordsteinkanten. Sie setzt ihre Füße auf die Mitte des Gehwegs, wo der Schnee festgetreten ist. Mischa wirft ihr einen aufmunternden Blick zu, dann biegt er in eine Seitenstraße ein. Sie beeilt sich, ihm zu folgen.

»Was hast du da drin?«, fragt er und wechselt den Koffer von einer Hand in die andere.

»Kaum etwas. Kleider, das Foto von meinen Eltern, du kennst es ja. Und, Mischa – ich muss dir das hier geben.«

Sie hält ihn am Mantel fest und zwingt ihn, langsamer zu gehen. Er tut es nur widerstrebend, aber ihre Geste ist drängend – sie will ihm das geben, solange sie noch allein sind, bevor sie den geheimen Unterschlupf erreicht haben. Sie blickt sich um, aber die Straße ist ruhig, sie zieht sich einen leicht abfallenden Hügel entlang, und es scheint niemand in der Nähe zu sein.

»Was denn?«

Sie greift in die Manteltasche und zieht einen schmalen weißen Umschlag hervor, den sie ihm im Gehen hinhält. Sie klingt atemlos. »Hier, Mischa, nimm.«

Er nimmt die Hand aus der Tasche und streckt sie aus. »Was ist das?«

»Ein Brief. Für Sascha.«

Mischa lächelt und zieht die Hand zurück. »Gib ihm den Brief selbst.«

»Für den Fall, dass ich es nicht schaffe. Für den Fall, dass etwas schiefgeht.«

Einen Augenblick lang glaubt sie, dass er sie nicht gehört hat. Er schreitet wieder aus, mit entschlossener Miene, den Blick nach vorn gerichtet, und jetzt biegt er in eine kleinere Straße ein. In der einbrechenden Dunkelheit erheben sich hohe Häuser rings um sie. Beide bleiben stehen, sehen sich um und schauen zum Himmel auf. Mischa sieht den Atemwolken nach, die zwischen ihnen aufsteigen. »Es wird alles gutgehen«, sagt er schließlich.

»Ich weiß. Es ist nur für alle Fälle«, beharrt sie.

Er sieht über die Schulter zurück, dann greift er schnell nach dem Brief und steckt ihn unter sein Hemd. Dann setzt er den Weg fort. »Ich weiß nicht, ob ich ihn je wiedersehen werde.«

Sie zuckt die Achseln. »Irgendwie würdest du ihm den Brief schon zukommen lassen.«

»Würde mir schlecht werden, wenn ich ihn lese?« Er grinst.

»Vermutlich. Es ist bloß ein Liebesbrief, Mischa.«

Sie gehen jetzt langsamer in der zunehmenden Dunkelheit. Sie sind ein weiteres Mal abgebogen, und der Weg, in dem sie sich jetzt befinden, hat keine Straßenlaternen und wird nur von dem hellen Glanz des Schnees erleuchtet. Schneeflocken fallen, langsam und träge, und eine bleibt in Katjas Lidern hängen. Sie blinzelt sie fort. »Mischa? Du passt auf dich auf, ja?«

Er bleibt stehen, um sie anzusehen und mustert ihr offenes, besorgtes Gesicht. »Du bist diejenige, die jetzt auf sich aufpassen muss, Katjuschka.«

Er scheint sich Sorgen um mich zu machen, denkt Katja. Vermutlich weiß er besser als ich, wie schwer es sein wird, das Land zu verlassen. »Du weißt schon, was ich meine«, sagt sie. »Das Risiko, das du eingehst, indem du mir hilfst.«

Ihre Hand liegt an seinem Gesicht, und ihre Lippen heben sich, um ihn auf die Wange zu küssen. Hier gibt es keine Häuser, nur einen verlassenen Flecken Brachland auf der einen Seite. Einen Augenblick lang glaubt sie die winzigen Wildblumen riechen zu können, die dort wachsen, den Duft, der die Abendluft versüßt, bevor sie sich erinnert, dass es schneit und dass in der kalten gefrorenen Erde seit Monaten nichts mehr gewachsen sein kann.

»Pass einfach auf dich auf, Mischa. Ich werde draußen sein, du aber nicht. Und wenn sie bereits jemanden erwischt haben, dann werden sie ihn foltern und bedrohen, bis er redet.«

»Ich weiß.«

»Ich mache mir Sorgen, dass dieser Mensch dich am Ende verraten wird.« Sie ist ruhelos und stampft mit den Füßen, um sich warmzuhalten. Dann geht sie einen Schritt vor, um ihn zum Weitergehen zu veranlassen, um voranzukommen. Aber er rührt sich nicht. Dann tritt er an den Rand des Weges, nah an eine Ziegelmauer, und stellt ihren Koffer auf dem Boden ab. Sie folgt ihm. »Warten wir hier?«, fragt sie.

Er nickt knapp. Dann ergreift er ihre Hand und zieht sie an

sich. Sie spürt die Wärme unter seinem Mantel. Sie runzelt die Stirn: Sein Herz schlägt sehr schnell.

»Katja«, sagt er mit heiserer Stimme. »Ich muss dir etwas sagen.« Sein Kopf ist über ihrem. Er presst sein Gesicht in ihr Haar. Er holt tief Luft, atmet ihren Duft ein.

»Was denn, Mischa?« Sie versucht nicht, sich von ihm zu lösen, aber sie ist beunruhigt.

Er beugt den Kopf und flüstert ihr ins Ohr: »Du solltest vorsichtig sein, dass dieser Mensch am Ende nicht dich verrät.«

Sie versteht ihn nicht, aber im Augenblick ist es ohnehin, als ob Worte und alltägliche Gesten und direkte zwischenmenschliche Verständigung nicht von Bedeutung wären. Etwas viel Urtümlicheres hat von ihr Besitz ergriffen. Ein seltsames Gefühl steigt in ihr auf, eine fast übernatürliche Vorahnung: etwas Schreckliches, Unabwendbares wird geschehen. Sie steht da, kalt und dennoch warm, an Mischa gedrückt, und sie kann die Erkenntnis, die ihren Körper erfasst, kaum glauben. Das flaumige Haar in ihrem Nacken sträubt sich. Seine Hand gleitet nach oben, streicht ihr sanft übers Haar, und dann spürt sie, wie sich die kalte metallische Mündung an ihre Schläfe drückt. Sie gleitet zu ihrem Ohr hinunter und weiter zu ihrem Kinn.

»Mischa?«, haucht sie.

Er flüstert ihr ins Ohr: »Ich weiß, es klingt zu verrückt, um wahr zu sein. *Ich* bin derjenige, den sie geschnappt haben, Katja, weißt du. *Ich* war das. Und nun muss ich ihnen helfen.«

Sie ist ganz benommen vor Schock, vor Ungläubigkeit. Das kann nicht sein, nicht jetzt, nicht heute, nicht, wo sie der Freiheit so nahe ist, nicht er. Ohne Vorwarnung stößt sie ein ersticktes Schluchzen aus. »Du *musst,* Mischa?«

»Ja.«

»Nein, musst du nicht. Musst du nicht.«

Er dreht leicht ihre Schultern, so dass sie begreift, dass sie sich umdrehen und hinter sich schauen soll. In einiger Entfernung, einer Entfernung, die durch den Schnee und die Dunkelheit vergrößert wird, kann sie die verschwommenen Umrisse zweier Männer erkennen, die sie beobachten.

»KGB«, sagt er. »Meine neuen ständigen Begleiter.«

»Wie haben sie ... Wie kannst du das tun? Du wirst es nicht wirklich tun, Mischa, oder? Mischa?«

Von der Straße her, die hundert Meter weiter den Weg kreuzt, ertönt ein Geräusch. Sie wartet, atemlos, es sind zwei junge Männer, die sich nähern, lachend und mit Wodka abgefüllt, und sie gehen vorüber. Selbst wenn sich jemand die Mühe machte, in den dunklen Weg zu spähen, wäre es zu düster und der Schneefall zu dicht, als dass jemand sie sehen könnte. Und selbst wenn man sie sehen würde ... Mischas Arm liegt um ihre Taille, er drückt sie eng an sich, man würde denken, sie wären ein Liebespaar, nichts anderes.

»Ist Sascha draußen? Haben sie ihn gefasst?«

»Er ist draußen«, antwortet Mischa, fast mit einem Seufzen, und sie verspürt Erleichterung, denn sein Ton, seine Stimme sind so vertraut. »Und ich wünschte, du hättest es auch geschafft. Vielleicht hättest du es schaffen können, wenn du dich nicht ausgerechnet mir anvertraut hättest.«

Sie ist noch immer vollkommen verwirrt. »Wem sonst hätte ich ...? Du bist der Einzige, den ich kenne, Mischa, der Einzige, dem ich vertraue. Vertraut habe.« Sie stößt einen Laut aus, einen Laut der Bitterkeit.

»Sie wollen deinem Mann eine Lektion erteilen. Und dir. Sie sind wütend, Katja. Sehr wütend.«

Sie spürt Tränen in den Augenwinkeln, und sie schmerzen. Es ist, als ob sie zu Eis werden, bevor sie rinnen können, und sie verhöhnen ihre Trauer. »Also du oder ich, richtig?«, sagt sie. »Das ist die Wahl, vor die sie dich gestellt haben.«

»Ich habe versucht, dich rauszuhalten ... *Du* bist zu *mir* gekommen, stimmt's?«

»Du Schwein!«

»Halt den Mund!«

»Nein!« Plötzlich schluchzt sie. »Ich will nur hier raus und leben, Mischa. Alles andere interessiert mich nicht mehr. All das hier.«

Sie hört die Tränen in ihrer Stimme, und ihre Augen schwimmen in dem salzigen Wasser.

»Bitte, Mischa, wie kannst du sie gewinnen lassen? Nach allem, wofür wir gelebt und woran wir geglaubt haben.« Aber er tut, als höre er ihr nicht zu, das spürt sie. Das Atmen fällt ihr schwer, denn sie fürchtet, dass er es jeden Augenblick tun wird.

»Bitte töte mich nicht, Mischa, bitte nicht!« Sie löst sich ein wenig von ihm, nur so weit, wie er es zulässt. »Ich möchte nicht deinen Mantel riechen und ... deinen Geruch, wenn du mich tötest.«

Er fährt zusammen, und sie hat eine kurze Gnadenfrist. Einen Augenblick, um nachzudenken. Eine Sekunde, um an Sascha zu denken. Ihr kommt in den Sinn, dass heute einer der seltenen Tage ist, an denen sie sich nicht gesagt hat: »Katja, du könntest heute sterben. Du könntest heute getötet werden.« Sie ist immer darauf gefasst gewesen zu sterben – in der letzten Zeit wegen der Art ihrer Arbeit mehr denn je. Meistens kommt ihr der Gedanke eher früh am Tag, und sie hat es sich zur Pflicht gemacht, sich ganz darauf zu konzentrieren – manchmal stellt sie sich mögliche Todesarten vor, und manchmal denkt sie an ihren schmerzlichen Abschied von Sascha. Sie hütet diese Gedanken bewusst, denn sie sind wie eine Beschwörung, die verhindert, dass es tatsächlich eintritt. Aber sie erinnert sich nicht, heute an ihren Tod gedacht zu haben. Seit einigen Tagen schon ist sie in dieser Hinsicht nachlässig gewesen, hat sich von ihrer Aufgeregtheit und ihren Hoffnungen für das Leben, das auf sie und Sascha wartet, mitreißen lassen. Sie war so damit beschäftigt, sich ihr künftiges Leben mit Sascha auszumalen – weit weg von hier, ein Leben ohne Lügen und Verstellung, ein Leben in gegenseitiger

Liebe, ein Leben der Arbeit und des Glücks –, dass sie vergessen hat, sich das Schlimmste vorzustellen. Und das hat sie nun davon. Vielleicht ist doch etwas dran am Aberglauben. Vielleicht mögen es die Schicksalsgöttinnen nicht, wenn man sie für gegeben nimmt. Sie wischt sich mit dem Ärmel über Augen und Nase.

»Mischa, wie kannst du mich verraten? Und das, wofür wir gekämpft haben?«

»Halt den Mund. Hör auf zu reden.«

»Warum? Fühlst du dich etwa schuldig?« Sie holt aus, versetzt ihm einen Kinnhaken und versucht sich loszureißen, aber es ist unmöglich. Die Männer, die sie beobachten, rücken ein Stück näher, aber dann verpasst Mischa ihr eine schallende Ohrfeige. Sie schwankt einen Moment, doch dann strafft sie ihre schmalen Schultern und sieht ihn an. Ihr klingeln die Ohren von dem harten Schlag. Er versetzt ihr einen Stoß und dreht sie um, so dass sie mit dem Gesicht zur Wand steht, und tritt dicht hinter sie. Damit er ihr Gesicht nicht sehen muss, denkt sie. Sie kämpft gegen ein Wimmern an, das in ihrer Kehle aufsteigt, denn jetzt hat sie tatsächlich Todesangst, weil sie weiß, dass es geschehen muss. Sie versucht, nicht in Panik zu geraten, versucht, einzig an Alexander zu denken. Er schlägt ihr auf den Schädel und tritt ihr in die Kniekehlen, um sie in die Knie zu zwingen.

»Du verdammtes Arschloch! Wie kannst du das tun, Mischa? *Ich* bin es. Bitte, Mischa, lass mich gehen! Bitte. Ich will nicht so sterben.« Dieses jämmerliche Betteln wird ihn nicht erweichen, das weiß sie, aber sie kann nicht vernünftig denken, sie kann nicht aufhören zu weinen.

Sie bekommt keine Antwort, aber aus seinem Mund erklingt ein unmenschlicher Laut. Ist es Schmerz oder Zorn? Er stellt ihr den Fuß in den Nacken und tritt zu, mit überraschender Beherrschtheit, beinahe sanft, so dass ihr Gesicht fast in den feuchten Schnee gedrückt wird und sie den schmutzigen Asphalt riechen kann und den alten Urin, der seit Jahren in ihn eingesickert ist.

»Bringen wir die Sache hinter uns, Katja.« Es ist Schmerz, den sie in seiner Stimme hört.

»Ich muss noch eines sagen«, wendet sie weinend ein. »Ich bin schwanger, Mischa.«

Warum sie das gesagt hat, weiß sie nicht. Er wird sie nie gehen lassen, nur weil sie schwanger ist, aber es ist ihr den ganzen Tag über im Kopf herumgegangen. Sie hat sich darauf gefreut, es Sascha zu erzählen, wenn sie sich wiedersehen – den ganzen Nachmittag hat sie sich die Freude und die Aufregung in seinem Gesicht ausgemalt, wenn er es erfährt, und die Worte haben ihr auf der Zunge gelegen und nur darauf gewartet, ausgesprochen zu werden. Und nun hat sie sie ausgesprochen.

»Ich dachte immer, du wolltest keine Kinder.« Jetzt ist seine Stimme barsch. Er hat abgeschaltet und macht sich vor, es sei gar nicht Katja, die von seinem Stiefel auf diesem dreckigen Weg zu Boden gedrückt und von seiner Waffe in Schach gehalten wird.

Er hat recht. Sie ist trotz ihrer Vorsichtsmaßnahmen schwanger geworden, und sie hat immer Vorkehrungen getroffen, denn sie wollte nie ein Kind in diese Welt bringen, eine Welt, in der sie nur wenig Hoffnung sah. Und dann war da auch noch die nie verheilte Wunde – der Verlust ihrer Eltern. Sie hat immer um die Risiken ihrer Arbeit gewusst – es drohten Gefangenschaft und Tod –, und sie wollte nie, dass ihr Kind ohne Mutter aufwächst, dass es durchmacht, was sie selbst durchgemacht hat.

Als sie begriff, was die Übelkeit und ihr anschwellender Bauch bedeuteten, hatte sie sich in der nächtlichen Dunkelheit ihres Schlafzimmers heimlich eine Fehlgeburt herbeigewünscht. Aber das war vorher gewesen, vor ihrer Hoffnung, fliehen zu können. Vor der Vision eines Lebens mit Sascha an einem anderen Ort, wo es nur sie beide und das Baby geben würde – keine Wanzen, keine Kameras, niemand, der sie beobachtete, niemand, der sie ausspionierte. Ein Ort, an dem sie den Kommunismus offen bekämpfen konnten. Sie kann kaum glauben, was gerade geschieht.

Sie hasst sich dafür, dass sie dem Kind je den Tod gewünscht hat, und ist zornig auf sich, weil sie denkt, dass sie das Schicksal herausgefordert hat. Es ist irrational, aber sie ist davon überzeugt. Hier, auf diesem dreckigen kalten Weg hat sie die Möglichkeit bekommen, ihr winziges Baby sterben zu lassen, und sie selbst muss mit ihm zusammen sterben. Sie dreht den Kopf zur Seite und flüstert: »Mischa, bitte tu es nicht. Du kannst mir helfen. Ich will nicht, dass das Baby stirbt. Lass uns zusammen weggehen. Lass uns abhauen, jetzt gleich, du und ich. Wir gehen zusammen fort. Du willst nicht hierbleiben und den Rest deines Lebens für den KGB arbeiten. Komm mit mir. Wir werden zusammen glücklich sein. Wir schaffen es.«

Sie hält inne, und er ist immer noch hinter ihr. Sie spürt, wie er zögert, sie ist ganz sicher. Sie hat etwas in ihm berührt. Vielleicht hat auch er das Gefühl, dass er, selbst wenn die Chancen schlecht stehen, nichts zu verlieren hat. Vielleicht kann sie ihn überzeugen.

»Du und ich?«, sagt er leise.

Sie zögert. Irgendetwas kommt ihr falsch vor, aber ehe sie darüber nachdenken kann, spricht sie schon wieder in dem verzweifelten Versuch, ihre Chance zu nutzen. »Ja. Du und ich und Sascha – zusammen. Überleg doch mal.«

Er tritt fest zu, diesmal zwischen ihre Schulterblätter, und sie bekommt keine Luft mehr. Sie weiß sofort, wo sie den Fehler begangen hat. »*... und Sascha.*« Jetzt sieht sie es mit einer solchen Klarheit, als wäre ein Scheinwerfer auf ihn gerichtet. Er liebt sie. Jetzt sieht sie es, jetzt versteht sie endlich die verzweifelte Sehnsucht in manchem Blick, mancher Berührung, die sie geahnt, aber nicht beachtet hat. Und indem sie ihn daran erinnert hat, dass sie zu Alexander will, dass sie seinen besten Freund liebt, dass sie von ihm schwanger ist, hat sie soeben ihre letzte Chance, dem Tod zu entrinnen, verspielt.

Sie lässt sich auf den Knien nach vorn sinken, bis ihre Stirn den Boden berührt und wartet darauf, dass die Krämpfe nachlassen.

Der Tritt hat ihr vollkommen den Atem geraubt. Vielleicht ist es besser, wenn ich jetzt das Bewusstsein verliere, denkt sie, bevor er mich erschießt, aber instinktiv ringen ihre Lungen nach Luft. Wider Willen schluchzt sie auf. Sie will nach Hause. Sie hat Angst davor, so zu sterben, wie ihre Eltern, mit einer Kugel, die in ihrem Hirn explodiert, die sie und ihr Baby ausradiert, die Sascha mit dem Horror all dessen allein lässt. Es erscheint ihr zu hart, dass dieses schwarze Schicksal sie jetzt ereilen soll, wo sie doch dem Glück, das sie sich zusammen vorgestellt haben, so nah gekommen sind.

»Sascha«, flüstert sie. Sie stellt ihn sich in Gedanken vor, obwohl ihr der Kopf hämmert vor Angst. »Ich liebe dich, Sascha.«

Mischa schließt den Finger um den Abzug der Waffe. Das dauert alles viel zu lange. Er ist kurz versucht, sie hochzuziehen und zu küssen, um endlich zu wissen, wie es sich anfühlt, ihre Lippen auf seinen zu spüren, ihren warmen Mund, ihre warme Zunge mit seiner zu schmecken, zu kosten, was Alexander die ganze Zeit genossen hat, als wäre es selbstverständlich. Aber das würde es nur noch schwerer machen, als es ohnehin schon ist. Er schließt die Augen und konzentriert sich auf die Schwärze, die er vor sich hat. Er sperrt das Sehen aus, sperrt das Denken aus, sperrt alle Wahrnehmung aus, doch von irgendwoher erklingt ein Summen. Sein rechtes Ohr summt – vermutlich von Katjas Hieb. Mischa hält die Augen noch einen Moment länger fest geschlossen und stellt sich vor, das Summen, das er hört, sei das ferne Geräusch eines Flugzeugs. Er stellt sich vor, wie es in gerader Linie über den Horizont fliegt. Wie er als kleiner Junge Flugzeuge geliebt hat! Der kleine Mischa. Der alte Zeitungsausschnitte von den ersten heldenhaften Sowjetpiloten gesammelt hat. Fotos von ihnen in ihren wunderschönen Flugzeugen, Fotos von ihnen, wie sie den Genossen Stalin treffen. Mit seinen Schulkameraden hat er sie an Nationalfeiertagen über den Roten Platz fliegen sehen, hat gesehen, wie ihr Führer ihnen unter den begeisterten Jubelrufen salutiert hat. Das war alles, was er je hatte tun wollen, als er jung war. In ein Cockpit klettern, bejubelt von der bewundernden Menge, und in den grauen Himmel hinauffliegen, fort aus der Stadt und über die Wolken hinaus, wo der Himmel, wie sein Vater ihm versichert hatte, immer blau war.

Er öffnet die Augen und schaut auf ihren Scheitel. Sein Blick ist jetzt fest und kühl, und er weiß, dass er im Kopf die Grenze überschritten hat, so dass sie ihm nun keine Probleme mehr bereiten wird. Ohne einen weiteren Moment zu zögern, drückt er den Abzug durch, ein Mal, zwei Mal, und tritt ungerührt zurück, als sie vornübersinkt.

## Kapitel 21

*Boston, Februar 2001*

Keine von ihnen spricht viel auf dem Heimweg vom Flughafen. Während der langen Rückreise waren sie abwechselnd niedergeschlagen und aufgewühlt. Sie haben über Mischas Geständnis gesprochen, haben seine Worte gedreht und gewendet, die Fakten und die sie begleitenden Gefühle von allen Seiten betrachtet. Jetzt, auf dem letzten Stück ihrer Heimreise, ist es, als wäre ihnen all die künstliche nervöse Energie entzogen worden. Vor allem Lauren ist angespannt und besorgt. Jede Meile auf dem Highway bringt sie Alexander näher, und sie weiß nicht, wie sie ihm erzählen soll, was sie und Melissa in Erfahrung gebracht haben.

»Ich habe das Gefühl, wir sind monatelang fortgewesen«, sagt Melissa.

»Vermisst du dein Büro?«, fragt Lauren.

»Klar, aber das meine ich nicht. Ich habe mich schnell an Moskau gewöhnt. Bin ganz eingetaucht. Genau wie in Katjas Leben. Ich glaube, ich stehe immer noch unter Schock.«

Lauren nickt. »Ich weiß.«

Sie verlassen den Highway und biegen in das Gewirr kleiner Straßen ein, das sie direkt in ihr Viertel führt.

»Möchtest du mit uns zu Abend essen? Ich kann so gut wie garantieren, dass Onkel Alex mit einem eindrucksvollen Mahl aufwarten wird.«

»Da bin ich sicher. Aber es ist schon spät. Und ich glaube, du machst das besser allein, oder?«

»Ja.«

Melissa biegt in Alexanders Straße ein und hält vor dem Haus. Sie steigt aus und hilft Lauren mit ihrem Gepäck die Eingangsstufen hinauf. Als sie ihr die letzte Tasche reicht, berühren sich ihre Hände. Melissa schlingt ihre Finger um Laurens und küsst sie auf die Wange. »Viel Glück«, sagt sie. »Ruf mich nachher an und erzähl mir, wie die Dinge stehen.«

Noch ehe sie fort ist, hat Alexander schon die Tür geöffnet und seine Nichte in die Arme geschlossen. Er winkt Melissa zu und hilft Lauren, ihr Gepäck ins Haus zu schaffen. »Wunderbar, dass du zurück bist! Das Essen ist fertig. Etwas Leichtes.«

»Riecht köstlich.«

Sie folgt ihm in die Küche, wo er sich voller Energie zu schaffen macht.

Als er sie anschaut, betrachtet sie ihn mitfühlend – oder mitleidig? Irgendetwas an ihren Augen lässt eine düstere Vorahnung in ihm keimen, und als sie ihn fragt, ob sie vor dem Essen noch kurz duschen kann, ist er beinahe froh, ein paar Minuten für sich zu haben, jetzt wo die freudige Aufregung über ihre Rückkehr einer nervösen Spannung weicht – Neugier, was sie herausgefunden haben mag.

»Geh nur«, sagt er zu ihr. »Ich brauche ohnehin noch ein paar

Minuten fürs Essen. Und dann möchte ich von Moskau hören.«

Sie lächelt. Sie spürt, welche Mühe es ihn kostet, so zu tun, als sei er nur vage interessiert. Er wischt sich die Hände an einem Küchentuch ab. »Geh. Und dann kommst du und erzählst mir alles.«

»Das Zentrum von Moskau sieht mehr und mehr wie jede x-beliebige amerikanische Großstadt aus«, erzählt Lauren beim Essen. »Die Werbung, die Coffeeshops, all das. Zumindest an einigen Orten.«

»Und der Rest?«

»Der Rest sieht immer noch so aus wie in meiner Vorstellung. Wie der Ort, an dem ich mir dich und dein Leben immer vorgestellt habe. Eindrucksvolle Gebäude, die Kirchen, an denen man vorüberkommt, in denen Leute im Sprechgesang beten, die alten *babuschkas* an den Straßenecken, die klotzigen grauen Sowjetbauten. Die Türme des Kreml. Eine merkwürdige Kombination.«

»Du siehst das in viel zu romantischem Licht.«

»Vielleicht. Ich kann es nicht ändern.«

Alexander schiebt seinen Teller von sich. Er hat weniger als die Hälfte seiner Portion gegessen, stellt Lauren fest. »Wie geht es dir, Onkel Alex?«

»Gut.«

»Und Estelle?«

Jetzt weicht er ihrem Blick aus und steht auf, um ihr noch eine Portion Salat auf den Teller zu tun. »Ich weiß es nicht. Ich habe sie am Tag nach eurer Abreise das letzte Mal gesehen. Vor fast einer Woche. Wir haben uns *My Fair Lady* angeguckt. Du solltest es dir auch ansehen.«

»Erzähl mir – was ist passiert?«

Er setzt sich wieder. Ihrer Aufmerksamkeit ist nicht zu entrinnen. »Nichts, im Grunde. Ohne wirklich konkret darüber zu sprechen, hat sie mir klargemacht, dass sie kein Interesse an einer näheren Beziehung zu mir hat. Nicht an einer Beziehung, die ihrem Mann gegen den Strich gehen könnte.«

»Hat dich das überrascht?«

»Nein ...« Er verstummt und hofft, dass es ihm erspart bleibt, mehr zu erzählen, aber Lauren wartet darauf, dass er fortfährt. »Ich schätze, ich hatte mir wohl mehr erhofft. Also hielt ich es für besser, wenn wir uns gar nicht mehr sehen.«

»Wie findet sie das?«

»Das weiß ich nicht. Ich habe vor knapp einer Woche eine kurze Nachricht von ihr erhalten, in der es hieß, dass sie für ein paar Wochen verreisen würde. Allein. Um Klarheit zu gewinnen – um über die Dinge nachzudenken.«

»Über welche Dinge?«

»Ich habe keine Ahnung. Sie möchte schreiben, weißt du«, fügt er voller Wärme hinzu, »aber sie scheint irgendwie Angst vor ihrem Mann zu haben und vor seinem Urteil.«

»Vor dem Professor?«

Alexander nickt. »Ich glaube, sie kann ihn nicht einmal sonderlich gut leiden. Vielleicht liebt sie ihn, aus Gewohnheit oder aus Pflichtgefühl, aber von Leidenschaft ist da keine Spur.«

»Leidenschaft? Ist das nicht zu viel verlangt nach vierzig Jahren?«

Alexander fixiert sie mit einem Blick voller Ärger und Trauer. »Ich denke nicht.«

Sie schweigt. Sie fühlt mit ihm und weiß nicht, was sie sagen soll.

»Was hat das Leben ohne Leidenschaft für einen Sinn?«, fragt er, und sein Ton ist noch immer gefühlsmäßig aufgeladen. Sie nickt – sie möchte ihn beschwichtigen, möchte ihn verstehen.

»Und Mischa«, sagt er dann plötzlich. »Erzähl – habt ihr ihn ausfindig gemacht?«

»Ja«, antwortet sie mit gesenktem Blick. »Das haben wir.«

Es ist schon fast Mitternacht, als Lauren beim Nachtisch – Schokoladenkuchen – die Einzelheiten ihrer Reise erzählt – angefangen damit, wie der Detektiv Mischa gefunden hat, dann ihr Besuch bei ihm in seiner Wohnung. Sie beeilt sich nicht, denn sie möchte sich Zeit lassen und ihren Onkel beim Erzählen langsam mitnehmen, bevor sie ihn mit dem Ende der Geschichte konfrontiert. Es fällt ihr leicht, denn trotz Alexanders früherer Beteuerungen, dass Russland und die Einzelheiten der Geschichte ihn nicht interessieren, ist er begierig auf Fakten und Beschreibungen und möchte ihre Eindrücke genauestens geschildert bekommen. Er will wissen, wie Mischa aussieht, wie er sich verhalten hat – hat er sich seinen Sinn für Humor bewahrt? Wie ist seine Wohnung? All diese Fragen beantwortet Lauren, und mit dem Sinn der Malerin für Details und Nuancen kann sie ihren Onkel zufriedenstellen.

»Du hast also nichts von ihm erfahren?«

Lauren entgeht die unterschwellige Enttäuschung in seiner Stimme nicht, und ihr wird unwohl. Natürlich hat er in seinem tiefsten Inneren gehofft, dass wir etwas herausfinden, denkt sie; natürlich hat er insgeheim immer alles über Katja wissen, jedes noch so kleine Bruchstück erfahren wollen. Dass sie ihm jetzt eine Menge zu erzählen hat, macht es ihr nicht leichter. Bei all den möglichen Varianten, die sie sich ausgemalt hat, hat sie sich nicht im Traum vorgestellt, dass die Geschichte, die sie aufgedeckt hat, so schwer zu erzählen sein könnte.

»Anfangs haben wir überhaupt nichts von ihm erfahren. Er war uns gegenüber richtig feindselig eingestellt. Melissa ist das noch mehr aufgefallen als mir – sie wusste instinktiv, dass er mit seinem schroffen Benehmen etwas verbergen wollte. Ich meine, ich bin da bei ihm angetanzt in der Erwartung, wie eine langverlorene Prinzessin empfangen zu werden. Die Nichte seines besten Freundes und so. Aber er hat uns auflaufen lassen. Hat uns praktisch rausgeworfen.«

»Wie seltsam«, bemerkt Alexander. Lauren stimmt ihm zu und fährt dann rasch fort. Sie erzählt, wie sie Mischa den Brief dagelassen hat und das Tuscheporträt von Katja – die Skizze für das Porträt, das sie Alexander geschenkt hat. Bei diesen Worten steht Alexander auf.

»Komm, lass uns das im Wohnzimmer fortsetzen. Ich muss dir etwas zeigen.«

Sie folgt seinen sorgsam tappenden Schritten aus der Küche – er hat nicht einmal die Teller abgeräumt, was äußerst ungewöhnlich ist.

Die Vorhänge im Wohnzimmer sind noch nicht zugezogen; die Schwärze der Nacht lauert hinter den Fenstern. Und dort hängt das Porträt von Katja, an der großen Wand zur Linken. Obwohl das Format des Bildes für die Wand perfekt ist, dominiert die Porträtierte den ganzen Raum, denkt Lauren.

»Was meinst du?«

Sie lächelt. »Es ist ein guter Platz für das Bild. Aber wird dir das nicht zu viel?«

Er schüttelt den Kopf. Auch er hat sich Gedanken darüber gemacht – deshalb hat er Wochen gebraucht, um es aufzuhängen. »Sie war für sehr lange Zeit der wichtigste Mensch in meinem Leben«, antwortet er. »Ich wollte mich davor nicht länger fürchten.«

Der schlichte Satz bringt Lauren fast zum Weinen, und sie geht zu den Fenstern hinüber, um die Vorhänge zuzuziehen – eine Aufgabe, die ihr einen Moment Zeit verschafft, sich wieder zu sammeln. Sie hat noch sehr viel mehr durchzustehen an diesem Abend.

Sie setzen sich zusammen vor den Kamin, und Lauren sieht ihrem Onkel zu, wie er sich bückt und das säuberlich aufgeschichtete Holz anzündet. Er ist schlank, und seine Bewegungen sind stets effizient. »Ihr habt ihn also ein zweites Mal aufgesucht?«, fragt Alexander sie über die Schulter.

»Nein. Ich hatte nicht damit gerechnet, ihm noch einmal zu begegnen. Aber dann, am Tag unserer Abreise – also heute Morgen im Grunde – ist etwas Seltsames passiert.«

War das wirklich erst heute Morgen?, fragt sie sich. Die Müdigkeit des langen Reisetages ist wie weggewischt von den gefühlsmäßigen Turbulenzen, die die Erinnerung an das morgendliche Treffen mit Mischa auslösen. Alexander beobachtet sie, geduldig, ruhig. Er fühlt sich vom Strom der Ereignisse mitgenommen, aber es ist kein unangenehmes Gefühl. Nicht wenn er gelassen und zuversichtlich bleibt, so wie im Augenblick. Vielleicht ist seine Gelassenheit nur oberflächlich. Vielleicht ist sie ein Zeichen dafür, dass er seinen Frieden gemacht hat mit dem, was Lauren getan hat. Wie auch immer, er wartet ruhig ab, dass sie fortfährt. Sie legt ihre Hand auf seine. Dann lehnt sie sich zurück und erzählt ihm, wie Melissa Mischa dabei erwischt hat, als er im Hotel etwas für sie, Lauren, abgegeben hat und wie sie ihn daran gehindert hat zu gehen.

»Was hat er abgegeben?«, fragt Alexander.

»Darauf komme ich gleich«, antwortet Lauren.

Sie fährt fort und beschreibt ausführlich Mischas Reaktion auf ihre Ähnlichkeit mit Katja. Melissa hat ihr erzählt, dass er Lauren nicht hatte wiedersehen wollen, dass er es nicht ertragen konnte und dass ihr Auftauchen im Restaurant sein Geständnis ausgelöst hat.

»Sein Geständnis?« Alexander richtet sich auf, und nun hat seine oberflächliche Ruhe Risse bekommen: Sie zerbirst wie eine dünne, kaum gefrorene Schicht Eis auf einer Pfütze.

»Er hat uns erzählt, dass er die ganze Zeit gewusst hat, dass Katja für die Amerikaner arbeitete. Weil er mit ihr zusammengearbeitet hat.«

Ein kurzes Schweigen entsteht, während Alexander diese Neuigkeit verdaut. Er ist offenkundig fassungslos. »Mischa hat für die Amerikaner gearbeitet?«

Sie nickt. »Er war jahrelang Katjas Verbindungsmann. Er war sogar derjenige, der sie angeworben hat. Sie haben eng zusammengearbeitet. Er hat meistens sie dazu benutzt, Forschungsergebnisse aus dem Institut für Luftfahrt, zu denen er Zugang hatte, weiterzugeben.«

»Ich fasse es nicht! Das kann doch nicht wahr sein!«

»Es ist wahr. Sie haben ihn anscheinend schon während des Studiums angeworben.«

Sie wartet und lässt ihm Zeit, diesen Gedanken sich setzen zu lassen.

Ihr Onkel runzelt die Stirn, denkt nach, zieht Schlussfolgerungen. »Also wusste er von ihrem Plan, das Land zu verlassen? Hat er versucht, ihr zu helfen?«

Lauren merkt, dass sie die Lippen aufeinanderpresst, als könne sie auf diese Weise verhindern, die Worte auszusprechen, die ausgesprochen werden müssen. »Sie hat es ihm erzählt. Nachdem du fort warst. Sie hatte es zeitlich ziemlich genau geplant – nur wenige Minuten, nachdem du übergelaufen warst.«

»Sie wusste, dass ich es geschafft hatte?«

»Nicht hundertprozentig. Sie hat es gehofft. Jedenfalls hat sie bis dahin niemandem gegenüber ein Wort verlauten lassen, sagt er. Nicht einmal ihm gegenüber. Sie wollte so sichergehen wie irgend möglich, dass du in Sicherheit warst. Aber dann brauchte sie seine Hilfe. Und sie hat ihm erzählt, dass die Regierung oder der KGB jemanden geschnappt hatte und dass sie Angst hatte, dass diese Person reden und Mischa und sie verraten würde.«

Alexander nickt. »Deshalb bin ich so schnell abgereist. Die Gelegenheit war da, und wir mussten sie ergreifen. Andernfalls hätten sie Katja entlarvt.«

»Ja, das hätten sie. Sie hätten euch beide gekriegt, Onkel Alex. Das weißt du, nicht wahr?«

Dass sie sich bemüht, ihn zu beruhigen, indem sie diesen Punkt herausstellt, alarmiert ihn augenblicklich. Sein Magen verkrampft sich – was mag sie ihm noch zu erzählen haben? Doch so sehr er sich auch bemüht, er findet keinen Ausweg aus dem Labyrinth seiner Ahnungen, seiner Vermutungen darüber, was geschehen sein könnte. Er beugt sich in seinem Sessel vor, umklammert sein Weinglas und wartet bang auf ihre nächsten Worte.

»Onkel Alex – er war es.«

»Was?«

»Es war Mischa, den sie geschnappt haben.«

Ferne Möglichkeiten beginnen in seinen Gedanken Gestalt anzunehmen, aber noch kann er ihre Bedeutung nicht ermessen. Furcht keimt in ihm auf wie eine kleine scharfschmeckende Stelle in seiner Kehle, aber er kann keinen Grund dafür ausmachen. »Aber am Abend vor meiner Abreise war Mischa mit uns zusammen. Wir haben bei meinen Eltern gegessen, das weiß ich noch ganz genau. Wie können sie ihn gefasst haben?«

»Sie haben ihn gehen lassen.«

»Warum?«

»Begreifst du es denn nicht, Onkel Alex? Er hat die Seiten gewechselt. Um sich zu schützen. Er ist ein Doppelagent geworden.«

Er sagt nichts; sein Mund ist ein schmaler Strich, während er diese Enthüllung überdenkt. »Natürlich«, sagt er leise. »Natürlich.«

Sie steht auf, tritt zu ihm und hockt sich auf die Armlehne seines Sessels. Nimmt ihm das Weinglas aus der Hand und stellt es neben ihres auf den Tisch. Ihre Hand liegt auf seinem Rücken, und voller Bitterkeit erinnert sie sich an Mischas knochige Schultern, als sie ihn vor noch nicht allzu langer Zeit auf ähnliche Weise getröstet hat.

Alexander kann kaum sprechen, aber er muss in Worte fassen, was ihm im Kopf herumgeht. »Mischa hat Katja verraten?«, bringt er in heiserem Flüsterton hervor.

Sie drückt ihren Onkel fest an sich und zieht seinen Kopf an ihre Schulter, als wolle sie ihn in einen Kokon einspinnen, ihn vor ihren nächsten Worten in Schutz nehmen.

»Onkel Alex, er hat den Abzug betätigt.«

Er reagiert nicht. Es ist, als hätte sie Chinesisch gesprochen. Er sieht sie mit großen Augen an, vertrauensvoll, wie um sie dazu zu bewegen, zurückzunehmen, was sie gerade gesagt hat.

Lauren weint, sie kann nicht anders. »Onkel Alex, er selbst hat sie erschossen.«

»Nein ...« ist alles, was er herausbringt, und dann folgt ein Moment absoluter Stille im Zimmer. Nichts existiert mehr – kein Leben, kein Atmen, kein Laut, keine Bewegung. Und dann beginnen die Schultern unter ihren Händen zu beben.

»O Gott, Onkel Alex, es tut mir so leid. Ich dachte, du solltest es wissen. Ich dachte, ich müsste es dir erzählen.«

Sie drückt ihn fest an sich, während er weint. Sie ist hilflos angesichts seines Schmerzes und hat keine Ahnung, was sie tun soll. Zu ihrer Erleichterung werden seine Schultern nach einigen Minuten ruhiger, und dann sitzt er unter ihren Händen still da und sammelt sich. Als er sich schließlich regt, lässt sie ihn los. Er holt ein Taschentuch hervor. Sie steht auf und schürt das Feuer; sie wartet, bis er sich die Augen getrocknet und die Nase geputzt hat.

»Bist du sicher, dass das stimmt? Hat er selbst dir das erzählt?«

Sie nickt. »Es tut mir so leid, Onkel Alex.«

»Wie konnte er?«

»Ich weiß es nicht«, sagt sie. »Ich weiß es nicht.«

Wieder sitzt er ganz still da. Es ist, als ob alles Leben aus ihm gewichen wäre.

»Es tut mir leid«, wiederholt sie. »Es tut mir leid, dir das erzählen zu müssen.« Sie möchte etwas tun, um ihm zu helfen, egal was, auch wenn er nicht zu trösten ist, und so bietet sie ihm an, ihm ein Glas Wasser zu holen. Er nickt, aber sie zögert, denn sein

Atem ist zu kurz, seine Brust hebt und senkt sich zu schnell. Er nickt wieder, und sie eilt in die Küche.

In der kühlen Dunkelheit öffnet sie den Kühlschrank, und der Lichtschein fällt auf ihr Gesicht. Als sie nach einer Flasche Wasser greift, hört sie ein Geräusch. Sie hält inne, hebt den Kopf, lauscht. Das Geräusch wiederholt sich. Ein Krachen, etwas ist zerscheppert. Dann noch einmal. Sie rennt zurück, die Flasche in der Hand, und reißt die Wohnzimmertür auf.

Da steht er, fast keuchend, eine kleine Vase in der erhobenen Hand. Es scheint, als sei sie der einzige zerbrechliche Gegenstand im Wohnzimmer, der heilgeblieben ist. Lauren wirft die Flasche aufs Sofa, geht zu ihm, nimmt ihm die Vase aus der Hand und legt den Arm um ihn. Er setzt sich und schlägt die Hände vors Gesicht.

»Wie konnte er? Wir waren die besten Freunde, die man sich denken kann. Wie konnte er?«

»Es tut mir so leid, Onkel Alex.« Unter ihren Füßen sind Glasscherben. Sie ist ein wenig verängstigt, denn sie hat ihn noch nie auch nur im Entferntesten gewalttätig erlebt, und sie hat keine Ahnung, wie sie den Teil in ihm erreichen kann, der so verletzt ist, dass er nicht sprechen, nur handeln kann.

»Das braucht es nicht. Ich möchte in meinem ganzen Leben nie wieder ein Geheimnis oder eine unbeantwortete Frage haben.« Er schreit jetzt. »Verstehst du? Egal, wie schlimm es ist, es ist besser als Lügen.«

Sie murmelt beschwichtigende Worte, aber er hört sie nicht. Seine Augen sind überall, schießen wild umher. »Ich muss ihn töten. Ich kann nicht anders. Um Katjas willen. Und um meinetwillen. Ich will, dass er weiß, was sie empfunden haben muss, als er die Waffe auf sie angelegt hat, das Schwein. Ich möchte, dass er mich um Vergebung anfleht, dafür, dass er sie mir genommen hat. Dass er ihr das Leben genommen hat, wo sie noch so jung war. Wie konnte er das tun?« Tränen des Zorns und der Hilflosigkeit rinnen ihm über die Wangen. »Sie hatte ihr Leben doch noch vor sich, Lauren. Wir beide hatten unser Leben noch vor uns. Er hätte uns helfen können.«

Er seufzt schwer, ein Mal, zwei Mal, und sie spürt, dass sein Zorn sich fürs Erste erschöpft hat. Allein schon körperlich kann er nicht weitermachen, ohne sich einen Herzanfall einzuhandeln. Sie setzt sich neben ihn und hält ihn, versucht ihn zu beruhigen. Sie weiß nicht, wie sie mit der Geschichte fortfahren soll, obwohl es ja noch mehr zu erzählen gibt. Doch kann sie den letzten Teil wirklich auf später verschieben?

»Sie fehlt mir so sehr, Lauren«, flüstert er. »Meine arme Katjuschka. Was für eine Art zu sterben.«

Sie nimmt die letzten Worte als Zeichen dafür, dass sie sofort mit dem Rest fortfahren muss. Sie vergewissert sich, dass er ruhiger ist, dann verlässt sie das Zimmer und kehrt gleich darauf mit dem kleinen leichten Koffer in der Hand zurück. Sie geht zu ihm und stellt den Koffer vor ihn hin. »Erkennst du ihn wieder?«

Er schüttelt den Kopf.

»Mischa sagt, man hätte ihm keine andere Wahl gelassen, als sie zu erschießen, und sie hätte ihm keine andere Wahl gelassen, als sie sich ihm anvertraut hat. Aber er sagt, dass er seitdem von Schuldgefühlen aufgefressen wird ...«

Seine Stimme ist wütend. »Er hätte ihr helfen können. Er hätte mir ihr zusammen fliehen können. Er war unser *Freund*, Lauren.«

»Ich weiß.«

»Ich bin froh, dass ich nicht mitgefahren bin. Ich hätte ihn umgebracht.«

»Falls es dir ein Trost ist: Er säuft sich schon seit Jahren zu Tode. Um zu vergessen, was er getan hat, glaube ich. Er hat nicht mehr lange zu leben. Ihm bleiben höchstens noch ein paar Monate. Ich glaube, deshalb hat er mir das hier gegeben.«

Sie hebt den Koffer hoch und legt ihn sich auf den Schoß. Sie beobachtet, wie sich das Verstehen langsam auf seinem Gesicht abzeichnet. Ein Schatten gleitet über seine Züge, wie die dunkle Spiegelung eines tiefen Schmerzes.

»Das ist doch nicht ihr Koffer?«, flüstert er und weist mit dem Kopf darauf.

»Doch.«

Er greift mit zitternden Händen danach, und sie legt ihm den Koffer sachte auf den Schoß. »Sie hatte ihn bei sich, als sie ... Sie hatte alles für ihre Flucht gepackt. Er hat ihr erzählt, er brächte sie zu einem sicheren Unterschlupf.«

Das Klicken des Schnappschlosses klingt überlaut in dem stillen Zimmer. Alexander hebt langsam den Deckel. Oben auf einem kleinen Bündel Kleider liegt eine Fotografie in einem angelaufenen Silberrahmen. Er nimmt sie in die Hand und betrachtet sie. Dann stellt er sie vor Lauren auf den Tisch. »Ihre Eltern. Deine Großeltern.«

Sie widersteht dem Impuls, das Bild zu nehmen und zu betrachten. Dazu ist später noch Zeit. Sie wirft einen respektvollen Blick auf das Foto und widmet sich dann wieder ihrem Onkel. Er hat einen vergilbten versiegelten Umschlag in der Hand, der unter dem Bild gelegen hat.

»Sie hat Mischa den Brief gegeben«, sagt Lauren, »damit er ihn dir gibt, falls ihr etwas zustoßen sollte. Er hat ihn weggepackt, nachdem ... nachdem sie tot war und hat den Koffer seither nie wieder geöffnet. Er hat gesagt, er hätte es nicht ausgehalten, den Koffer zu sehen, aber wegwerfen konnte er ihn auch nicht. Er hat gesagt, den Koffer im Haus zu haben, zu wissen, dass er da war, sei in den vergangenen Jahrzehnten seine Strafe gewesen.«

»Es gibt keine Strafe, die hart genug für ihn wäre«, sagt Alexander heftig. Er hält den Brief in den Händen, streicht mit den Fingern darüber, streichelt ihn und sieht dabei so ernst und kummervoll aus, dass Lauren es kaum erträgt. Dann hebt er den Brief schließlich hoch und hält ihn ihr hin.

»Sollen wir ihn für später aufheben?«, fragt sie. »Du hast für heute schon genug durchgemacht.«

»Bitte öffne ihn«, sagt er. Sie reißt den Umschlag auf und zieht den dünnen Briefbogen heraus. Er knistert leise, als sie ihn auffaltet. Dann reicht sie ihn ihrem Onkel. »Es ist auf Russisch«, sagt sie überflüssigerweise.

Er nickt und beginnt zu lesen.

*Sascha, mein Liebling!*

*Wenn Du das hier liest, werde ich nicht bei Dir sein. Vielleicht bin ich im Gefängnis. Wahrscheinlich bin ich tot. Allein der Gedanke daran treibt mir die Tränen in die Augen. Glaub mir, Sascha, bevor ich Dir begegnet bin, habe ich kaum jemals geweint. Ich konnte und wollte es nicht. Nach dem, was mit meinen Eltern passiert ist, habe ich mich von nichts und niemanden mehr so tief berühren lassen. Und nun sitze ich hier und die Tränen fallen aufs Papier, wenn ich nur daran denke, wir könnten nicht den Rest unseres Lebens zusammensein. Was hast Du nur mit mir gemacht?!*
*Ich werde es Dir sagen. Du hast mich wieder zum Leben erweckt. Zu einem echten Menschen werden lassen, der keine Angst hat zu lieben, wütend zu sein, sich zu fürchten. Alle drei Empfindungen verspüre ich fast in jedem Augenblick. Aber die Wut bestimmt nicht länger mein ganzes Leben. Die Angst bezieht sich allein darauf, dass Du oder ich vielleicht nicht hier rauskommen und einen Ort finden, an dem wir gemeinsam in Freiheit leben und allen erzählen können, was in unserem Land geschehen ist – laut und ohne zum Schweigen gebracht zu werden.*
*Was mich zu einer weiteren Sache führt, die ich Dir sagen möchte. Wenn mir etwas zustößt, Sascha, dann lass nicht zu, dass es Dein Leben zerstört. Leb Dein Leben weiter, als ob*

*wir bei Dir wären. Hast Du dies verstanden? »Wir.« Ich bin schwanger, mein Liebling, und voller Hoffnung für unser Baby. Ich werde meine Eltern immer bewundern, aber ihre Ehrlichkeit hat mich zur Waisen gemacht – es war eine schwere Kindheit, und ich bin froh, dass wir alles unternehmen, damit unser Kind das nicht durchmachen muss. Ich bin so glücklich, dass wir versuchen, das Land zu verlassen. Ich liebe Dich und lebe in dem Gedanken, wieder bei Dir zu sein. Sollte es jedoch nicht so kommen, dann sollst Du um meinetwillen das Leben leben, von dem wir geträumt haben.*

*Für immer Deine Katja*

Sie glaubt, dass er mit dem Lesen fertig ist, aber sie weiß es nicht genau. Sie hält die Luft an, um auch nicht das kleinste Geräusch, die kleinste Bewegung zu machen. Das Kaminfeuer knackt wie ferner Gefechtslärm in der sie umgebenden Stille. Sein Kopf ist noch immer gesenkt. Irgendetwas wird jetzt gleich geschehen, spürt sie, und als sie sich anschickt, sich ihm zuzuwenden, gibt er einen Laut von sich, der weder menschlich noch tierisch ist, ein Laut, der seinem innersten Kern entrissen ist. Der Brief fällt in den Koffer zurück, und seine Hände greifen nach den Kleidern darin, holen sie heraus, und er presst sie an sein Gesicht, und schluchzend versucht er, den Duft seiner toten Frau zu atmen. Er schaukelt vor und zurück, die Kleider noch immer an sich gepresst, die Arme schutzsuchend um Kopf und Ohren geschlungen. Solche Laute, wie er sie ausstößt, hat sie noch nie gehört und möchte sie auch nie wieder hören – eine Mischung aus Schmerz, purer Traurigkeit und einer tiefen Wut, die wirklich nachzuempfinden unvorstellbar ist. Sie sitzt da wie gelähmt, auf der Kante ihres Sessels. Sie kann ihn nicht trösten, und so sieht sie hilflos zu, wie ihr Onkel vor ihren Augen zusammenbricht.

## Kapitel 22

*Im Süden von Boston, 1960*

Juris Frau behauptet, der Fischgeruch – auch der des eingelegten, den sie vorrätig haben – mache sie ganz benommen. All der Essigdunst in der Luft steige ihr zu Kopf, klagt sie. Juri und Alexander lachen und ziehen sie deswegen auf. Heute ist ihre Tirade besonders laut und maulig – für ihren Mann eine Herausforderung. Juri schnappt sich einen eingelegten Hering und jagt sie damit durch den ganzen Laden, um den großen Tisch in der Mitte, der mit Kerzen und Konserven beladen ist, am Süßwarenstand vorbei und hinter der Fleisch- und Käsetheke entlang. Kreischend und lachend läuft sie vor ihm davon, erreicht schließlich die Ladentür und stößt sie mit solcher Wucht auf, dass die Ladenglocke volle zehn Sekunden lang anschlägt. Sie verschwindet die Straße hinunter und wird vermutlich die nächsten zwei Stunden nicht zurückkommen. Sie wird weiterlaufen und ihre Freundin Lulu besuchen, die in dem Frisiersalon eine Straße weiter arbeitet.

Juri kehrt in den Laden zurück, nachdem er seiner Frau nachgeblickt hat, und Alexander öffnet das große Holzfass, damit Juri den Fisch zurückwerfen kann. »Warum ärgerst du sie so?«, fragt er.

»Das tut ihr gut. Und überhaupt – ihr gefällt's. Frauen mögen starke Männer, die sie ein bisschen auf Trab halten.«

»Indem sie sie mit eingelegten Heringen verfolgen?«

»Ist doch egal«, antwortet Juri achselzuckend. »Ihr gefällt's. Und es liefert ihr einen Vorwand, aus dem Laden fortzulaufen, den sie sowieso nicht mag, und bei ihrer Freundin zu hocken und zu tratschen.«

Es stimmt – sie lässt sich nicht gern an den Laden fesseln. Sie ist jung und rastlos und Juri keine große Hilfe, der das längst begriffen und es aufgegeben hat, sie ändern zu wollen. Aus dem

Grund ist er umso dankbarer, Alexander zu haben: Sein Schwager ist sauber und gewissenhaft, und er arbeitet hart. Er ist, denkt Juri, immer bestrebt, sich nützlich zu machen und darauf bedacht, ihnen nicht zur Last zu fallen – als ob der Mann seiner Schwester das könnte. Der Mann seiner toten Schwester. Juri wischt den Tresen ab und denkt an den Tag zurück, als Alexander bei ihnen aufgetaucht ist. Juri wusste sofort, dass dieser Mann, dem er nie zuvor begegnet war, seine Schwester Katja sehr geliebt hat. Er hatte die Tiefe seiner Liebe begriffen, denn hinter den höflichen Worten seines Schwagers, seinem ernsten Tonfall und seiner schlichten Erscheinung hatte er seine Augen gesehen, und wenn man in diese Augen sah, dann sah man in die klaren, blicklosen Augen eines toten Mannes. Alexander, das begriff er auf der Stelle, war ein Mann, für den das Leben vorbei war.

In den Monaten, die seiner Flucht folgten, war Alexander von der amerikanischen Regierung durchleuchtet, befragt und schließlich beglückwünscht worden. Er bekam Papiere, und er lehnte das Angebot – dem mächtig Nachdruck verliehen wurde – ab, weiter für die Regierung zu arbeiten, und dann war er frei, sein neues Leben zu leben – hätte er denn eines besessen. Juri hatte bereitwillig dafür gesorgt, dass er etwas zum Anziehen und zu essen hatte, und er hatte ihm Arbeit in seinem Laden verschafft, denn trotz seiner Verzweiflung war Alexander willens, zumindest so zu tun, als lebe er sein Leben. Juri beschloss, ihm so gut er konnte zu helfen. Er ist Alexander dankbar, dass er seine Schwester geliebt hat. Trotz seiner eigenen Trauer über ihren Tod ist er froh, dass sie Glück und Liebe gefunden hat, wenn auch nur für kurze Zeit. Sie war ein empfindsames Kind, sehr gefühlvoll, und hat unter dem Tod ihrer Eltern schrecklich gelitten. Juri hat sich immer schuldig gefühlt, weil er sie alleingelassen hatte. Man hatte ihm die Gelegenheit geboten, bei einer Reise mit einem Zirkus die Sowjetunion zu verlassen, doch er hatte gezögert, die Chance zu ergreifen, weil es nur Platz für eine Person gab und er Katja nicht hatte mitnehmen können. Katja jedoch hatte ihn ermutigt, ja ihn geradezu gedrängt zu gehen. »Juri«, hatte sie gesagt, »wenn sich dir in diesem Land die Chance bietet, zu tun, was du tun willst, musst du sie ergreifen.«

Er erinnert sich, wie er sie am Tag, nachdem sie das gesagt hatte, an ihrer Arbeitsstelle zurückgelassen hatte und davongeeilt war – er musste selbst zur Arbeit und war spät dran. Er erinnert sich, wie er ihre Handschuhe in seiner Jackentasche gefunden hat und umgekehrt ist, um sie ihr zu geben und wie er sie dann allein draußen gefunden hat – weinend, weil er fortging. Danach hatte sie ihn nur noch heftiger beschworen fortzugehen, und er hatte nachgegeben. Es widerstrebte ihm, sie zurückzulassen, aber am Ende hatte er seine Chance ergriffen. Jetzt heißt er die Gelegenheit willkommen, die sich ihm so unverhofft bietet: Es ihr zurückzuzahlen, indem er sich um ihren Mann kümmert.

Die zwei Männer beenden ihr Gespräch und unterhalten sich mit der Kundschaft: eine Frau und ein Mann sind jetzt im Laden. Die alte Dame kauft Brot bei Juri und klagt darüber, dass die Kruste ihren Zähnen weh tut. »Sind Sie sicher, dass Sie das Brot dennoch wollen, Mrs. Davis?«, fragt Juri in scherzhaftem Ton.

»Natürlich. Es tut zwar weh, aber es stärkt meine Zähne. Alles, was weh tut, tut auch gut, nicht wahr?«

Nicht unbedingt, denkt Alexander. Er öffnet das Heringfass für den Mann, damit er sich den Fisch ansehen kann. Der Geruch von Essig, Salz und Meer steigt auf und verbreitet sich im Laden. Deine Frau hat recht, Juri, denkt er, während er darauf wartet, dass der Kunde sich entscheidet: Der Essig riecht stark. Der Mann verlangt ein Pfund Hering, und Alexander greift in das Fass und holt den Fisch heraus. Auf der anderen Seite des Ladens fragt Mrs. Davis, warum sie keinen Kuchen haben.

»Alexander!«, ruft Juri. »Warum haben wir keinen Kuchen?«

Alexander blickt auf. »Weil wir keinen Kuchen backen.«

Juri hat Spaß daran, die alte Dame zu necken. »Alexander! Warum backen wir keinen Kuchen?«

Alexander verschließt das Fass wieder mit dem Deckel und legt den Fisch im Papier auf die Waage. Dann kritzelt er mit dem Bleistift den Kilopreis und das Gewicht auf ein Stück Wachspapier, multipliziert beides miteinander und unterstreicht den errechneten Preis zwei Mal.

»Ich weiß nicht«, antwortet er, und seine Stimme hat den amüsierten Unterton verloren. Juri sieht ihn an. »Ich weiß es nicht«, wiederholt er nachdenklich. »Vielleicht sollte ich es versuchen.«

»Backst du gern, Sascha?«, fragt Juri und steckt das Brot, das die alte Dame sich ausgesucht hat, in die Tasche, die sie ihm aufhält.

Alexander zuckt die Achseln. »Früher schon. Aber was gab's bei uns schon, was wir hätten kochen und backen können?«

»Erinnere mich nicht daran.« Juri geht zur Tür, hält sie der alten Dame auf und folgt ihr nach draußen, wo er sich die Obst- und Gemüseauslage, die vor dem Fenster aufgebaut ist, ansieht. »Diese Pflaumen müssen heute Abend weg«, ruft er Alexander zu.

Alexander folgt ihm nach draußen und fängt die Pflaume auf, die sein Schwager ihm zuwirft. Sie beißen jeder in eine Frucht, die weich und überreif ist, und beugen sich vor, damit ihnen der Saft nicht auf Hemd und Schuhe tropft.

»Sie sind nicht schlecht«, sagt Alexander. »Nur ein bisschen weich.«

»Man kann sie nicht mehr verkaufen.«

»Nein, aber man kann sie weiterverarbeiten.«

Juri lacht. Dann sieht er seinen Schwager fragend an. »Mein Gott, meinst du das ernst?«

»Ja.«

»Noch ein Grund für meine Frau, dich zu lieben.« Juri lächelt. Alexander wartet auf eine Erklärung. »Weil du da bist, muss sie nicht mehr im Laden arbeiten. Und nun willst du auch noch die Küche übernehmen.«

»Sie hasst es zu kochen, Juri.«

»Ich weiß. Also, welche Ideen dir auch immer im Kopf herumschwirren, geh und probier sie aus. Ich werde dich nicht davon abhalten, und sie weiß Gott erst recht nicht. Und wenn irgendwas Gutes dabei herauskommt, können wir es verkaufen.«

»Gut. Kann ich die jetzt nehmen?«, fragt Alexander und weist auf die Pflaumen.

»Wenn wir schließen, Sascha, wenn wir schließen. Wer weiß, vielleicht verkaufen wir noch welche davon.«

Juri klopft ihm auf den Rücken, und die beiden Männer kehren in den Laden zurück. Wunderbar, denkt Juri, als er sieht, wie entschlossen Alexander vorausgeht. Noch etwas, das in beschäftigen wird, und obendrein stehen die Chancen gut, dass künftig besseres Essen auf den Tisch kommt.

Vor zwei Stunden haben sie zu Abend gegessen. Tiefe Teller mit dampfender Gemüsesuppe und jede Menge dick mit Butter bestrichenes Brot. Es ist das erste Mal, dass Alexander in die Küche gegangen ist, um seiner Schwägerin beim Zubereiten des Abendessens zu helfen. Anfangs fand sie seine Anwesenheit befremdlich, aber sie hat sich schnell daran gewöhnt, als sie sah, wie geschickt und eifrig er Gemüse schnippelte. Er rührte und kostete, gab Salz und Kräuter hinzu und redete ihr zu, sich die Haare zu waschen, während er sich um das Essen kümmerte. Seine Suppe war ein voller Erfolg: Juri aß drei Teller voll und gratulierte sich im Stillen zu seiner neuesten Idee.

Jetzt ist es still im Haus. Juri sitzt im Wohnzimmer und liest beim schwachen Schein einer Lampe, während das Radio im Hintergrund leise Tanzmusik spielt. Seine Frau ist zu Bett gegangen. Alexander sitzt noch in der Küche, vor sich ein aufgeschlagenes Kochbuch, daneben eine Schüssel mit Mehl und Butter.

Er runzelt beim Lesen die Stirn, dann steht er unvermittelt auf und greift in die Schüssel. Er arbeitet die Butter in das Mehl ein, hebt den Teig hoch und lässt ihn wieder in die Schüssel fallen. Er knetet und siebt mit den Fingern, wieder und wieder, bis er eine Schüssel mit feinen Krumen vor sich hat. Erneut zieht er das Buch zu Rate, dann geht er zur Spüle hinüber und füllt einen großen Löffel mit kaltem Wasser. Er trägt ihn behutsam zu der Schüssel und gießt das Wasser hinein. Dann wiederholt er das Ganze. Natürlich könnte er die Schüssel ganz einfach zur Spüle tragen, aber irgendwie genießt er die zusätzlichen Schritte, den Aufwand, die Konzentration, die nötig ist, um den vollen Löffel zurückzutragen, ohne einen Tropfen zu vergießen. Dann schlägt er ein Ei auf und steckt die Hände erneut in die Schüssel, um alles miteinander zu verkneten. Instinktiv bearbeitet er den fertigen Teig dann nicht weiter, sondern rollt ihn dünn aus und gibt ihn in eine eingefettete Kuchenform, in die er anschließend schwere getrocknete Bohnen schüttet. Dann stellt er die Form in den Ofen. Er geht ins Wohnzimmer hinüber, wo Juri ihn über den Rand der Zeitung hinweg ansieht. »Alles in Ordnung, Sascha?«

»Bestens. Ich backe.«

Juri widmet sich wieder seiner Zeitung. »Er arbeitet, er kocht, er backt. Die Frau, die dich einmal heiratet, kann sich glücklich schätzen!« Er hat den Satz noch nicht beendet, als er den Schmerz des Mannes spürt, der vor ihm steht. Juri runzelt die Stirn. »Es tut mir leid, Sascha. Ich wollte nicht …«

Alexander hebt beschwichtigend die Hand. Er wünschte, er würde eine gedankenlose Bemerkung nicht so schwer nehmen, und er hasst es, wenn man ihn bemitleidet. »Ich muss in die Küche zurück«, sagt er zu Juri, und sein Ton ist bewusst ironisch. »Die Pflaumen warten auf mich.«

Aus dem Kühlschrank nimmt er eine weitere Schüssel, gefüllt mit Pflaumen, die er wäscht, halbiert und mit Zucker und ein wenig Zimt besprenkelt. Er holt den Boden aus dem Ofen, schüttet die Bohnen aus und verteilt die weichen Pflaumenhälften sorgfältig auf den vorgebackenen Teig, Schicht um Schicht. Obenauf legt er noch ein paar zusätzliche Streifen Teig, so dass ein Gittermuster entsteht, pinselt es mit Milch ein und bestreut den ganzen Kuchen mit Zucker. Er öffnet den Ofen, schiebt den Kuchen hinein und steht dann da, den Blick auf die geschlossene Backofentür geheftet, als warte er auf ein Zeichen. Er sieht zu dem Licht von Juris Lampe hinüber, und es verlischt. Er hört, wie sich sein Schwager aus dem Sessel hievt. Juris Schatten fällt in die Küche und zeichnet sich gegen das weiche Licht der hereinscheinenden Straßenlaterne ab. »Ich gehe ins Bett.«

Alexander nickt. »Gute Nacht, Juri.«

»Gute Nacht, Sascha. Schlaf gut.«

Alexander setzt sich an den Tisch, den Stuhl seitlich gedreht, so dass der gelbe Lichtschein der Straßenlaterne neben und nicht auf ihn fällt. Er lauscht den fernen Geräuschen einer Nacht in der Großstadt. Autos fahren auf der Hauptstraße vorüber, die an der Seite des Hauses entlangführt; in der Ferne verklingt eine Sirene. Er hört, wie Schritte unten auf der Straße widerhallen und die leise, beruhigende Stimme einer Frau, die laut liest, wahrscheinlich in der Wohnung nebenan. Die Stimme verschärft den dumpfen Schmerz, der stets in seinem Herzen ist. Er wendet den Kopf ab; er will es nicht hören; stattdessen lauscht er auf das Knacken des Ofens, in dem der Kuchen backt. Doch die Stimme ist erbarmungslos, sie ist weich und musikalisch, und er kann sie nicht ausblenden, und jetzt möchte er es auch nicht mehr. Er wartet ein paar Minuten und lauscht konzentriert, den Kopf in die Hände gestützt. Er kommt ihm unendlich schwer vor, und er lässt ihn langsam auf den Tisch sinken, bis Ohr und Wange auf der körnigen warmen Maserung des Holzes ruhen. Der Schmerz, der leisen, hellen Stimme zuzuhören, ist fein und unerträglich, und gerade als er glaubt, es nicht einen Moment länger auszuhalten, stellt er sie sich auch noch vor, diese unbekannte Nachbarin hinter der Wand. Er sieht sie vor sich, dunkelhaarig und schlank, wie Katja, und in seiner Vorstellung liest sie ihrem Kind eine Geschichte vor, und dieses Kind, das er erfunden hat, ist eine Miniaturausgabe von ihr, bildschön, mit langen Wimpern, und es ist bereits eingeschlafen. Jetzt stellt er sich vor, wie sie das Licht löscht, die Tür mit einem leisen Klicken schließt und in ihr Schlafzimmer hinübergeht, wo jemand, den sie liebt, auf sie wartet. Alexander steht schnell auf: Sein Magen hebt sich, und er fürchtet, sich übergeben zu müssen. Er möchte weinen, aber in den vergangenen Monaten hat er so viel geweint, dass er sich innerlich ganz ausgetrocknet fühlt, so als wäre da nichts mehr, das ausgeweint werden könnte. Einige Male in der Küche auf und ab zu laufen beruhigt ihn, und dann bleibt er am Herd stehen, öffnet die Backofentür einen Spaltbreit und schaut nach dem Kuchen. Er sieht saftig und köstlich aus, und Alexander schließt die Tür wieder und setzt sich an den Tisch. Die Stimme der Frau ist verklungen, verschwunden wie eine Halluzination, und es bleiben nur noch die Geräusche des spätabendlichen Verkehrs, und dafür ist er dankbar.

»Was soll das heißen – es gibt keinen mehr?« Die Frau steht da, die Hände ungläubig ausgestreckt, und starrt Juri an. Er tritt von einem Fuß auf den anderen. »Alles ausverkauft, Mrs. Sachs«, sagt er.

Die Frau spielt mit ihrer Perlenhalskette und tappt mit ihrem frischpolierten Absatz. Sie ist kreuzunglücklich. »Ich komme seit zwei Monaten jede Woche her«, sagt sie. »Diesen Lachs zu servieren hat Tradition bei mir. Wie soll ich ohne ihn heute Abend meine Freunde bewirten?«

In ihren eigenen Ohren klingt ihr Gedankengang gewiss schlüssig, aber Alexander hinten im Laden muss grinsen.

»Soll ich Ihnen nächste Woche vielleicht welchen reservieren?«, fragt Juri.

»Nächste Woche? Ich brauche ihn jetzt – nicht nächste Woche!«

Juri verzieht unbehaglich das Gesicht. Er kann es nicht ertragen, wenn jemand laut wird, und deswegen kann seine Frau tun und lassen, was sie will, sobald sie die Stimme erhebt.

Alexander kommt hinter dem Tresen hervor. »Es tut mir leid, Mrs. Sachs. Wir haben heute eine kleinere Lieferung bekommen als sonst, und ich konnte nicht …«

»Sie sind das?«

»Bitte?«

»Der den Fisch zubereitet?«

»Ich bereite das ganze Essen zu, ja.«

Mrs. Sachs hat ihren Ärger vergessen. Sie ist höchst interessiert an dem Mann, der Gerichte zubereitet, die hundert Mal verlockender sind als ihre eigenen. Sie mustert ihn, wie er da steht mit seiner weißen Schürze. Sie registriert sein kurzes dunkles Haar, die feuchte Locke, die ihm an der hohen Stirn klebt, den Bartschatten auf seinem Kinn und seine großen braunen Augen. Er ist nicht besonders groß, aber er ist schlank und hält sich aufrecht, was die Länge seiner Glieder unterstreicht – kein Vergleich zu der mageren, krummen Gestalt ihres Mannes. Sie legt kurz die Hand an ihr welliges rotes Haar und lächelt. »Sieh an«, sagt sie. »Und ich dachte die ganze Zeit, dass eine Frau all diese Gerichte zubereitet. Man stelle sich vor.«

Alexander lächelt kurz und sieht dann zum Tresen hinüber, wo ein Stück Rinderbrust liegt, an dem nur noch der Fettrand abgeschnitten werden muss, bevor es zusammengebunden wird.

»Was mache ich bloß mit meiner Abendgesellschaft?«, fragt sie schmollend. Ihre Blicke begegnen sich, und sie legt nervös den Finger an die Lippen.

»An der nächsten Ecke ist ein Fischhändler«, sagt er. »Dort bekommen Sie Lachs. Wenn Sie wollen, schreibe ich Ihnen das Rezept auf. Ich kann Ihnen erklären, wie …«

»Ich koche nicht«, sagt sie, und ihr Ton lässt keine Debatte darüber zu.

»Ah«, sagt Alexander. Er ist müde. Er ist versucht, die Stirn zu runzeln und die Frau aus dem Laden zu komplimentieren, aber er gibt sich Mühe, sich zusammenzureißen. »Ich habe da ein neues Gericht, das Ihnen schmecken könnte. Es besteht aus Huhn, mit einer Sauce aus Sahne und Schnittlauch ...«

»Sahne?«

Er nickt.

»Mit Huhn?«

»Ja.«

»Wir sind Juden. Wir mischen nicht Milchiges mit Fleischigem.«

»Verstehe.« Alexander lächelt höflich und entschuldigt sich.

»Wie wär's, wenn ich Sie bitte, ihn zuzubereiten – den Lachs, meine ich – und Sie ihn mir servierfertig liefern?«

Alexander hält inne und blickt zu Juri hinüber. Der zuckt die Achseln.

»Jetzt?«

»Jetzt.«

»Das würde zu kostspielig werden«, sagt Alexander.

»Für wen?« Mrs. Sachs lacht. »Sie nennen den Preis, und ich bezahle ihn.«

Und so fängt er an. Dreieinhalb Stunden, die im Nu vergehen, in einem glücklichen adrenalingesättigten Nu, und in ein dreigängiges Menü für acht Personen münden – fertig zubereitet und verpackt. In Juris stotterndem roten Chevrolet fährt er zum unteren Ende von Beacon Hill – eine ganz andere Stadt als die, in der er lebt. Im stillen butterweichen Licht alter verschnörkelter Straßenlaternen fährt er kreuz und quer durch die steilen Straßen, bis er das Haus von Mrs. Sachs gefunden hat. Er steigt aus, klopft an die Tür und vergewissert sich, dass er an der richtigen Adresse ist. Dann lädt er all die Kasserollen und Schüsseln und schweren Platten aus, die mit knisterndem Stanniol abgedeckt sind, und trägt alles durch den Hintereingang direkt in die Küche. Mrs. Sachs und ihre Haushälterin sind da – die eine im schwarzen Cocktailkleid, die andere in einer grauen Arbeitsuniform.

»Wunderbar!«, ruft Mrs. Sachs. »Hierher«, sagt sie. »Stellen Sie alles hier auf den Tisch, und erklären Sie Mrs. Monks, was wie zusammengehört.«

Sie verschwindet durch eine Schwingtür, und Alexander hört, wie in einem fernen Raum Gelächter verklingt. »Die Sauce«, sagt er an die Haushälterin gewandt, »muss erwärmt werden.«

Die Frau schätzt die Menge ein, langt nach oben zu den Töpfen, die über ihrem Kopf hängen, und nimmt einen herunter.

»Ganz behutsam erhitzen. Sie darf nicht kochen, nur erwärmt werden.«

Sie nickt und wendet sich dem Herd zu, während Alexander den Fisch auspackt und den Nachtisch. Währenddessen sieht er sich unauffällig in der Küche um, registriert Reihe um Reihe Töpfe und Pfannen an der Decke – Töpfe und Pfannen für alle möglichen Zwecke. Und weiße Servierplatten mit kunstvoll durchbrochenem Goldrand verziert, alle zueinander passend. Reihe um Reihe von Gerätschaften, die im Licht silbern funkeln, so viele blitzende Reihen, und mit den meisten Utensilien wüsste er gar nichts anzufangen.

Mit einer Energie, wie Juri sie nie zuvor bei ihm gesehen hat, kommt er in die Wohnung gestürmt.

»Wie war's?«

»Prima.«

Juri lächelt und faltet seine Zeitung zusammen. »Sie mag dich – Mrs. Sachs.«

Alexander geht über die Bemerkung hinweg. »Ich mag diese Arbeit, Juri.«

»Im Laden kochst du doch ohnehin jeden Tag.«

»Ja, aber heute Abend habe ich ein ganzes Menü zusammengestellt und alles auf den schönsten Servierplatten angerichtet, und sie wollte, dass ich blieb und dafür sorgte, dass alles richtig erhitzt und serviert wurde. Es war, als hätte ich all diese Menschen zu Gast bei mir zu Hause gehabt.«

»Hättest du nur ein solches Haus! Gut. Ich bin froh, dass du so glücklich bist.«

»Sie hat mich gebeten, es nächsten Samstag wieder zu machen.«

Juri grinst beifällig. »Du könntest ein gutes Geschäft daraus machen.«

»*Wir* könnten ein gutes Geschäft daraus machen.«

»Nein, Sascha, ich nicht. Ich habe genug zu tun. In diesem Fall machst du die Hauptarbeit und streichst den Gewinn ein.«

Und aus diesem Grund wundert Juri sich drei Monate später, warum er bis zu den Ohren in Zwiebeln und Knoblauch versinkt. Es stimmt, sein Bankkonto sieht besser aus denn je, aber um welchen Preis! Wenn er nach einem Tag wie diesem ins Bett geht, haftet ihm der starke Geruch der Knollen an – alle Milch, aller Zitronensaft, alle Seife der Welt können nichts daran ändern –, und seine Frau weigert sich, ihn zu berühren. Sie lässt ihn nicht mal in ihre Nähe. Alexander sollte diese Arbeit machen, denkt Juri. Er schläft allein. Niemanden schert es, wie er riecht.

Er beugt sich vor und beobachtet seinen Schwager genau, der in der Küche am Werk ist. Er sieht, wie Finger und Augen in vollkommener Harmonie arbeiten und die Gerichte zubereiten, die Juri jeden Abend kostet, und da weiß er, dass er Zwiebeln schneidet, weil er das, was Alexander tut, nicht tun kann.

Der Koch blickt auf. »Hast du frische Kräuter bekommen?«

Juri wischt sich eine brennende Träne weg. »Bradshaw hat mich ausgelacht. Ich habe ihn nach frischem Rosmarin gefragt, und er hat gesagt, wer will denn schon frischen? Wir haben getrockneten, und davon jede Menge ...«

»Er kann welchen besorgen, wenn er will. Er beschafft uns das Obst und das Gemüse, das wir brauchen – warum also nicht auch die Kräuter? Irgendwo zieht irgendwer die Kräuter, um sie zu trocknen.«

»Nicht hierzulande. Es ist nicht warm genug.«

»Juri!«

»Schon gut, schon gut. Ich sag's ihm morgen noch mal. Du bist so pingelig. Das wird dein Geschäft nicht leichter machen.«

»Es wird den Unterschied machen zwischen unserem Laden und allen anderen.«

»Niemand sonst macht das so!«

Alexander lacht. »In Zukunft schon. Und dann muss unser Vorsprung groß genug sein.«

Juri beklagt sich noch ein wenig, aber insgeheim lächelt er. Es ist gut, dass du es in die Staaten geschafft hast, Sascha, denkt er. Diese Art Denken wäre daheim vergeudet gewesen. Verstohlen beobachtet er seinen Schwager wieder bei der Arbeit, und Alexander weiß, dass er beobachtet wird, aber er gibt vor, es nicht zu merken. Als Juri überhaupt nicht damit rechnet, blickt Alexander auf und erwischt ihn, und Juri lächelt und sieht weg, obwohl er keinen Grund hat, verlegen zu sein. Als er wieder zu Alexander hinübersieht, beobachtet der ihn immer noch.

»Weißt du, gerade eben ...«

»Was?«

»Du hast gerade ausgesehen wie Katja. Mit gesenktem Kopf und die Augen ...«

»Ich bin ihr Bruder.« Juri zuckt die Achseln und fährt mit seiner Arbeit fort, aber er freut sich. Seit seiner Ankunft ist es das erste Mal, dass Alexander sie von sich aus erwähnt. Es ist ein gutes Zeichen, denkt Juri. Ein Zeichen dafür, dass er langsam darüber hinwegkommt. Ohne Grund, einfach weil er sich plötzlich froh und beschwingt fühlt, bewirft er Alexander mit einer Knoblauchzehe. Alexander sieht sie kommen, verfolgt ihren kurzen Bogen durch die Luft, und mit einem geschickten Hieb seines scharfen Messers teilt er sie in zwei Hälften. Juri lacht, und Alexander verneigt sich, rammt die Spitze seines Messers in das hölzerne Schneidebrett und geht sich die Hände waschen.

## Kapitel 23

*Boston, März 2001*

In dieser wie auch in vielen folgenden Nächten gibt es für Alexander keinen Schlaf. Die schiere Heftigkeit seiner Gefühle hat ihn körperlich ausgelaugt, hat ihn verspannt und doch konturlos zurückgelassen, als ob seine Muskeln und Nerven vor Erschöpfung erschlafft wären. Lauren begleitet ihn zu seinem Schlafzimmer hinauf, schaltet seine Leselampe an, bringt ihm Wasser und Tee, und er ist sich bewusst, dass sie ihn umsorgt, aber sein Fühlen und Denken ist von Katja und Mischa erfüllt. Viel später, in dem schwachen Licht, das dem Tagesanbruch vorausgeht, überredet er Lauren, schlafen zu gehen. Ihre Augen sind rotgerändert vor Übermüdung; sie ist erschöpft von der Reise. Widerwillig lässt sie ihn für einige Stunden allein, und sie schläft sofort ein, fällt in einen tiefen traumlosen Schlaf, und als sie wieder erwacht, spürt sie den Jetlag und zwingt sich unter die Dusche, heiß und belebend, um so schnell wie möglich wieder bei ihrem Onkel zu sein.

Sie findet ihn in der Küche. Er sitzt am Küchentisch. Oder vielmehr, er ist auf seinem Stuhl zusammengesunken. Es gibt ihr einen Stich, ihn so zu sehen. Er blickt nicht einmal auf, als sie hereinkommt, und als sie um den Tisch herumgeht, um sich ihm gegenüberzusetzen, merkt sie, dass er schläft. Er sieht alt aus an diesem Morgen, so alt, wie sie ihn noch nie gesehen hat. Es ist erst wenige Stunden her, dass sie ihm erzählt hat, was sie herausgefunden hat, und er hat sich völlig verändert. Ein paar Augenblicke haben genügt. Sein Haar erscheint ihr strähnig, obwohl kurzgeschnitten; seine Augen und sein Mund sind verkniffen, seine Haut ist grau und trocken.

Er öffnet die Augen und schafft es, sie anzulächeln. »Wie geht es dir?«, fragt er.

»Ich mache mir Sorgen um dich.«

Sie steht auf und umarmt ihn. Dann macht sie sich in der Küche zu schaffen und bereitet Tee und Toast zu. Er sieht ihr zu – zumindest folgen ihr seine Augen, aber seine Gedanken sind anderswo, füllen sich wieder mit Hunderten von Fragen, die ihm in der Nacht schon gekommen sind, mit den Fragen, die er ihr stellen will.

»Ich muss alles wissen, Lauren«, sagt er. »Wie er sie getötet hat.«

Zu seiner Bestürzung steigen ihm schon wieder Tränen in die Augen. Allein das Aussprechen dieser Worte bringt die Trauer zurück, die ihn umgibt wie erstickende Dämpfe.

»Ich werde dir alles erzählen, was ich weiß.«

Sie ist Melissa sehr dankbar, dass sie sie nach Moskau begleitet hat. Nicht nur dass sie Mischa aufgehalten hat, bevor er das Hotel verlassen konnte – sie hat anschließend auch sein Schweigen durchbrochen und ihn zum Reden gebracht, hat dafür gesorgt, dass sie so viele Details erfuhren wie nur möglich. Während Lauren selbst dasaß und kaum ein Wort herausbrachte, völlig überwältigt von dem, was Mischa getan hatte, hat Melissa ihn feinfühlig und intelligent ausgefragt. Lauren hat zugesehen, wie Melissa sich bemühte, jedes Detail in Erfahrung zu bringen, bis ins Kleinste zu klären, was geschehen war, es herauszufiltern aus Mischas Beschönigungen, sein Gedächtnis bis zum letzten bitteren Tropfen auszuquetschen. Später hat sie Lauren erzählt, dass ihre penible Befragung zum Teil gewährleisten sollte, dass Mischa die Wahrheit sagte, hauptsächlich aber ihr, Lauren, ermöglichen sollte, Alexander nach ihrer Rückkehr ein so präzises Bild wie möglich zu geben.

»Was willst du wissen?«, fragt Lauren behutsam.

»Ich möchte wissen, wie sie starb. Und zwar genau. Wie hat er sie verraten? Was haben sie zueinander gesagt? Wie hat er es gemacht? *Wie konnte er das tun?*«

Also erzählt sie ihm die Geschichte von Katjas letzten Stunden, wie Mischa sie ihr erzählt hat, und sie ergänzt auch die Einzelheiten, die dahin geführt haben. Wie Mischa vom KGB gefasst worden und er und seine Familie bedroht worden waren. Dass er sich bereiterklärt hatte, im Gegenzug für sein Leben die Namen von weiteren amerikanischen Spionen preiszugeben. Dass er vorgehabt hatte, Katja zu schützen, bis sie gekommen war und ihn um Hilfe gebeten hatte.

»Glaubst du, dass das wahr ist?«

»Wer kann das wissen? Vielleicht kann er nur so weiterleben – indem er sich einredet, dass er sie beschützt hätte. Und dass sie selbst schuld war, weil sie ihn um Hilfe gebeten hat.«

»Warum hat er ihr nicht einfach geholfen? Warum hat er sie verraten?«

»Er hat gesagt, sie hätten ihn auf Schritt und Tritt überwacht. Allein schon dadurch, dass Katja Verbindung mit ihm aufgenommen hat, hat sie sich selbst verdächtig gemacht, und man hat sie beide beobachtet, als sie sich an jenem Tag getroffen haben. Sie hatte ihren Koffer dabei, es war viel zu offensichtlich. Er glaubte keine andere Wahl zu haben.«

Alexander umklammert seine Tasse, damit seine Hand aufhört zu zittern. Er glüht innerlich, als ob ein Feuer reinen Zorns ihn verzehrt.

»Und dann?«, sagt er mit zusammengebissenen Zähnen.

»Und dann haben sie ihn angewiesen, sie zu eliminieren und sind ihm gefolgt, als er zu ihr zurückgekehrt ist. Sie hat sie gesehen, kurz bevor es soweit war, und sie hat versucht, ihn zu einem gemeinsamen Fluchtversuch zu überreden. Sie hat alles versucht, ihn umzustimmen.« Ihre Stimme wird leiser. »Sie hat ihm sogar von dem Baby erzählt.«

Er legt die Hand über die Augen. Sie macht sich mit dem Geschirr zu schaffen, will ihm ein paar Minuten Zeit geben und wartet, bis er wieder bereit ist und sie fortfahren kann. Ein lautes Krachen ertönt hinter ihr. Sie dreht sich um und sieht, dass er mit der Faust auf den Tisch gehauen hat.

»Er hätte mit ihr fliehen können«, sagt er, und seine Stimme ist laut. »Er hätte es versuchen können. Vielleicht hätte man sie gefasst, wahrscheinlich sogar, aber mein Gott, war es denn besser, dazubleiben und zu leben, was immer das für ein Scheinleben gewesen sein mag die letzten vierzig Jahre? Er hätte versuchen können, sie zu retten und sich selbst abzusetzen. Er hätte es schaffen können, rauszukommen. Er hätte mit uns zusammen leben können.«

»Das ist die andere Sache.«

Er blickt sie abwartend an.

»Eines der letzten Dinge, die er zugegeben hat, war, dass er Katja geliebt hat.«

In seinem tiefsten Inneren begreift er das volle Ausmaß dieser Aussage sofort, aber sein Verstand will es nicht wahrhaben. Der Verrat, die Enthüllungen – all das ist so überwältigend, dass er diese letzte Wahrheit nicht glauben will. Sie soll sich als falsch entpuppen.

»Er war ihr bester Freund«, sagt er mit erzwungener Ruhe. »Natürlich war er ihr zugetan.«

»Nein, ich meine, er hat sie als Frau geliebt.«

Er blickt Lauren traurig an, hilflos.

»Er hatte sie schon seit Jahren geliebt. Und ich glaube, zuzusehen, wie ihr, du und Katja, zusammen wart, wie glücklich ihr wart, das hat ihn verrückt gemacht.«

Alexander denkt zurück – es sind so viele Jahre zu überbrücken, so viele spätere Erinnerungen beiseite zu schieben –, ob da irgendein Anlass war, der ihm den kleinsten Hinweis darauf geliefert hätte, dass Mischa in Katja verliebt war. Er kann sich an viele unbestimmte Situationen erinnern, an Worte, Gesten, Blicke, Lächeln. Mischa hatte sich ihnen beiden gegenüber nie zurückgehalten, aber vielleicht hatte Alexander nie sehen wollen, dass sich hinter Mischas Umarmungen und dem freundlichen Necken seiner Frau eine tiefere Leidenschaft verbarg. Er kann es nicht an etwas Bestimmtem festmachen – dieser Teil seiner Vergangenheit ist so fern und sein Erinnerungsvermögen einfach nicht gut genug –, aber irgendwie kommt diese Enthüllung nicht so überraschend, wie sie sollte. Genau wie damals, als bei Katjas Geständnis eine Art Paralleluniversum an seinen Platz rückte, auch wenn es ihn schockiert hatte.

»Warum hat er sie nicht selbst umworben?«

»Weil sie ihn nicht wollte. Sie hatte kein Interesse, und er ist nie einer Frau hinterhergelaufen. Offenbar sind die Frauen ihm immer nachgelaufen.«

Alexander nickt.

»Sie hat sich nie für jemanden interessiert, außer für dich. Und das hat er nicht verwunden. Er hat versucht, sie bei der Stange zu halten, hat sie gedrängt, dich zu heiraten, damit sie dich besser ausspionieren konnte, aber sie hat sich immer mehr in dich verliebt und sich von der Arbeit abgewandt, zu der er sie ausgebildet hatte und die sie immer hatte machen wollen. Nachdem ihr geheiratet hattet, weigerte sie sich, weiterzuarbeiten, und er hat sie dazu erpresst.«

»Sie hat mir erzählt, dass sie erpresst wurde, aber ich wusste nicht, dass *er* es war.«

»Ja. Er hat sie gezwungen, dir Unterlagen zu stehlen, als ihr euch gerade kennengelernt hattet, und das hat er später gegen sie verwandt. Sie hatte solche Angst, dich zu verlieren, dass es zumindest eine Zeitlang funktioniert hat. Aber er hatte nicht damit gerechnet, dass sie dich so sehr liebt, dass sie dir alles beichtet. Es hat ihn verrückt gemacht, dass ein Mann diese Wirkung auf sie haben konnte, vor allem weil nicht er dieser Mann war. Zu der Zeit, als du dich abgesetzt hast, hat er dich zutiefst gehasst. Es gab da irgendwas, was sie in ihren letzten Momenten zu ihm gesagt hat, er konnte sich nicht mehr erinnern, was es war, aber es hatte mit dir zu tun, und er spürte wieder, wie sehr sie dich liebte, und dann empfand er nur noch blinde Wut, und die hat ihm geholfen ... es zu tun.«

Wieder weint Alexander, still, bis auf ein ersticktes Schluchzen. Sie weiß, sie sollte besser aufhören, aber es gibt noch eine Sache, die sie ihm nicht erzählt hat und die erzählt werden muss.

»Ihre letzten Worte galten dir, Onkel Alex. Sie hat gesagt: ›Ich liebe dich, Sascha.‹ Das war das Letzte, was er sie sagen hörte.«

Ihre Augen sind feucht, so dass sie ihren Onkel nur verschwommen wahrnimmt. Sie fasst nach seiner Hand und spürt, wie er erschaudert. Seine Tränen fallen in schweren runden Tropfen auf das nackte Holz des Tisches, an dem sie sitzen, und sie sammeln sich an, als würden sie niemals trocknen.

Nach einer Woche ruft Lauren den Arzt. Alexander hat die ganze Zeit über das Bett gehütet; er hat kaum gegessen und kaum gesprochen. Die Untersuchungen des Arztes – soweit Alexander sie zulässt – haben ergeben, dass er gesund ist. Lauren begleitet den Arzt hinaus und kehrt mit einem Teller Suppe nach oben zurück. Ihr Onkel schläft wieder, er verschläft den Großteil der Tage. Nachts hört sie ihn manchmal im Haus umherwandern. Sie setzt sich auf die Bettkante und streichelt seinen Kopf. Dann weckt sie ihn und bietet ihm die Suppe an.

»Danke«, sagt er und setzt sich auf.

»Warum stehst du nicht auf, machst dich frisch und kommst dann runter und isst mit mir?«

»Gut.« Er steigt aus dem Bett, und mit sich zufrieden trägt Lauren die Suppe wieder nach unten und hört, wie oben die Dusche angeht. Doch als er vierzig Minuten später noch immer nicht unten ist, eilt sie hinauf und sieht, dass er wieder im Bett liegt und schläft. Er hat einen frischen Pyjama an und sich das feuchte Haar gekämmt, sich aber nicht die Mühe gemacht, sich zu rasieren. Seufzend blickt sie auf die Uhr. In einer Stunde wird sie ihn erneut wecken und versuchen, ihn zum Essen zu bewegen.

»Und Estelle? Wo steckt sie die ganze Zeit?«, fragt Lauren. Sie geht mit Melissa zusammen zum Auto. Sie wollen gemeinsam zu Abend essen.

»In Concord. Nicht weit weg. Da gibt es eine kleine Pension, die sie schon immer gemocht hat. Da hat sie sich einquartiert.«

»Weiß dein Vater das?«

»Klar. Sie ruft ihn ab und zu an.« Melissa lächelt ironisch. »Sie kann ihn nicht mal ordentlich verlassen.«

»Bist du sicher, dass sie ihn verlassen will? Und wenn sie es tatsächlich tut, was dann? Was ist, wenn er sie am Ende verliert?«

»Das ist das Risiko, das er stets eingegangen ist, glaube ich. Wie lange kann man jemanden mehr oder weniger links liegenlassen und damit durchkommen? Vielleicht immer.«

»Vielleicht auch nicht«, erwidert Lauren scharf.

Melissa weiß, dass ihr Vater ihre Mutter vermisst, aber seine Alltagsroutine ist fest eingespielt und weil Estelle darin kaum eine Rolle spielt, kann er ohne große Einschränkungen weitermachen wie bisher. Melissa hat ihm Fertiggerichte besorgt, die keine großen Umstände bereiten. Sie weiß, wenn er hungrig genug ist, wird er auf die Idee kommen, in die Küche zu gehen und zu essen. Es fröstelte sie, als sie in der verlassenen Küche der stillen Wohnung stand, während ihr Vater sich in sein Arbeitszimmer verkrochen hatte, unfähig, ihrer Mutter die Hand zu reichen oder mit seiner Tochter auch nur ein Wort über das, was da geschah, zu sprechen. Als sie heranwuchs, hatte sie die Art ihres Vaters zu leben immer sehr bewundert, seine Hingabe an seine Bücher, an seine Studien, das Entwickeln neuer Gedanken, diese Leidenschaft, die in keiner Weise beschnitten wurde, nicht einmal von Frau und Familie. Doch in den letzten Tagen erscheint sein Leben ihr wie eine kalte selbstbezogene Existenz, die von einer nicht zu überbietenden Einsamkeit geprägt ist. Vielleicht ist das eine reine Projektion von ihr und etwas, dessen er sich nicht einmal bewusst ist, aber dennoch hat sie dieses Gefühl sehr stark, und sie stellt fest, dass es ihr außerordentlich missfällt.

Lauren steigt ins Auto. »Tust du mir einen Gefallen?«, fragt sie. »Ruf Onkel Alex an und bring ihn dazu, die Geschäftsverhandlungen mit dir wieder aufzunehmen.«

»Ich möchte ihn ungern damit behelligen, nach allem, was er durchgemacht hat. Der Abschluss kann warten.«

Dafür ist Lauren ihr dankbar, denn sie weiß, dass Melissa immer noch erpicht ist, den Verkauf zum Abschluss zu bringen. Aber sie fragt sich auch, ob eine Erinnerung an sein anderes Leben, an sein Arbeitsleben, Alexander zu diesem Zeitpunkt nicht guttun würde. »Er wird immer deprimierter. Ich glaube, dass es ihm helfen könnte. Und wenn es nur ein kurzes Treffen hier und da ist.«

»Vermutlich braucht er noch mehr Zeit. Aber wenn du willst, versuche ich es.«

»Bitte«, sagt Lauren. »Anfangs wird es ihm widerstreben. Du wirst hartnäckig sein, wirst ihm zusetzen müssen.«

»Ihm zusetzen? *Moi?*« Melissa lächelt. Lauren beugt sich hinüber und küsst sie.

»Ich weiß – kaum vorstellbar«, sagt sie trocken. »Aber bitte bemüh dich nach Kräften.«

Alexander hat sich immer gefragt, ob es nicht der größte Fehler seines Lebens war, mit der Delegation zusammen aus der Sowjetunion auszureisen und Katja zurückzulassen. Er weiß es nicht – niemand kann das mit Sicherheit sagen –, denn er weiß nicht, wie die Alternative ausgesehen hätte – was geschehen wäre, wenn er geblieben wäre. Wären sie beide verhaftet und getötet oder ins Gefängnis geworfen worden? Hätte man sie gefoltert? Hätte Katja Mischa irgendwie auf ihre Seite ziehen können und wären sie drei dann zusammen geflohen? Die Möglichkeiten, wahrscheinliche wie unwahrscheinliche, entfalten sich in seiner überanstrengten Phantasie und bilden immer längere verschlungene Stränge. Er weiß jedoch, dass er gern dort bei ihr gewesen wäre; er hätte sich weniger hilflos gefühlt, wäre vielleicht in der Lage gewesen, sie zu beschützen. In Amerika zu sein hieß nicht einfach, in einem anderen Land als der Sowjetunion zu sein – es war wie in einem anderen Universum zu sein. Es gab keine Möglichkeit, Kontakt aufzunehmen, sich zu verständigen, zu benachrichtigen, nichts. Nur Schweigen, und dann sickerten Informationen durch, außer Landes geschmuggelt und wenig verlässlich. Die Einsamkeit, die er verspürt hatte, als er von ihrem Tod erfuhr: Nicht nur war sie nicht mehr da, es gab auch keine Einzelheiten, keinen Leichnam, bei dem er hätte trauern können, und niemand, der ihm den schrecklichen Gang der Dinge hätte schildern können. Bis jetzt.

Im Laufe der Jahre hat er sich zahllose Todesarten vorgestellt. Wieder und wieder hat er in seiner Vorstellung vor sich gesehen, wie Katja ihr Leben verlor, auf viele verschiedene Weisen, alle gewaltsam, alle entsetzlich. Ihre letzten Augenblicke haben ihn verfolgt, auch wenn er nie erfahren hatte, wie sie verlaufen waren. Die Erträglichste all der unerträglichen Versionen, die er sich zugemutet hat, ist die eines schnellen Todes. Eine Kugel, deren Kommen sie nicht geahnt hat. Der Gedanke, dass sie es wusste, dass sie gefasst und gefoltert wurde – dass sie hatte warten müssen, in dem Wissen, was mit ihr geschehen würde, ist ihm unerträglich, und dennoch hat er sich gezwungen, es sich auszumalen, Tag für Tag, Jahr für Jahr. Doch nun weiß er es. Er kennt die Einzelheiten dieser letzten langen Minuten, und die Vorstellung von Mischa und von Katjas Verzweiflung, ihrer Angst beherrschen seine Träume, wenn er schläft, und seine Gedanken, wenn er wach ist.

Nachts sitzt er stundenlang im Dunkeln unter dem kühlen Blick von Katjas Porträt. Es spitzt sein Leiden zu, wenn er an diese Dinge denkt, während er ihr Gesicht vor sich sieht und ihre Augen auf ihm ruhen. Es macht den Schmerz fast unerträglich, aber nicht ganz, denn am Ende ist er in der Lage, dort zu sitzen und ihn zu ertragen. Manchmal spricht er mit ihr und fällt in die russische Sprache zurück, die er so viele Jahre nicht benutzt hat, und nach einer Weile hört er, wie sie ihm antwortet, und ihre Antworten sind immer freundlich und wohlüberlegt. Es ist, als hätte er sich darauf eingestimmt, wie sie zu denken und zu fühlen, so dass er beinahe etwas wie das Gespräch führen kann, nach dem er sich so lange gesehnt hat. Er bittet sie um Vergebung, und sie gewährt sie ihm, aber dann erinnert er sich an ihren Brief, diesen letzten wunderschönen Brief, und begreift, dass sie seine Entschuldigungen nicht hören will. Er kennt jedes Wort auswendig, kennt die Bögen und Schwünge der Buchstaben, die ihre Hand geschrieben hat; er hat die Zeilen so oft mit den Augen verfolgt, sie mit den Fingern nachgezogen, dass es ihm vorkommt, als habe er jedes Wort schon immer gewusst. Es gibt so vieles in dem Brief, das ihn zum Weinen gebracht hat – das, was sie verloren und das, was sie aufgegeben hat. *Ich bin voller Hoffnung für unser Baby … Ich lebe in dem Gedanken, wieder bei Dir zu sein.* Aber der Brief enthält auch vieles, das ihn während dieser dunklen stillen Tage und Nächte daran erinnert, dass sie ihn nicht ohne Grund geschrieben hat. Damit er ihn bewahren und danach leben kann, wenn ihr Versuch, zu ihm zu kommen, scheitern sollte. Sich diese Stellen in Erinnerung zu rufen und danach zu leben fällt ihm schwerer: ... *allen erzählen können, was in unserem Land geschehen ist ... dann sollst Du um meinetwillen das Leben leben, von dem wir geträumt haben.*

Hat er dieses Leben gut gelebt? In den Nächten, die vergehen, erzählt er ihr alles über sein Geschäft. Wie er mit Kochen und Catering Karriere gemacht hat, mit Dingen, die er immer geliebt und immer gut gemacht hat. Wie er das Fundament gelegt hat, um anderen zu helfen, es ihm nachzutun. Dass er wie ein Vater für Lauren ist und wie stolz sie ihn macht und wie glücklich. Es ist ein gutes erfülltes Leben gewesen, aber jetzt wird ihm bewusst, dass er es immer vermieden hat, sich mit Katjas Tod und den Hintergründen zu befassen. Er hat versucht, alles, was mit ihr und ihrem alten Leben zu tun hat, von sich fernzuhalten. Er hat nicht die Wahrheit gesagt. Er hat nicht gelogen, aber er war nie bereit, zu der Welt, aus der er kam, zu stehen und offen über sie zu reden. Stattdessen hat er die Leere, die an Katjas Stelle getreten war, still in sich verschlossen. Es gibt diese Leere, hat sie immer gegeben, sie war eine Realität. Vierzig Jahre lang hat er dies für eine unabänderliche Tatsache gehalten, so wie das unermüdliche Drehen der Erde. Doch im Licht der Worte seiner Frau begreift er jetzt, dass er die Arbeit, zu der sie sich getrieben sah, nicht fortgeführt hat, und er überlegt, ob sie glücklich wäre, wenn sie sähe, dass sein Herz so viele Jahre später noch immer verschlossen ist, stumm und von Schuld erfüllt.

Er ist noch lange nicht soweit, wieder an die Arbeit gehen zu können. In Wahrheit sind ihm sein Konzern und dessen Verkauf im Moment ziemlich gleichgültig, und das sagt er Melissa offen und ehrlich. Er kann sich nicht vorstellen, dass sich das in naher Zukunft ändern wird, und schlägt vor, dass sie die Verhandlungen mit Lauren fortführt, und Lauren sagt er das Gleiche und versichert ihr, dass seine Finanzexperten sie unterstützen werden.

»Was denkst du?«, fragt Lauren Melissa.

»Ich denke, vergiss es.«

»Du willst die Firma nicht mehr?«

»Klar will ich sie«, erwidert Melissa. »Aber wenn ich mit dir in Verhandlungen trete, fresse ich dich bei lebendigem Leib. Mitsamt deinen Finanzexperten. Du würdest kein gutes Geschäft machen.«

Lauren muss lächeln. »Warum schlägst du mir dann keinen fairen Deal vor? Es liegt doch in deiner Hand.«

Melissa versucht es ihr zu erklären. Ihr geschäftlicher Erfolg basiert bisher auf einer Reihe von Abschlüssen, die zu ihren Gunsten ausgefallen sind, mit relativ geringem Risiko. Bei all diesen Abschlüssen konnte sie stolz darauf sein, nie jemanden übervorteilt zu haben. Sie hat immer mit offenen Karten gespielt, was ihre Bedingungen anbelangte, und wenn die andere Seite sie akzeptierte, wusste sie immerhin, was sie unterschrieb.

Diese Vorrede irritiert Lauren. »Warum sollte jemand einem Abschluss zustimmen, der schlecht für ihn ist?«

»Ich sage ja nicht schlecht, sondern einfach nicht günstig.«

»Wie auch immer. Also, warum?«

»Gewöhnlich aus Verzweiflung. Ein Konzern steht beispielsweise am Rande des Bankrotts, so dass er schnell verkauft werden muss. Manchmal auch aus Unwissenheit. Jemand erkennt vielleicht nicht, dass das Angebot zu niedrig ist.«

Melissa mustert Laurens Gesicht. Sie kann ihre Reaktion nicht genau einschätzen, aber sie scheint eine Spur Abscheu zu enthalten. Und das entspricht dem, was ich tue, denkt Melissa. Etwas Verabscheuungswürdiges; zumindest kommt es ihr jetzt und hier, in Laurens Gegenwart, so vor.

»Wie dem auch sei«, fährt sie fort. »Ich möchte diese Arbeit nicht länger machen. Ich halte das, was ich bisher getan habe, nicht zwangsläufig für falsch, aber ich möchte etwas Neues ausprobieren. Vielleicht wäre es zur Abwechslung nett, einen Konzern als etwas, das wachsen und gedeihen kann, zu betrachten, statt als Ansammlung von Teilen, die auseinandergerissen werden können und einzeln mehr einbringen als das Ganze. Und in diesem Fall – wo ihr beide auf Dingen wie dem Wohltätigkeitsaspekt besteht – gibt es auch gar keine andere Möglichkeit.«

Lauren sieht erleichtert aus. »Gut. Dann können wir die Sache zu Ende bringen, nicht wahr?«

»Nein. Wir können über Szenarien sprechen. Insbesondere darüber, wie wir die gemeinnützigen Projekte weiterlaufen lassen können, ohne dass ich zu viel von meiner Gewinnmarge einbüße. Vielleicht sollten du oder Alexander eine Minderheitsbeteiligung behalten. Ich weiß nicht genau. Aber wir werden das besprechen. Und dann warten wir ab. Wenn dein Onkel wieder bereit ist oder wenn er dir jemanden an die Seite stellt, der so gut ist wie er, dann werden wir den Deal abschließen.« Melissa lächelt. »Ich habe nicht die Absicht, dir einen schlechten Deal vorzuschlagen, Lauren, aber hier geht's ums Geschäft, und ich möchte nicht, dass du dich eines Tages fragst, ob du wirklich das Beste herausgeholt hast. Ich möchte nicht, dass das Geschäftliche je zwischen uns steht. Lieber verzichte ich auf den Deal.«

Das ist vielleicht die unromantischste Liebeserklärung, die Lauren je im Leben gehört hat, aber sie weiß, dass sie für Melissa ein Riesenschritt nach vorn ist.

»Danke«, sagt Lauren.

Der Hof fühlt sich erstaunlich vertraut und tröstlich an. Nach wochenlanger Abwesenheit, nach der emotionalen Erschütterung, die er durchgemacht hat, hatte er erwartet, dass das Bürogebäude und der Konzern, den er im Begriff steht zu verkaufen, ihm fremd und unwichtig geworden wären. Alexanders Blick folgt der Glas- und Stahlkonstruktion, die aus dem Pflaster erwächst, hinauf zu den Fenstern, die so lange seine waren, dem Konferenzraum, in dem er so vieles in die Wege geleitet hat. Ein Blick auf die Uhr treibt ihn voran, zu seinem Treffen mit Melissa, und er betritt das Gebäude und geht die Stufen zu den Aufzügen hinauf.

»Freut mich, dass Sie es einrichten konnten«, sagt Melissa, als er an die offene Tür des Konferenzraums klopft. Sie ergreift die Hand, die er ihr hinstreckt, und beugt sich vor, um ihn auf die Wange zu küssen.

»Es tut gut, wieder hierzusein«, sagt er, ohne groß nachzudenken. Es ist eine automatische, unüberlegte Floskel, aber zu seiner Überraschung erweist sie sich als wahr. Das Summen von Gesprächen und Computern, die entspannte Arbeitsatmosphäre – all das hat er vermisst, zumindest ein wenig, und letztendlich ist es gut, aus dem Haus zu kommen und an etwas anderes zu denken.

Sein Nachmittag vergeht wie im Flug, denn Melissa hat eine Tagesordnung für ihn erstellt, die wenig mehr Zeit lässt, als sich zwischendurch einen Becher Kaffee zu besorgen. Doch sie machen gute Fortschritte, und zu seiner Erleichterung stellt er am Ende des Tages fest, dass er die meiste Zeit über nicht an Katja gedacht hat.

»Was kommt als Nächstes?«, fragt er Melissa, als sie eine weitere Konferenz hinter sich haben.

»Nichts mehr. Feierabend«, erwidert sie.

Er lächelt. »Sieh an! Sind Sie je zuvor um halb sechs nach Hause gegangen?«

Sie zuckt die Achseln. »Nicht dass ich wüsste, aber schließlich bin ich wohl kaum ein Vorbild für Sie.« Sie begleitet ihn zum Ausgang. »Gehen Sie nach Hause«, sagt sie. »Wenn Sie wollen, sehen wir uns morgen wieder hier. Aber nur, wenn Sie sich entsprechend fühlen.«

»Wann ungefähr?« Er betritt den gläsernen Fahrstuhl.

»Wenn Sie schon fragen – um Punkt neun«, antwortet sie lächelnd, und dann schließen sich die Türen.

Der nächste Tag verläuft wie der davor, und der darauffolgende ebenfalls, und als er am Freitagnachmittag Feierabend macht, bleibt er im Hof stehen und atmet die kühle Luft tief ein. Menschen gehen zielstrebig an ihm vorüber, eilen zum Wochenende nach Hause. Er fragt sich, ob jemand von ihnen sieht, dass das nachlassende Licht eine gewisse Frische besitzt, eine Färbung, die auf den nahenden Frühling verweist. Unter dem mächtigen Baum, der die Mitte des Hofes beherrscht, bleibt er stehen und betrachtet die klebrigen reifen Knospen, die schon auf den oberen Zweigen sitzen.

»Es sah ein bisschen anders aus, als wir das letzte Mal hier waren, nicht wahr?«

Er dreht sich zu der Bank hinter ihm um. In Estelles Augen blitzt das verschmitzte Lächeln, das er unbedingt hat vergessen wollen. Sie sehen sich einen langen Augenblick an. Er sammelt sich und versucht das unangemessene Hämmern seines Herzens zu unterdrücken. Als er schließlich einige Schritte auf sie zugeht, rückt sie auf der Bank ein Stück zur Seite, um ihm Platz zu machen. Jetzt, wo er ihr so nah ist, kann sie ihm kaum in die Augen schauen. Noch nicht.

»Wartest du auf Melissa?«

Sie schüttelt den Kopf und wirft ihm dann einen raschen Blick zu.

»Ich fühle mich geschmeichelt«, sagt er.

»Wäre es dir lieber, ich wäre nicht gekommen?«

»Natürlich nicht. Ich hatte nur nicht damit gerechnet. Hätte nicht darauf zu hoffen gewagt.«

Die Zuneigung, mit der er spricht, legt sich wie eine warme weiche Decke auf ihre letzten verbliebenen Befürchtungen und löst sie auf, so dass Estelle schließlich sprechen kann.

»Es war falsch von mir, dich an dem Abend zurückzuweisen«, sagt sie. »Ich wollte es nicht – ich dachte wohl, ich müsste es tun.« Sie wartet, unsicher, wie sie ihre nächsten Sätze formulieren soll. Sie hofft, dass er die Lücke füllen wird, mit Fragen, die sie zu dem führen, was sie sagen will. Aber er bleibt stumm, sein Blick ist auf einen Punkt unmittelbar vor ihnen gerichtet.

Sie möchte ihn berühren, bloß den Ärmel seines Mantels oder seinen Handrücken oder seinen Nacken, der selbst in seinem Alter noch den schlanken, geschorenen Anblick wie bei einem kleinen Jungen bietet. Aber sie traut sich nicht. Stattdessen öffnet sie ihre Handtasche, holt einige Seiten heraus und hält sie ihm hin. Er nimmt sie und hält ihre Hand fest. Zu ihrem Leidwesen wird sie rot.

»Die ersten Kapitel.«

»Geht es um Katja?«

»Ja und nein.«

»Denn ich weiß nicht, ob ich das im Augenblick lesen kann«, sagt er. »Wenn es darum geht.«

»Ich habe mit ihr angefangen, aber dann hatte ich ein kleines Problem. Ich wusste nichts über die Schauplätze, die ich versucht habe zu beschreiben. Und die Hälfte meines Handlungsstrangs fehlte mir.«

»Und worüber hast du dann geschrieben?«

»Nun, ich habe über die Personen und die Geschichte nachgedacht, die ich am besten kenne. Und damit ergab sich das folgende Szenario. Stell es dir vor: Eine reife Frau – ich sage ungern alt –, die stets ein behütetes, unbeschwertes Leben geführt hat. Die nahezu vierzig Jahre verheiratet war und geglaubt hat, dass die Ehe ein Leben lang Bestand hat, denn sie fühlt sich ihrem Mann durch Loyalität und Respekt verbunden, wenn sie auch nicht die Aufmerksamkeit und Zuwendung bekommt, die sie sich wünschen würde.«

»Verstehe.«

»Aber dann begegnet diese Frau jemandem. Jemandem, mit dem sie gern zusammen ist und der in ihr vielleicht mehr sieht, als da wirklich ist. Und dann gibt es da noch jemanden, weißt du, obwohl ich noch nicht genau weiß, wie ich sie ins Spiel bringen soll. Diese Figur ist meine Katja. Eine Frau, deren Geschichte sich als interessant erweist und meine Hauptfigur letztlich inspiriert.«

»Inwiefern inspiriert?«

»Weil sie in ihren jungen Jahren für ihre Leidenschaft und ihre Ideale und ihre Überzeugungen gelebt hat, egal, welches Risiko sie dafür eingegangen ist.«

Er merkt, wie seine Augen feucht werden, aber mit einem tiefen Einatmen kann er seine Tränen bezwingen.

»Wie endet deine Geschichte?«, fragt er schließlich.

»Das ist genau der Punkt – ich bin nicht sicher. Aber ich glaube, die alte Dame findet am Ende den Mut, ihr Leben zu leben. Ja, das glaube ich.«

Er bietet ihr den Arm, und gemeinsam gehen sie über den Hof zur Hauptstraße hinüber. Sie stellen sich für ein Taxi an, und wie er so dasteht, ist sein Gesicht attraktiv und ernst und freundlich. Sie kommt sich plötzlich verloren vor, und ein Anflug von Panik gleitet über ihr Gesicht.

»Erzähl mir, was du empfindest, Estelle.«

Sie lacht nervös. »Es fällt mir leichter, über meine Romanfiguren zu reden.«

Aber so leicht lässt er sie nicht davonkommen. Es schaut ihr in die Augen, bis sie den Blick senkt. Vielleicht fordert er sie heraus, damit sie den Mut unter Beweis stellt, von dem sie eben gesprochen hat. Sie schluckt und hebt den Blick. »Während ich fort war, ist mir klargeworden, dass ich dich nie wiedersehen würde. Dass mein Leben genau so weitergehen würde wie zuvor – nur dass ich mich geändert habe. Und das ist das Problem, weißt du. Ich will nicht, dass mein Leben so weitergeht, wie es war. Und ich fange an zu verstehen, dass ich – so Gott will – selbst mit gutem Blutdruck und niedrigem Cholesterinspiegel nur noch eine begrenzte Anzahl von Jahren auf dieser Welt übrig habe. Und die möchte ich nicht fern von dir verbringen.«

Er holt tief Luft und versucht, seinen Herzschlag zu beruhigen.

Er fragt sich, wie viele Schocks sein Herz noch aushält. »Was ist mit deinem Mann?«

»Ich weiß nicht genau«, antwortet sie. In Gedanken hat sie durchgespielt, wie sie ihre Sachen packt, geht und nicht zurückkommt, aber das Bild ist zu hart und brutal. »Ich möchte dich bitten, mir ein wenig Zeit zu geben.«

»Ja, das werde ich.«

»Wirklich?«

»Ja.«

Sie sieht ihn voller Mitgefühl an, als sie fortfährt: »Melissa hat mir erzählt, dass du ein paar schwere Wochen hinter dir hast.«

»Ja.«

»Das tut mir leid.«

»Das muss es nicht. Es war an der Zeit, dass alles ans Licht kam. Aber es hat natürlich alles mit voller Wucht zurückgebracht. Was sie um meinetwillen aufgegeben hat – was wir beide, sie und ich, verloren haben.«

Estelle kann in dem Augenblick keine Antwort darauf geben. Sie weiß nicht, ob vor Müdigkeit oder Aufregung, vor Erleichterung oder Unsicherheit. Trotz aller Bemühungen quillt ihr eine kleine eigensinnige Träne aus den Augen und rinnt ihr über die Wange. Er hebt die Hand und wischt sie fort.

Es ist spät, vielleicht ein Uhr morgens. Lauren sitzt im Wohnzimmer ihres Onkels. Es erscheint ihr wie ein unverdienter Luxus, hier zu sitzen, umhüllt vom weichen Samt der dichten Dunkelheit, die nur hier und da vom letzten Aufflackern des Kaminfeuers durchbrochen wird. Sie hat gewartet, bis Alexander eingeschlafen ist, bevor sie methodisch alles Licht unten ausgeschaltet hat. Ihr Kopf wird schwerer, während sie die sterbenden Flammen beobachtet, aber bevor sie einschläft, steht sie auf und geht zu der Staffelei am anderen Ende des Zimmers hinüber. Sie nimmt das Tuch fort und wirft einen Blick auf die Anfänge des

Porträts von Estelle. In dem schwachen Licht kann sie nur wenig erkennen. Sie nimmt die Leinwand herunter und lehnt sie gegen die zweite Skizze, die die Gestalt ihres Onkels umreißt. Dann wickelt sie die Bilder in das Tuch ein.

Sie hat die beiden an diesem Abend beim Essen genau beobachtet. Bei Alexander hat sie eine neue Weichheit und einen neuen Frieden entdeckt, eine Entspannung seiner Züge. Und bei Estelle einen entschlossenen Ausdruck in den blauen Augen, die ihre wahren Gefühle sonst hinter Ironie und Lachen verborgen gehalten haben. Vielleicht hat sie sich diese Veränderungen auch nur eingebildet, hat sie so sehr herbeigesehnt, dass sie sie in ihre Gesichter hineingelesen hat. Jetzt jedenfalls ist sie müde. Sie will eine Zeitlang nicht malen, und vielleicht werden die Entwicklungen, die sie bei ihren letzten beiden Motiven sehen möchte, in dieser Auszeit tatsächlich stattfinden. Sie kehrt zum Kamin zurück und betrachtet Katjas Porträt. Die Schatten, die die glimmende Asche auf Katjas Gesicht wirft, bewirken, dass ihre Augen und ihr Mund kaum sichtbar sind. Wie hätte ihre Tante sich wohl verändert, hätte sie die Chance dazu gehabt? Lauren betrachtet das Bild und versucht die vertrauten Züge dem Wandel von Alter und Erfahrung zu unterziehen. Aber es gelingt ihr nicht – wer weiß, welche Entscheidungen Katja getroffen hätte, wie sie sich persönlich entwickelt hätte – es gibt so viele Möglichkeiten. Lauren schließt kurz die Augen, aber unter den Lidern, die vor Schlafmangel brennen, liegt noch immer das Bild von Katja, hell und klar. Sie öffnet die Augen wieder, rakt die letzte Glut mit dem Schürhaken auseinander und wendet sich zum Gehen.

»Gute Nacht, Katja«, sagt sie. »Gute Nacht.«

Die englische Originalausgabe erschien unter dem Titel
*Despite the Falling Snow* bei REVIEW – An Imprint of Headline Book Publishing.
A Division of the Hodder Headline. 338 Euston Road. London NW1 3 BH


**Sarif, Shamim:** *Das Leben, von dem sie träumten* / Roman
Aus dem Englischen von Andrea Krug
ISBN 978-3-930041-69-5

1. Auflage 2010
Lektorat: Gitta Büchner, Bochum
Gestaltung und Satz: Grafikbüro Schadenberg, Berlin
Coverfoto: © Inge Morath – The Inge Morath Foundation /
Magnum Photos / Agentur Focus
Druck: CPI – Clausen & Bosse, Leck

»*Unbedingt lesenswert!*«

DEUTSCHLANDRADIO KULTUR

L.A. International Airport: Hier kreuzen sich die Wege von fünf Menschen auf schicksalhafte Weise: In der Abflughalle des Flughafens kommt es zum Showdown ...

»Larson versteht es, die geradezu atemlose Spannung ihrer vielstimmigen Erzählung bis zuletzt aufrechtzuerhalten.«

LAMBDA NACHRICHTEN

»Ein außergewöhnliches Debut ... *Turbulenzen* bietet pures Lesevergnügen – ein Stil so rein und klar wie Kristall.«

KATHERINE V. FORREST

Leslie Larson | **Turbulenzen**

384 Seiten, gebunden | ISBN 3 - 930041 - 65 - 7

*www.krugschadenberg.de*